读客® 知识小说文库

读 小 说 ， 学 知 识

侯大利 刑侦笔记

一部集侦查学、痕迹学、社会学、尸体解剖学、犯罪心理学之大成的教科书式破案小说

5

验毒缉凶

小桥老树 著

《侯卫东官场笔记》作者

上海文艺出版社

图书在版编目（CIP）数据

侯大利刑侦笔记 . 5, 验毒缉凶 / 小桥老树著 . --
上海：上海文艺出版社 , 2021.3
（读客知识小说文库）
ISBN 978-7-5321-7513-0

Ⅰ . ①侯… Ⅱ . ①小… Ⅲ . ①长篇小说—中国—当代
Ⅳ . ① I247.5

中国版本图书馆 CIP 数据核字 (2020) 第 262623 号

责任编辑：秦　静
特约编辑：杨思雨
插画设计：刘小梅
封面设计：章婉蓓

侯大利刑侦笔记 . 5, 验毒缉凶
小桥老树　著
上海文艺出版社出版、发行
地址：上海市闵行区号景路159弄A座2楼
电子信箱：cslcm@publicl.sta.net.cn
新华书店经销　三河市龙大印装有限公司印刷
开本 680毫米×990毫米　1/16　18印张　字数 254千字
2021年3月第1版　2022年10月第4次印刷
ISBN 978-7-5321-7513-0/I.6239
定价：45.00元

如有印刷、装订质量问题，
请致电 010-87681002（免费更换，邮寄到付）

目 录

他按动遥控器，调出指纹的高清照片。从照片上来看，指头轮廓较小，纹线密度较大，边缘光滑完整，纹线清晰均匀，皱纹少而短小，形态多呈长圆形。

侯大利在山南政法侦查系读书时苦练过反关节技，这个技术在抓捕时屡见成效。反关节技的动作要领是要在对方猝不及防的情况下发力，控制对方关节，使其丧失战斗能力。他在扑倒高个子的同时用力扭转了对方关节，没有给对方反击的机会。

犯罪嫌疑人使用的胶带一面光滑，另一面是黏胶面，留下很多指纹，说明犯罪嫌疑人没有基本的反侦查意识。胶带本身有弹性，缠绕面部时，由于受害人挣扎，胶带有一定拉伸。再加上家长又用手撕掉了胶带，对指纹提取有一定影响。

侯大利俯视现场，脑中出现尸块的位置，道："凶手切割了尸体，使用透明塑料袋装尸块，扔在人来人往的大象坡，没有刻意隐藏。凶手这还不是逃避侦查，极有可能是发泄愤怒，或者是变态心理。"

侯大利很敏锐地注意到陈菲菲的手部语言，搓动和下意识抚摩颈部说明她感受到了压力。这也就意味着，她这一段叙述有可能存在假话，或者掩饰了某些内容。

在这个问题上，侯大利内心深处也时常交战。从警察职业道德以及法律的角度来说，抓住杀人凶手是应尽之责；另一方面，许海确实是恶迹斑斑的坏人，用死有余辜来形容非常贴切。

绝大多数犯罪嫌疑人都是业余的，我们要站在他们的角度思考问题，不要刻意想得太复杂。他们所用方法要符合犯罪嫌疑人的身份，不能超出常理。

在侦办二道拐黑骨案时，侯大利觉得它扑朔迷离，等到水落石出，才发现关键点其实就是一层窗户纸，捅破了，真相大白；捅不破，则陷入迷雾之中。大象坡这起碎尸案，侯大利觉得看似简单但比以前的案件都更要让人迷惑。

尸表没有外伤，从尸表情况以及韩小涵讲述的情况来看，应该是蓖麻毒素中毒。蓖麻毒素发作没有这么迅速，凶手是高手，可能有其他成分混合在里面，但是很难检测。

侯大利道："情感上的矛盾肯定存在。但是，情感是一回事，法律是另一回事，我们维护的不仅仅是个人权利，更是社会秩序。没有大家都遵守的社会秩序，每个人的生活最终会受影响。"

阴冷面容如妖怪一般从侯大利头脑中飞出，踩上一朵黑云，朝着江州方向飞去。黑云是快速后退的时间长河，等到妖怪从黑云跳到世安桥上，时间恰好回到2001年10月18日。妖怪化身一个少年，带着阴险的笑容，朝骑着自行车的杨帆招手。

第一章
藏在操场上的恶魔

2010年1月11日，山南省。

昨晚得到了杨帆案的新线索，江州市刑警支队重案大队一组组长侯大利心情激动，辗转反侧，难以入眠。上午九点，他从省城阳州回到江州，直奔刑警老楼，到二楼找105专案组副组长朱林。

朱林外出未归，办公室房门紧锁。在三楼资料室等朱林时，侯大利打开电脑，习惯性浏览公安内网，查看各地最新发生的案件。一起警情通报吸引了他的注意力。

警情通报

2010年1月10日7时45分许，江州市长青县公安局接到群众报警，称长青县阳光小区发生一起杀人案。接警后，长青县公安局启动命案侦破机制，迅速调集警力赶赴现场，受害人李某某（女，26岁）经120确认，已当场死亡。目前，此案由长青县刑警大队进一步侦办。

长青县公安局

2010年1月10日

前女友杨帆遇害，未婚妻田甜牺牲，这让侯大利对年轻女子的死亡特别敏感。每次看到这样的警情通报，他内心深处最柔软最敏感的地方便如被尖刀捅刺，未愈的伤疤又冒出血花。

侯大利不了解这起杀人案的细节，没有办法推敲，便往下浏览，不久又看到长青县三起盗窃案件。长青县近期接连发生三起入室盗窃案，作案手段特殊，一般情况下，作案人入室盗窃得手后会立刻离开作案现场，但这三起案子的作案人得手后，还在作案现场搞破坏，用小刀划破沙发，砸烂电视机屏幕，给阳台植物浇开水等。这种损人不利己的行为更像是恶作剧。长青县警方已经将三起入室盗窃案串并案侦查。

"作案人精力旺盛，没有明确是非观念，年龄应该在十八九岁，或者更小。"侯大利得出结论后，继续翻看内网。

院内响起汽车声，侯大利赶紧出门。朱林在二楼楼梯口遇到侯大利，道："什么事？这么急。"

侯大利脸色凝重，道："师父，杨帆案有了新线索。"

2001年10月18日，杨帆在世安桥溺水身亡。警方认定是意外落水，没有立案。2008年秋天，105专案组成立，负责侦办命案积案。经过不懈努力，两条重要线索浮出水面。第一条重要线索——石秋阳看见有人将杨帆推入世安河。这条线索明确了杨帆落水并非意外，而是谋杀，时隔近九年，警方立案；第二条重要线索——王永强躲在河岸草丛中看到了凶手。凶手骑江州牌摩托车，年龄十五六岁。从穿着和气质来看是学生，但是，并非江州一中的学生。

"快说，什么线索？"杨帆遇害时，朱林正是刑警支队队长，全程参加此案，得知有新线索，精神顿时一振。

侯大利道："我昨天在阳州吃晚饭，席间碰到2001年10月18日来找我玩的省城哥们儿李秋，就是外号泥鳅的那个家伙。杨帆遇害当天，泥鳅、大屁股和烂人从省城到江州，还带来两个艺校女生。李秋很肯定地说是我主动邀请他到江州的，而我绝对没有邀请过他们。我那时天天和杨帆在一起，压根没有心思邀请他们。冒充我的人知道李秋的绰号，还点了大屁股和烂人的名字。李秋没有任何怀疑，便带人来到江州。"

朱林道："你和李秋是好朋友，他难道听不出你的声音？"

侯大利咬牙切齿，青筋暴起，道："有人模仿了我的声音，邀请李秋到江州。这是调虎离山计，凶手精心策划了这起谋杀案。"

"能够模仿你的声音，李秋完全没有怀疑，这是凶手一个重要特点。"朱林起身泡了杯江州毛峰，端到侯大利面前，道，"你别着急，也别激动。为将之道，当先治心，重案一组刑警面对的案情大多高度复杂，得有泰山崩于前而不变色的心理素质。档案在三楼，我们先查一查当年的询问笔录。"

"当年询问李秋时，重点是调查他们在江州的行动轨迹，没有特意询问是谁约他们来江州的。"105专案组成立后，杨帆案的旧档案被移交到专案组，旧档案比起一般的杀人案要单薄得多，里面只有《呈请不予立案报告书》、现场勘查报告、尸检报告、询问笔录等基础材料。侯大利扫描了除尸检报告外的其他材料，时常在投影仪上播放，对笔录内容倒背如流。

朱林默想了一会儿，道："刑警支队是按照情杀确定杨帆案侦查方向的，一无所获。从现在得到的线索来看，能模仿你的声音，知道你和李秋的关系，能拿到李秋的电话号码，能说出让李秋相信的话，这人肯定在富二代圈子里，否则，办不了这些事。还有一个问题，为什么不针对你，而去伤害杨帆？"

侯大利道："石秋阳和王永强都指认凶手身材瘦小，我高一时有一米七五左右，比较壮实，凶手多半不敢向我下手，杨帆是替我遇害。凶手知道我在江州的生活细节，还了解我在阳州的朋友圈子，这种人不算多，十根指头数得出来。我妈昨天晚宴过五十岁生日，来了很多老朋友。我问了我爸妈、世安厂老人张义超和夏晓宇，摸出了一个五人名单。这个名单要满足两个条件，第一个条件是2001年在江州和阳州都有生意的老板，第二个条件是查找这些老板后代中是否有十五到十八岁的男性，共有五人符合这两个条件。现在，除了杨永福下落不明外，其他四人皆在省城阳州和江州做生意。"

朱林拿过名单，扫了一眼，道："全是熟面孔。"

排在第一位的是杨永福：2001年时十七岁。父亲杨国雄在20世纪90年代赫赫有名，曾经生产过江州摩托车，生意失败后自杀。杨永福曾经在江州学院附属中学读初中和高中，高二后期转学，后来在阳州电子科技大学读书，离校后下落不明。三年后，家人报了失踪，宣告死亡。

侯大利道："杨永福排在首位的原因是其父生意失败自杀，有足够动机报复我爸。失踪并不代表死亡，杜强失踪了十几年，出现以后连做大案。我担心杨永福用的是金蝉脱壳之计。"

排在第二位的是金传统：2001年时十六岁。父亲金援朝，江州房地产大鳄，在阳州有多处地产项目。金传统曾经暗恋杨帆，后来出国留学，回国后在江州做房地产生意。

朱林道："王永强认识金传统，金传统的嫌疑应该不大。"

侯大利道："查来查去，我没有想到金传统又纳入视线。他对杨帆单相思，富二代，曾经跟踪杨帆并拍照，了解我和杨帆的行踪。他很熟悉我，有可能模范我说话的语气和用词。王永强心理素质不错，供述有真有假，我不敢百分之一百相信张小天的判断，金传统的嫌疑排在杨永福之后。后面几位嫌疑更小，我和他们没有交集，他们应该不熟悉我说话的声音，更谈不上模仿。"

剩下的三位分别是秦勇、张佳洪和李小峰。

秦勇：2001年时十六岁，伯父秦永国。秦永国是江州矿业大鳄，在阳州也有矿山。秦永国的弟弟死于矿山事故，侄儿秦勇就由秦永国养大。秦勇毕业于江州二中，在秦永国入狱后，秦家矿山由其经营，长住长青县。

张佳洪：2001年时十七岁，父亲张大树，早期在阳州涉足大型商场和宾馆经营，后来在江州投资大型商场和宾馆，比金色天街更早。张佳洪如今在阳州经营大型商场综合体。

李小峰：2001年时十七岁，在江州学院附属中学读高三。其父亲李兴奎拥有一家路桥公司，活动于阳州和江州两地，曾经参加阳江高速路建设。李小峰现在常住阳州，在其父亲公司工作。

朱林把名单放在桌前，道："不管杨永福是否失踪，也不管王永强是否说谎，我们先重新建立这五人的基础档案，摸清他们的社会关系、性格爱好和主要特点。做完基础工作后，专案组再做下一步计划。事不宜迟，今天我们先到长青，了解秦勇的情况。在前往长青前，你还得报告陈支队。重案一组组长的特点是官小、责任大，你的一举一动都得让领导知道，这是纪律。"

侯大利离开办公室后，朱林打开柜子，摸了摸柜子里挂着的警服。刑警支队侦查员绝大多数时间穿便装，只有在很正式的情况下才会穿警服。他还有一个月就要退休，再不穿警服，以后就没有机会了。突然间，朱林涌起穿警服的强烈念头，他脱下羽绒服，换上冬常服，又在里面加了一件毛衣。他到卫生间镜子前摆了摆姿势，然后来到走道上，对着三楼喊："小易，相机在你那里吧，下来给我拍几张照片。"

易思华拿着相机来到三楼，见到穿冬常服的朱林，左看看右看看，总觉得怪怪的。

"当了一辈子警察，正儿八经穿警服的时间其实不算长。刚参加工作时在派出所，天天穿警服。进入刑警队后，穿便服的时间居多。我下个月就退休了，再穿警服都得取下肩章、臂章和警徽。"朱林说到这里，摸着警服，有些伤感。

拍照时，朱林在易思华指挥下，从楼上到楼下，摆了不少造型。易思华不停变换位置，从各个角度拍下朱林穿警服的英姿。拍了一大圈，足有好几百张，全部存进朱林电脑里。

朱林在电脑前欣赏了一会儿照片，平静下来，情绪慢慢低落。

手机响起，朱林看到关鹏两个字，下意识挺起胸。电话里传来一把手局长关鹏的声音："老朱，明天我要随厅领导外出考察学习，半个多月才能回来。今天中午有点空，我和战刚请你吃饭。你对刑警支队有重大贡献，即将退休，应该我请客。时间过得太快，我调到江州分管刑侦时，你还是副支队长，为了案子和我吹胡子瞪眼睛。眨眼的时间，你都要退休了。"

关鹏的一番话，弄得朱林眼睛发酸，心里却热乎乎的。挂了电话后，他来到走道上，道："王胖子，到楼上来。"

王华上楼，看着身穿警服的朱林，道："朱支，你穿了衣服，我差点没有认出来。"

朱林笑道："你会不会说话，难道我平时都光着屁股。我原本打算穿着警服办案，还没出门就接到了关局的电话，关局中午要请我吃饭。下午你和大利去长青县。"

此时，侯大利还在刑警新楼等常务副支队长陈阳回来。等了一个多小时，电话终于响起，他快步来到陈阳办公室。

常务副支队长陈阳听完汇报，道："二道拐黑骨案剩下最后收尾工作，交给老克做没有问题。你毕竟是一组组长，得把主要精力放在一组的工作上。"

侯大利道："陈支，我现在仍然是105专案组副组长。杨帆案是命案积案，如今有了新线索，顺着线索查下去，说不定能突破。"

"我们约法三章，只要有重大案子发生，你必须在第一时间回来。"陈阳明白杨帆案对于眼前这个年轻刑警的意义，尽管不是很痛快，还是同意了侯大利参加调查杨帆案。

侯大利幽幽地道："陈支，你犯忌了。"

陈阳愣了愣神，道："收回刚才说的话。我在支队工作十来年，春节其间多半是小案，大案不会多，犯罪嫌疑人也要过春节，这是个简单道理。"

侯大利目不转睛地望着陈阳，道："陈支，你又犯忌了。"

陈阳向着天空"呸呸呸"三声，道："今天有点不对劲，滕麻子刚才过来的时候，他也说我犯忌。今天得修炼闭口禅，收回刚才所有说过的。你在办公室等着，我得给宫局汇报。"

陈阳来到宫建民办公室，汇报结束后道："宫局，我建议局里下份文件，把侯大利从105专案组调整出来，一组组长专门抓大案要案，去搞105专案组的事情，不伦不类。"

宫建民早就想让侯大利从105专案组脱离出来，只是一把手局长关鹏始终不开这个口，而且凡是与侯大利有关的重要决定关鹏都会亲自过问。他没有在下属面前挑明此事，道："侯大利在105专案组侦办命案积案，这是用其所长。既然侯大利发现了新线索，我们鼓励他去调查。"

"如果在这其间出了重案怎么办？"陈阳看着宫建民犀利的目光，打了自己一个嘴巴，道，"今天日子不对，我老是犯忌。"

"公安是纪律部队，你作为副支队长，安排工作，难道重案一组组长还能不服从？侦办完所有命案积案，这在全省都是独树一帜。不要有太多顾虑，大胆让侯大利办案。"宫建民是老刑警，知道什么话会犯忌，说话时滴水不漏。

接收到领导同意的答复后，侯大利赶回老楼，与王华一起前往长青县。二十多分钟后，两人来到长青县刑警大队，向封长胜大队长说明来意。

封长胜一脸愁容地道："侯组长、王大队，我和吴青要开案情分析会，不能陪你们。我派一名同志带两位领导去派出所。片儿警最了解情况，你们如果想要见谁，直接让他安排就是了。"

侯大利道："封大队专心办案，不用管我们。我们调查结束就回江州。"

封长胜看着面前这位英气逼人的年轻人，突然间灵光闪现，道："侯组长来到长青，有件事我不知道如何开口。"

侯大利望着神情憔悴的封长胜，直言道："封大队，入室杀人案不太顺利吧。"

封长胜没有掩饰愁容，道："10号发生入室杀人案，如今案情遇到阻碍，找不到突破口。死者非常特殊，其父亲是县里有名的企业家，丈夫是现役军人。临近春节遇害，全县震动，书记和县长把我们老大叫过去臭骂一顿，限期破案。如果破不了案，刑警大队没有办法向全县人民、县委县政府和部队交代。大利你是江州神探，几起命案积案破得真是精彩。我想请两位多留两天，帮助我们破案。"

刑警支队是全市公安局的尖刀，重案一组是刑警支队的尖刀，如果重案一组组长参加破案也没有找到线索，那么县刑警大队的责任就能够轻一些。而且，侯大利如今名声在外，封长胜也是真想请神探把一把脉，如果真的破了案，那就最为理想。

王华咳嗽了一声，提醒侯大利这种烫手的活儿最好别沾。

　　侯大利明白王华是什么意思，但没有接受他的提醒，坦诚地道："我在内网看过案情通报，知道这个案子。既然来了，那我们就看一看，能帮上忙自然最好；不能帮上忙，封大队也莫怪。"

　　"那我们先到会议室，听办案民警介绍案情。"封长胜出门打电话，安排办案民警过来讲案情。

　　趁着没有外人在场，王华道："组座，长青县刑侦大队的力量很强，他们办不下的案子，肯定棘手。我们真不应该蹚这个浑水。"他很想说"做得越多错得越多"，可话到嘴边，又咽了回去。

　　"长青县刑警遇到难题，重案一组应该搭把手。何况这两年，长青县很支持我们工作。"侯大利作为神探，有自己的倔强和骄傲。

　　王华苦口婆心地道："县级刑警大队办的案子比支队多，水平真不低。他们办不了的案子，我们听一听情况就能破，基本上不可能。在阴沟里翻了船，会毁了好不容易得来的名声。"

　　侯大利道："华哥把简单的事情想复杂了。支队掌握和调配的刑侦资源更多，在案侦工作上对大队进行指导是我们的本职工作。封大队既然开了口，我们怯战，那是不够自信。"

　　王华道："如果我们上阵也解决不了问题，怎么交代？"

　　侯大利道："用不着给谁交代，破不了的刑案不是一件两件。我们破不了，实话实说就行了。一组的名声是屡破大案中打出来的，我们过来协助办案，没有成功，不会影响一组的名声，也不会影响工作。"

　　侯大利是一个纯粹的人，这是朱林的评价。王华跟着这个年轻组长侦办了二道拐黑骨案，逐渐同意此观点。他暗自琢磨："如果滕麻子遇到相同的事情，是坐下来听案情，还是找理由推托？"他慢慢想，越想越觉得有意思。

　　长青县刑警大队吴青副大队长和两个面容憔悴的中年人来到会议室。

　　吴青见到援兵只是侯大利和搞治安的王华，掩饰住失望，挤出些笑容，道："侯组长和王大队能来，我又多了一些信心。"

　　侯大利道："吴大队，事不宜迟，请介绍案情。"

长青县两位中年刑警听说支队派高手支援，原本满怀希望，可是见到"高手"是一个格外年轻的侦查员和治安的一位副大队长，一颗心瞬间落下去，失望透顶，打开投影仪，开始有气无力地介绍案情。

　　幕布上出现年轻女子遇害的画面，床上有大片血渍，女子原本面容姣好，如今失去了生命力，两眼空洞，五官走形。

　　案情通报只是陈述案情，没有真实画面。此时面对现场勘查的高清照片，血腥味透过幕布，扑面而来。侯大利见惯了生死，原本以为心硬如铁，谁知见到血腥画面后，五脏六腑犹如被利器扎伤，疼痛得不行。他在不久前失去了未婚妻田甜，知道失去家人的痛苦如大海一样深沉又没有边际，愤怒油然而生。他咬紧牙关，压制住怒气，不让怒气影响自己的思考。

　　"勘查现场后，我们提取到一枚男性指纹，指纹在库中没有比对成功。足迹显示作案人身高在一米六五左右，所穿运动鞋是一双四十二码的新鞋，没有磨损。小区周围的监控以及小区内的监控都是完整的，已经全部提取，没有找到一米六五左右的可疑人。现场能提取到的头发、烟头等痕迹经检验都是受害人丈夫留下的。受害人丈夫是现役军人，所以，县委县政府、县武装部很重视此案。"

　　办案刑警调出现场勘查照片，介绍道："我们判断是情杀或者仇杀。受害者有一个谈了三年的对象，两人分手后，受害者才和现在的丈夫结婚。受害者前男友曾多次到小区纠缠，还扬言要报复。受害人遇害当天，其前男友在阳州，有多人证实。排除情杀以后，我们把重点放在仇杀上。被害人父亲经营一家汽车销售公司和一家小额贷款公司，以前还做过建筑生意，背景较为复杂。被害人父亲在一个月前收到内有刀片的威胁信件，近期还在和另一个生意伙伴打官司。所以，我们把侦查方向确定为报复杀人。到目前为止，我们收集了三千多枚指纹，遗憾的是没有一个比对成功。先后调查走访了一百多人，得到二百一十七条线索，经过专案组民警排查，线索全部查否。"

　　"侯大利到底是年轻气盛，锋芒过露。这样下去，迟早有一天会踢到铁板。侦查员就像走在钢丝上，不管办了再多大案，只要有一件办砸锅，所有英名都会毁掉，搞不好还得吃官司，只有到退休那一刻，才能真正说得上安全。"这种案子非常复杂，要想破案必须投入大量人力物力，王华实在不能理解侯大利为什么坚持要"沾"这种吃力不讨好的案子。

侯大利习惯于自己掌握投影仪，以便控制节奏。办案侦查员放了一遍现场图片后，他接过遥控器，从头开始，边放边问："房间里的东西乱七八糟，抽屉被打开，衣柜门也被打开，一堆衣服掉在地上。证明有人刻意翻过现场，如果是报复杀人，为什么还要乱翻房间？从现场来看，更接近盗窃杀人。"

办案刑警道："受害人提包里有现金，被全部拿走。但是，抽屉里有金首饰，至少能值六七万，却没有动。所以我们判断不是盗窃杀人。"

侯大利道："受害人被性侵过吗？"

办案刑警摇头道："在受害人身体里没有提取到精液，床单、衣物上也没有精斑。我们认为犯罪嫌疑人是故意制造了盗窃现场。"

王华下意识点了点头。

侯大利没有说话，一帧一帧重新翻看着现场图片，突然停了下来，指着床角的一小块斑痕，道："这一块床单的颜色与其他位置的颜色不一样，是什么？"

办案警察道："我们最初以为是精斑，提取化验后发现不是精斑，是受害人的化妆液。下一张图片就是化妆液。"

下一张图片正是化妆液瓶子特写，侯大利放大后看了看商标，道："这个牌子的化妆液不便宜，受害人不会乱倒，凶手为什么会把化妆液倒在床上？"

办案警察道："凶手是故意搞乱现场。"

化妆液瓶子的下一张图片是一张狗毛特写，侯大利问道："这根狗毛在什么地方找到的？"

办案民警道："就在床边，从狗毛的形状来看，有可能是凶手踩在脚上带进屋里的。这个小区喂狗的多，有好多狗都有这种卷曲的毛发。"

接着是受害人小区的高清照片。

侯大利盯着受害人小区的照片看了足足十分钟。他在看照片时想起今天早上在内网中看到发生在长青县的三起奇怪盗窃案件，原本模糊的思路猛然间从一片浓雾中清晰起来。他按动遥控器，调出指纹的高清照片。从照片上看，指头轮廓较小，纹线密度较大，边缘光滑完整，纹线清晰均匀，皱纹少而短小，形态多呈长圆形。

看到指纹特点，侯大利的思路如夜航之船看到了灯塔，找到了前进方向。

指纹是手指表皮上凸起的纹线。一般在胎儿第三、四个月时产生，到六个月左右形成，到十四岁左右定型。到了老年，指头弹性会减弱，指纹线变浅，间断点增多，小犁沟变宽，脱皮增多，皱纹增多，指节褶纹向两侧延伸，分支增多。照片中的指纹带有明显的少年人特征，结合不拿首饰以及床上的化妆液，少年人犯案的可能性极大。

侯大利暂时没有说出自己的观点，放下遥控器，道："我们到现场，实地看一看。"

眼前这个重案一组组长太年轻，鬓角倒是白了，可是脸上没有一丝皱纹，这让办案民警没有太多信心，沉默不语，用眼光请示封长胜。

封长胜抱着死马当成活马医的态度，道："以前朱支最喜欢说现场、现场、现场，最核心的还是现场，侯组长深得朱支真传。"

现场依旧封闭着，站在门口就闻到一股刺鼻的血腥味，侯大利先进了卧室，站在床前，一个个碎片蜂拥而来，在他的脑海中排列组合，最后定格形成连续画面。他一言不发在屋内站定，十几分钟后，走出门外，来到现场勘查曾经出现的围墙处。

侯大利进入现场后便没有再说话，陷入沉思之中。包括封长胜在内的所有刑警都跟在他的身后，随着他的目光重新审视现场。

侯大利来到围墙处，指着一个方形小洞，问道："这是什么洞？"

办案民警道："应该是狗洞吧。"

封长胜招来物管人员，询问此洞详情。

物管人员道："是狗洞。底楼住户养狗，特意在这里开了一个狗洞。当时小区其他住户意见挺大，都认为不应该破坏公共设施，这家人浑不吝，蛮横不讲道理，后来就不了了之。"

此狗洞仅比成年人的颅骨稍稍大一些，从狗洞到花园有一些狗爪印，在花园处还有几个人的脚印。侯大利蹲在狗洞前看了一会儿，道："封大队，叫人提取脚印，和室内脚印比对。"

封大队也蹲在狗洞前，道："你怀疑有人从狗洞钻过来？"

侯大利道："最近长青县出了三起奇怪的盗窃案，这个犯罪嫌疑人会在作案现场搞恶作剧。受害者的床上有化妆液，可以看作是恶作剧。我高度怀疑作案人是一个身材瘦小的少年人，盗窃案和杀人案都是他做的，只不过这一次盗窃遇到某种意外，演变成杀人案，我认为此案可以和几起入室盗窃案串并侦查。"

春节前夕正是侵财案件的高发期，那几起手法奇特的盗窃案在刑警大队眼里算不得大案，勘查现场以后便按程序进行侦办。盗窃案还未破案便发生了这起入室杀人案，大队主力全部抽调过来，入室盗窃案暂时搁置。

侯大利提起这几次盗窃案后，封长胜皱了皱眉，站了起来，对办案民警道："赶紧去查有这样特征的人，年龄不大，一米六五左右，身材瘦削，能钻过狗洞，最近买了一双新的运动鞋，四十二码。"

侯大利补充了一句："首先查周边鞋店，此人不会超过十八岁。"

办案民警仍然心有疑虑，道："侯组长认为是盗窃杀人？为什么没有拿走更值钱的首饰？"

"犯罪嫌疑人极有可能是少年人，不知道首饰价值。"侯大利又指着狗洞道，"狗洞周边，恰好是监控盲区。卧室发现的狗毛很有可能就是从这里踩到的。"

侯大利提出的侦查方向完全推翻了县刑侦大队对案件的判断，县刑警大队办案民警分成数组，在辖区内寻找符合这些条件的犯罪嫌疑人。

"那我和王大队继续去调查秦勇。"侯大利完成了"看一看"工作，也不介意自己的判断是否正确，准备做自己的事。

封长胜看到了破案希望，热情地挽留道："已经十一点半了，中午就在我们这里吃饭，下午我派人陪你们调查。大队外面的餐馆很有特色，青花椒酸菜鱼，鱼是水库草鱼，花椒是秦阳花椒，味道绝对正宗。这种民间特色，不比五星级酒店差。"

侯大利、王华、封长胜和吴青转回大队办公楼，到附近餐厅吃青花椒酸菜鱼。青花椒酸菜鱼端上桌，鱼片嫩白透明，汤色清亮，青色花椒带着细枝条，一串一串，红色辣椒星星点点。汤底则埋伏着长青酸菜，在鱼汤的催化下，散发出令人垂涎的香味。

在场之人皆是见惯了凶杀现场的刑警，心理强大，虽然刚从凶杀现场回来，仍然运筷如风，吃得酣畅。青花椒酸菜鱼刚刚见底，封长胜接到办案民警的电话。他神情严肃，道："指纹对上了。"

办案民警兴奋地道："指纹对上了，就是这小子，前面三起入室盗窃案也是他做的。这小子居然只有十五岁，一米六多一点，瘦小得很。他还在读初三，难怪我们录了三千枚指纹都没有对上，压根没有想到是在读学生。"

封长胜道："你要查清楚这小子出生的年月日，这点非常关键。刑法第十七条规定的周岁，按照公历的年、月、日计算，从周岁生日的第二天起算，明白吗？"

办案民警道："我拿到了户口本，很确定，他到今天是十五岁四个月。"

封长胜道："好，好，好，若是不满十四岁，这个案子就麻烦了。"

按照《刑法》第十七条第二款规定："已满十四周岁不满十六周岁的人，犯故意杀人、故意伤害致人重伤或者死亡、强奸、抢劫、贩卖毒品、放火、爆炸、投毒罪的，应当负刑事责任。"此处规定的八种犯罪，是指具体犯罪行为而不是具体罪名。这个案子的少年人故意杀人，必然是进监狱的结果。

封长胜又道："他本人承认没有？"

办案民警道："那小子是留守少年，爸爸妈妈在广州打工，爷爷奶奶根本管不住。他一直沉迷游戏，有些神经质，这是他老师说的。他交代了所犯罪行后，居然还问什么时候放他回家，还以为在游戏中杀了人能够满血复活。"

封长胜道："他是怎么进入小区的？"

办案民警道："盗窃其他小区时都是大摇大摆走进去的。受害人所住小区管理严，他是从狗洞爬进去的。"

挂断电话，封长胜目不转睛地望着侯大利，道："大利，以前别人都说你是神探，最早还有人说你是变态，我还不以为然，今天我真是服了。你在看投影时，怎么会联想到是少年人作案，这个想法其实没有任何证据支撑，也没有因果关系。"

吴青和王华都放下碗筷，等着侯大利回答。

侯大利沉吟道："我从内网上看到长青县发生的三起盗窃案，印象很深。看了凶杀现场，觉得现场乱七八糟，和三起盗窃案很相似。床上倒有化妆液，我感觉是心智不太成熟的人干的事。只拿钱，不要首饰，也符合少年人的特点。同时，指纹显示犯罪嫌疑人非常年轻，指纹刚定型。再结合一米六多一点的身高和卧室的一根狗毛，我判断犯罪嫌疑人就是一个少年人。"

吴青具体负责指挥此案，正是由其确定了此案是仇杀。他感慨地道："受害人前男友反复纠缠受害者，还有人给受害人父亲寄刀片，我被这两件事情带偏了思路。没有想到案件如此简单，我考虑得太复杂了。侯组长目光如炬，厉害，我服气。"

侯大利谦虚地道："这一次是运气好。"

封长胜感叹了一句，道："大利具有侦查员很宝贵的直觉，朱支说你天生该吃这碗饭，确实如此。"

直观感觉是没有经过分析推理的认知，是不以人类意志控制的特殊思维方式，基于人类的职业、阅历、知识和本能存在的一种思维形式。直觉是人类求生存的原始能力，在人类学会使用语言进行推理和归纳之前，只能依靠感官和非语言的直觉来分辨危险。这个本能是和意识推理并行的一种能力。

凶案现场往往是破碎的，不少顶级刑侦专家都对破碎现场有着惊人直觉，这也是合格侦查员和天才侦查员的区别。

天才侦查员之所以天才，除了敏锐直觉外，还有非常细致的特点。侯大利每天上班第一件事情就是在单位内网查看各地发生的案件。如果没有记住几起奇怪的盗窃案，他的直觉也就是无本之源。

吃过午饭，封长胜叫过来一位中年侦查员，交代道："老张，我把侯组长和王大队交给你了，下午调查之后，晚上留他们吃饭。若是没有把两位领导留下来，唯你是问。"

"放心，我肯定把两位领导留下来。"老张拍着胸膛，爽快得很。

老张是老刑警，人熟地熟，带着侯大利和王华找到社区民警。社区民警是过了五十的老警，其貌不扬，却对社区情况了如指掌，也熟悉秦勇的家庭情况。见过片儿警以后，通过老张的关系，侯大利和王华找到县国土资源局的一位科长，详谈了秦勇在长青经营企业的情况。

调查前，秦勇在侯大利脑海中就是一个符号，经过半天走访，这个符号渐渐生出了血肉。

晚上，老张把侯大利和王华请到了一处农家乐。入室杀人案和三起入室盗窃案一天之内告破，封长胜心情极佳，还将分管副局长和105专案组朱林请到了农家乐。

中午未喝酒，晚上他们开了三瓶五十六度的长青小高粱酒。朱林、侯大利和王华都喝了不少，到卫生间吐过之后，勉强保持清醒。夜里十点，老张开车送朱林、侯大利和王华离开长青。

封长胜和吴青一直站在越野车旁，不停挥手。

王华通过倒车镜看着长青县刑警队两位领导，喷着酒气，道："老张，喝了酒，说点老实话，你不介意吧。"

老张笑道："王大队，大家都是耿直人，一根肠子从嘴巴到屁股，直来直去。"

王华道："组长答应看案子的时候，我真是替他捏了一把汗，如果看完之后提不出有针对性的建议，以后到长青县会受白眼的。现在他到长青县刑侦大队基本可以算是回到家了。封大队是资深老刑警，平时有架子，各支队大队长们过来见他，他很客气又礼貌，却总是有隔阂，除了宫局、朱支等领导，他不会送客到楼下。"

老张哈哈大笑，道："王大队果然说的是老实话，王大队和侯组长以后来长青县，不管封大队在不在家，绝对有一杯好酒。"

闲聊几句，侯大利愤恨地道："这些小王八蛋，不知天高地厚，害人又害己，受害人永远失去了生命，他自己最美好的青春年华也搭在了监狱里。"

王华看了看侯大利的表情，道："为什么会答应留下去分析案件？我很想知道当时你的真实想法。"

"我以前认为警察应该非常职业化，尽量不把感情带入到工作中，严格按照刑事科学来办事。现在我的想法有了变化，我们警察是人，是人就有感情。"侯大利稍有些停顿，语言低沉，道，"田甜牺牲以后，每次面对凶案现场时，我都会感受到切肤之痛，想到女孩家人得到这个消息后的悲伤，就有想要流泪的冲动，你别笑我，是真想流眼泪。带着感情去办案是我破案的动力，与女孩受到的伤害相比，与女孩家人面临的苦难相比，个人荣辱真不算什么。我自忖还有些本事，若是一走了之，内心会不安宁的。华哥，我说的是真心话。"

王华道："我知道你说的是真心话。"

朱林坐在副驾驶位置，闻言回过头来，道："大利，你现在是一名真正的刑警。我差不多忘记你父亲是谁了。"

越野车驶进城，经过金色天街。

金色天街是老城区最繁华的地段，夜晚十点，仍然人头攒动。年轻人三三两两地聚在街边，挥霍青春。忽然，一道黑影快速横穿公路。老张猛踩刹车，汽车轮胎与地面剧烈摩擦，发出刺耳的尖叫声。黑影在车头站住，神情愤怒，对着越野车竖起中指，骂声顺着车窗缝钻了进来。

车内四名刑警经过了太多恶事，不会为了这种小事动肝火，坐在车上，隔着车窗冷眼看横穿马路者尽情表演。只要此人没有更进一步的过激行为，四人不会与他一般见识。

黑影身高体壮，在灯光下有一张年轻的脸，年轻的脸不太准确，应该是少年人的脸。他骂了几句，竖了中指，这才走上人行道。

越野车继续行驶，侯大利问道："你们猜，这人多少岁？"

朱林道："看面相也就十五六岁。"

"他叫许海，没有满十四岁，多次猥亵小学女生。田甜办过猥亵少女案，每次说起他都咬牙切齿，她说这人是天生的坏胚子，坏得流脓，迟早要进监狱，不进监狱就得提前进地狱。"侯大利提起田甜时声音平静，内心深处又如被刀捅了一下，痛得厉害。

王华想起钻狗洞的少年，道："《未成年人保护法》立法本意是好的，许海这种未成年坏小孩却把这部法当成保护伞。以前有工读学校，可以强制送这些坏小孩读书。如今工读学校大多垮了，全省只剩下湖州那一家。而且按照新规定，家长不同意，还不能强制送进去。"

朱林喝了酒，有些疲惫，靠在副驾驶座位上，道："天道循环，报应不爽，这是天理。晚上十点，十三岁的少年不回家，在外面闲逛，法律暂时管不了他，社会肯定会毒打他。"

未满十四岁的少年许海自然听不到越野车上诸人的议论，独自走在人行道上，觉得无聊，转了几圈，便回了家。严格来说，这不是许海的家，而是许海爷爷、奶奶的家，是一个家庭麻将馆。平时来打麻将的都是街坊邻居，上午九点左右开场，晚上十二点左右散场。四桌麻将有三桌摆在客厅，一桌摆在由阳台改成的房间中。老式住宅面积不大，麻将桌占据了大量空间。

许海走到家门口，麻将声和往常一样清脆，此起彼伏，夹杂着说话声和吵闹声。

"小海，晚上到哪里去了，吃饭没有？"段家秀见到孙子回来，上前打招呼。

许海闷声道："和同学一起玩，看了场电影，一起吃饭。今天是同学请客，改天我得请吃饭，给我钱。"

段家秀观察孙子脸色，跟在孙子屁股后面走到卧室门口，拿出三十块钱，一张二十，一张十块。许海不耐烦地道："三十块钱能吃什么，我还要请同学吃饭。快点，不要啰唆。"段家秀回屋又拿了五十块钱，递到孙子手上。许海走进卧室，关上房门。段家秀听到反锁声，回到房间，对丈夫许崇德道："小海不是学习的料，天天在外面晃荡，惹是生非，不如让他到大光那里去，跟着他学做生意，以后也多一条路子。"

"大光在河道上采砂，枯燥得很，小海去了用不了一个星期，就会吵闹着回来。"许崇德坐在床头，恶狠狠地吸着烟，烟头在昏暗房屋中时明时暗。孙子出生以后，大部分时间都住在自己家里，许崇德最疼自己这个大孙子，百依百顺，从小到大没有打过，实在舍不得放他到没几个人的大河边。

段家秀满脸担忧地道："小海读完初中，一定要送到大光那里去。他长大了，我们管不了。他天天在外面跟着坏小孩在一起玩，还要祸害小女生。"

许崇德深吸一口烟，压低声音，怒气冲冲地道："你别在这里瞎说，我孙子从来没有祸害女生，是那些女生勾引小海。长得帅，被女人喜欢，这事不怪小海。我们许家男人都是这样，大光年轻的时候，屁股后面也跟了一串女人。"

段家秀小声嘀咕："大光不一样，他是真招女人喜欢。小海才十三岁，还没有到招惹女人的年龄。"

许崇德骂道："死婆娘，少说两句会死人。"

段家秀不敢再说，听到客厅有人喊"清一色"，便去抽板板钱。

卧室里，许海在床上躺了一会儿，又爬起来，坐在桌前，打开电脑。他将一张光盘插入电脑主机，电脑屏幕上很快就出现了赤身裸体的画面，耳机中传来女人千奇百怪的呻吟声。

"妈的，这次没有上当受骗。"许海打一个响指，兴奋得紧。他长期在金色天街闲逛，经常在街边遇到神神秘秘卖碟片的流动摊贩，有时买来的碟片完全徒有其名，仅仅是普通故事片换了一个名字。今天晚上的碟片是货真价实的三级片。强刺激下，许海弄湿了内裤。屋外还有麻将声，他没法清洗内裤，将内裤扔进衣柜角落。

当夜，许海又做了梦。梦境中，有男女在床上赤身裸体做运动。最初，纠缠在一起的男女相貌模糊，在蠕动中，男人和女人的相貌清晰起来，男人变成了父亲许大光，胸肌发达，小腹鼓起几块肌肉，从胸口到腹部长有许多体毛。女人不是母亲，是一个年轻女人，屁股又白又圆，细腰扭动得厉害。他躲在门外，呼吸急促地看着床上的男女，下身胀得难受。

当女人转过身时，忽然间变成了小学里最有名的长跑女生杨杜丹丹。

从梦境中醒来，许海喝了一大杯冷水，坐在床上发呆。

相似的梦境这些年间经常出现，许海知道梦境的来源。那是早些年的事情，爸爸妈妈在大河边开砂厂，回江州城的时间不多。爸妈回城，偶尔会接自己回别墅，三人聚在一起吃顿饭。有一次，妈妈提前回了采砂厂。许海半夜尿急，听到爸爸房间传来奇怪的声音，出于好奇，他走了过去。爸爸房间没有关，透过门缝，他看到爸爸和一个不认识的阿姨在床上疯狂地缠在一起。第一次看到这个场景，许海被吓蒙了。

随后两天，他每天早早上床，听到外面传来怪声以后就光着脚去旁观。

这些画面如浓硫酸般不断蚀刻着许海的大脑。

有一次，爸爸又和另一个女人在房间，然后妈妈不知从什么地方闯了进来，在家里追砍着那个女人。随后，爸爸把妈妈按倒在地，挥拳痛揍。

稍稍长大一些，许海慢慢开了窍，明白了爸爸和其他女人在做什么事，不再盼望到别墅去，更愿意和爷爷奶奶住在一起。接触到三级片光盘后，当年的往事就不断出现在他的梦境中。

早上六点，客厅传来巨大响动。许海穿起长裤来到屋外。许崇德拿着扫帚，清理着地面上的茶杯残片，嘴里念念有词："老了，不中用，杯子拿不稳了。"看见孙子出来，又直起身体，道："小海，这么早就起来。"

许海上完厕所，坐在床边，胸腹中有一团烈火在猛烈燃烧，烧得身体要爆炸一般。女生杨杜丹丹跑步的样子如海妖，发出无法抗拒的诱惑，让他必须有所行动。

"这么早，你到哪里去？"许崇德站在门口，挺着腰，提着扫帚。

许海道："到公园去打篮球。"

许崇德道:"吃了早饭再去。"

许海不回头,道:"回来再吃。"

许崇德还想说"饿着运动不好",孙子已经出了门。

下了楼,许海直奔江州实验小学。江州冬天的气温在零摄氏度左右,冷风吹来,灌进脖子里,如刀刮一般。他胸腹里有一团邪火,急于找到发泄口,便无视寒冷。他沿林荫道从江州实验小学的侧门进入。实验小学的操场不算大,跑一圈两百米。在操场东侧有一个小坡,距离跑道有三四米。

许海早就观察好地形,径直走上小坡,躲在树林里。不到半个小时,操场里出现一个小小的身影,在操场边做了准备活动以后,开始在操场里慢跑。来者是实验小学有名的小运动员杨杜丹丹。杨杜丹丹的父亲是羽毛球运动员,母亲是皮划艇运动员,杨杜丹丹继承了父母的基因,小学六年级就长到一米七,比起一般小学生要成熟许多。

许海比杨杜丹丹高一级,在实验小学读书时,经常在下午坐在操场边的石梯子上,看杨杜丹丹等田径队队员跑步。在观看田径队训练时,许海脑中幻想了无数次与杨杜丹丹在一起的场面。

当杨杜丹丹经过许海藏身的山坡时,他的呼吸慢慢急促起来,紧盯着场中的身影。昨夜许海梦中反复出现杨杜丹丹跑步的画面,在梦中,他不停追赶,终于追上了跑步姿势轻盈如小鹿的杨杜丹丹,并和她纠缠在一起。

许海从树林中走出,来到操场,假模假样做扩胸运动。

跑完第一圈,杨杜丹丹身体微微出汗,脱下羽绒服,挂在双杠上。晨跑是她每天起床后的第一件事,跑完步后,浑身轻松,精力旺盛,神清气爽。当她跑到操场东侧时,远远就见到在女生中臭名远扬的许海。许海眼神总是色眯眯的,全校女生都讨厌这个臭男生。她在经过许海时,下意识提高了速度。

许海突然间冲过来,抓住了这个从身边跑过的女同学。

杨杜丹丹根本没有料到这个臭男生会有如此鲁莽的举动,吓了一大跳,喊道:"干吗,放开我。"

许海的欲望如火一般喷了出来，双臂紧紧抱住杨杜丹丹把她拖向土坡。从操场到土坡也就三四米，杨杜丹丹还没有回过神来，就被压在了草丛里。她拼命用双手顶住许海，大喊大叫。

许海没有料到杨杜丹丹会激烈反抗，气急败坏，用一只手卡住杨杜丹丹的脖子，不让她叫出声来，另一只手撕扯对方衣裤。

杨杜丹丹被卡得出不了气，想要掰开许海的手。无奈许海力量大，她无法掰那只大手，呼吸不畅，头脑渐渐晕眩。长期的体育锻炼让杨杜丹丹比普通小女孩坚强，她虽头昏脑涨却没有放弃反抗，双手在地上摸索，终于摸到了一块石头。

许海撕掉杨杜丹丹裤子后，准备拉起杨杜丹丹衣服遮住其脸，便松开了卡着脖子的手，去拉对方的运动衣。

趁此机会，杨杜丹丹握起石头，狠狠砸向许海的太阳穴。接连砸了三下后，许海额头上迸出鲜血。疼痛钻心，许海下意识用手捂头。杨杜丹丹用力推开许海，顾不得穿衣服，朝家属楼狂奔。她逃离的时候，外套被许海扯掉，除了一件运动背心外，她几乎赤身裸体。寒假其间，人们清晨多在被窝里，外出的很少，这算是不幸中的万幸。

杜耀正在做早餐，听到"咚咚"的砸门声和女儿紧急呼喊声。打开门，女儿几乎是赤裸着身体冲进屋，她吓了一大跳，道："发生什么事了？"

得知女儿在操场被高年级学生许海侵犯，杜耀拿起放在客厅的旧皮划艇桨，冲到屋门口时，停下脚步，道："你别出门，先打电话报警，我去找那个杂种。"

杜耀提着旧皮划艇桨来到操场，奔向左侧小坡，没有找到许海。她来到校门，询问保安。

保安道："有一个男孩刚出门，头上有血，他说摔了跤。"

杜耀沿着保安所指的方向追了几百米，没有找到许海。她不放心女儿一个人在家，便折返回家。杨杜丹丹受到惊吓，躲在卧室里，妈妈敲了好一会儿门，这才打开卧室房门。杨杜丹丹双手紧握菜刀，身穿厚羽绒服，仍然在瑟瑟发抖。她的脖子上有一道长长的伤口，还有刺眼的红肿。

"报警没有？"杜耀心疼得要命，泪水哗哗地往外冒。

杨杜丹丹摇头，再次强调道："是许海，我们学校的同学。"

"开运动会时，打篮球的那个高个子？"得到女儿肯定的答复，杜耀便拿起手机报了警。

市公安局指挥中心接到报警后，根据职责，直接通知江州市江阳区刑警大队出警。丁浩从市刑警支队二大队调至江阳区担任刑警大队长，为他送行的市局政治处和分局的同志们刚刚离开，指挥中心的电话便打了过来。丁浩曾经是二中队中队长，又在刑警支队二大队工作过一段时间，听说是实验小学出了强奸案，道："他妈的，肯定又是许海。他还有四个月才满十四岁，这四个月不知道会惹出多少事端。"

丁浩带着侦查员来到江州实验小学家属院，先后做了杨杜丹丹、杜耀和门口保安的询问笔录，同时由技术员对发生强奸案的小土坡进行现场勘查，区刑侦大队法医对杨杜丹丹身上的伤痕进行了鉴定。

另一路刑警来到许崇德的麻将馆，将许海和许崇德带到刑警支队。

办案区，许海头扎绷带，坐在椅子上，左右分别是许海的爷爷许崇德和奶奶段家秀。

许崇德拿着户口本，大声嚷嚷道："许海还没有满十四岁，许海爸妈不在家，我们就是监护人。按照法律规定，我和他奶奶要陪他。"他文化程度虽然不高，但孙子总闯祸，久病成医，渐渐也弄明白了与未成年人犯罪有关的法律法规。

副大队长普阳见到这个未满十四岁的高大少年人就脑袋疼，这个家伙在去年初，也就是十二岁时，想把一个小学女生拖到教室拐角工具室猥亵。若不是恰好有一个校工经过，听到呼救声，小女生可能就被祸害了。这小子肯定是还没有满十四岁，又出来祸害小女生。普阳家有女儿，作为父亲，恨不得上前扇许海几个大巴掌，再把他送进看守所。他知道自己这只是妄想，未满十四岁就像是一道护身金符，让许海做了坏事不受处罚。

普阳走完例行程序后，问："学校放假了，你到学校去做什么？"

许海不回答，瞧了瞧爷爷，才道："杨杜丹丹约我跑步。"

普阳道："你和杨杜丹丹是什么关系？她为什么要约你跑步？"

许海道："我们是同学。杨杜丹丹约我到学校跑步时，我还真以为是跑步，没有想到杨杜丹丹提出要和我要朋友。我不同意，她就来打我。我没有忍住，就还了手。"

许海回家后，许崇德吸取了上一次轻易承认祸害了别家小姑娘的教训，反复告诫孙子咬定是要朋友。许海按照爷爷的说法讲述"事实"，眼见着警察的眼睛瞪得越来越大，他本人也觉得这个说法非常荒谬，若不是在公安局里，自己几乎要笑出声来。

普阳感觉自己的眼睛快从眼眶中迸出来了，他强压下心里的怒火，用力揉了揉太阳穴，道："你还手？还手怎么把女同学衣服脱下来，这是还手吗？这是强奸。"

许海毕竟年龄小，一时语塞。

许崇德瞪着牛眼睛，道："我孙子被打成了脑震荡，记不清楚了。普大队，还有没有其他事情，我急着带孙子到医院拍片子，这么小的孩子，被打坏了脑袋，什么都记不得了。你们得把打坏我孙子脑袋的那个女同学抓起来，她是故意伤害。"

半小时后，许海在爷爷、奶奶的陪同下走出刑侦大队。

丁浩从实验小学回到大队办公室，召集侦查员开会。

"事情发生在早上八点，操场上没有人，我们沿着杨杜丹丹跑回家的路线做了调查，有三人看见过只穿了运动背心的杨杜丹丹。许海进出学校都有监控视频，进门时是早上七点，出门时是早上七点四十三分。他出校门时，用衣服捂头。经杜耀辨认，用来捂头的衣服就是杨杜丹丹的运动外套。大家再看一看小土坡的现场勘查照片和校园内监控视频。"

丁浩刚到江阳区刑警大队报到便遇到强奸案，没有任何缓冲就进入工作状态。作为资深刑警，他没有慌乱，一招一式有板有眼。

现场勘查照片完整地再现了小土坡现场的状况：杂草被压倒一片，有一只女式运动鞋，还有一块有血迹的石块。

另外几张照片是双杠的照片：双杠上挂着一件长款羽绒服。

视频有四段，一段是杨杜丹丹从家属楼出来的视频，视频中，杨杜丹丹身穿长款羽绒服；第二段是杨杜丹丹跑回家属楼的画面，画面中，杨杜丹丹只穿了一件紧身的运动背心，没有穿裤子，一只脚有运动鞋，另一只没有；第三段是许海进入校园的视频；第四段是许海用衣服捂着头离开校园的视频。

丁浩道："事情很明显，许海袭击杨杜丹丹，将其拖进小树林。如果不是杨杜丹丹反抗，那就被强奸了，现在是强奸未遂。"

普阳摊了摊手，道："强奸未遂没有意义，许海还未满十四岁，没有行为能力，不承担刑事责任。"

丁浩道："不管许海是否承担刑事责任，这事我们都得调查清楚，否则女孩受了伤害还得被泼一身污水。我们把案子做扎实，女孩家长可以向许海监护人提出民事赔偿。"

案情很简单，江阳区刑警大队再次调取了学校外的监控视频，找到许海离开学校后的视频：许海离开学校不久，就将捂头的衣服丢进了垃圾桶，约莫十分钟后，运动衣被一名拾荒老人捡走。

由于是未成年人犯罪，江阳区检察院提前介入此案。

女儿在校园内差点被侵犯对于杜耀来说是一场噩梦。她从运动队退役后就来到江州体育局工作，总体来说顺风顺水，女儿差点被侵犯这件事，彻底打破了她平静的生活。

下午五点，杜耀来到江阳区刑侦大队大队长丁浩的办公室，得知许海因为未满十四岁而不会受到任何惩处，犹如听到一个笑话。她强压怒火，再次求证："丁大队，你在说笑话吧，许海那个杂种不受惩罚？或者说我理解错了。"

丁浩翻开《未成年人保护法》，耐心地道："事情查清楚了，我对你家女儿深表同情，也对你家女儿的勇敢表示赞扬。但是，法律就是法律，我们只能执行。刑事责任免除，并不意味着民事责任也可以免除，你们可以向其监护人申请民事赔偿。"

杜耀眼睛充满血丝，愤怒地道："我女儿被卡了脖子，现在还有明显红肿。医生告诉我，那个杂种力气再大点，我女儿脖子里的软骨都会被折断！丁大队，这不仅仅是强奸未遂的事，这是杀人未遂。难道不满十四岁，杀了人也不用负责？"

丁浩苦笑道："确实是这样。"

杜耀用力拍桌子，道："这是什么狗屁规定！那个杂种是未成年人，我女儿也是未成年人，法律怎么不保护我女儿这个未成年人的权利，我女儿就白白被侮辱了？既然你们不能主持公道，那我就自己去讨回公道。"

丁浩为了不让杜耀吃亏，急忙劝阻道："你的心情可以理解，但是，你若自己讨公道，大概率会吃亏，我不建议这样做。"

走出刑侦大队时，杜耀只觉得一口恶气堵在胸口出不来，天空灰暗，街上行人变得格外丑陋。

杜耀走在街上，打通老公杨智的电话。杨智正带着羽毛球俱乐部队员在国外比赛，听说女儿出事，把队员交给俱乐部另一个教练，准备回国。他劝说了妻子一通，挂断电话后，同样心气难平。

走过朝阳路，杜耀正要拐弯走回实验小学，便看到许海从朝阳医院出来，迎面走来。去年附中开运动会，许海在篮球比赛中力压全场，这给杜耀留下了深刻印象。此刻，仇人相见，分外眼红，在两人身体交错的刹那间，杜耀用力猛顶许海。

许海被顶得退后两步，差点摔倒，骂道："你他妈的走路不长眼睛！"

杜耀骂道："好狗不挡道！"

争吵两句，许海暴脾气上来，抢起拳头砸向杜耀。这是一次仓促的相遇，杜耀退后一步，格开许海的胳膊，然后抡圆手臂，狠狠一巴掌打到了许海脸上。杜耀曾经是皮划艇运动员，手上力道不小，这一巴掌让许海眼前金星乱冒，嘴角有鲜血冒了出来。

许海身材从小到大都比同龄人要高一头，现在已经长到一米八二，很壮实，不是学生常见的豆芽菜身材。他打架从来没有吃过亏，被扇了一个耳光之后，狂吼一声，扑过去，抓住杜耀手腕。

两人各有优势，在街道上短兵相接，一时之间，谁也无法奈何对方。

许崇德从朝阳医院提着药出来，正好看到孙子和一个女人打架，从街边拖起扫帚，劈头盖脸朝对方打去。

巡逻民警赶来，三人已经打得鼻青脸肿。

"这疯女人，走路撞我，还打人。"许海多次面对公安，知道自己有护身符，一点都不慌张。

杜耀与许海激烈搏斗以后，心情稍稍平复，道："他走路横冲直撞，撞了我，还动手打人。"

许崇德脸上挨了几巴掌，鼻血往外冒，道："这疯女人，打我们爷孙。我是劝架，不是打架。"

巡逻民警不认识许海，道："你们别吵了，都到派出所，调查清楚。"

派出所民警都知道许海这个混世魔王，见到他鼻青脸肿的模样，都觉痛快。痛快归痛快，进了派出所后，还得按照程序进行。民警调取了监控，两人冲撞时被树叶遮挡，看不清楚，随后两人就开始打架，然后许崇德加入战团。周边商店的旁观者也只看到两人发生矛盾以后的事。

这是一起典型的互殴，派出所民警首先调解。许崇德进屋后，气势十足地道："我家小海还是未成年人，没有满十四岁，这是成年人殴打少年人。调解可以，我们要十万赔偿，否则就走程序。"

派出所民警道："你也参加互殴。"

许崇德犟着头，道："我都七十几了，你们要杀要剐，随便。"

"不调解，走程序。还想要赔偿，你做什么春秋大梦。"杜耀的脸也被打花了，恨不得立刻再揍一顿这个不讲道理的老人。

许海是未成年人，许崇德超过七十岁，杜耀是在市体育局工作的中年人，走程序的结果不言而喻。

随后赶来的段家秀看着眼前的中年妇女用仇恨的眼光望着自己，道："我们和你无冤无仇，你这个大人为什么要欺负一个小孩子？"

另一个当事人许海坐在一旁，如没事人一样在玩手机上的贪吃蛇游戏。他听到奶奶的话，抬头看着杜耀，越看越觉得和杨杜丹丹长得像。他没有说话，低头继续玩游戏。

调解不成功，双方都到医院去验伤。验伤结果显示三人都是轻微伤。许海被教育后，民警责令其家长严加管教。许崇德被拘留五日，处罚金500元。由于许崇德年满七十，不执行拘留。杜耀则被治安拘留五日，处罚金500元。

许海走在回家路上，这才对爷爷奶奶道："打我的人是杨杜丹丹的妈妈。"

许崇德异常愤怒，吼道："杨杜丹丹勾引我家小海，还把小海脑袋打了这么大的口子，缝了好多针。这个疯女人还猪八戒反打一钉耙，诬蔑小海强奸。她应该有工作，我要到单位去找她的领导。哼，被派出所拘留了，她的单位不处理，我就去上访。"

第二章
通缉犯抓捕行动

杜耀是杨杜丹丹的母亲，拘留她，派出所副所长钱刚深觉遗憾。做出处罚决定前，他特意和杜耀谈了话，告知她做出处罚决定的事实、理由、依据以及她依法享有的权利，说完这些后，还特意解释了几句："你们都不同意调解，许海家长更是不依不饶，无法调解，我们只能依法依规办事，希望你能够理解。"

"这事不怪派出所，我能理解。但有一个问题，我被拘留后，档案里会不会有记录，如果有记录，会影响工作吗？对以后子女上学和工作有没有影响？"杜耀是运动员出身，比普通女子坚强，得知结果无法更改，心情平静下来，考虑行政拘留对自己和家人的影响。

钱刚决定把话讲透，道："治安拘留不会留案底，留案底的主要针对的是刑事处罚。但是，治安拘留会在原办案单位留下治安拘留档案，对你个人生活没有太大影响，如果你的子女参军或者公务员考试需要政审时，或许会遇到障碍。"

"杨杜丹丹会遇到麻烦？"

"也许会遇到麻烦，不过仅限于对政审要求严的特殊情况。"

"那就是少了很多人生选择，这对我女儿不公平。"杜耀完全没有想到一场偶遇后发生的冲突有可能影响杨杜丹丹的人生，而几乎卡死女儿的小杂种许海却由于不满十四周岁，不予处罚，派出所仅仅是责令其监护人严加管教。一起和自己打架的老头因为年龄太大也不需要执行拘留。强烈反差让她难受起来，抹起眼泪。

钱刚见眼前强悍的女人落了泪，劝解道："这就是人生，有时确实不公平。社会上有很多垃圾人，谁碰上谁倒霉，遇到这种垃圾人，千万别想着和他们较量，较量的结果就是干净的人跳进垃圾堆，无论如何都得吃亏。"

这是多年老警的肺腑之言，钱刚真心实意地希望杜耀能够听进心里。

下班后，钱刚脱下警服，换上便装，到胡秀家吃饭。他在派出所分管刑侦，与刑警二中队李超李大嘴私交很好，今天接到胡秀电话，到李大嘴家里团年。

胡秀还是住在原来的家，客厅墙壁上有一排柜子，柜子上摆着家人合影。照片是景点所拍，李超穿着花衣服，站在妻子和女儿中间，露出夸张的表情。今天，战友们在家中团年，照片中的李超继续保持夸张表情，俯视这热热闹闹的场景。

来人有市刑警支队原支队长朱林、江阳区刑警大队大队长丁浩、江阳区派出所副所长钱刚、市刑警支队重案一组组长侯大利以及二中队民警马兵、何勇等人，另外还有在厨房帮忙的李琴和黄小军两个年轻人。

红烧羊蝎子装在大盆里，热气腾腾，散发着诱人的香味。胡秀端来两个冷盘，摆在桌上，道："朱支，你主持，先喝起。"

往日冷峻的朱林变得慈眉善目，乐呵呵地道："小胡，一起来啊。菜够多，别弄了。"

胡秀道："还有两个菜，很快就弄好，你们先吃。"

丈夫牺牲后，胡秀有过一段艰难时光。靠着朱林、侯大利、丁浩、钱刚等战友的多方帮衬下，胡秀这才挺了过来，抹掉眼泪，带着女儿努力面对失去李超的新生活。如今女儿读初三，成绩优秀，偏离正常轨道的生活重新走上正轨。胡秀心存感恩，每年春节前，都要请帮助过自己家庭的战友们在家里吃顿团圆饭。

大家围坐在一起，聊了一会儿闲话。朱林对帮忙端菜的黄小军道：

"小军，你毕业以后有什么打算，读研还是参加工作？"

黄小军将一盘切好的香肠放在桌上，道："朱叔，大利哥没有读研，我也不准备读研，争取到江州公安局工作，做刑警。"

朱林语重心长地道："行行出状元，当刑警只能算是人生选择之一，其实人生还有更多选择，各有各的精彩。你如果打定主意当刑警，最好能在派出所历练几年，全面熟悉情况，这样基本功更扎实。大利没有在派出所工作过，这是重大缺陷，迟早要补上这一课。"

钱刚在派出所工作时间长，满肚子牢骚，道："朱支，现在不同以往，能够不来派出所最好别来。所有苦活累活都压在派出所，累得死去活来、神经麻木、身体老化、早衰早死仅仅是一方面，还吃力不讨好，上级部门动辄问责，当几年所长不挨处分都不好意思。丁大队，你们那边缺不缺人手，我也是老刑警，到了刑警大队绝对不会拉稀摆带。"

丁浩拱了拱手，道："城区所有上百号人，钱所长这个大神哪能到我们这个小庙，即使要过来，也是过来当领导。"

侯大利是李大嘴徒弟，到了师父家就很主动地给大家倒酒，听大家闲聊。

胡秀端上最后一盘大菜后，团圆饭正式开始。第一杯酒由朱林主持。朱林端起酒杯，望着到李超家团年的诸人，神情严肃，语调沉重："这一杯酒先敬牺牲的战友李超、黄卫和田甜，他们是为了社会和人民英勇牺牲，这不是大话，是实话。生命无价，若不是为了正义，谁愿意在和平年代献出自己的生命？我们，先敬逝去的英雄。"

胡秀不善喝酒，平时极少沾酒，今天端起酒杯，仰头喝了这杯酒。

喝完第一杯酒后，朱林又道："第一杯酒敬牺牲的战友，第二杯酒敬战友的家人，英雄牺牲了，给家人留下了许多遗憾，这个遗憾永远不能弥补，除了情感上的遗憾，家人的生活也受到很大影响。家庭不再完整，经济遇到困难，但是生活还要继续，事业还得有人继承。大家端起这杯酒，所有英雄的家人们擦干眼泪，挺起胸膛，活得精彩，让逝去的亲人安息。"

胡秀的老公、黄小军的父亲和侯大利的未婚妻都英勇牺牲。他们牺牲于不同年份和不同地点，除了在公安系统内部引起一些震动外，公安系统外的人根本不知道他们的牺牲。朱林发自肺腑的一席话，让气氛凝重起来，侯大利、胡秀和黄小军眼中皆有泪光。

第三杯酒是团圆酒，所有人再次举杯，互祝新年快乐。

三杯酒后，气氛缓和下来，大家开始互相敬酒。敬酒过程中，所有人都忘掉生活中的不快，露出笑脸，祝福明年一切顺利。

丁浩与钱刚单独碰酒后，问道："杨杜丹丹妈妈和许海打了一架，后来怎么处理了？"

钱刚放下酒杯，先是自顾自骂了一句，再道："我来之前才和杜耀谈过话。在大街上互殴，许海爷爷坚持要十万赔偿，杜耀一分钱不出，双方互相咒骂，不同意调解。结果只能走程序，杜耀被拘留，许海被教育一番后大摇大摆走出派出所。许海爷爷是奇葩，凡是有良心的人在自家孙子强奸未遂之后面对女方家长都会内疚，他不仅一点都不内疚，还指责杨杜丹丹是烂女人，勾引他孙子，要杜耀赔十万才肯调解。我不知道许海爷爷是演戏还是真心这样认为。"

丁浩道："以前我在支队二大队的时候就接触过许家的人，许海的父亲许大光是蛮横不讲理的角色，开了采砂厂，用了很多原向阳大队的人，是城中村那一带的霸王，一呼百应，城管到了向阳小区附近，根本不进去，绕道走。"

凡是与田甜有关的人和事，侯大利都特别敏感，道："许海又犯了什么事？"

"和以前一样，猥亵女同学。"丁浩简略讲了事情经过，又道，"事先，我们进行了调查走访，许海曾经多次和同学吹牛，说他距离满十四岁还有四个月，要趁着最后四个月办点大事，满了十四岁就没有机会了。这个杂种懂得钻法律的空子，肯定在十四岁之前还要犯罪。"

"许海这人是狗改不了吃屎，他肯定还要欺负女同学，幸好我和他不在一个学校，否则完全没有安全感。"李琴刚读初三，对杨杜丹丹的遭遇感同身受，特别愤怒。

黄小军心存疑惑，道："朱叔叔，我同意李琴的看法，许海肯定还要犯事。为什么刑警大队不能提前预防？"

朱林即将退休，对小辈们格外耐心，道："从全局来看，公、检、法、司共同预防犯罪是正确命题，也很重要。但对于我们侦查员来说则要抛弃预防犯罪的思想。侦查员面对的是已经或正在发生的犯罪行为，这个时候需要侦查员出手。但是，侦查员不要对没有发生犯罪行为的人进行调查和告诫，这一点很重要。若是这样做，时间长了，事情由量变发生质变，侦查员腐败会由此而生，这是经验之谈，大家引以为戒。侦查员如何出手，何时出手，出手轻重，大有讲究，很考验侦查员的智慧。"

说到最后几句话的时候，他眼光转向了黄小军和侯大利。

黄小军没有实际工作经验，对朱林的告诫一脸懵懂。侯大利则有更多感悟，凝神细思。他的父亲是山南省最有名的企业家之一，这个身份给他带来了一些便利，也增加了他融入集体的难度，重案大队不少侦查员仍然在内心深处将其视为另一类人。但是坚冰是一点一点融化的，至少在胡秀家里的这些侦查员大多忘记了侯大利的父亲是侯国龙，而视其为战友和朋友。

晚餐后，朱林、丁浩等人留在胡秀家里打麻将，这也是李超还在时的保留节目。一线侦查员们一年忙到头，春节前抽空打几局麻将算是难得的休闲时光。

侯大利和黄小军没有留下来打麻将，步行回家。两人单独在一起，黄小军没有藏着掖着，道："大利哥，既然判断出许海还要犯案，为什么不提前控制？朱叔叔刚才说的话我没有听懂。许海继续犯案是板上钉钉的事，难道我们只能眼睁睁地看着吗？"

侯大利想了想，道："以事实为依据，以法律为准绳，可不是说着玩的。侦查员的侦查行为有严格的程序和追查制度，并非我们认为应该怎么办就能怎么办。监控许海，理由是什么？仅仅是怀疑他要继续犯罪，这个理由摆在明面上说不过去，没有领导会同意。而且，每到春节其间，各种警务活动和非警务活动都很多，各单位都缺人手，根本抽不出警力去监控，更别说这种监控还是违规的。更重要的是侦查员在行使侦查权时不能过线，过线往往会违规，我们有过这方面的深刻教训。社会有光明的一面，也有阴暗的一面，还有灰暗的一面，等你工作后，慢慢体会吧。"

黄小军道："那我们能做什么？总不能一点都不做，眼睁睁看着坏人继续做坏事。"

侯大利道："还是可以做一些事情。比如，可以利用学校的法制校长，给同学们进行有针对性的普法，让家长更加警惕，这是可以做的。比如，加强社会治安综合治理，增强学校的保卫力量和增加监控设备，这也是可以做的。"

黄小军总觉得这些方法是隔靴挠痒，根本不能控制许海。

侯大利也认为自己给出的方法是隔靴挠痒，与黄小军分手后，想着许海犯下的种种恶行，神差鬼使地步行到了向阳小区。

向阳小区位于江阳区有名的城中村东部。城中村由一大片低矮住房构成，最东边一个开放式小区，由以前的向阳生产大队命名，为向阳小区。侯大利通过麻将的哗哗声大体定位了许海爷爷家的麻将馆。一般家庭麻将就一桌人，声音不会太大，而许家麻将馆的哗哗碰撞声此起彼伏，非常明显。

四楼，麻将馆房门大开，四桌麻将火力全开，每桌都有闲人站在背后观战。侯大利不用进门就能清楚看到麻馆内详情，往上又走了一层，再返身下楼。

下楼后，侯大利仔细观察小区环境。小区路灯大多被破坏，有三个路可以进出，只发现中间一个路的路口处有一个监控，从监控镜头的陈旧度来看，能否正常运行都无法确定。

总体来说，城中村基础设施差，向阳小区附近的监控探头分布较少，且多为老型号。侯大利脑中有一幅精准的立体地图，观察周边时，一个个监控设施飞入脑海，落在地图之中。他正在默记向阳小区附近的监控点时，思维不受控制穿越了时间之河，来到师范后围墙，在侦办杜文丽案过程中，他和田甜无数次在师范后围墙寻找监控镜头，当时寻常的行动，现在回想起来却异常甜蜜。正是因为异常甜蜜，失去后才更加伤痛，且无法排遣。

寒冷的夜，昏暗的街灯，照出了一条长长的身影，孤独地走在街上。

江州大酒店，宁凌陪着李永梅在顶楼茶室喝茶。到了凌晨，侯大利还没有回来。李永梅道："大利平时都是这么晚吗？"

"大利哥回来的时间不规律，有时很晚，有时又挺早。他不苟言笑，看不出心情好坏。虽然他回家的时间不规律，但是生活自律，没有不良嗜好，也没有什么业余生活。"宁凌尽量客观地描述着侯大利的生活习惯，描述出来后，觉得这个富二代的生活单调得令她都感到忧伤。

"我儿好可怜。本来可以享享福，现在的日子过得，唉，比我还要惨。"

李永梅刚满五十岁，在她们这个圈子里很多女人到了这个年龄都保养得非常好，皮肤嫩滑如三十岁。李永梅在宁凌面前基本上是素颜，肤质尚可，就是略为憔悴，眼角有了细密的鱼尾纹。时间对每个人都是公平的，不管你是普通的工薪阶层还是亿万富翁，不管是平民百姓还是手握重权的达官贵人，到了该衰老的时间，一定会衰老，直至走向死亡。

宁凌知道干妈为何伤心，不便劝阻，只是陪在她身边。

顾英坐在大堂，与进门的侯大利打过招呼后，赶紧给宁凌打电话，通报信息。侯大利刚走出电梯，笑容满面的服务员便迎了过来，请其到茶室。

进了茶室门，他用力揉了揉脸颊，挤出些笑容，道："妈，你什么时候来的？"儿子进门的时候，带着一身莫名的寒气，这让李永梅很心疼，心疼到忘记了自己的烦心事。招呼儿子坐下，她让服务员端上一碗馄饨，道："你小时候特别喜欢吃世安厂食堂的馄饨，每次吃都要吃一大碗。这家饭店的馄饨做得挺好，五星级水准。"

侯大利吃了几个馄饨，道："味道不错，但不是当年世安厂的味道。"

李永梅轻轻拍了拍儿子的手背，道："你这个孩子年龄不大，怎么老想着以前的事，要往前看，否则一辈子都不会快活。"

侯大利没有说话，继续吃馄饨。宁凌起身，准备找借口离开。

"宁凌你不是外人，别走。大利一个人在这边，你还得多照顾他。"李永梅将宁凌安排在江州大酒店，一方面是在江州安排一个信得过的人，夏晓宇是创业老人，目前掌握太多资源，多一双眼睛盯着总是好事；另一方面她想让宁凌成为自己的儿媳妇，有意给两人创造机会。

吃完馄饨，喝掉汤水，侯大利身体里的寒意这才彻底消散。李永梅慈爱的瞧着儿子，刹那间仿佛回到了当年世安厂时期艰苦又温馨的时光。看着英俊帅气儿子的灰白鬓角，想起自己的烦心事，道："世上没有不散的筵席，有的筵席早些散，有的筵席晚点散，迟早都得散，这是命中注定的事情。儿子啊，你真不要纠结过去，杨帆和田甜都是好姑娘，可是她们已经走了，走了就回不来，永远都回不来。你得有自己的生活；得有个知疼知暖的人；得有个为你传宗接代的人。田跃进肯定爱他的女儿，这一点是不容置疑的。他现在有自己的生活，和小杨律师结了婚。你要学他，勇敢面对新生活。"

侯大利伸手拿过纸巾，擦了擦嘴。

李永梅叹息一声，道："我和你爸曾经很恩爱，现在我们关系也还行。实话实说，你爸在老板圈子里算是品行很好的，没有太多乱七八糟的事情。就算是我们这样的家庭，你爸也养了外室，还生了儿子。"

侯大利道："妈，你知道这事？"

"你知道这事？"李永梅终于在儿子面前说出了梗在心里很久的伤心事，却见儿子的神情没有太大变化，吃了一惊。得到肯定答复后，李永梅泪水瞬间奔涌而出，"你是什么时候知道的，你和侯国龙一起瞒着我，把我当傻子。"

宁凌递了一张纸巾给李永梅，轻轻拍着其后背。

侯大利几乎忘记母亲哭泣时的模样，在记忆中母亲最后一次痛哭还是十年前外公去世时的场景。他想了想，决定实话实说，道："我第一次受伤住院，我爸就跟我谈过这事。我的工作有危险，我爸不想让偌大的家产落到别人手里，所以还想生一个儿子。"

听到这个答复，李永梅有些意外，道："早知道侯国龙是这个想法，我就再给你生个弟弟。大利，你脑袋傻了吧，这种事情不给妈妈说。你爸找外人生儿子，这是要夺你的家产。呸，做梦。"

侯大利试探着道："妈，你会和爸离婚吗？"

李永梅瞪了儿子一眼，道："我没有你这么傻，绝对不会离婚。国龙集团有我的心血，谁都抢不走。大利，这个社会非常残酷，你的心要硬，否则处处都是牢笼。"

宁凌听到干妈的肺腑之言，想起父亲经营的餐厅被人强取豪夺，自己少女时代就遭遇了家道中落，悲从心来，泪水忍不住想要流。她不想让干妈和侯大利发现自己失态，便到卫生间，小心翼翼抹去泪水，补了妆。

"从你爸有了另一个儿子开始，国龙集团就和以前不一样了，你现在有个同父异母的弟弟，他是你的竞争对手。妈和你才是一条心。我不会和你闹别扭，更不会和你爸闹离婚，我会守住我们的阵地，不让外人占了便宜，这才是最重要的。"李永梅伸手摸了摸儿子的脸，道，"大利，你能够回集团最好，我真不想让辛苦打下的江山让其他女人来享受，更不想有人抢你的财产。你妈毕竟是女人，文化水平不高，集团太大了，我如今力不从心。"

这一刻，侯大利真有些动摇，想回到国龙集团，站在母亲身边。但他没有急于做决定，更没有为了孝顺而改变自己的意愿，起身坐到母亲身边，搂着母亲的肩，道："我现在不能承诺，妈，给我点时间。"

"你能不能有个期限？"

"暂时不能。"

"不回来就不回来，当妈的只有一个要求，远离危险，不要拼命。"李永梅面对固执的儿子没有办法，只能妥协。

侯大利、李永梅和宁凌聊到凌晨两点，各自睡下。早上八点起床，三人一起吃了早饭。早饭后，李永梅和宁凌带着行李箱下楼。

侯大利站在车旁，道："妈，到高原旅行缺氧，净化心灵纯粹就是扯淡。"

李永梅又摸了摸儿子鬓角的灰白头发，哼了一声，道："你不听我的话，老娘就不听你的劝，咱们母子扯平了。老娘就要去高原，宁凌陪我去。你要真关心老娘，有事无事打个电话。"

小车启动，侯大利欲言又止。

上午十点钟，张小天、葛向东的车进入了刑警老楼，二人下车来到三楼资料室。

侯大利早就为两人泡好茶水，道："你们九点就下高速，现在才到？"

"我送张小舒到她的姑姑家。师弟，如今你的名气都传到了总队，在总队都叫你小神探。我向骆主任请假，他直接来了一句，又到小神探那里去？去吧去吧。如果是到其他地方，恐怕请假没有这么容易。"张小天没有穿警服，仍然是T恤、牛仔裤加运动鞋。虽然是满大街都有的最寻常打扮，但她气场颇为强大，最寻常的打扮也能透出别人没有的利索劲。

侯大利自嘲道："我这点本事，哪里进得了总队大牛们的法眼。"

"总队之所以大牛多，原因很简单，总队长就和老鹰一样，时刻盯着各地，凡是有人才冒尖就掐进来丢到总队。你这个小神探已经进入总队长法眼，迟早要调上来。老葛如今在总队也有了名气，昨天湖州侦破了一起恶性杀人案，老葛提供的画像和凶手几乎一模一样。105专案组了不起，给我们输送了两个人才。今天这五幅画像，老葛是连夜制作，几乎一夜没有合眼。"张小天笑起来时眉毛上挑，神采飞扬。

105专案组费尽心思搜集到五人读高中时的照片，以及除了杨永福以外其他四人现在的照片，交由葛向东画像。葛向东加班加点制作，终于在昨晚完成了五幅画像。葛向东从背包里取过几个卷幅，一一展开。这是少年人站在世安桥的画像，面部分别是杨永福、金传统、秦勇、张佳洪、李小峰读高中时的相貌，身材和服饰根据本人现在的身材进行变化。

诸人前往看守所，由王华和张小天提审石秋阳和王永强，辨认五幅画像。

石秋阳距离世安桥距离较远，没有看清凶手面容，无法辨别凶手是否和五幅画像接近。

王永强留着光头，身体明显瘦了下来，精神倒还行。看了画像，他伸手指了指，道："这幅最接近，五官记不太清楚，我说的是神情很接近，那人脸上有一股怨天怨地的凶狠劲，仿佛全天下谁都欠他，特别欠揍，这张很有那种欠揍的感觉。"

侯大利和葛向东在监控室内看着屏幕。

葛向东道："这幅画是杨永福。杨永福以前是富二代，他爸爸生意失败自杀后，同学们说杨永福天天板着脸，说话做事爱走极端。我是按照这个思路来画行凶者在桥上的表情，也许摸到边了。可惜，杨永福已经宣告死亡。"

"宣告死亡并不等同于真正死亡，还有各种可能性，就如当年杜强一样。专案组下一步的重点就是围绕杨永福失踪做调查，用杨永福直系亲属的DNA来追查杨永福，只要他作案，留下DNA，那就能够找到真相。如果他确实死亡，或者不再作案，那就很难了。"侯大利这时才体会到了当年丁晨光曾经面临的困境。茫茫人海，如果凶手不再犯事，或者真的死亡，那么就永远找不到真凶，真相的碎片也就淹没在历史长河里。

提审结束，四人会面。

张小天道："王永强的日子不多了，对人生有了彻悟，这次说的是真话。"

王永强所言大体是真，杨永福的嫌疑顿时上升。杨帆遇害初期，一点线索都没有，经过十年坚持不懈地努力，当年世安桥上发生的事情逐步还原，有了侦破的希望。

侯大利真诚地道："为了判断王永强是否说谎，师姐特意跑一趟江州，辛苦了。"

张小天扬了扬手中U盘，道："我不是纯粹帮忙，另有目的。王永强是我重点研究对象，等到王永强案子结束的时候，我应该能够出一篇论文。"

葛向东道："晚上大家聚一聚，先说清楚啊，我请客。张主任把张小舒叫上，我们吃了饭再去唱歌，欣赏一下专业选手的歌喉。林海军过了春节要回总队，我把他和陈浩荡也约上。"

王永强指认了杨永福，这让葛向东很有成就感，心情特别愉快。除了心情愉快之外，葛向东组织饭局也为了联络大家的感情。这两年，葛向东妻子邵萍与国龙集团搭上线，生意做得不错。即将过春节，在这个时间点请客是加深感情的有效手段。

果然，侯大利和张小天都同意了葛向东的提议。

晚六点，大家聚在邵家所开的餐厅。

陈浩荡打趣道："林师兄即将回总队，今天我们只谈友谊，不谈案子。前几次聚会，林师兄和大利只要凑在一起总得谈案子，谈得火药味十足。"

林海军的目光时常落在对面的张小天身上，自嘲道："实话实说，最初我来江州挂职，很有心理优势。后来才发现基层单位卧虎藏龙，特别是江州刑警支队，真是强手如林。被侯大利打过两次脸，啪啪响。这或许就是我来挂职的意义，熟悉基层，了解基层。"

"江州是山南省第二大城市，江州刑警支队向来是全省刑警的标杆，你还一口一个基层单位，这是没有摆正自己的位置。在座之人，你真以为办案能力都强过大利或者是滕鹏飞？我看不一定吧。"张小天面对自己的追求者，毫不客气，快人快语。这是她长久以来形成的风格，林海军能够接受，所以也不生气。

张小舒好奇地打量着姐姐的同事们，目光从林海军、陈浩荡再滑向侯大利。她的目光在侯大利的鬓角上多停留了几秒，随即飞快滑走。她听说过侯大利十年追凶和未婚妻牺牲之事，觉得眼前这个帅气的年轻人特别深情，又真的很可怜。

邵萍坐在侯大利身边，没有谈家族生意，而是谈起了葛向东的变化，她道："大利，我其实挺感谢你，老葛以前的绰号特别难听，很多同事在聚会时都在我面前用这个绰号调侃他，我很反感，可老葛听到这个绰号不仅一脸无所谓，还答应得乐呵呵，我更生气。这件事的转变在进入105专案组后，他几乎每天都回来看画画方面的专业书，精神面貌和往常大为不同。调到省刑总后，我参加过两次聚会，同事们都叫他葛教授，虽然也有开玩笑的成分，可是与葛朗台相比是一个天上一个地下。作为妻子，我还是以丈夫为荣。他没有尊严，我脸上也无光。"

葛向东佯怒道:"你是哪壶不开提哪壶,我当年被叫成葛朗台,还不是为了家里的生意。"

邵萍道:"你确实为家族生意出了力,可是我更喜欢你现在的样子,这才是男人应该有的模样。"

晚餐后,葛向东又张罗着大家唱歌。

吃饭时,张小舒是旁听者,基本不插话。到了歌厅,葛向东用最夸张的姿势把话筒交给张小舒,由她唱第一首歌。

张小舒和堂姐张小天都穿T恤、牛仔裤加运动鞋,张小天穿这身打扮显得干练利索,而张小舒穿相同的衣服则非常温婉,柔美中带着一丝优雅。

她接过葛向东递来的话筒,落落大方唱了一首老歌《山楂树》:"歌声轻轻荡漾在黄昏水面上,暮色中的工厂已发出闪光,列车飞快地奔驰,车窗的灯火辉煌,山楂树下两青年在把我盼望,哦那茂密山楂树呀白花满树开放,我们的山楂树呀为何要悲伤,当那嘹亮的汽笛声刚刚停息……"

张小舒气质温婉,一曲《山楂树》却很是大气,宽阔深沉,忧伤中藏着热情。

侯大利陷入歌曲营造的意境之中,曲罢,仍然坐在沙发上一动不动,直到掌声四起才惊醒。

春节前,江州市大体平安,虽有入室盗窃、抢夺、伤害等案件,但全市没有需要由刑警支队直接侦办的恶性案件。

2月11日,重案大队下发了春节值班表。

侯大利在初一和初四值班,初五备勤。探长张国强是外地人,春节其间父亲七十大寿,侯大利主动在初二和初三替张国强值班。这样一来,侯大利在初一、初二、初三、初四值班,初五和初六备勤,基本上整个春节都在单位度过。

张国强离开时,特意打来电话:"组长替我值班,有些不好意思。"

侯大利坐在电脑前,在内网浏览各地的案情通报,随口道:"别和我客气，我初二回一趟家就行，其余时间也是一个人待着。"他所说是实情，田甜牺牲后，小家不复存在，高森别墅成为禁区，除了宁凌安排的打扫卫生的人外，无人前往。而原生家庭在近期也疏于联络，父亲侯国龙独自卧于国龙集团顶端，时刻俯视国龙王国，往日张罗着吃团年饭的母亲李永梅则带着宁凌外出旅行，三口之家被生活击得四散。

浏览一会儿内网，侯大利取过随身携带的小笔记本，记下一条信息："2月11日，长青县发生入室盗窃案。"往前翻笔记本，"2月10日，在长贵县有两起入室盗窃案，2月8日，在长荣县有两起入室盗窃案。"他在笔记本上又写下："要留意入室盗窃案，观察作案手法，判断是否可以串并案侦查。"

大年三十上午，常务副局长柳江河拿到除夕夜安保工作方案。

在市公安局领导中，分管刑侦的副局长一般来说相对年轻，在市局领导里排位不靠前，宫建民是新提拔的党委委员、副局长，在局班子里排在倒数第二。排正数第二的是常务副局长柳江河，春节安保工作由其负责。

2010年的工作方案和2009年相差不大，除夕夜当晚七时三十分至次日凌晨，江州3700余名公安民警、武警、消防官兵坚守岗位，全力确保治安、交通、消防安全。

柳江河看了一遍警力分配表，皱了皱眉，问道："金江寺是由侯大利负责？"

指挥中心老蒋道："看起来我们警力也不少，撒到街面，充实到重点要害部位，还是手长衣袖短。金江寺香客人数虽然多，但秩序总体良好，问题不大。"

柳江河拿起笔，在金江寺执勤名单中加上了105专案组，并特意叮嘱道："105专案组是没有编制的常设机构，除了朱林外，还有三个常设人员，注意要统一调度。"

金江寺是江州历史悠久的寺庙，位于市区最高的山坡上，除夕到金江寺烧午的香客很多，晚上八点半开寺门，一直要到第二天凌晨两点半才关寺门。

105专案组周涛、王华和易思华接到通知后，晚七点出发，前往金江寺。

王华坐在副驾驶位叫苦连天："前几天发的春节值勤表，金江寺值勤人员中没有我们，我还以为这个春节能躲了空子，谁知还得值勤。"

易思华道："柳局长心细如发，绝对是他加上的。"

"重案一组组长是侯大利，105专案组管刑侦的副组长也是侯大利，柳局长是把105专案组和重案一组结合在一起了。"王华习惯性拍了拍肚子，道，"在105专案组最大的收获是肚子小了，以前穿执勤服，肚子太大，紧绷得要命，难看得死。今天晚上回家我也要穿执勤服，让老婆看看我的新模样。"

105专案组来到金江寺时刚到七点半，侯大利等人已经站在了金江寺门口。阴黑的天空飘起小雨，雨水阴冷，侯大利在执勤服外套了一件雨衣，不一会儿，雨衣上就有雨滴滚落。

王华打了招呼，道："难得看你穿一次执勤服，帅气。我刚才还觉得身材不错了，和组座比起来就差得远。"

"锻炼确实有效果，你才到专案组时，比现在胖两圈，走路时浑身的肉都在抖。"侯大利抖了抖帽檐上的雨滴，道，"除夕天宁愿飘点雪，大冬天下这种阴雨，讨厌。"

江克扬对控制人群很有心得，拿着喇叭，指挥陆续到来的香客排队；伍强和马小兵布置警戒带；王华、周涛和易思华则站在人群周围，维持秩序。

晚上八点，香客们已聚集在寺门前，怀着虔诚之心在除夕来到金江寺烧香，为明年祈福。他们很听指挥，冒雨排队，等待寺庙开门。

侯大利、江克扬等人在维持秩序的同时，也在留意观察香客们，寻找里面可能出现的逃犯。

市公安局为了加大打击刑事犯罪的力度，保持对刑事犯罪的高压态势，利用春节这个有利时机，以"破积案、抓逃犯、消隐患、保平安"为主线，采取传统追逃和网上追逃相结合的办法，力争抓获一批逃犯。江克扬在火车站派出所工作时，时常揣摩逃犯的面貌特征，练出"过目不忘"的神眼。调到市刑警支队后，他仍然保持记忆逃犯照片的习惯，屡有斩获，为此还获得过三等功。侯大利知道江克扬这项优势，将其派到与香客面对面的入口位置。

晚上九点半，金江寺开门，香客们鱼贯而入，秩序良好。山风吹来，阴雨扑面，作训帽帽沿上不停滴落水珠，在空地上站了两个小时的执勤民警们都感到寒气逼人，却不敢放松警惕，依然挺着胸，守在岗位上。

大门外聚集的人群逐渐减少，值勤民警松了一口气。

江克扬慢慢走到侯大利身边，与其并排而立，不动声色地道："看到一个逃犯，岭西人，杀了邻居。穿黑色长款羽绒服那个，我敢肯定，绝对是他。"

"有几人？"侯大利身体姿势没有变化，仍然面对着香客们。

江克扬道："据我观察，应该只有一人，无法判断有没有武器。现在请求支援恐怕来不及了，我建议等他出门时就实施抓捕。"

香客们聚集，无法判断对方有没有武器，当场抓捕具有一定危险性，但是时机稍纵即逝，侯大利当即做出决断，道："我暗敌明，可以打他一个措手不及。我、老伍和华哥换便装，在寺门外守着他，他抬腿跨过门槛必定重心不稳，我们趁机扑倒他。我们无法判断对方是否有武器，我扑右手，戴手铐，老伍扑左手，华哥按住他的头，不要让他翻身，绝对不能让他有取出武器的机会。喇叭仍然由老克掌握，和刚才的节奏一样，否则会引起怀疑。如果人群有骚动，要注意控制和引导。"

侯大利、老伍和王华到停在寺旁的越野车里换了便装，带上手铐、脚铐和头套等工具，回到寺门口。侯大利和老伍守在门口，王华进入寺庙，跟踪身穿黑色长羽绒服的高个子。

江克扬拿起喇叭，在门外招呼香客："下雨，地滑，大家不要拥挤，停三秒，慢几步，一年平安。"

穿执勤服的易思华和周涛站在寺门外，帮助维持秩序。

穿黑色长羽绒服的高个子是个胆大妄为的迷信之徒，流窜到江州，听闻金江寺很灵验，准备在除夕烧了香后，在江州躲一阵子。他母亲是江州人，语言上没有问题，对他来说江州是一个极好的落脚点。

进入寺庙前，他暗中观察执勤警察，判断警察就是临时抽调过来维持秩序的，便大摇大摆走进寺庙。烧完香，门外警察还站在原地，一切正常。他跟随人流到达高门槛，刚刚抬腿，从右边扑过来一人，随即左边也扑过来一人。

王华猛跑两步，上前，用力把高个子的头按在地面。

高个子被扑翻在地，右手剧痛，几乎要被扭断，想要喊叫，嘴巴又被压在地面上，吃了一嘴泥。

侯大利极为利索地给高个子上了反铐；老伍给高个子戴上头套；王华给高个子上了脚铐。

转眼间，高个子已被完全控制。他空有一把力气和精准枪法，根本没有使出来的机会。周围香客受到惊吓，朝四周奔逃躲避，江克扬及时出现，用喇叭招呼道："警察抓逃犯，大家保持镇定，不要慌乱。"

侯大利和老伍半拖半拉，迅速将高个子带离寺庙，架上越野车。经检查，高个子带有一把仿制手枪，挂在腰上，弹夹里有五发子弹。若是动作慢了，高个子抽出枪，在人群中射击，后果不堪设想。侯大利又用警绳捆紧高个子，确保万无一失。

今天来执勤的警察都没有想到会意外碰到被通缉的杀人犯，这是一场有可能出现牺牲的遭遇战，生死就在一瞬间，制服高个子后，参战侦查员暗自感到后怕。

侯大利拿出香烟时，才发现扑倒高个子时，指背擦破了，鲜血淋漓。他给老伍和王华散了烟，道："今天配合得还不错，大家都很果断。过完春节，我们申请到战训基地专门练一练小组战术。"

老伍抽烟时发现刚才用力过猛，手还在发抖。他甩了甩发抖的手，道："今天时机挑得好，逃犯刚好抬腿，重心不稳，我们才能轻易扑倒他。这人力量很强，我两只手控制他的左手，还差点被他挣脱。我压上全身重量，才把他的左手扭过来。"

侯大利在山南政法侦查系读书时苦练过反关节技，这个技术在抓捕时屡见成效。反关节技的动作要领是要在对方猝不及防的情况下发力，控制对方关节，使其丧失战斗能力。他在扑倒高个子的同时用力扭转了对方关节，没有给对方反击的机会。对方手腕剧痛，也就给了老伍可乘之机。

被捆得如螃蟹一样的高个子这才彻底反应过来自己是被几个警察扑翻了，想着一身本领完全没有施展就莫名其妙栽在金江寺门前，极不服气，用力挣扎着，嘴里大喊大叫："有种就真枪实弹干一场，你们这群小人，暗箭伤人，算什么英雄。有种单挑，老子打死你。"

侯大利道："华哥，今天锻炼没有？"

王华道："我现在天天锻炼。"

侯大利道："那你脚最臭，脱袜子，堵这厮的嘴，免得叫起来心烦。"

高个子大喊道："你们这些走狗，不得好死。"

袜子塞进高个子的嘴里后，侯大利冷冷地道："是你傻帽，我们是警察，从来不单打独斗。"

指挥中心接到报告后，派警车到金江寺接走高个子。侯大利等人换回执勤服，继续做安保工作。

新年钟声响起，城外鞭炮声大作，侯大利、江克扬、王华等人站在寺前，视线宽阔，全城景色尽收眼底。烟花的火光此起彼伏，爆竹声震天，城市变成欢乐的海洋。

到了凌晨一点，香客们陆续离开，零星还有香客到来。侯大利在抖落帽上雨滴时，目光捕捉到一个熟悉的身影。夏晓宇受侯国龙委托，特意晚一点带乔亚楠过来上香，没有料到在寺门见到一身警服的侯大利。迎面相撞，目光相接，夏晓宇躲都没有办法躲。

"晓宇哥，你上香？"

"大利，你这个神探也要值勤。"

侯大利的目光停留在夏晓宇身边的女子身上，女子五官端正，气质高雅，抱着个一岁多的小男孩。女子和侯大利互相打量，都知道对方是谁，没有人抢先说话。侯大利对眼前的女子没有恶感，因为这是父亲的女人；同时也没有好感，因为这是母亲的敌人。他脸上没有笑容，神情冷峻，目光如刀，从女子脸上一扫而过，停留在小男孩身上。

小男孩长得虎头虎脑，一双圆眼睛滴溜溜乱转。他的眉毛与寻常小男孩相比格外浓密，这是侯氏家族在相貌上的重点特征，侯国龙如此，侯大利如此，这个小男孩也是如此。

小男孩朝侯大利伸出手，说道："抱、抱。"

雨刚停，风未住，侯大利仍然穿着雨衣，边缘还在滴水。他没有抱那个小男孩，微微弯腰，伸出食指，由小男孩握着。

看到侯大利这个动作，夏晓宇脸现笑意，道："大利，改天吃饭，我们先去烧香。"

小男孩不肯松手，张开嘴，笑得很开心。那女子温柔地哄劝儿子："宝贝，这里风大，我们进去烧香。"说了几遍，小男孩这才松开侯大利的手指，被母亲抱着进了庙。

夏晓宇道："没见过你穿警服，差点没认出你，改天再聚。"

侯大利挥了挥手，没有说话。

江克扬望着女人的背影，道："乔亚楠以前是江州电视台的台柱子，而且是江州电视台历年来最美的主持人，没有想到跟夏晓宇生了孩子。夏晓宇也是满五十的人了，还没有结婚，享了一辈子艳福。"

侯大利见到小男孩的瞬间便知道他是谁的儿子，想起还在高原的母亲，内心各种滋味都有。

夏晓宇和乔亚楠从寺庙出来，前院只剩下一个拿着喇叭的警察。

来到停车场，夏晓宇启动汽车后，乔亚楠这才问道："刚才那人就是侯大利？"

夏晓宇道："你没有见过侯大利？"

乔亚楠道："名字挺熟悉，第一次见到本人。从他的表情来看，应该知道我和儿子。"

夏晓宇道："大利是市公安局最厉害的警察，是神探，目光如炬，这些事瞒不过他的。他刚才看弟弟的神态挺温柔，你放心吧，大利经历过大风雨，不是寻常人。"

"刚才你叫了声大利，我差点吓死了，如果他知道这事，又当场翻脸，我怎么下台。"乔亚楠拍了拍胸口，回头朝寺庙看去，道，"他真是怪人，居然选择在寺庙站岗，穿警服的模样还真帅。他那道眼光有点刺人，看我时，我很紧张。"

凌晨两点半，香客们基本都散去，侯大利和同事们这才撤岗，结束了安保工作。

侯大利看到手机上母亲的未接来电，立刻回了过去，道："我刚才在值勤，你在哪里？哪有春节上高原的，要被冻成冰棍。"

李永梅接到儿子电话很高兴，道："我给你打了两个电话，你没有接，估计在值班。老娘不傻，不会在春节上高原。我和宁凌在蜀都，开春以后在蜀西玩一圈就回家。我们不会玩太久，得守阵地。等会挂，你和你妹说两句。"

听到"你妹"两个字，侯大利就有些牙疼，简单和宁凌聊了几句，互道新年快乐后便结束了通话。他想起父亲略显臃肿的身材，给父亲发了一条信息："爸爸，新年快乐。大利。"

好几年时间，这是侯大利第一次在除夕夜给父亲发短信祝福。几秒钟后，侯国龙的短信回了过来："儿子，新年快乐！爸爸。"

准备撤离金江寺时，江克扬道："我老婆在家里包了饺子，大家到我家里吃饺子。"

在风雨中站了近八个小时，中间还抓了一个带枪的逃犯，所有人都饿得前胸贴后背，全体响应江克扬提议，特别是单身汉伍强更是欢喜雀跃，道："嫂子包的饺子味道霸道，我正愁没有地方解决肚子。"

江克扬妻子是江州火车站的财务人员，每年除夕都要包上一大桌饺子，邀请和丈夫一起值勤的同事过来吃饺子，这已经成为江克扬家里的惯例。若是除夕当天江克扬要值班，回不了家，吃饺子的日子就顺延。

到了江家，侯大利从车后备厢里拿了两瓶茅台。大盘饺子端上桌，包括易思华的杯里都倒了酒，每人桌前还发了一把蒜。饺子、茅台酒和大蒜形成独特的过年气氛，将大家身上的疲惫一扫而空。微醺的侦查员们谈起抓逃犯时的场景，兴致都格外高昂。

侯大利回到江州大酒店时已经是凌晨四点，简单冲洗后，倒头就睡。

大年初一值班，侯大利泡好茶后开始浏览内网，发现大年三十，长荣县发生两起入室盗窃案，和长青县、长贵县发生的盗窃案一样，犯罪嫌疑人胆子大，手法纯熟，不留痕迹。

正在研究内网上的案子，宁凌的电话打了过来。

"大利哥，有些话我不知该不该说。"宁凌说了这句话后就停了下来，等着侯大利回话。

侯大利立刻意识到宁凌应该要谈的是与母亲有关的话题，道："你给我打电话，肯定是觉得应该和我谈，谈吧。"

宁凌道："干妈知道那件事情后，实际上心情很糟糕，只是表面上装作不在意。这几天早上，我发现干妈的枕头都被打湿了。"

侯大利的证据意识早已在脑海中安营扎寨，形成了独有的思维方式，脱口而出，道："你注意到打湿部分的位置没有？是在嘴巴的部位，还是在眼睛的位置？"

宁凌有几秒钟不知道该如何回答这个问题，缓了缓，道："干妈晚上在偷偷哭。无人的时候，干妈总是发呆。干爸的事情对干妈打击挺大的，伤心到骨子里了。继续这样下去，恐怕状态会更差。"

从小到大，母亲李永梅在侯大利心目中总是大大咧咧、性格豪爽，偶尔会婆婆妈妈，听了宁凌一番话，他猛然意识到母亲虽然是国龙企业高层，在外人看来是成功女企业家，可母亲毕竟是女人，只要是女人，特别是曾经夫妻恩爱的女人都格外难以容忍另一半不忠，不管有多少理由，不忠就是不忠。他伸手拿起值班表，道："这几天我都要值班，没有办法过来。"

宁凌道："大利哥暂时不用过来，我陪干妈四处走一走，散散心。我今天打电话的目的就是告诉你干妈的状态，你平时多打电话，陪干妈聊聊天，多关心干妈。等我们回阳州以后，你经常回家。"

侯大利道："谢谢。这几天把日程安排得满一些，别让我妈有空闲时间。"

很长时间以来，侯大利对宁凌这个干妹妹都不以为然，总觉得干妈和干女儿的关系有点扯，今天这一通电话后，他对宁凌的观感发生了变化。放下手机，侯大利再次在内网上浏览，这一次精力却不太集中，总会想起被母亲泪水打湿的枕头，心情沉重起来。

侯大利拿起手机，拨通了母亲电话，装作没事人一般，与母亲聊了近半个小时。在聊天时，母亲的笑声从话筒飞了过来，弄得他很是心酸。他脑海中出现一个问题："如果父母离婚，母亲肯定会拿到部分企业，这个时候母亲需要我回企业，我能拒绝吗？"这个问题在侯大利脑海中纠缠不停，弄得他心烦意乱。

初三和初四，长贵县和长荣县分别发生了七起入室盗窃案，犯罪手法与前几起如出一辙。

春节结束后，长荣县、长青县和长贵县发生了系列入室盗窃案，三县共有二十七家被盗。三个县的刑侦大队长亲自出马侦办入室盗窃案，一无所获。随着入室盗窃案越来越多，市民开始在社交媒体上讨论，"无能、笨蛋"之类的骂声此起彼伏。

侯大利根据自己所掌握的案情，写了一份《关于建议长荣县、长青县和长贵县系列入室盗窃案串并案侦查的报告》，送到常务副支队长陈阳手中。

市公安局副局长宫建民拿到报告后，对陈阳道："大利真不错，非常敏锐。我要表扬滕鹏飞和侯大利，滕鹏飞昨天给我说过这事，侯大利今天递上来报告。这说明他们两人随时都在关注全市发生的案子，是有心人。等会儿长荣县、长青县和长贵县三个县的分管副局长和刑警大队长过来开会，让滕鹏飞和侯大利也参会。"

2月22日下午，"侦办长荣县、长青县和长贵县系列入室盗窃案工作会"在市刑警支队会议室召开。每位参会人员手中都有一份《关于建议长荣县、长青县和长贵县系列入室盗窃案串并案侦查的报告》。

会议首先由长荣县、长青县和长贵县三县的刑警大队长汇报辖区内的入室盗窃案情况，分析入室盗窃案的特点。

参会诸人都是经验丰富的老刑警，听完三个县的汇报，结合侯大利提供的报告，大家心里都明白在春节其间应该有同一伙贼在三个县活动，非常猖獗。

常务副支队长陈阳布置工作后，宫建民道："我同意陈支队的意见，大家要不折不扣落实。这个系列入室盗窃案需要串并案侦查，这是大家的共识。从案情具体情况来看，没有必要成立全市统筹的专案组，市局可以成立一个工作指导组，由重案一组组长侯大利带队，工作组成员由侯大利挑选。我在这里强调一下，此案还得发挥各县局的主观能动性，工作指导组不负责具体案件指挥，主要责任是搜集信息、协调工作，并提供技术支持。"

散会后，侯大利挑选了江克扬、王华和小林，组成入室盗窃案工作指导组。

滕鹏飞在会上没有发言，会后径直来到宫建民办公室，直言不讳地道："宫局，对今天的安排我有意见。工作组应该由重案大队派人牵头更为妥当，现在直接绕开了重案大队，由重案一组成立工作，重案二组和三组会有意见，会说领导偏心。"

滕鹏飞在担任重案一组组长时，争案子最为积极。如今他是重案大队大队长，手下有三个组，便开始一碗水端平，尽量做到不偏不倚。

宫建民知道滕鹏飞会来找自己，呵呵笑道："滕麻子还是这个性格，有了案子就和鲨鱼闻到血水一样。之所以没有让重案大队组织工作指导组，这是关局定下来的。关局在春节其间到四个县走了一圈，当时便注意到三个县发生的入室盗窃案。在长青县开座谈会时，封长胜发言请求派侯大利到长青县指导侦办入室盗窃案，关局当场拍板答应。侯大利没有跟随关局参加座谈会，凭内网案件通报就发现了问题，确实有两把刷子。年初，侯大利帮助长青县侦办了入室杀人案，封长胜在不同场合讲过这个案例，对侯大利赞不绝口。老封这人内心很高傲，素来不服人，能这样赞扬侯大利，非常难得。"

滕鹏飞"啧啧"两声，满脸麻子都在抖动，道："侯大利现在成了市局的神探，捧得越高，摔得越疼。我不是嫉妒，是提醒，因为当年我也是江州的神探，哎，那时是不知天高地厚。三个县都没有破的盗窃案，肯定有难度，希望工作指导组能发挥点作用，顺利破案。如果破不了案，那就要丢大份。"

工作指导组在会议结束的一个小时后来到长青县。

长青县刑侦大队吴青副大队长如今对侯大利特别有信心，安顿好工作组以后，亲自陪同侯大利、江克扬等人查看长青县的七起盗窃案现场。

案件很简单，偷窃者撬门入室，现金和值钱的物品被洗劫一空。偷窃者胆子很大，在两户被盗人家里做过饭，走时还洗了碗。难点在于没有留下任何证据，没有指纹、没有脚印、没有生物检材、留下的影像无法辨认。

看完七起现场，工作指导组和长青县的侦查员召开案情分析会。

副大队长吴青道："二十七起入室盗窃案，没有一起在长盛县，也没有发生在市区，我们怀疑最大可能是长盛县的惯偷，而且极有可能是近期才释放的两劳人员。长盛县给我们传过来近期释放的两劳人员名单，有四名是因为偷窃被劳改劳教，我们怀疑入室盗窃案的作案人就在这四人之中，只是始终没有找到证据。"

王华道："如果真是这四人，偷了二十七家，多半会在视频中留下踪迹。"

吴青道："我们三个县聚在一起研究过两次了，有一人非常可疑。这人多次在夜间出现在盗窃现场附近的街区，戴着帽子和口罩，看不清楚面容。此人最搞笑也最阴险的地方是帽子上有一圈满天星，从监控视频看起来，头部闪闪发亮，就和外星人差不多，所有监控都抓瞎。通过排查，一个叫郭亮的劳教释放人员具有重大作案嫌疑，但是没有证据锁定他。"

郭亮的基本情况出现在投影仪画面中。郭亮：长盛县城郊镇人，二十二岁，十八岁时因为偷窃被劳动教养三年，于2009年11月劳教释放。从12月开始，长贵县出现第一起入室盗窃案。

吴青继续介绍道："郭亮的身型和戴满天星帽子的人非常相似。我们找到郭亮时，他满不在乎，说是有证据就抓人，没有证据就不要在家里啰唆。"

侯大利翻完卷宗，道："犯罪嫌疑人连做二十七起盗窃案，肯定会留下他自己都没有想到的痕迹，仔细查，肯定能找到。另一个办法就是全面梳理郭亮的行踪，找到藏赃物的地方。"

吴青道:"我们安排警力查销赃渠道,暂时没有发现被盗物品出现。"

晚餐,封长胜、吴青以及工作组再吃青花椒酸菜鱼。鱼味醇香,大家吃得酣畅淋漓。

工作指导组住进长青县公安宾馆顶楼。顶楼附带有小议室,提供给工作指导组使用。来到小会议室,王华望着桌上厚厚的卷宗有些发愣,道:"组座,长青县卷宗集中在这里,责任也就压在了我们工作组头上,更准确地说是压在了你的头上。我说实话啊,前一次在长青破入室杀人案,有运气成分在。运气不会常来,这次如果破不了案,组座倒真让各刑侦大队看笑话了。组座,我还是那句老话,以后这种活儿能避尽量避,耕了别人的田,弄得自己满脚泥。"

侯大利一本正经地道:"这次肯定能破案,有两个原因,第一个原因,和华哥在一起,我的运气都特别好。第二个原因,长青是我们的福地,二道拐黑骨案严格来说也在长青地界上。这一次我们把大营扎在长青,运气肯定仍然好到爆。"

王华自嘲道:"我昨天看了福尔摩斯电影,以后干脆叫我华生,可以沾沾神探的光。"

小林走完七个现场后,眉头就没有松开,道:"我可以肯定地说这是一个惯犯,有很强的反侦查能力,没有留下有价值的痕迹。在家里煮饭吃,这是故意卖弄,向警方示威。人过留影,雁过留痕,二十七起入室盗窃室,他肯定会留下痕迹,只是我们没有找到,对此我坚信不疑。"

侯大利竖起大拇指,道:"我坚决支持小林主任,按照埃德蒙·洛卡德的观点,没有真正完美的犯罪,只有未被发现的线索。"

埃德蒙·洛卡德是法国著名的法庭科学家和侦查学家,他是固执的学者,穷其一生都在为犯罪现场中物证的取证和鉴定工作努力,之所以说他固执,是因为他一辈子都坚信:犯罪者,必留痕。

具体来说,包括现场物证在内的一切物体既不会凭空产生,也不会凭空消失,只会从一种形式转换为另一种形式。能量既不会凭空产生,也不会凭空消失，只能从一个物体传递给另一个物体。而且能量的形式也可以互相转换。洛卡德物质交换原理以自然界两大守恒定律为基础，具有非常可靠的科学依据。

小林作为现场勘查技术室主任，熟悉埃德蒙·洛卡德的观点，又得到侯大利支持，下定决心要从现场中找到线索。

晚十一点，大家都休息了，小林仍然在小会议室翻看卷宗。时间悄悄流逝，到了凌晨两点，他合上了卷宗，这才去睡觉。

第二天，工作指导组先前往长贵县，看了九起现场。午饭后，又马不停蹄前往长荣县。晚上八点，工作指导组众人拖着疲惫的身体回到长青县公安宾馆。长贵县和长荣县刑侦大人各派一辆小车跟随，把卷宗带到长青县公安宾馆。

江克扬和王华望着如小山般的卷宗，相互摇头。

江克扬道："组长的精神值得敬佩，但是做法真不值得提倡。工作组负责指导工作，他的这种做法明显是把责任揽在头上，卷宗拿过来容易，如果没有破案就还回去，脸面挂不住啊。"

王华道："组长是奇葩，就算破不了案，他也不会在意。"

侯大利端着浓茶走进会议室，后面跟着同样端着浓茶的小林。侯大利放下茶杯，道："我再重温一个观点，犯罪者，必留痕。这个老贼连入二十七个现场，不经意间肯定会留下与他有关的线索，我们一定要将他找出来。"

所有人都开始翻阅卷宗，到了凌晨两点，只剩下侯大利和小林。

凌晨四点，侯大利非常疲倦，靠在沙发上休息。他的头刚靠在沙发上，便沉沉睡去。睡去后，他便开始做梦，梦中，前方总有一个女子，身材高挑，行动敏捷。这是一个熟悉的背影，他用尽全力追赶这个身影，可是身体被无形物质阻碍，行动困难，只能眼看着前方的背影越来越远，越来越模糊。正在这时，从遥远天空传来呼喊声，大地摇晃起来。

侯大利睁开眼，小林正在摇晃自己。小林身上散发浓重的烟味，道："我有一个猜想，你帮我判断。"

两人坐在会议桌旁，桌上放着来自长荣县的一个卷宗。小林指着一张现场勘查照片，道："你看一看这张照片。"

照片中是一个被拉开的抽屉，抽屉里有二十来张1角、2角和5角的纸币，都很新，散乱地放在抽屉里。

小林主任道："这家人经营学校伙食团，伙食团每天收到的大额钞票会放在抽屉里，主要是指50和100元的两种，还有些20元钞票。这家人的习惯是每一个星期整理一次大额钞票，然后存进银行，同时换零钱。入室者撬开抽屉，取走了大额钞票，留下了2角和1角那种零钞。长荣县的老许只是采集了抽屉四周的指纹，放过了抽屉里的零钞。"

侯大利彻底从梦境中走了出来，道："老贼戴了手套，二十七个现场都没有采集到指纹，只有三个戴手套留下的掌纹。你觉得零钞中会有指纹？"

小林主任道："我查过掌纹，从掌纹的情况来看，老贼戴的手套挺厚。他非常贪婪，抽屉里10元、20元钞票都被拿走。我想到一种可能性，他在搜集抽屉里散落的钞票时，如果戴着厚手套，肯定不方便，有没有可能看到这么多钱，高兴之余，取下手套搜集这些纸币。如果他取下手套，小零钞就有可能留下指纹。"

侯大利道："你的猜测有道理，老贼有可能大意失了荆州，脱下手套来取散乱的钞票。死马当成活马医，天亮弄设备，到长荣县检查钞票上的指纹。"

早上八点半，吴青副大队长到公安宾馆陪工作指导组吃早饭，侯大利讲了小林的猜想，道："今天上午的任务是到长荣县检查零钞上的指纹，如果运气好，或许能有发现。"

检查零钞时，长荣县公安局分管副局长和刑侦大队长都来到技术室，等着结果。

半个小时后，小林来到小会议室，喜形于色，道："我们采用碘熏法，在纸币上找到十二个指纹，马上送省指纹库对比，同时与郭亮的指纹进行比对。"

十来分钟后，小林一阵小跑来到会议室，道："郭亮的指纹和小零钞上的多枚指纹比对成功。郭亮就是入室盗窃的老贼。"

小会议室里顿时一片欢腾。

市公安局关鹏局长得知系列入室盗窃案侦破，向宫建民详细询问了破案过程，很是满意，道："这一次是小林发现了关键性指纹，要为他请功。但是，我更想表扬的是侯大利，作为基层指挥员，能够克服困难，带领团队取得胜利，这种指挥能力更为宝贵。从金江寺抓逃犯到这次指导侦破二十七起入室盗窃案，说明侯大利成熟了，是一个合格的基层指挥员。"

第三章
阶梯教室的罪恶

2月22日，还未到元宵节，江州市各单位已经开始上班。

许崇德来到江州市体育局，要求见市局局长。他在办公室非常激动地拍桌子，道："杜耀是体育局的国家干部，殴打我孙子，还殴打我这个老头子，被派出所拘留了。我就想要问一问，你们单位是不是应该要处理杜耀。我这个老头子没有文化，也吃过几两盐巴，你们骗不了我。"

许崇德拿着几张自己和孙子许海脸上的伤情照片，额头青筋暴起，吼道："你们看一看，这就是我和我孙子被打的照片。国家干部打人，还有没有天理。你们不管，那就是官官相护，我要到市政府喊冤。市里不管，我就到省里喊冤。"

上班第一天就有人找麻烦，市体育局领导觉得晦气，派最能说的干部稳住许崇德，好言好语劝说半天，这才劝走许崇德。

许崇德临走前发出威胁："我家小海明明是被那个坏女人勾引，是那个坏女人约小海到操场见面，你们非要说是强奸，强奸个锤子。你们不处理好，我们向阳大队几百人就到政府上访。"

市体育局领导都知道杨杜丹丹在晨跑时差点被许海强暴之事，很同情杜耀，原本准备在政策范围内走底线，只给一个警告处分。许崇德跑到办公楼来闹了一番，市体育局党组为了不惹麻烦，开会重新研究处理方案。

经过慎重研究，决定给予杜耀记过处分，并上报市纪委监察部门。

女儿差点被强奸，自己被拘留后又受到记过处分，杜耀得知此消息，回家大哭一场。丈夫杨智过来安慰时，她愤怒地道："丹丹也没满十四岁，她去把那个老杂种打一顿，是不是可以不负责任？"

杨智从国外回来后，暂时没管阳州羽毛球俱乐部的事情，回到江州陪伴妻子和女儿。他把手指竖在嘴边，嘘了一声，道："你得理智点。丹丹在外面，若真是听了你的话，出去打人，那就麻烦了。"

杜耀仍然在生气，道："丹丹才十二岁，打了就打了，谁还能把她怎么样？"

杨智握紧妻子的手，道："别说气话，许海一家人都是流氓，我们不能拉低水平，和他们一样。"

杜耀在丈夫面前发泄了一阵，心情稍稍好转，道："让丹丹转学吧。"

"阳州城区稍稍好一点的小学都很难进，必须有户口。更何况丹丹正在读六年级下学期，基本无法转学。坚持一个学期，初中就到阳州。"杨智作为健将级运动员，心理素质非常过硬，在妻子面前一直心平气和。

等到妻子情绪平静下来，杨智来到客厅。

客厅里，杨杜丹丹正在认真练习甩棍。甩棍是防御性武器，是杨智送给女儿的礼物。这个礼物可以用来防身，更重要是借体育锻炼让杨杜丹丹走出受侵害的心理阴影。杨杜丹丹接受了父亲送给自己的甩棍，积极主动开始学习新技术。虽然被侵犯是痛苦的事，但是在整个事件中她进行了有效反击，最终逃脱魔掌，这给她治疗心理创伤留下了窗口。

"今年下半年，你先转学到阳州读初一，你妈妈随后过去。在羽毛球馆附近就有体育中心，里面可以学习剑道。男女体力有差异，在遭遇危险时，女生尽量逃离和求助，如果没有办法脱离接触，最好能持有武器，出其不意进攻对方薄弱处，打击对方后再寻机逃脱，这才是正确的应对之道。有三句话要记住，第一句，君子不立危墙之下；第二句，害人之心不可有，防人之心不可无；第三句，遇到坏人赶紧跑，能跑多远跑多远。跑不掉时，寻找一切可以成为武器的东西，对准坏人的眼睛、喉咙、裆部等关键部位猛击。"

杨智站在女儿身旁，取出自己常用的甩棍，教导女儿棍法和面临危险时的正确做法。

女儿在校园晨跑被袭击，几乎一丝不挂跑回家，作为父亲在女儿面前装作没事人一样，可是内心疼痛却是无法言表。训练完毕，杨智揣着甩棍，独自来到向阳小区，准备探听许海虚实。他来到矿业大厦对面的茶楼，找了一个安静的环境。十来分钟后，一个头发略秃、肚子微凸的男子走上茶楼，道："老同学，什么时候回来的？"

杨智也不寒暄，开门见山地道："涂山，今天找你打听点事。你知道许海吗？"

涂山是江州学院附属中学的初中老师，自然知道鼎鼎大名的许海，收敛笑容，道："我听说了丹丹的事情，我当老师这么多年，许海是最坏的学生，没有之一，就是最坏的。"

杨智道："许海在附中读书，你能不能帮我打听他的基本情况，比如，家在哪里、父母的情况以及电话号码？"

涂山谨慎起来，劝道："你别做傻事啊，不值当。"

杨智苦笑道："你想到哪里去了。我女儿被侵犯，许海年龄小，不能追究他的刑事责任，总得赔点精神损失费。我得找许家谈一谈，不能就这样白白被欺负。"

涂山道："这样啊，我知道许海的情况，你真的不能乱来啊。"

拿到许海及家人的基本情况后，杨智又和老同学涂山喝茶叙旧了一会儿。十一点，涂山离开，杨智步行前往向阳小区。

向阳小区中庭摆满宴席，在宴席旁边拉着横幅——向阳小区团圆宴，赴宴者男女老幼皆有，欢歌笑语，异常热闹。小区外围，不少居民站在一旁看热闹，互相言语间很羡慕向阳小区的团圆宴。

"这才是正常的邻里关系，我们小区什么时候能搞这种团圆宴就好了。在一个单元住了好几年，至今都不知道邻居姓名。"

"其他地方就甭想了，向阳小区大多数都是原来向阳大队的人，互相都熟悉，这才搞得起团圆宴。而且，还得有老板赞助。"

围观居民你一句我一言地议论，杨智获得不少信息。

开席前，江阳区胜利街道一位副主任代表街道处讲了话，随后是居民代表讲话，居民代表有两位，一位是热心公益事业的女社区干部，另一位是捐助多位贫困儿童的企业家许大光。

听到许大光的名字，杨智吃惊地张开嘴，嘴里能塞得进一个鸭蛋。

许大光身高体壮，穿一件翻毛皮衣，很有老板派头。他接过话筒，拿出事先准备好的讲稿，念了两句，觉得很不舒服，便丢开讲稿，道："许大鹏那狗日的给老子写了两大篇，太啰唆了，我又不是当官的，就随便说两句。张书记让我来讲话，是抬举我，我许大光是个什么玩意儿自己心里很清楚，能有今天，全靠大家伙撑起，没有大家伙，我许大光不知道在哪个角落吃屎。说实话，我捐助的贫困儿童都是我们许家的人，五百年前大家都是一个祖宗，今天我多赚点钱，帮助许家人也是应该的。就说这些，不讲了。"

许大光的讲话赢得了热烈掌声。他把话筒交给社区的张书记，回到桌席中。杨智目光如精确制导导弹，跟随许大光。许大光那一桌有个沉默的健硕少年。此少年的相貌与许大光有七分相似，体形接近，肯定就是许海了。

杨智大大方方拿出相机，走到席间，从不同角度拍下许海的照片。拍完照片，他又回到围观人群中。在回到围观人群之时，他挺纳闷儿地想："向阳小区的住户围在一起聚餐，这些人围在旁边流口水，有意思吗？"

找到许海，基本完成任务，杨智收起相机，问身边的中年妇女："刚才发言的许大光有一个儿子叫许海，听说是强奸犯。他儿子是这种人，为什么还要许大光发言？"

中年妇女用羡慕的眼光瞧向许大光，道："许大光在外面混了几年，采砂赚了大钱。向阳小区有很多姓许的人都在他的企业上班，谁不给点面子。再说，许海没有强奸向阳小区街坊邻居的女儿，兔子不吃窝边草嘛。"

另一个男人接话道："儿子是儿子，爸爸是爸爸，得分开来算。"

杨智离开向阳小区，想着许大光站在小台子上讲话的场面，觉得有些悲哀，更觉得愤怒。

回家后，妻子杜耀满脸忧愁地道："丹丹过去挺开朗，没心没肺的。刚才你出去的时候，她又玩了一会儿甩棍，然后就回房间发愣，啥都没做，就那样坐在书桌前。咱们能不能想办法早些转学，离开这边的环境。"

提起转学，杨智脸现难色，道："省城重点小学都很难进，更何况重点小学在三年级以后都不接收转学生，我找熟人问过，除非是区委区政府几个核心领导签字，否则根本转不进去。我们两人在体育界有熟人，在政府这边确实没有什么关系。那个杂种读初一，与丹丹没有交集了。我们忍到小学毕业。"

对于普通家庭来讲，要进入省城重点中学难于上青天，杜耀知道丈夫办不了此事，叹了口气，非常无奈。她和丈夫在运动场上都取得辉煌的成功，退役后进入社会，失去了拼搏的舞台，人生便从最高峰往下滑，一直没有停下来。

午觉起床，杨智带着女儿再次练习甩棍。

运动之后，杨智擦了汗水，道："丹丹，我们今天去看电影《阿凡达》，听说这是今年最大的爆款电影。"

"爸，我不想去。"杨杜丹丹提着甩棍进了屋。

女儿情绪低落，这让杨智也失去了看电影的兴致。他稍稍休息，独自外出。金色天街张贴着大幅《阿凡达》广告，色彩斑斓，喜气洋洋。沿着金色天街，步行十分钟就来到向阳小区，杨智也不知道能对许海做些什么，可不做些什么，却又心气难平。

十字路口，杨智在二楼茶楼坐下。茶楼视线挺好，只要许海从向阳小区出来，大概率要走这个路口。

远处有一辆摩托车，距离摩托车几米远的花台坐着一个戴头盔的车手。杨智在茶楼里观察路口，眼光数次扫过摩托车，却没有留意到车手。

接近下午四点，一个懒散少年出现在十字路口，杨智放下茶杯，集中注意力观察侵犯自己女儿的杂种。从茶楼的角度远观许海，许海完全是成年人模样，而且比街上大多数成年人都要高大。

许海拖着脚步，慢慢朝金色天街走。他没有走人行道，大模大样地走在机动车道上。

马达轰鸣，摩托车朝着许海后背就直冲了过来，速度极快。公路边上的一个年轻女子发现摩托车，对着许海大喊："摩托车，摩托车。"女孩提醒后，许海回头看了一眼摩托车，转身朝人行道跳去。摩托车几乎是擦着许海身体开过去，没有停顿，迅速消失在街道上。

杨智坐在茶馆上恰好看到摩托车冲向许海的完整过程，摩托车直奔许海而去，若不是街边女子提醒，许海绝对会被撞上。

人行道上，女子义愤填膺地指着摩托车消失的方向，抱怨道："街上人这么多，开这么快做什么？现在的人素质越来越差。"她俯身对许海道："你没事吧？"

许海为了躲避摩托车，没有站稳，摔坐于地。

"龟儿子，有摩托车就了不起。"许海抬头看了一眼眼前的女子，顿时挪不开眼睛。眼前的女子三十来岁，妆容精致，提着购物袋，胸前露出春色，白色乳沟微微晃动。

这名女子是矿业大厦的老板娘朱琪，从一家精品店购物出来，等着男朋友吴新生从车库开车接她，恰好看到摩托车冲过来，便出声提醒。她发现眼前的男子身材高大，面容却很幼稚，色眯眯的眼光一直盯着自己的胸，便手遮领口，站了起来，不再理睬摔倒在地的少年。

一辆豪车从车库开了出来，停在路边。朱琪拉开车门，坐到副驾驶位。吴新生非常体贴地为朱琪系好安全带，顺便亲了亲朱琪的脸颊。

小车开走，许海想起漂亮女人露出来的前胸，咽了咽口水。

3月1日，江州各学校均开学。

在江州实验小学操场侵犯杨杜丹丹以后，许海名声更臭了，进入江州学院附属中学便被彻底孤立。许海在小学也曾经侵犯过女生，初一同学或多或少听说过他当年做过的龌龊事，私下还曾热烈讨论过。

过去的事是发生在过去，同学们和家长们感受不深。在校园内强奸晨跑女生，这是发生在当下的事，与往事大不一样，女同学和女同学的家长们产生了强烈的危机感。开学后，初一、初二的女生多数选择不上晚自习。下午放学时，接女儿的家长在校外排成长龙。

还有不少家长选择转学或者转班。开学两三天后，许海班上的女生走了大半，只剩下三个。学校见班上只剩下三个女生，干脆把这三个女生全部转走。许海所在的初一（三）班在开学四天后成为江州学院附属中学建校以来第一个纯男生班级。凡是到三班上课的女老师尽量穿得保守，能遮住的地方尽量遮住。

班上没有女生，这让男同学出离愤怒，纷纷远离许海，视其为瘟神，不约而同地孤立这个胆大妄为的大个子。许海对此极为愤怒，几次挑战同班男同学。男同学受到欺负不敢还手，望风而逃，更不与许海交往。许海成为初一（三）班最孤独的男生。

开学第一星期，江州学院附属中学召开校长办公会，专题研究如何加强校园安全工作。会后，学校法制副校长到学校为初一、初二年级上了法制课，主讲《未成年人保护法》以及女生如何保护自己；校保卫科增加对初中教学楼的巡查次数；学校在初中教学楼和重要节点安装了监控设施；各班召开家长会，强调对低年级女同学的教育和接送问题。

明眼人都明白，这些措施都是为了防备学校里的害群之马许海。

有句俗话，只有千日做贼，没有千日防贼，附属中学分为高中楼和初中楼，保卫科主要精力都放在初中楼，高中楼则相对宽松。

3月12日，植树节，江州学院附属中学组织学生来到城郊山头。沿途红旗招展，学生们提着桶，唱着歌，以班级为单位来到山头。其他班级有男生也有女生，唯独初一（三）班是清一色男生，在学校上课时这个特点尚不突出，走到郊外则异常明显。

许海比其他同学高了一个头，神情懒洋洋的，不停打哈欠。到了山坡上，同学们三人一组，各自寻找事先打好的坑，扶正放在坑中的树苗，根部盖满泥土，再用桶提水，浇在盖好的泥土上面。没有同学愿意和许海一组，许海本人也不想和这些小屁孩混在一起，心不在焉，四处张望。他坐在坡顶，看着傻乎乎的同学们快乐地忙碌。

许海很快便开始走神，开始计算自己的年龄：再过两个月就要满十四岁了。

十四岁之前和之后有一条明显分界线：不满十四周岁的人为无刑事责任人，犯罪不承担刑事责任。满了十四岁周岁不满十六周岁，犯故意杀人、故意伤害致人重伤或者死亡、强奸、抢劫、贩卖毒品、放火、爆炸、投毒罪的，应当负刑事责任。

之所以许海要计算自己的年龄，和一年前的事情有关系。一年前，许海还在读小学六年级，身高接近一米八，脸上长满了青春痘。每次看完岛国动作片以后，他的身体里就像有一只猛兽，总想从身体里跳将出来，把女同学扑在地上。他对女生的兴趣是在这一年突然猛增，脑子里总是充满了各种各样的白花花身体。在六年级下学期的一个普通日子，他原本已经离校，由于一张影碟遗忘在课桌抽屉里，回家后想起此事，便匆匆回到学校取抽屉里的影碟。取了影碟，准备离开之时，他碰到一个女生独自走在教室过道。

在这一刹那间，他做出了一个事先根本意想不到的举动，拖着女生来到拐角工具间。在影碟中看到的画面如汹涌大河一般冲刷着他的身体，让身体涨得快要爆炸。他手忙脚乱地抱住女生，伸手在女生衣服里乱摸，用力撕脱女生的衣服。

女生大哭大叫，惊动了过路校工。

校工跑进工具间，拖开许海。许海被带到保卫科之时，彻底清醒过来，吓得浑身发抖。当他看到穿警服的人进入保卫科时，尿了裤子。

那天，许大光恰好在江州城里，得到消息后来到保卫科，进门先是给许海两个耳光，然后对保卫科的人吼道："你们想干什么，懂不懂法，一群法盲。我儿子和那个女生是什么关系，你们弄明白了吗？"

保卫科的人很强硬，道："他们就是普通同学关系，许海涉嫌强奸，要进看守所，你还好意思在这里吼。"

"你这个法盲，许海今年才十二岁，十四岁以下做什么事情都不负刑事责任，你还在保卫科，懂个锤子。"许大光又对许海道，"你们是不是在耍朋友？"

"是在耍朋友。"许海头脑昏昏的，父亲答一句，他就回答一句。

事情出乎许海预料，他到派出所的当天晚上就被放了出来，没有承担任何责任。从那天起，他就记住了父亲说过的话："十四岁以下做什么事情都不负刑事责任。"

许海特意在电脑里搜索了相关问题，找出了和父亲相同的说法。另外，他记住了父亲的另一个说法："我和那个女生在谈恋爱。"

"好日子只有两个月了。"许海算了算日子，不再愿意跟着一帮小屁孩野营，找了个借口，离开班集体，独自乘公交车回城。

回城后，许海用网兜提着篮球来到江州学院篮球馆。他从小长得高，酷爱打篮球，水平很不错，在五年级进入江州一中的篮球集训队。如果不是发生"卓佳事件"，他如今就是江州一中的正式篮球队员。发生"卓佳事件"后，他被篮球主教练痛骂后当众除名，灰溜溜地离开了篮球队。今天是植树节，大部分同学都随学校老师外出植树，篮球馆仍然有学生在分组打半场。

许海刚刚进门，在场下休息的一名高年级学生调侃道："许门庆来了，篮球有什么好玩的，双球更好玩哪。"另一名男生道："许门庆，给我们分享你的经验。"场上场下的学生都在起哄。

许海被众人嘲笑，很生气。场上场下全是初三和高一学生，个个都人高马大。许海势单力薄，生气归生气，没有办法反击，只能找了块空场地，独自打篮球。随后，篮球馆又进来一帮初一、初二的篮球队员。许海想和他们打篮球，被嘲讽之后，悻悻离开，心中生出一股无名火。

吃过晚饭，许海从一道无人管理的侧门进入江州学院附中，在校园溜达一圈后，来到高中教学楼。许海在初中部和篮球场是鼎鼎有名的人物，在高中部则名声不响。他身高一米八，面相老成，进入教学楼后就和高中生差不多。

高三教学楼弥漫着高考大战前的紧张气氛，在走道上悬挂着距离高考倒计时的牌子，还有很多标语。许海经常逛教室，非常有经验。他走进东侧的阶梯教室，坐在一个能观察到外面的阴暗角落。透过这间阶梯教室，能清楚看到墙壁上的两幅标语，"时间抓起来就是黄金，抓不起来就是流水"，另一幅是"梅花香自苦寒来，状元之花年年有"，走道很长，还有一些标语看不清楚。

晚自习结束还有些时间，无聊之时，许海清理书包里的物品。在操场被杨杜丹丹敲破脑袋后，他总结了经验，这一次在书包里放了绳子和胶带，用来控制猎物。在整理这些物品时，他身体兴奋起来，温度升高，燥热难耐，下身顶起裤子，鼓起一个大包。

终于，晚自习下课铃声响起，一大群人走出教室，教室没有关灯，应该是还有学生在复习。

高三（一）班，汪欣桐还有一道数学大题没有做出来。她住在江州学院教职工家属院，家属院在附中大门对面，跨过马路就到。她没有着急回家，继续思考这道大题。过了三十来分钟，她终于解出这道大题，这才收拾书包，哼着歌，心情愉悦地走出教室。

隔壁教室已经空无一人，再隔几分钟，教学楼就要熄灯了。走过阶梯教室之时，一条黑影蹿了出来，用力将她拉进阶梯教室。汪欣桐嘴巴被捂住，无法喊叫，一个声音恶狠狠地道："不要叫，叫就弄死你。"

出生到现在，汪欣桐一直生活在和平的环境里，坏人都在书本里或者电视中出现，她没有任何面对现实危险的思想准备。尽管小学生杨杜丹丹差一点在校园内被强奸，可那是在另一个学校发生的事，距离正在读高三的汪欣桐很遥远。遇到紧急情况，汪欣桐被吓蒙了，脑袋嗡地响了一声，失去了思维能力和行动能力。

许海有充分准备，用毛巾堵住汪欣桐的嘴巴，又用胶带封住毛巾。到了此时，汪欣桐回过神来，嘴里发出呜呜的声音。

许海用胶带捆住汪欣桐的双手，用力让其双手举在头顶。他凑到汪欣桐的耳朵旁，威胁道："你不要反抗，反抗我就卡死你。"说话间，他用手卡住女高中生的脖子，不断用力，直到身下女高中生双腿开始用力蹬地，这才停了下来。

女高中生汪欣桐是高三（一）班的学霸，因为想解开一道数学难题，晚走了半个小时。她完全没有料到校园内会有恶魔，而恶魔还来到了高中教学楼。她被卡得喘不过气，等到那只手松开，就用鼻孔和嘴巴拼命呼吸。

那个男子又将手卡在汪欣桐脖子上，再次威胁道："你要听话，听话就不杀你。"

汪欣桐刚才被卡得不能呼吸，在黑暗中似乎看到了死神在招手，被再次威胁后，她彻底屈服，双手举过头顶，眼睛望向黑暗。

许海急吼吼地扯掉女生的衣服，在黑暗中贪婪摸索。他以前只接触过初一女生和小学女生的身体，今天抚摸成熟女人的身体，顿时明白动作片中的男男女女为什么如此享受。

汪欣桐被沉重的身体压住，身体承受反复冲击，泪珠一颗颗落入黑暗之中。过了一会儿，男人再次疯狂起来，如狼一般喘息。除了用身体冲撞以外，他还用手卡住身下女人的喉咙，不断用力。

到了晚上十一点半，孙女汪欣桐还没有回家。这是从来没有发生过的事，汪远铭不放心，拿出手电筒，准备到附中接孙女。

"老头，欣桐肯定是遇到数学难题了，她和你一样，遇到数学题就放不下，以后一定也当数学教授。学校到家就隔着一条公路，很安全。黑灯瞎火的，你别摔着了，我还是陪你一起去吧。"陈正淑实在不放心八十二岁的老伴在深夜独自外出，穿上厚外套，陪着老伴一起到附中。

汪远铭以前是江州学院的数学教授，在学院工作了三十来年，熟悉学院的每一寸土地。他和老伴手挽手，搀扶着走进附中。附中教学楼已经熄灯，黑黝黝如史前怪兽，蹲伏在地，威视着闯入者。

"教学楼关灯了，肯定不在。欣桐到哪里去了？早就应该给她买个手机，你这个老顽固，就是不同意。"陈正淑站在教学楼前，仰望黑暗怪兽。

汪远铭道："欣桐读高三，正是冲刺阶段，买手机会让她分心。"

学校保安见到两个老年人，心有不耐，还是拿起手电筒和钥匙，来到教学楼，强调道："我们锁教学楼时都得巡查一遍，绝对没有人。你家孩子说不定出门买东西，现在已经回家了。"

保安走进教学楼，在底楼打开第一层和高三年级所在第四层的灯光。汪远铭拿出老年手机，拨打了预设的家里的客厅座机电话，打了两遍，无人接听。他对保安道："我孙女很乖的，决不乱走，现在还没有回家。"

三人来到四楼，逐间教室查看。

阶梯教室，灯光亮起。许海抓起女生内裤，盖住女生眼睛，骂了一句"狗日的保安"。他拉上裤子，躲在窗边观察，等到保安和两个老人前往高三（一）班时，轻手轻脚溜出阶梯教室，跑下楼梯，顺利离开教学楼。他原计划多享受几次，到清晨再溜出去。离开教学楼时，他不时回想那个高中女生的美妙身体，感叹高中成熟女生和干瘪小学女生完全不一样。

找遍教室，没有看到汪欣桐，汪远铭夫妻着急起来。走过阶梯教室时，保安听到里面传来异常声音，有些奇怪，道："里面有声音，我去看一眼。"汪远铭和陈正淑年龄大，耳朵不如年轻人灵光，没有听到阶梯教室传来的声音，跟在保安身后走进阶梯教室。

保安突然停下脚步，喊了一声："出事了！"

阶梯教室角落里躺着一个人，双手被捆住，光着身子，脸上蒙着内衣，在有气无力地踢着固定在地面的桌子，让桌子发出声响。

汪远铭和陈正淑呼喊一声，不顾一切地扑了过去。

寒冷的冬天，冷冰的地板，反复的折磨，已经让躺在地上的汪欣桐耗尽了所有力气。灯光亮起，她模模糊糊意识到恶魔离开了，便用残余的力气踢打身前的桌子。听到爷爷奶奶的声音，汪欣桐想哭，没有哭出来，很快就失去了意识。

保卫科干部有基本常识，保护了现场，还特意叮嘱汪远铭："暂时不要清理姑娘身体，公安要查线索，否则抓不到坏人。"

汪远铭此刻顾不得抓坏人，打了120以后，一心盼望救护车早点到达。陈正淑流着眼泪为孙女穿衣服，喃喃道："欣桐，爷爷奶奶来了，你要坚强，要坚强。"在穿衣服时，地上的斑斑血迹如眼镜蛇一样，钻进陈正淑心中，变成了一滴滴带毒的血块在她的血管中流动。

按照市局规定，普通的强奸案由区刑侦大队负责。接到报警后，丁浩带领侦查员第一时间来到江州学院附属中学。他简略地问了问案情，便给法医汤柳打电话，请她赶到江阳医院。汤柳用最快的速度翻身起床，道："受害人有生命危险吗？"

丁浩道："我打电话问了，生命体征还正常。这件事情性质非常恶劣，在校园内强奸女学生，若是家长不来寻找，绝对要出大事。你赶紧去，阴道里肯定有犯罪嫌疑人的精液。"

阶梯教室周围拉上了警戒线，刑侦大队技术人员在勘查现场。从遗留下来的胶带上发现了很多指纹。

强奸案发生在江州学院附属中学，丁浩早就将怀疑的目光投向了初一学生许海，在技术人员勘查现场之时，派出另一组侦查员来到向阳小区，随时控制许海。

"有没有指纹？"丁浩蹲在技术人员身边。

技术人员道："犯罪嫌疑人使用的胶带一面光滑，另一面是粘胶面，留下的指纹很多，说明犯罪嫌疑人没有基本的反侦查意识。胶带本身有弹性，缠绕面部时，由于受害人挣扎，胶带有一定拉伸。再加上家长又用手撕掉了胶带，对指纹提取有一定影响。幸运的是胶带上的指纹很多，倒不会影响我们提取。"

这一个特点与许海的年龄相符合，许海作案的可能性越来越大。

由于胶带有黏性，技术人员没有使用塑料袋，而是直接将胶带放进物证箱。技术人员保存好胶带后，道："丁大，这个案子没有难度，胶带上有七八根短发，至少有四根有毛囊，能提取到DNA。有DNA，有指纹，监控也肯定找得到人，破案没有问题。"

丁浩道："提取指纹后，立刻和许海的指纹进行对比，应该是这个杂种。"

技术人员道："上次作案，许海没有满十四岁，现在多少岁？"

许海的准确出生年龄如刀刻一样留在丁浩脑中，他想起在胡秀家里团圆时大家对许海的议论，骂道："他妈的，许海还有两个月才满十四岁。"

陪坐在一旁的保卫科长哭丧着脸道："许海侵犯过小学生，所以我们把重点力量放在初中楼，每天晚上有两组保卫巡视初中部，我们万万没有想到初一的学生会来侵犯高三女生，真没有想到。"

回到区刑警大队，丁浩守在技术室。结果很快出来，胶带上的指纹与许海指纹比对成功。

守在向阳小区的侦查员立刻上楼，依法传唤许海到刑侦大队。

侯大利与母亲李永梅视频通话以后，没有睡意，独坐于阳台。

未婚妻田甜牺牲后，他出现了失眠症状，或者说是有"厌睡"倾向。夜深时，他独坐在窗前，或坐在桌前看电脑，总会拖到凌晨一点或是两点才上床。有几次他在十一点左右上床，却无法入睡，到了两三点才进入浅睡状态，整夜都是浅睡状态。

电话响起，张小天声音特别冷静，道："小舒的表妹汪欣桐出事了，下晚自习后，被人在校园内强奸，江阳区刑侦大队接手此案。我和小舒随后过来，拜托你关注此案。我不了解江阳刑侦大队的水平，若是案件没有办好，让犯罪嫌疑人逃脱，那就太遗憾了。"

侯大利独坐于阳台时心情灰暗，听到案件发生，立刻站起来，身体绷直如剑，道："汪欣桐在哪个学校？"

张小天道："江州学院附属中学，今年读高三，家住附中对面，过马路就到。要解一道数学题在教室里多留了半小时，谁知出事了。"

"江阳区刑侦大队大队长丁浩原本是刑警支队二大队副大队长，是我的老领导，能力水平足够。我马上联系丁大队，一会儿给你回音。"侯大利听到江州学院附属中学这几个字，脑海中便浮现起许海既高大强壮又年轻幼稚的怪异形象。

凭直觉，他判断强奸案很有可能与许海有关。

与丁浩通话后，侯大利驱车来到江阳区刑侦大队。

丁浩谈起案发现场，罕见地情绪失控，道："造孽啊，那个叫汪欣桐的女孩，高三年级，成绩非常优秀，是附中用来冲击清华北大的种子选手，还是十大校园歌手，谁知出了这种事。许海毫无人性，卡脖子，缠胶带，两次强奸，血流一地。他脱光女孩衣服，逃跑时将其抛在阶梯教室的水泥地上，这是零下二三摄氏度的气温啊，若是晚一点找到女孩，那都得冻坏。"

"确定是许海？"侯大利听到十大校园歌手就如被针刺了一下。

丁浩道："胶带上的指纹对得上。汤柳提取了阴道里的精液，胶带上还有毛发，都交给DNA室张晨比对，应该没有问题。许海被传唤到大队后，本人一点都不在意，他爷爷许崇德还在大队办公室大吼大叫，这都是他家用过的老招术。以前猥亵了小女孩，他家都说是谈恋爱，是对方勾引许海，这一次，许海强奸高三女学生，他家再也没脸皮说是谈恋爱了。许海没满十四岁，不好办。如果能收容教养或是送到工读学校，那是最理想的，其实对许海本人也有好处。只是许家人很蛮横，处理起来很麻烦。"

侯大利道："他犯的是强奸罪，这种情况走工读学校不适合，应该考虑收容教养。"

工读学校和收容教养是两个概念。

工读学校属特殊教育学校，教育对象一般是十三至十七岁，有违法或轻微犯罪行为，不宜留在原校学习，但又不宜劳动教养或判刑的中学生和社会适龄青少年。在1999年以前，将问题少年送入工读学校可强制实行。1999年预防未成年人犯罪法出台后，就不能强制实行了，要在监护人同意的情况下，由监护人或原学校提出申请，经教育部门批准后才能转入。丁浩知道收容教养难度不小，第一反应就是读工读学校。

收容教养，根据我国《刑法》第十七条第四款规定："因不满十六周岁不予刑事处罚的，责令他的家长或监护人加以管教，在必要的时候，也可以由政府收容教养。"同时《未成年人保护法》第39条也规定："已满十四周岁的未成年人犯罪，因不满十六岁不予刑事处罚的，责令其家长或者其他监护人加以管教，必要时，也可以由政府收容教养。"结合两部法律来看，未达到法定年龄的人，若做出了有害于社会的行为，也不能姑息放纵，而应加强教育和看管，乃至由政府收容教养，以防他们将来走上犯罪道路。

侯大利所提建议就是以此为依据。

丁浩无奈地道："许海作恶多端，心理扭曲，完全够格收容教养。阳江劳教所是山南唯一一所对未成年人进行劳动教养和收容教养的场所，如果能将许海送到阳江劳教所，教养三年，出来十七岁，若是再敢犯罪，我们打击手段就丰富了。但是，收容教养一般从严把握，许海未满十四岁，江州市没有最后审批权，还得送到省公安厅审批。另外还有一条，只有家庭没有管教能力才能送收容教养，而判断家庭是否有管教能力主要考查监护人是否有管教意愿、是否有实际能力管教，并由办案单位向其监护人、邻居、学校、居住地居（村）民委员会及公安派出所调查后进行综合评估确定。许家是城中村一霸，关系盘根错节，真要调查，未必能够拿得下来。他妈的，这是什么事啊。"

张小天来得很快，DNA比对还未出结果，其小车就开进江州市区。侯大利离开江阳区刑警大队，在刑警老楼与张小天、张小舒姐妹见面。

张小舒脸上泪痕犹在，道："侯警官，抓到坏人没有？"

侯大利道："犯罪嫌疑人许海已经被控制，他的指纹与胶带上的指纹比对一致，江阳刑侦大队还在等待DNA比对结果，视频大队侦查员在调取学校和街道的视频，还有侦查员在调查走访。你放心，他绝对跑不掉。"

张小天神情凝重地道："小舒，你去洗洗脸，弄干净点。欣桐肯定受了刺激，见面之后，你要做心理疏导工作，不要和她一起伤悲。你是医生，这点心理素质和工作能力应该有。"

等到张小舒去卫生间洗脸时，张小天骂了一句"这个狗日的东西，该杀"，又道："大利，如果真是那家伙，年龄是大问题，最严厉的就是收容教养，这种惩罚力度明显不够。欣桐成绩优秀，即将高考，遇到这种事，毁了孩子一生。欣桐的爸爸妈妈、爷爷奶奶肯定很难接受。"

侯大利道："现在对未成年人特别是未满十四周岁未成年人的收容教养都是从严把握，依照法条适用前提条件为'必要的时候'，而'必要的时候'由于提法空洞而留下很大的解释空间。你担心收容教养力度不够，我担心收容教养都达不到。这家人格外难缠，家族人多势众，我担心出妖蛾子。"

张小天眉头紧锁，支着脑袋，道："欣桐是汪家的心肝宝贝，遭此大难，心理关不好过。"

张小舒在卫生间洗掉泪痕，回到房间后，神情平静下来，道："姐，你在这里等消息，我到市医院陪欣桐。"

越野车来到市人民医院，张小舒独自下车，走进医院。她在山南医科大学读研，平时走进医院意味着繁忙的工作，表妹欣桐遭遇不幸，再走进医院她顿时体会到与工作时不一样的愁绪。

汪欣桐是特殊病人，医院为其安排了单间。陈正淑扭头见到推门而入的张小舒，做了一个安静的手势，拉着张小舒走到门外。

"那个挨千刀的，我恨不得杀了他！"走到门口，陈正淑拉着张小舒的手，泪如雨下。

张小舒泪水滚落，握紧陈正淑的手，道："奶奶，欣桐怎么样了？"

陈正淑哽咽着道："正在发高烧。欣桐太可怜了，醒过来到现在，一句话都没话，不愿意面对我和爷爷，用被子盖住脸，身体朝墙。你和欣桐从小要好，等会你去陪她说说话，只要她开口说话，就是好事。"

汪远铭走出门外，头顶墙壁，喃喃自语："老天爷，你太狠心了。"

张小舒小时候长期住在汪家，对汪家所有人都深有感情。她强忍泪水，过来抱了抱汪远铭，道："爷爷，一切都会好起来的。我姐也来了，警方说今晚肯定能破案。"

汪远铭老泪纵横，道："建国在飞机上，应该很快就到江州。他们把欣桐交到我和正淑手里，我们要如何向他们交代。"

安慰了知书达理的老夫妻，张小舒轻轻推开门，来到床边，道："欣桐，是我。"

汪欣桐缩在被子里，侧卧，脸朝墙。开朗大方的表妹如今不愿意与人交流，这让张小舒鼻子发酸，又道："你放心，江州最厉害的刑警给我说了，今晚肯定能抓到那个坏人。"

汪欣桐仍然没有反应，在被子里缩成一团。张小舒轻轻拉了拉被子，发现汪欣桐紧紧抓住被子。心理疏导有一个过程，她没有急于求成，坐在床边，陪伴表妹。

汪建国和张勤从广州乘坐红眼航班飞回山南省会阳州，乘坐阳州同学的小车，一刻不停，朝江州急赶。小车来到江州之时，天已经放亮，汪建国和张勤整夜无眠，想起女儿所受的苦，心如刀绞。心如刀绞对很多人只是一个泛泛的形容词，但对于汪建国和张勤来讲是真实感受到有一把刀在身体内部绞动，肠子、胃、心、肝、肺都被割得七零八碎。他们来到医院后，女儿汪欣桐没有如往常见到父母那般欢欣雀跃，面朝墙壁，缩在被子里。

得知女儿苏醒后一句话都没有说，保持这个姿势已经有数小时，汪建国走出医院，下楼，在后院扶住一株香樟树痛哭流涕。

许大光在昨晚得知儿子被公安抓了，并不当回事，继续打牌，当晚输了十来万，总算完成预定计划。

回到江州城，他才得知儿子这次犯事的详细情况，意识到这一次比较严重，不弄点手段儿子真有可能要进去。

许大光找来采砂厂法律顾问许大鹏，道："早知道小海好这一口，我直接带他找女人就完了，也用不着强奸。只是，爸爸带儿子找小姐，有点怪啊，老子还真不适应。"

老向阳大队有一半都姓许，理到根上，大家沾亲带故。许大光在大河边搞砂厂和砖厂，用了很多向阳大队的人，所以在向阳大队很有威望。这些年闯荡江湖，许大光领悟到一点，除了拳头和金钱重要，法律也很重要，于是找来从向阳大队出去的法律工作者许大鹏，聘请他为采砂厂法律顾问。

许大鹏长得瘦弱，和许大光相比就是真正的豆芽菜身材。作为法律工作者，他在法庭上的战绩非常一般，接到的业务不多，但是作为许大光的法律顾问，他的鬼点子如俄罗斯套娃那般一套又一套层出不穷。他道："小海这次有些麻烦，前次在操场，我们咬定是和女同学谈恋爱，由于后果轻微，所以没事。这一次小海胆子大，居然搞了高三女生。以我的经验，公安局很有可能要提出收容教养，家长还会要求民事赔偿。

如果是在乱世，小海绝对他妈的是一条好汉，哈哈哈。"

许大光生气地道："小海还没有满十四岁，你说过不用负刑事责任。"

许大鹏解释道："收容教养是行政措施，公安局就可以做出，不用经过检察院和法院。在山南一般就关在阳州劳教所里，教养三年。有句俗话，劳教是个名，整人不要命，收容教养也差不多，进去后日子不好过。"

许大光横着眼，道："谁敢送小海去收容教养，老子要让他认得马王爷是几只眼。许大鹏，你他妈的每年拿多少钱，快点想办法。上一次的事，你让小海坚决咬住和对方谈恋爱，这一次，女的是高三学生，谈恋爱的说法恐怕靠不住了。那就散布小道消息，说那个高中女学生卖淫，许海是花钱嫖娼。"

许大鹏使劲摇头，道："我打听过了，女生成绩特别好，家里条件也不错，大家绝对不会相信她会去卖淫。"

许大光道："小道消息就是小道消息，我们可以把水搅浑。"

许大鹏道："这是大案，警方必然要调查，卖淫的说法靠不住。"

许大光不耐烦了，道："我不管这事，你想办法。"

许大鹏不敢得罪向阳大队的土霸王，道："我们要抓紧时间，抢在市局向省厅报《收容教养决定书》之前，把事情闹大。第一步，把向阳大队的老少爷们儿全部叫上，到市委上访，就说小海未满十四岁，公安局乱搞。只要我们把声势造出来，法不责众，公安局为了不惹出群体事件，肯定会软下来，不把《收容教养决定书》报到省厅。第二步，给小海做精神鉴定。许二娃在精神医院工作，肯定想得到办法。许二娃的姐姐、姐夫都在采砂厂工作，靠着大光哥吃饭，大光哥发了话，肯定得行。第三步，我们给居委会、社区打个招呼，大光哥平时做了这么多善事，社区和邻居肯定会帮着我们说话。第四步，我们要求回学院附中继续读书，这是《义务教育法》规定的权利和义务。对方和学校肯定会反对，我们看事态发展，如果对方强硬，那我们就给对方一个台阶下，不回学院附中。对公安局也得有交代，我们可以选择让小海到湖州上工读校，这是免得硬顶牛。"

"最近我有大生意要谈，懒得管这些小事。你去办，办不通的地方找老七。花了多少钱，实报实销。我只提一个要求，不能让小海关进去。十三岁的小屁孩，懂得起啥子嘛，这些人真他妈的麻烦。"许大光想了想，又道，"第四步暂时不考虑，工读学校也不是什么好货，小海能不去就不去。"

许大鹏道："哥，你如今也算大老板了，不仅解决了就业，还是纳税大户，那些有头有脸的人都是我们纳税人养的。我们要想办法，运作一个人大代表或者政协委员，慢慢把档次提起来。"

"这个事嘛，以前倒有人提过，我没在意。你去运作吧。"许大光读书不多，小时候生活在向阳大队，是真正的村民，随着城市扩展，向阳大队被城市吞没，一步一步由村民变成了市民。他不愿意给别人打工，做过不少买卖，由于本钱小，大多是以失败告终。他后来以原向阳大队村民为核心成立了建筑队，专门在郊区修小产权房，挖得了第一桶金。在这个过程中，他认识到建筑原料的重要性，带着向阳大队村民进军采砂行业。在大河边血拼了好几场，逐渐在采砂行业站稳了脚跟，如今成为采砂圈内的大佬级人物。

许大鹏办事效率很高，上午十一点，原向阳大队一百多人来到市委大门口，拉着"依法保护未成年人的合法权益"的横幅。

为了帮助堂妹，张小天请假两天，住在江州刑警老楼。她上午去江州市人民医院看望了汪欣桐，返回刑警老楼的途中，看到一群人举着横幅站在江州人民广场，朝着广场对面的市委大楼走去。

如果横幅上没有"依法保护未成年人的合法权益"这几个大字，张小天也不会管闲事，看到这几个字，她便将车靠在一边，朝示威人群走了过去。市委值勤的干部、保安以及一队着装警察及时出现，拦住示威人群。

"这是啥事？"张小天用标准的江州话，以一个吃瓜群众的身份询问另一个看热闹的吃瓜群众。

爱看热闹的吃瓜群众大多消息灵通，她笑容满面地撇嘴巴，小声道："这是贼喊捉贼。这家人的儿子强奸了高三女学生，一般人都会尽量躲着藏着，悄悄解决问题，这家人还大张旗鼓跑来闹市委，我搞不懂这是什么骚操作。"

真正的吃瓜群众搞不懂许家人的意图，张小天脑筋转得极快，秒懂许家人意图：以群体闹事的方式，让许海获得最轻的处罚。

她赶紧回到医院，找到汪建国，谈了刚才的所见所闻。

汪建国脸色铁青，道："刚才我接到欣桐班主任的电话，班主任听说许海的妈妈还给许海的班主任请假，说是许海生病了，要隔几天才来上课。我写了一份拒绝许海回附中上课的抗议书，准备联合家长签字。"

张小天道："许海肯定不会回到原学校，这一点不用操心。"

汪建国咬牙切齿地道："我要把抗议书发给所有的学校，断了他上学的路。"

张小天有些哭笑不得，道："对于我们来说，上学很重要。对于许海这种人来说，上不上学不重要。他们到市委群访，目的就是不用收容教养，这才是他们想要达到的目的。"

汪建国略为犹豫，道："公道在人间，我相信法律会给欣桐一个公道。"

张小天没有想到在广州经商办企业的汪建国会如此呆板，道："许海的情况很特殊，他没有满十四岁，不承担刑事责任，这一点你要清楚。在现行体制下，对未满十四岁的未成年人最严厉的措施就是收容教养。现实情况是收容教养总体执行得很少，涉及未成年人，大家都非常谨慎。他们这样一闹，许海有可能就不会被收容教养，改成送许海去工读学校，甚至工读学校都不用去。"

汪建国垂头丧气，目光不与张小天相接，低声道："我们一家都是读书人，还是要脸皮的，不可能和他们一样举牌子上访。欣桐出现了心理问题，我们要尽量大事化小、小事化了，这样才能给欣桐创造更好的治疗环境。"

张小天没有料到汪建国如此思考问题，脑中涌出了"懦弱"两个字。她哀其不幸，又怒其不争，借口接打侯大利电话，离开了医院。

中午，张小天在刑警老楼对面的常来餐厅吃饭。

侯大利赶了过来，道："师姐，江阳刑警大队办案子很扎实，各方面证据都锁定了许海。"

张小天想起了汪建国懦弱的模样，摇了摇头，道："抓许海容易，打击太难。我在这里也没有什么用处，下午回阳州了。小舒在这边，有什么需要咨询的，我让她直接找你。"

吃过午饭，心气难平的张小天准备离开江州，离开前，她与妹妹张小舒见了一面，特意叮嘱道："遇到事，直接找侯大利，侯大利是信得过靠得住的人。"

张小舒回到病房，汪建国正准备出门。他拿着一份打印文件，道："欣桐有好转，今天终于叫了一声妈妈。"

张小舒道："姑父到哪里去？"

汪建国把文件拿给张小舒看了一眼，道："我写了一份抗议书，联络了一些家长，他们同意在抗议书上签字，绝对不准那个罪犯重新回到学校。"

张小舒有些生气地道："姑父，现在不是那个罪犯是否回学校的事，我们要尽最大可能让他收容教养三年，这才是我们要做的事情。他们能上访，我们也能。"

汪建国沉默了一会儿，道："我们是书香门第，实在丢不起那个脸。我先联络家长，签名后送到学校，给学校施加压力。"

汪建国在张小舒心目中的高大形象慢慢崩塌。从小到大，姑父汪建国便是其心目中的男子汉楷模，这个楷模在处理汪欣桐被强奸之事上太过懦弱，张小舒非常失望。

"欣桐，是我。"张小舒坐在表妹床前，低声唤了一声。

慢慢地，被子里面动了动，良久，汪欣桐转过身，看了张小舒一眼，没有说话，紧闭双眼，眼角带有泪珠。短时间内，青春飞扬的表妹变得苍老憔悴，头发干涩发黄，皮肤呈灰白色，仿佛有一个恶魔在疯狂抽取表妹的生机和活力，让其生机和活力如沙漏般流逝。

张勤回来，喂女儿吃药。张小舒来到走道，找了一个无人角落，打通秦风的电话。

秦风刚打完篮球，正在和队友聊天，接到电话后，爽快地道："你要找人帮忙，好说。我找几个篮球队的哥们儿，一起到江州。"

秦风是院篮球队队长，正在疯狂追求张小舒。从相貌、家世还有学历等诸多方面，秦风都是很不错的人选。张小舒总觉得与秦风在一起差了点激情，不愠不火地与其保持接触，始终没有成为恋人。这一次表妹被侵犯，姑父太过文弱，张小舒希望秦风能够帮助自己，惩罚那个欺负表妹的杂种。

一个半小时以后，五个身高皆超过一米八的汉子出现在江州。张小舒找来白布，制作了一条标语，内容是"严罚强奸犯，强烈要求收容教养"。

张小舒带着标语站在市委大院门口，神情坚毅。后面跟着几个高大汉子，皆抬头挺胸。寒风吹来，张小舒衣角飘起，头发稍乱，有几缕散乱，遮在脸前。秦风站在一旁，此刻的张小舒在其眼里成了女神。

江州市委很快做出反应，有工作人员将张小舒等人请进信访办。

对于年轻人来说，这是一种别样的体验。篮球队员以前认为张小舒是一个能弹吉他的柔美医学生，今天他们都见识到张小舒性格中坚强的另一面。

晚餐在江州最有名的大排档一条街，几个青年人要了烧烤和啤酒，庆祝今天的活动。秦风一只手搭在张小舒肩上，另一手端着啤酒，与队友们频频举杯。这是恋人才有的亲密动作，张小舒以前总会巧妙地回避对方的亲密动作。今天她没有躲避，举起啤酒碰杯。秦风意识到这一点，望着张小舒线条优美的侧脸，很有亲吻的冲动。

一个队员上厕所，迎面和一个醉汉撞在一起。醉汉拿着烤串，烤串上有油和辣椒面，全部蹭到队员的羽绒服上。两人很快争执起来，由争执变成打斗。转眼间就由打斗变成了群架。秦风等五个篮球队员年轻力壮，很有战斗力。对方同样年轻力壮，更敢于下狠手，提起啤酒瓶乱打乱砸。

对方的人越来越多，很快变成围殴，打得篮球队员们头破血流。

张小舒大声喊叫："别打了，我报警了。"

一个汉子突然用力把张小舒拉进人群。张小舒用力挣扎，拳打脚踢，无奈对方力量太大，挨了几巴掌以后，还是被按倒在地。

秦风也被按在地上，一个高大粗野的汉子手持匕首，对准其脖子，威胁道："立刻滚出江州，否则下次就要你断手断脚。"

匕首锋利，刺破了秦风脖子上的皮肤，流出点点血滴。秦风是第一次见到这种阵仗，吓得结结巴巴地道："我们马上走，马上走。"

另一名粗野汉子用匕首在张小舒脸上比画，顺便还摸了两把，嬉皮笑脸地道："小妞长得挺漂亮，少管闲事。你再闹，那我就先奸后杀。"他又掉头对秦风道："这个妞是你女朋友吧，带着她，马上消失。"

一群人来得突然，走得更快，张小舒追到公路边，见到三辆小车启动，消失在滚滚车流中。秦风紧随其后，拉住张小舒胳膊，道："别追了，这群人肯定是黑社会，我们惹不起。"

张小舒不服气，恨恨地道："我记住了他们的模样，山不转水转，以后再找机会算账。"

派出所民警接警来到后，只剩下沮丧的一女五男。

张小舒、秦风等人均不知道对方的真实身份，凭着最后的威胁之语，推断打人者应该与许海有关。警方调取监控时，发现附近监控镜头的电源线都被剪断，没有办法调取监控。周边围观群众和烧烤老板都不认识打架的人，没人看清楚车牌。

按派出所要求体检以后，秦风单独和张小舒在角落里谈话。

秦风苦口婆心地劝道："你跟我们一起回去吧，这群人肯定是黑社会，我们真惹不起。光脚不怕穿鞋的，我们读了这么多年书，不值得和他们拼命。"

张小舒道："你们几个回去吧，我暂时不回去，留下来照顾表妹。"

秦风眼睛被打肿，成了大熊猫，嘴唇也破了口子，极为狼狈，道："强奸犯是未成年人，你留下来也没有什么用。而且，这毕竟是你的表妹，你做到这一步也够了，没有必要把自己搭进去。"

张小舒非常平静地道："就算做不了什么，我也要陪着表妹。谢谢你们，我回学校请你们喝酒。"

秦风等人没有留下来，乘坐从江州到阳州的晚班客车，连夜回了山南大学。对于秦风等人到江州帮忙，张小舒心存感激。在刚才，她暗自希望秦风能够单独留在江州，哪怕什么事情都不做，只要留下来陪伴自己就行，但秦风和其他人一起匆匆坐上出租车，没有能够留下来。

她心里很清楚，自己和秦风的关系只能保持在同学关系，不再可能成为恋人。

在派出所门口，张小舒觉得特别无助、委屈和伤心，想起姐姐离开江州时的叮嘱，拨通了侯大利的电话。

七八分钟以后，一辆越野车停在派出所门口。侯大利下车，来到张小舒面前，道："出了什么事情？你怎么在派出所门口？"

张小舒尽量装作没事一般，道："侯警官，打扰你休息了。"

侯大利知道张小舒肯定有事，否则不会给自己打电话，道："先上车，找个安静地方，慢慢说。"

越野车行驶在街道上，行人和街景往后退，张小舒紧张的情绪慢慢放缓下来，道："我今天到市委门口拉了横幅，约了学院篮球队的同学帮忙。"

侯大利"哦"了一声，道："我听说了这事，你胆子挺大，为了表妹敢到市委拉横幅。脸上的伤是怎么回事？"

张小舒道："晚上我们吃饭，来了一群人找茬，殴打我和我的同学，还用刀抵着我同学的脖子，让我们离开江州。我到市委是反映表妹家的诉求，要求对那个强奸犯实施收容教养，否则太便宜那个强奸犯了。我表妹原本可能考上清华北大，出了这事，身心备受摧残，能恢复过来就不错了，更别提清华北大。这件事情的性质太恶劣了，我表妹一辈子都会受影响，想到这里，我就来气。"

侯大利迅速扭头看了一眼犹在生气的张小舒，道："我就直言了，你是汪欣桐的表姐，并非直系亲属。你过来安慰表妹，可以理解，但是不应该由你到市委扯横幅。"

提起此事，张小舒满腹委屈，道："姑父是高才生，文化水平高，就是太过文弱，面子观点太强，不愿意找政府反映意见。打落牙齿和血吞的傻事，我才不愿意做。"

侯大利夸道："你很勇敢，也很仗义。"

"我和表妹家的关系很特殊，不是单纯的表妹和表姐的关系。我妈妈在我五岁时就失踪了，至今下落不明。我爸爸外出寻找我妈时，就将我放在姑姑家里。我和表妹一起长大，和亲姐妹差不多。"张小舒说完自己的秘密，擦了擦眼角。她有些惊讶自己为什么会在侯大利面前讲出了自己的委屈，今天秦风问过相似的问题，但是，她没有在老朋友秦风面前谈起自己的秘密。

来到江州大酒店，侯大利在二楼茶室要了个小雅间。张小舒进门听到吉他曲，愣了愣，道："五星级饭店果真不一样，我还是第一次在茶室听到放吉他曲的。"

侯大利在车上经常听吉他曲，宁凌顺口给顾英说起过侯大利喜欢吉他曲。顾英将此事记在心中，提前准备好吉他曲，当侯大利和张小舒走进茶室时，便吩咐服务员放早就准备好的吉他曲。

在熟悉的旋律中，张小舒平静下来，讲了汪欣桐的现状，提出自己的困惑。

侯大利详细给她解说了当前山南省对于未成年犯罪的具体规定，特别提到收容教养的具体规定，包括要由省公安厅审批，要征求当地居委会、社区和邻居的意见，等等。

张小舒评价道："许海无恶不作，征求意见，谁都会同意送他去阳州劳教所。"

侯大利道："这还真说不定，许海住在城中村，这个社区一半都姓许，不少人都在许大光的企业工作，征求意见的结果是个未知数。汪建国联合学生家长的行为肯定能够成功，没有任何一个学校敢于接受许海，许海要么到工读学校，要么不再读书。我有一个建议，你现在不必管如何处置许海，当前你最主要的工作是陪伴你表妹，用科学的方法帮助她治疗心理创伤，帮助她走出人生中最艰难的时刻。"

张小舒道："我也是这样想的，准备近期就到江州一院轮转临床，抽空多陪欣桐。"

侯大利有些意外，道："你准备到江州一院工作？"

张小舒道："江州一院是山南大学医学院附属医院，我原本就要过来轮转。"

侯大利到刑警队工作有两年多了，其间接触了好几起大案，原本就不浓的学生味早就消磨殆尽。在他眼里张小舒是成长在校园温室里的花朵，下意识觉得她比自己小得多。在聊天时，他才意识到若是读研究生，他应该和张小舒同级，张小舒和自己是同龄人。

聊了一个小时，侯大利送张小舒回到江州学院家属院。

家属院就在附属中学正对面，只需要跨过一条马路，就能从附中回到小区。张小舒站在家属院门口，回望附属中学大门。大门上有彩灯，彩灯明亮，衬托得门内更加黑暗。黑暗空间中似乎有一张猛兽的嘴巴，要吞噬胆敢进入者。这是张小舒在此时此刻看到附中大门的真实感受。而在表妹出事之前，她和表妹曾无数次在夜间进入附中，独自享受夏夜中的操场。

侯大利没有下车，坐在驾驶室里，看到张小舒走进了家属院，才开车离开。

随后的事件发展基本按照侯大利的推断演化。

市教育局领导召开市区几个中学校长参加的小规模座谈会，在会上，附属中学校长态度最为激烈，道："我这辈子都在教书育人，见过各种调皮捣蛋的学生，我可以负责任地说，许海是其中最坏的一个，坏得无可救药，坏到骨子里面，是天生的坏种。他让我的教师生涯蒙羞，从强奸案发生在阶梯教室开始，我就羞于提及自己是附中校长。受害者家长汪建国写了抗议书，整整有三百七十七个家长签字。"

市教育局领导表情为难，道："九年制义务教育，这是硬规定。如果许海不被收容教养，不到工读学校，我们总得安排他到某个学校，所以提前把几位叫过来，有个预案，免得措手不及。"

附中校长强硬地道："许海绝对不能回附中，如果他要回附中，我宁愿辞职。"

其他中学的校长都唯恐市教育局把许海放到自己学校，一个比一个强硬。

市教育局领导看着平时都很理智的校长们，自嘲道："那我们就硬顶吧，随便许海家使出什么花样，我们都拖。"

市教育局领导和校长们在头疼，许海本人却一点都不想回学校，在外面自由玩耍比关在学校里舒服得多。

许大鹏的计划得以顺利实施，先拿出精神病医院的检测报告，报告中许海患有早期的情感型精神障碍。他又利用山南省对收容教养的谨慎以及向阳小区居民大半是许家人的有利条件，使调查结果有利于许海，再辅以严加管教并承诺让许海到湖州工读学校学习。最终，许海没有被收容教养。

得知此消息，汪建国陷入沉默，张小舒和姑姑张勤抱头痛哭。

许海不再上学，更没有到工读学校。许大光彻底断绝了让儿子读书的念头，将许海带到长江边采砂厂，准备让他提前进入社会，跟着自己做生意。谁知，许海这一次到采砂厂仍然只住了一个星期，便偷偷回到了江州，无论如何也不愿意继续留在荒无人烟的长江边上。

第四章
大象坡的碎尸

金色天街是江州第一个大型综合商业设施，设施好，产业集中，吃、喝、玩、乐一条龙，吸引了众多老城区的居民。近年来，城西新城也建有大型综合商业设施，但人气远远比不上金色天街。

许海终于得偿所愿，不再到学校读书，早上尽情睡懒觉，中午一点，许海起床，吃过午饭以后便出来闲逛。他下午到网吧打了几个小时的游戏，晚餐也在网吧解决。到了晚上八点，他离开网吧，又到金色天街。在夏天，有很多穿裙子的小姐姐会沿着扶梯上行，站在扶梯处向上望，可以看到很多风景。

冬天，这一道风景就被厚衣服遮住，许海在扶梯处站了一会儿，觉得没什么意思，很是思念夏天。

东走西逛，不知不觉消磨到十点，金色天街里的商户陆续关门，许海这才走出天街。早春的夜晚仍然寒冷，从温暖的商场内部走出，冷风直灌领口。一个戴着帽子的男子缩了缩肩膀，站在行道树的阴影下，望着慢慢行走的许海。

许海穿得很薄，上身是一件夹克和汗衫，下身是一条薄薄的运动裤，与其他人相比如同一个怪物在黑色街道上逡巡。他停在酒吧门口，没有进入，而是在门外不远处的深夜面馆要了一碗面，一边慢吞吞地吃面，一边望着酒吧门口。

男子握着一个小笔记本，上面记着许海行踪：许海活动地在老城区，范围很窄，主要是向阳小区和金色天街这一条线上，其间会进网吧和录像厅，偶尔打台球，四天时间进过一次酒吧，每天晚上都会到酒吧街吃碗面。

许海行走的线路是老城区的核心区，人流密集，很难找到无人的僻静处。戴帽男子在内心算计，继续站在阴影处观察许海。

许海吃了半碗面，看到酒吧里走出一个女子。女子明显喝多了，走路歪歪扭扭，用手撑墙，走了几步，来到角落，哇哇吐了起来。

许海停下筷子，专注地看着呕吐的女子，很快放下筷子，朝女子方向走去。

阴影中戴帽男子骂了一句："他妈的，屁大点的人居然懂得在酒吧街捡死鱼，看来不是第一次干这种事情。"

从酒吧走出两个男子。其中一个男子蹲下来，拍女人的背，另一个男子站在一旁抽烟。女子吐完，挽紧拍背男子的胳膊，重新走进酒吧。

许海停下脚步，视线一直黏在呕吐女子身上，等到女子重新走进酒吧，便走回面馆继续吃面。吃完面，他又在面馆坐了一会儿，这才起身离开。

许海进入向阳小区后，戴帽男子合上笔记本，放进衣服口袋，转身离开。

向阳小区，四楼传来麻将声，许海回家后，不和客人打招呼，径直进入自己的房间。段家秀来到孙子门口，问道："小海，饭菜都给你留着，在厨房，我给你热。"许海经常看带色录像，极不喜欢其他人进入自己的房间，为此事，和爷爷、奶奶都闹过别扭。段家秀习惯站在门口和孙子说话，不敢轻易进入孙子房间。

许海抓起桌上喝了半瓶的矿泉水，仰着脖子猛灌。

"小海，别喝冷水，会闹肚子。"

早春时节，江州温度也就在三四摄氏度，夜风袭来，寒意逼人，看见孙子喝凉水，段家秀忍不住打了寒战。

许海关了门，打开电脑，戴上耳机，看了一阵带色的碟片，浑身燥热得紧。客厅麻将已经散了，爷爷奶奶关灯睡觉，他再次出门。

向阳小区是开放式小区，没有保安，也就没有人来啰唆，这很对许海的胃口。他这次的目标还是酒吧街，希望运气好，能再次捡到醉倒在草丛里的死鱼。

许海在酒吧街来回走了两圈，遗憾的是没有上次的艳遇。他生起闷气，在深夜的街道上乱转。

走到开放式的江州老公园时，许海在门前稍有犹豫，还是如夜猫一样钻进了公园。夏夜公园里有不少躲在角落里动手动脚的情侣，此时尚是早春，情侣们不会在深夜逛公园。他浑身燥热，不想回家，沿着熟悉的小道，从后门走出公园。后门外种着高大的梧桐树，接连有两个街心花园。这一带居住着老城区的有钱人，金山别墅区也正在此处。

远处传来高跟鞋碰撞水泥路面的声音，在寂静的夜里传得非常远。许海原本无精打采，听到这个声音后，双眼如野兽一样放光。他和高跟鞋在梧桐树下相遇，互相打量对方。

陈菲菲喝了些酒，头有些眩晕。她乘坐出租车原本要在公园前门下车，谁知错在后门下车。若是沿着公园绕行到前门，要走三十多分钟，而穿行公园只要六七分钟。

陈菲菲自幼在此长大，熟悉公园，在酒精的作用下，准备在深夜横穿公园。她刚刚走到后门，就遇到一个高大的男人。

两人交错之时，许海伸手去抓散发着酒味的年轻女子。陈菲菲夹着香烟，挥手之时，烟头杵在许海脸上，骂道："臭男人，滚开。"

烟头温头高，许海被烫得呲牙咧嘴，大怒，挥拳打向对面的女子。陈菲菲原本酒精上头，走路不稳，被对方一拳打在脸上，倒退两步，坐在地上。她还想咒骂，一只钵大的拳头又迎面而来。挨了这一拳，她眼冒金星，躺在地上，再无反抗之力。

许海摸着被烟头烫伤的脸，上前又踢了一脚。他借着路灯，打量躺在地上的女人，这才发现女子非常年轻，也就十七八岁，化了妆，挺漂亮。这两年来，他对女性有着异乎寻常的兴趣，兴趣积累成欲望，欲望演变成怪兽，控制着他的身体，使其变得格外具有攻击性。最初，他的目标是年龄相差不大的女同学，后来在阶梯教室强暴了高三女学生。在前两天，他在酒吧街偶遇到一个醉酒后躺倒在草丛中的成年女子。到了今天，他的目标是外面世界的妖娆女人，对女同学完全失去了兴趣，更别提小学女生了。

一股燥热从小腹升起，穿透腹部，直达大脑。许海抱起女子，进入公园后门。

陈菲菲年龄不大，社会经验很丰富，挨打后，酒醒了大半，不敢动弹，只能任由对方施暴。对方兴奋之时，忙着进进出出，降低了警惕。陈菲菲眯眼打量对方，这才惊讶地发现此人很年轻，正是被伙伴们戏称为"行走着的荷尔蒙"的未成年人许海。

这种年龄偏小的未成年人性格不稳定，出手不知轻重，能不惹最好不惹，陈菲菲一直装昏迷，任由对方摆弄。

终于，许海心满意足地离开了公园。

陈菲菲躺在地上，慢慢坐起来，找到被丢弃在一边的裤子和提包，用纸巾整理了身体，骂道："这个人渣，活不到十四岁。"

深夜穿过公园，吃了大亏，陈菲菲行走艰难，一瘸一拐地走出公园后门，沿街道走到公园前门。平时绕行这一段路需要半个小时，今天走了整整一个小时才回到家中。

继父陈义明坐在客厅里，精神亢奋，看见陈菲菲鼻青脸肿，嘲笑道："被谁打了？要不要我帮你报仇。"

被半大小孩强奸，这是让人羞耻的事情，陈菲菲不愿意在另一个人渣面前吐露实情，轻描淡写地道："打架呗，还能怎么样。你别在这里吹牛了，瞧你那排骨样，就是挨揍的分。"

陈义明嬉皮笑脸地道："瘦是瘦，老子有肌肉。你得赶紧把脸上的伤弄好，隔两天有大业务。"

"龟儿子给我爬。"陈菲菲骂了一句，到卧室扔掉手包，又找来换洗衣服，到卫生间冲洗。

"这次真是大生意，包夜五千，陪个两三天，只要把对方陪高兴，至少这个数。"陈义明跟到卫生间门口，伸出了五根手指。

"我妈还没回来？"陈菲菲看着继父的神情，想要呕吐。

陈义明撇了撇嘴巴，道："今天她睡菜市，又找不到几个钱，没球意思。"

陈菲菲毫不客气地道："你龟儿子好意思，不是我妈赚钱，你喝西北风，吃个锅铲。你滚开，别站在门口，我要洗澡。"

陈义明自言自语道："又不是没有见过，关啥子门。"

进入卫生间，陈菲菲冲洗时更觉下身疼痛，低头看时，发现大腿内侧有外伤，也不知许海干了什么。她蹲在卫生间里，任由热水冲刷自己，想起渐渐模糊的生父面容，生出了撕心裂肺的思念，悲从心来，泣不成声。

哭声如悲怆的无线电波，透过小窗，飞向黑沉沉的天空，如魔鬼一样在空中逡巡，最后猛地下沉，与另一处哭声重叠共振。

汪欣桐坐在马桶上，双手撑头。她用尽全身力量想要忘记几天前发生在阶梯教室里的事情，以前这种事情只是在影视作品中出现，每次在影视作品中出现这种镜头，都会令她感到发自内心深处的厌恶，如果不能换台，她就自行离开。在生活中，她喜欢宁静的、优美的、和平的事物，理想就是进入某个大学或者研究院，以大学或者研究院为盾牌，抵挡人世间的丑恶。她钻研某一方面的学问，找一个具有同样人生目标的老公，如居里夫人和其老公那般。那一夜，少女单纯的心思被粗暴打断，社会显示出了狰狞的面目，将其咬得体无完肤。

"欣桐，你在卫生间吗？"张小舒醒来，发现表妹不在身边，出来敲卫生间门。

"嗯，我在里面。"汪欣桐被袭击后只跟父母、爷爷奶奶以及表姐说过话，没有踏出过家门半步，外面的世界对于她来说太过恐怖。

从卫生间出来，张小舒还站在门口，拿着一杯温水。汪欣桐跟在表姐身后回到房间，又重新上床，盖着柔软的被子，望着天花板。

"睡吧。"

"嗯。"

那件事情发生后，汪欣桐很久一段时间迷迷糊糊，神经系统拒绝承认此事的发生。她每天躺在床上的时间很多，在黑夜里，所有人都睡觉时，她无法入睡。感受变得异常敏锐，大街上的汽车刹车声、远处的若有若无的歌声、城中飘浮的火锅味道，都进入了她的感官之中。这不是令人的愉悦的感受，总是让她不经意间回忆起躺在冰冷水泥地上等待死神降临的痛楚。

表姐陷入梦乡，翻过身，说了几句梦话。梦话含混低沉，似乎有一个男子的名字。

汪欣桐在黑暗中大睁着眼睛，终于有了些睡意，慢慢进入梦乡。梦乡还未受到干扰，还是安静、纯洁的世界。远处不知名的爆响声让其惊醒，原来世界在无法阻挡地破碎。她翻身坐在床沿，水泥地板冰冷的寒意如怪兽一样在黑暗中拥抱这个尽量缩着身体的高三女孩。寒冷持续抽走她的能量，夺走她对人生的向往，在这一时刻，一切事情都没有意义，以前追求的清华北大没有意义，梦想中的白马王子也没有意义。她来到卫生间，站在墙边，透过小窗看到天空上明净的月亮。月亮如此纯净，散发令人着魔的皎洁光亮。她走出卫生间，在客厅拿了一张方木凳，放在墙边，探身抓住卫生间顶端的小窗。

汪家和其他人家一样，在流行安装钢制防盗网时就安装了防盗网，除了卫生间顶端的小窗以外，所有窗户都严防死守。

陈正淑晚餐吃得咸，睡到半夜，起来喝水。她没有开灯，借着窗外的月光，倒了热水，坐在客厅小口喝。

她见到孙女轻手轻脚走出卫生间，又到门外拿了板凳，心生疑惑，便跟了过去，轻轻推开卫生间的门。

所幸汪欣桐全身心地关注着天上的月光，没有反锁卫生间房门。

汪欣桐的右脚已经搭在小窗上，突然听到奶奶撕心裂肺的一声大吼，左腿被奶奶牢牢抱住。

汪建国、张勤、张小舒、汪远铭听到吼声，皆从床上爬起来，来不及穿外套，朝客厅跑去。汪建国最先跑到卫生间，抱住女儿的腰，用力将其从小窗拖了下来。他将女儿抱到客厅，声带哭腔，道："欣桐，你怎么能做傻事，你这样，爸妈怎么办？"

女儿的遭遇及精神状态给了张勤极重的心理负担，从广州回来后，在无人的时候经常以泪洗面，今天女儿的行为让她失去理智，抓起女儿衣领，狠狠地打了她两个耳光，用力摇动女儿，吼道："汪欣桐，你要振作起来，比起生命，没有什么大不了的事。女儿啊，你这是拿别人的错误惩罚自己，惩罚你的家人，你太自私了，根本不管爸爸妈妈的感受。"

汪远铭声音发抖地道："欣桐穿得薄，回屋里再说。小舒，你和姑姑扶欣桐进去。"

汪欣桐进屋，睡到床上，捂着被子，在里面瑟瑟发抖。张小舒坐在床边，道："欣桐，你哭吧，哭出来就好了。"

过了几分钟，汪欣桐终于哭出声来。

听到哭声，汪建国和汪远铭都松了一口气。汪远铭道："你妈呢？"汪建国道："还在客厅。"汪远铭来到客厅，见妻子瘫坐在沙发上，快走两步，从客厅桌子里拿出常备的救心丸。救心丸盒子小，汪远铭手抖得厉害，始终打不开盖子。汪建国一把抢过救心丸，打开盖子，把丸剂倒在手心，道："几粒？"汪远铭见妻子状态不佳，道："别管几粒，先喂进去。"

陈正淑已经无力张嘴，汪远铭把小小的药丸塞进去，急切地道："建国，打120，赶紧。"陈正淑嘴含着药丸，大汗淋漓。她无法行动，胸口剧烈疼痛，就用眼睛望着丈夫，一动不动。

汪建国打完120后，走到女儿卧室前，伸头朝里面看了一眼。

女儿用被子蒙着头，缩成一团，躲在床角。母亲本来心脏就不好，随时都有发病的可能。这一次发病与女儿有直接关系，为了不增加女儿的心理负担，他轻轻关了房门，暂时不准备告诉女儿奶奶发病了。

汪远铭、汪建国和张勤都默默地坐在陈正淑身边，焦急地等待救护车。良久，救护车来到，医护人员进屋以后，迅速将陈正淑抬上担架。张勤跳上救护车，陪同老人。一家人做这些事情时，井井有条，没有出声也没有哭泣。

走在最后的医生对汪建国道："病人状况很不好，你们要有心理准备。"

汪远铭听到这句话，身体力量被瞬间抽空，手抚门框，老泪纵横，压低声音道："天啊，这是造的啥子孽。"他已经八十二岁，老伴离开或者自己离开是必然之事，当这一天突然来临之时，还是无法接受。世界顿时失去了原来的模样，以前的世界有老伴，两人相濡以沫走过大半辈子，如今的世界没有了老伴，这是最致命最残酷的变化。

汪建国最为冷静，将守在卧室的张小舒叫到客厅，道："奶奶情况不好，心肌梗塞，送到医院抢救，我和你姑还有爷爷要到医院。你在家里陪欣桐，欣桐情绪不稳定，把她盯牢一点，随时随地跟着她。"

发生在姑姑家的事情，超出了张小舒的生活阅历，极大冲击了她的心灵。她颤声道："奶奶肯定能治好的。我在家守着欣桐，一步都不离开。"

"拜托你了，一步都不能离开。"汪建国转身的时候，擦了擦眼睛。

汪远铭、汪建国、张勤离开后，张小舒关闭房门，回到卧室，坐在床边。表妹汪欣桐仍然用被子蒙着头，身体缩成婴儿状。

母亲失踪之后，父亲工作非常繁忙，张小舒有很长一段时间都住在姑姑家里，被汪家人视为家庭成员。长大后，张小舒回想这段经历，暗自庆幸有一个好姑姑，而姑姑嫁给了好人家。此刻，姑姑家蒙难，她觉得自己有义务做些什么。

在卧室里等了二十来分钟，张小舒的眼光无意中扫过墙角，看见那把蒙尘的老吉他和小提琴，心中一动。音乐是两姐妹的共同爱好，而且皆有不错的音乐天赋。小时候，她和表妹同时学习弹吉他和拉小提琴，水平都很不错。张小舒弹吉他更胜一筹，表妹拉小提琴水平更高。表妹成绩特别优异，为了考上清北，进了高中便暂时封存了吉他和小提琴。

张小舒取过吉他，先调音，然后端正身姿，弹了两人都熟悉的《梦中的婚礼》《水边的阿狄丽娜》。当弹到《阿尔罕布拉宫的回忆》时，床上的被子动了动。汪欣桐虽然仍然蒙着被子，但是蜷缩在被子里如婴儿的身体舒展开来。

春节其间无大案，3月15日，江州市发生了第一起恶性案件。江州市城西新区发生纵火案，两人丧生。房间内汽油爆燃，夫妻没有来得及逃生，被烧死在房间里。案件性质恶劣，按照江州市公安局案件管辖规则，市刑警支队重案大队接手此案。

常务副支队长陈阳和重案大队长滕鹏飞商量后，把二组组长苗伟和三组组长李明叫到办公室。

等陈阳讲完案情，苗伟道："陈支、滕大，我就直说了，从杜强案、吴煜案再到二道拐黑骨案，一组吃肉，吃得满嘴是油。二组、三组总得喝点汤吧，侦查员都开始说怪话了。"

李明也是此观点，只是用词非常理性："江州是四百多万人口的大市，每年都有大案要案，这是人口基数决定的。而且恶性案件喜欢打堆凑热闹，要么不来，来就是接二连三，估计是过度地新闻报道对某些人产生了心理暗示。重案大队设置三个大组，就是为了能够同时应对三起恶性案件。好刀也得用案子来磨，二组、三组在这一年多没有侦办过真正意义上的大案，再松懈下去会自废武功。陈支、滕大，手背手心都是肉，纵火案要么是二组办，要么是三组办。"

"陈支把你们叫过来，没有叫侯大利，态度就很明显嘛。"滕鹏飞以前是重案大队副大队长兼任一组组长，为一组"抢"了不少案子。如今他担任重案大队长，便不再为一组"抢"案子，得一碗水端平。

"从掌握的情况来看，纵火案难度不小，你们要有心理准备。"在市公安局里，有极个别部门战斗意志减弱，得过且过，遇到案子绕道走。重案大队内部三个组铆着劲争抢案件，说明民警们还有自尊心、对工作还有自豪感，这让常务副支队长陈阳很满意。

苗伟挺起胸膛道："如果不难，就是刑警大队的事，交不到重案大队。二道拐黑骨案难度挺大，是硬骨头，一组能啃下来，没给支队丢脸。城西新区这起纵火案就交给二组，掘地三尺，二组也要破案。明哥，下一个案子，我不和你争。"

李明道："那就一言为定。"

滕鹏飞脸上麻子笑成一团，随即展开，道："苗伟，案子交给你了。必须得破，还要破得漂亮。重案一组在吴煜案和二道拐黑骨案中表现得非常亮眼，如果二组抢了纵火案却破不了，那就会让人笑话，沦为笑柄。"

苗伟知道滕麻子在用激将法，仍然心有不服，道："话不多说，我马上带人去现场。"

案情如火，重案二组侦查员在接到纵火案消息十来分钟后就前往纵火案现场。

纵火案第二天，3月16日，长盛县突发恶性报复杀人案，两人死亡，一人重伤。刑警支队重案大队三组负责侦办此案。

从二道拐黑骨案顺利侦破到现在，重案一组主要工作是案件扫尾工作，难得地过了一段相对清闲的日子。在市局统一安排下，重案一组全体到市公安局战训基地参加2010年第一期"战训合一"训练班。

市公安局巴岳战训基地于2009年8月7日正式投入使用，主要负责全市公安入警、晋升、发展训练，以及区县公安局"轮训轮值、战训合一"培训任务。今年计划开班十一期，春节前各单位任务重，没有开班。元宵节之后，各项工作走上正轨，战训基地开始第一期培训。

开训前，常务副支队长陈阳特意与侯大利谈话，讲了三层意思，第一，重案一组在过去一年成绩斐然，出色地侦办了吴煜案和二道拐黑骨案，不能骄傲，要正视不足和短板，配合基地训练科目，增加全组凝聚力和战斗力；第二，希望侯大利作为重案一组组长要高度重视此次战训，组长思想端正，侦查员们才安心；第三，到了基地要服从教官管理，做到令行禁止，绝对不能惹事。

侯大利态度很端正，拿起小本本记下要点，等到常务副支队长讲完后，问道："二组侦办纵火案，三组侦办恶性杀人案，我们一组全员到基地培训。如果再发恶性案件，怎么办？"

陈阳道："你也是乌鸦嘴，15号和16号两天连发大案，舆论对公安很不利。我们没有这么倒霉吧，在训练期间发生需要出动重案一组的大案。"

侯大利道："从巴岳基地进城只要十五分钟车程，就算有大案，重案一组随时可以赶回来。"

陈阳用手指着侯大利，道："你还要坚持说这话，乌鸦嘴，赶紧收回。上一次，我就说了不吉利的话，现在应验了。"

侯大利按照支队习俗，对着天空说了三声"呸呸呸"，算是收回刚才说的不吉利之语。大家都知道这种"收回不吉利话"的方式有些扯淡，可是大家愿意信，便都采用这种方式，算是江州公安的传统。

重案一组13名侦查员乘坐四辆车，在3月17日上午八点，来到风景秀丽的江州市公安局巴岳战训基地。上午九点，战训基地举行开训仪式，两百多名参训民警齐聚操场。春季班比夏季班舒服，春天，两百多民警站在操场上，春风习习，阳光拂面，令人神清气爽。而夏天，烈日当空，山风酷热，站在操场上参加开训仪式，滋味实在酸爽。

开训仪式正式开始，首先，升国旗、升战训基地旗；其次，在教官代表的带领下，全体参训民警重温入警誓词和培训教官代表宣誓；第三，巴岳战训基地校长讲话，勉励全体参训学员要服从安排、听从指挥，练就召之能来、来之能战、战之必胜的过硬本领。

操场上的仪式结束，参训民警移师阶梯教室，江州市公安局政治部顾主任组织召开全体参训民警训前动员会。侯大利坐在第一排，坐在其身边的是市政治部民警陈浩荡。

十一点，开训仪式结束。陈浩荡跟随侯大利来到寝室，开玩笑道："基地条件简陋，你住得习惯吗？"

侯大利道："条件再简陋，也是两人一间房，比起政法学院住房条件要好。"

陈浩荡道："那时是学生，现在不一样了，由奢入俭难，很多民警都不适应。"

侯大利龇了下牙，道："你是不是对我们基层民警的生存环境存在误解？"

陈浩荡没有直接回答这个问题，道："近期，我要到城西所当副所长，估计得分管刑侦，以后遇到案子，还得向你请教。"

"当官了，挺快嘛。"

"我们就是革命的一块砖，哪里需要哪里搬。参加工作后我就没有办过案子，现在得补课，你这个神探得好好指点我。"

"我和一组最好不要出面，出面就是大案。城西新城刚发生了纵火案，滕大队和重案二组接手了。"

"是啊，正因为发生了纵火案，我恐怕很快就要下去。"

聊到这里，陈浩荡接到电话，下意识站起来，道："顾主任，我在民警宿舍，和他们聊天，了解他们参加战训的想法。好的，我马上过来。"挂断电话，他又坐在床边，道："我陪领导们吃饭，吃完饭下山。我到城西所以后，你多来几次，给我打打气啊。"

陈浩荡匆匆出门时，江克扬哼着歌进入寝室。两人没有寒暄，只是打了个招呼。得知陈浩荡要去城西所当副所长，江克扬坐在床上感叹："近水楼台好得月，领导身边的人素质高。组长屡立大功，还是担任没有编制的职务。派出所副所长，那是真正的实职领导干部了。"

侯大利对此反倒坦然，道："管不了这么多，做好自己的事就行了。"

开训仪式之后，严肃、紧张、团结、活泼的战训生活正式开始。

基地经过第一年运行，在新学期推出两项新制度，一是警务管理与文化育警相结合，从点滴养成抓起，建立管理日志，每天实行"三点名三检查"制度，将民警考勤、守纪、内务卫生等情况全部如实记入工作日志，每天公布操行考核；二是教官编入培训中队，既承担教学任务，也负有管理职责。

同时，又选拔骨干学员担任副中队长，配合教官工作。

两项新制度是对原来制度的补充，执行后，迅速将参训民警由工作状态转变为战训状态。侯大利从山南政法刑侦系毕业不久，迅速适应战训基地的管理模式。毕业很久的民警们重新回到课堂般的环境，经历"三点名三检查"的战训生活，纷纷叫苦不迭。总体来看，一线民警经常面对危险，训练更为认真。非一线民警相对松懈，训练时的代入感明显弱一些。

参训第四天上午，二中队来到操场。操场上放了软垫，一个身形彪悍、脸颊上有个大伤疤的警官正站在操场边。侯大利站在队伍中，悄悄向眼前的教官眨了眨眼睛。这位彪悍的警官正是特警支队樊勇，曾经在105专案组工作过的樊傻儿。战训基地成立后，樊勇被聘请为基地教官，主要负责擒拿格斗训练。

操场上，樊勇左肩佩戴教官袖章，精气神十足，为参训民警演练了山南警体擒拿拳。他长期坚持训练，体力充沛，身法矫健，赢得了一片掌声。打完一套，他声音洪亮地道："民警在执勤中要理性、平和、文明和规范，是要受人民监督的，所以，对需要现场制止的违法犯罪行为，口头制止和徒手制止显得非常重要。我们制止犯罪行为讲究控制，控制能力比打击能力更加重要。我以前有一位同事极为擅长反关节技，经常一招制敌，而被犯罪分子痛骂为卑鄙无耻下流。我们就是要有这种卑鄙无耻下流的能力，这样才能保护好自己，控制好现场。请这位学员出列。"

樊勇在105专案组被称为樊傻儿，以勇武闻名。今天这一番话，让侯大利有了士别三日当刮目相看的感受。他被樊勇点名后，正步出列，站在操场中央的软垫上。

樊勇的目光在学员队伍中游走，最后停留在一名高大汉子身上。这是来自长贵县的民警，身高至少一米八五，非常魁梧。

魁梧汉子出列后，和侯大利面对面而站。

樊勇道："他们两人都是强壮汉子，如果没有擒拿格斗技术，凭蛮力要控制对方很不容易，如果精通擒拿格斗术，那情况就不一样了。现在，你们可以试着控制对方。"

长贵县民警是部队转业干部，体力强，信心足，教官发出指令后，便伸手抓侯大利的手腕。侯大利苦练过反关节技，眼疾手快，闪电般抓住长贵县民警的中指，身体下沉。长贵县民警大意失荆州，随着侯大利的动作，身体只能往下蹲，毫无还手之力。

侯大利随即放开对手，退后一步。

尽管侯大利在擒拿时收了力，长贵县民警仍然吃痛，甩了甩中指，怒视着侯大利。

樊勇早就料到了这个结果，声音洪亮地道："两位学员身体素质都相当不错，势均力敌，可是有心算无心，这名更高大的学员吃了亏，关节被擒拿，实际上已经被控制。擒拿关节的这位学员就是我以前的同事，经常被犯罪分子咒骂的侯大利，市刑警支队重案一组组长。在春节其间，他率队在金江寺擒拿了杀人逃犯。当时逃犯带枪，若是没有出色的擒拿格斗技术，后果难料。"

"厉害。"

"哇，神探。"

学员们多数都听闻过重案一组组长侯大利的大名，得知了眼前"抓中指"的学员便是侯大利，不由得低声感叹。长贵县民警在刑警大队工作，得知眼前之人是重案一组组长，也就心服口服，不再觉得憋屈。

训练结束，侯大利和樊勇凑在一块儿。

侯大利道："你还真是樊傻儿，给我选了一个又高又壮的对手。万一我打不过，那不当场丢丑了。"

樊勇笑得十分开心，脸颊上的枪疤跟着抖动，道："在特警支队，打赢我的人屈指可数，准确说只有两个能打赢我的。一个是特种部队转业的，还有一个是散打运动员出身，这两个我确实打不过。论战斗力，我能排全市第三。凭我的水平，在刑警老楼的时候，你都能偷袭得手。我挑出来的学员看起来又高又壮，其实肚子上全是肥肉，动作迟缓，根本逃不过你的鹰爪。这点看人的本事都没有，我怎么当副大队长。"

105专案组是江州市公安局的一个品牌，侯大利和樊勇都是专案组第一批成员，在一个战壕里滚过，见面后十分亲切。在战训基地没有办法喝酒，两人便相约训练结束以后喝一顿大酒。

重案一组负责侦办全市大案要案，是尖刀中的尖刀，遇到危险的概率相对也大，训练非常自觉。侯大利以学员身份担任副中队长，和教官商量之后，时常给重案一组增加训练量，有针对性地练习突击攻坚小组战术。十天时间下来，重案一组的小组战术大有长进，获得了战训基地教官们一致认可。

侯大利在105专案组工作时，在案情分析会上曾经多次掐过刑警支队队员。他最初担任一组组长时，是闯入一组的异类，和重案一组侦查员颇有隔阂。但在经历了吴煜案和二道拐黑骨案后，又一起进行战训，他渐渐融入集体之中。到了现在，重案一组多数侦查员甚至将105专案组视为刑警支队的一个部门，和勘查技术室、DNA室类似。

集体生活在开始时必然有让人不爽的地方，吐槽点随处皆是。但是，每当集体生活要结束的时候，大家总会怀念在一起同吃同睡同训练的日子。时间飞逝，转眼到了3月28日，训练将在次日结束。

参训人员聚餐后，重案一组在侯大利和战术教官的带领下又到场馆加练小组战术，到九点才回寝室。回寝室后，侯大利抓紧时间洗澡，然后上网查看周涛传过来的邮件。周涛传了105专案组近期制作的秦勇、杨永福、金传统、张佳洪和李小峰五人的《社会关系和行为轨迹综合表》。105专案组这一段时间的调查从总体上来说进入死胡同，朱林、王华、周涛和易思华跑了两省四市，调查走访了二十来位杨永福和杨国建的亲朋好友，杨永福的行踪在失踪后戛然而止，再也没有消息，直至被宣布死亡。调查整体上没有突破，只能说是收集了相关资料。

看完这封邮件，又一封邮件发了过来，内容简单：朱支队明天办退休手续。

侯大利赶紧打通朱林电话，道："师父，你明天退休？"

朱林道："明天办手续。"

侯大利道："退休以后，师父还是局聘刑侦专家，我有啥事还要找你。"

朱林笑道："退休是每个人的必由之路，只要上班，便有这么一天。如果需要我，我身体状况还行，随时可以出现场。"

看罢邮件，打完电话，侯大利情绪略为低落。熄灯前，在隔壁寝室侃大山的江克扬回到寝室，和侯大利聊了几句闲话，头靠枕头，呼吸声很快均匀传出。侯大利坐在窗前，抬头看着窗外清淡的月光，听着战友的鼾声，很久都不想入眠。

早上六点半，放在床边的手机响起来。这个时间点响电话绝对不是好事，侯大利和江克扬同时惊醒，翻身而起，伸手拿手机。江克扬的手机没有响，响的是侯大利的手机。

接完电话，侯大利对正在穿衣服的江克扬道："赶紧，有案子，要出现场。"

江克扬已经扣好皮带，道："什么案子需要一组出动？"

侯大利声音平静，道："二组在弄纵火案，三组在长盛，新案轮到一组了。在江州学院后面的大象坡出现了尸块，被砍得很碎。我们得提前走，不能参加上午的结业典礼了。"

江克扬利索地扣上衣服，道："组座到基地请假，我去叫张国强和杜峰。"

侯大利取出笔记本，写下：3月29日早晨六点十分，大象坡发现了尸块。

很快，三辆车离开巴岳战训基地，十五分钟后来到江州学院后山大象坡。

车至学院街，侯大利等人沿着学院小巷步行来到大象坡的南入口。大象坡是城区内的山头之一，因山坡顶部形似大象而得名。大象坡有一条从南到北的人行步道，南接学院小巷，北连中心大道。人行步道中间有许多如毛细血管一样的小路，在山坡上形成蛛丝状步道体系。大象坡是市民锻炼场所，每天清晨和傍晚，散步和锻炼的市民很多。大象坡还是有名的情人坡。从学院后门很容易来到大象坡，很多学生情侣在此留下终生难忘的回忆。

南北两端的人行步道已经被东城派出所民警封锁，亮明证件后，侯大利诸人沿南坡步道上山。走了几分钟，遇到派出所副所长钱刚和一名年轻民警。

钱刚没有寒暄，对重案一组诸位刑警道："六点十分左右，一个年轻女子上山遛狗。大金毛从草丛里叼出一个透明塑料袋，带到年轻女子面前。透明塑料袋里的东西倒出来，全是肉块，还有一个手掌。那年轻女子吓惨了，走不动路，坐在地上报了警。我已经安排民警带她到派出所做笔录。"

年轻民警胸口有一小块呕吐痕迹，脸色苍白。

钱刚自嘲地道："我们找出来三包尸块，每包几斤到十几斤不等，估计还有很多尸块在山上。凶手是变态，有一包是肠子，肠子切得整整齐齐，用绳子捆绑，盘在一起，装在塑料袋里。我们派出所三个民警都吐了。我好些年没有见过这种尸块，也差点吐了。"

侯大利道："找到几袋？"

"三袋。按照碎尸案抛尸规律以及尸体重量，肯定还有尸块。"

"尸块是一个人，还是几个人？大象坡是抛尸地点还是杀人现场？"

"现在还无法判断，我得让所里多来些人，堵住南北通道，还得把山坡小道上的市民全部清理出去。"钱刚干呕着，给所里打电话，调派增援力量。

侯大利等人往上走了几十米，手机响起，宫建民电话打了过来，问道："现场什么情况？"

侯大利道："我刚到现场，遇到钱所长。初步判断，这是一起恶性碎尸案，目前发现了三包尸块，山坡上肯定还有。凶手是在夜晚抛尸，尸块装在塑料袋里，扔在草丛中，比较隐蔽。早上锻炼的人没有发现，后来被狗叼出来。重案一组全部在，我们马上寻找其他尸块。"

宫建民道："我在市委开会，暂时来不了，陈支队马上赶过来。滕大队和二组苗伟在侦办纵火案，三组李明手中有活儿，这个案子由一组来办，你负责指挥。碎尸案的社会影响很恶劣，肯定会闹得人心惶惶，务必要尽快破案，给受害者和全市人民一个交代。"

重案一组侦查员、派出所民警、协勤和治安积极分子，彻底封锁了上山道路的两端，不再准许行人通过，然后沿着小道开始寻找其他尸块，并排查大象坡小路上的市民。

不断有装尸块的塑料袋被发现，其发现位置被标注出来。

刑侦支队常务副支队长陈阳带着增援力量到达现场。

技术人员开始现场勘查。

2010年底，江州市公安局根据上级要求，改革了刑事技术部门，老谭被任命为刑警支队副支队长、第六大队（技术大队）大队长，建立起五个专业实验室，即法医室、痕迹检验室、文件视听资料检验室、理化检验室和法医物证室。技术大队同时挂市公安司法鉴定中心的牌子，这和以前一致。

痕迹检验室主任小林带技术员勘查现场之时，法医室李主任和汤柳、DNA室张晨等人也进入核心现场。

老谭在核心现场转了一圈，回到山坡顶上的小亭，对陈阳和侯大利道："在山上搜出九包尸块，没有找到头颅。从找到的尸块来看，初步判定受害者是年轻男子，受害者是同一个人。凶手很冷静，尸块都是沿关节切割，切割得非常整齐。塑料袋是同一个型号，就是生活中使用的普通垃圾袋。"

陈阳道："这是我到刑警支队以来遇到的第三起碎尸案。一般来说，杀人碎尸案件中犯罪人多与被害人熟悉，这是我们经常说起的关系作案。被分尸的主要是女性，这起案件是年轻男性被分尸，比较少见。碎尸原因有几种，一是逃避侦查，隐藏犯罪，这和二道拐黑骨案中焚烧尸体的行为类似；二是通过碎尸来发泄内心愤怒；三是满足变态欲望。找到碎尸原因才可以确定侦查方向。"

侯大利俯视现场，脑中出现尸块的位置，道："凶手切割了尸体，使用透明塑料袋装尸块，扔在人来人往的大象坡，没有刻意隐藏。凶手这还不是逃避侦查，极有可能是发泄愤怒，或者是变态心理。"

正在这时，山林深处响起惊叫声。一对情侣躲在大象坡最深的密林里，警察开始搜索后，他们沿着小道和警察捉迷藏，准备甩开警察后离开大象坡，免得警方找麻烦。谁知，在偏僻小道上看到大榕树下挂着一颗头颅，微风吹过，头颅在轻轻晃动，五官似乎都在抖动，特别是嘴巴一张一合，似乎在说话。

女生吓得花容失色，钻进男友怀里。男友是个傻大胆，见到头颅，很是稀奇，赶紧拿出相机拍了几张。

"你别拍，好恐怖。"

"我学医的，解剖了好多尸体，还没在野外遇到过。"

"好变态，我怕。"

男友涌起强大的保护欲，拍了照片以后，搂抱女友走出小道，迎面见到两个警察，便指了指身后："那边挂着一个人头。"

这两个警察一人是严峰，另一人是谭大国。谭大国沿着小道找人头，严峰拦住情侣，要求两人接受调查，暂时不能离开。

侦查员们来到现场，除了勘查现场以外，还有一个重要任务是调查现场人员，查找犯罪嫌疑人。这对情侣最怕警察找麻烦，没有料到还是被警察堵住，大叫倒霉。

谭大国很快看到榕树上悬挂的头颅，赶紧给探长张国强打电话，然后守在悬挂头颅的地方。

张国强和勘查室主任小林同时赶到。小林不停拍照，协助搜索的辅警蹲在一旁大口呕吐。

侯大利接到电话，从坡顶以最快速度赶到悬挂头颅处。榕树上，白色塑料绳索悬挂一颗人头，人头下方有少量血滴。受害人遇害时间有六七个小时，变形的五官仍然保留着愤怒和恐惧混合在一起的神情。

侯大利仰头看了一眼，深吸一口气，道："许海！"

跟随在身后的陈阳喘着粗气，道："他就是许海，你确定？"

侯大利肯定地道："是许海。田甜办过他，我见过他多次。"

钱刚紧跟在陈阳身后，看了头颅一眼，扭过头，干呕数声，道："没错，是许海。许海在辖区内有名，多次强奸和猥亵少女，长期在金色天街拍女子裙底。他犯事时还没有满十四岁，不承担刑事责任，一直在外面逍遥。"

陈阳盯紧头颅，道："我知道许海的烂事。他现在满十四岁没有？"

钱刚道："我记得5月才满十四岁。许海在我们辖区是名人，臭名昭著。上帝要让谁灭亡，必然会让谁疯狂，他出事是必然的，只不过还没满十四岁就弄得这么惨烈，我还真没有想到。"

侯大利道："钱所长和老杜现在就带人到许海家里，看他们家里现在是什么情况。"

"我马上下山，叫上居委会的人，到他家去。"钱刚随即离开山坡，和杜峰探组直奔许海的家。

小林围着榕树观察，寻找树下脚印，查看树干上有没有爬过的痕迹。此株大榕树位于一条小道深处，管理大象坡的市公园管理处在榕树下设置了一个小小的休闲区域，有一个伪装成树桩的石桌和四个石椅。

侯大利道："小林，解绳子的时候注意一下，这种绳子有可能会有凶手的皮肤组织。"

"嗯，在这种塑料绳上提取皮肤组织有难度，多半看运气。"小林观察了一会儿，开始小心翼翼地取头颅。

陈阳道："尸块沿关节切割得这么整齐，连肠子都折叠整齐，分袋装好，这是多深的大仇。凶手很有可能是许海侵犯过的事主家属。"

侯大利完全进入了破案模式，其他杂念完全被埋在脑海深处，道："除了头部悬挂在大榕树上，找到的尸块都分布在上山步行主通道两旁，也就是说凶手沿着主通道步行上山，随手将尸块丢在小道两边的树林草丛里，非常从容。悬挂受害者头颅的举动说明犯罪嫌疑人没有想要隐藏此事，就是要大张旗鼓地宣扬此事。头颅挂在这棵榕树下，还说明凶手知道这个地方。"

他将江克扬叫到身边，道："看来此案是通过碎尸发泄内心愤怒。学院街安装有不少监控，凶手要转移尸块到这边，必然有交通工具。老克，你们探组去查学院街附近的监控点，多拷贝一些，时间尽量往前延。"

江克扬带着伍强、袁来安、马小兵前往提取监控视频。

微风吹来，空中还飘浮着淡淡的血腥味。陈阳皱了皱鼻子，道："可惜大象坡上没有监控，否则就一目了然。我要给市政局说，公园内部也要安监控。"

钱刚和杜峰出发二十多分钟后，杜峰打回电话，声音激动："找到了凶杀现场，就在许海卧室。我们到许海家门口时，许海的爷爷奶奶都还在睡觉。用力敲门，他们才醒过来，醒来过后神情恍惚，应该被人下了药。杀人现场就在许海房间，许海床上全是血。犯罪嫌疑人用四床棉絮铺在床上，血液太多，四床棉絮全部被浸透了。床下还有三个盆，盆里全是血。"

侯大利道："保护好现场，不能让许海家人进入许海房间。"

陈明、老谭、侯大利、法医室李主任和勘查室小林主任一起前往许海家里，其余人员继续搜索山坡。

陈阳、侯大利等人从南坡入口下山之时，警戒线外已经聚满人群。一名江州晚报的记者出现在人群中，准备采访侯大利等人。经过巴岳战训基地培训，探长张国强和侯大利已经有了默契，对视一眼后，张国强、严峰等人用身体挡住记者，陈阳、侯大利等人迅速下山，直奔向阳小区。

向阳小区院内围了一大群人，在院内议论纷纷。侯大利弯腰准备从警戒线下钻进去时，一名老年人道："这位同志，许崇德家里出什么事了？"

侯大利在警戒线内站定，道："我刚来，还不知道情况。你们小区流动人口多不多？有没有监控？"

老年人道："我们是老小区，没有大门，大家随便进出。监控都在街道上，院内没有。"

"为什么不找物管公司？"侯大利跟随朱林等老侦查员无数次调查走访，经验在不知不觉中积累了起来，知道怎么得到最想要的信息。

老年人给了侯大利一个白眼，道："你是饱汉子不知饿汉子饥，这是老小区，住的都是穷人，一毛一分都要算得清楚，至少一半人舍不得一平方几毛钱的物管费。街道开了几次会，给我们叫来一家物管。物管来了，收不到钱，做了两个月不到，两手一拍，不再管我们的事了。你是政府的吧，我给你反映，我们这种小区就应该由政府出钱来请物管。"

聊几句话，侯大利了解到小区的基本情况，和以前掌握的情况完全一致。

进入单元门时，侯大利接到张国强电话。

张国强道："组长的判断是正确的，凶手确实是沿着南北主道抛尸。我们将搜索目标确定在南北方向的主通道附近之后，已经找到十八个塑料袋，袋子里的肉和骨头聚在一起有一百三十多斤，由于血液和水分流失，和许海体重基本符合。"

侯大利道："赶紧把尸块送殡仪馆，由法医室拼接。许海的爷爷奶奶都吃了安眠药，尸块还要由理化检验室做理化实验。"

进了许海家门，浓重的血腥味扑面而来，比大象坡的血腥味要浓重得多，让人喘不过气。

一个七十来岁的老年男人坐在沙发上，神情呆滞。

老谭道："每天有很多人过来打麻将，客厅脚印特别多，没有办法通过足迹锁定犯罪嫌疑人。许海房间被清扫过，没有发现有价值的指纹和足迹。门窗完好，没有破门破窗痕迹。窗边没有攀爬痕迹，最大可能是从大门进入。"

侯大利道："熟人作案？"

老谭道："从现场痕迹来看，犯罪嫌疑人应该是熟人。许家是家庭麻将室，昨天最晚的麻将是在十二点收的，也就是十二点后出的事。"

陈阳望了客厅的老人一眼，道："他们是怎么回事？"

老谭道："男的是许崇德，女的是段家秀，大概率是被人下了安眠药，睡得很沉，完全不知道昨晚发生的事情。"

犯罪嫌疑人给老人下安眠药，又在家里杀人分尸，清扫房屋后离开，最后抛尸在大象坡，还把头挂在树上。犯罪嫌疑人心理素质太好了，好得变态，这让侯大利倒吸一口凉气。

杜峰从里屋出来，看见侯大利，道："昨天下午，也就是3月28日下午，许海家里有三桌麻将，晚上四桌，前前后后有二三十个人在许海家打过麻将。"

侯大利道："许崇德和段家秀平时有没有服用安眠药的习惯？"

杜峰道："我问过这事，他们没有服药习惯，喝了安眠药以后睡得特别沉，没有听到任何动静。"

老谭道："我们准备检查许海爷爷奶奶的水杯、纯净水桶、许海房间的水杯、两个饮料瓶以及香烟、饼干，查一查犯罪嫌疑人是如何投放安眠药的。"

侯大利道："检查过家里的刀具没有？"

老谭道："许海家里刀具表面上没有血迹，准备带回去细查。"

许崇德听到警察们小声议论，回过神来，如梦游一般来到陈阳身旁，道："你是当官的吧，我孙子到底怎么了？你说是不是没死？小海死了，我怎么给他爸妈交代啊。一个大活人在家里好好的，怎么突然间就被杀了。他是一个好孩子，经常做好事，很孝顺父母。你们一定要破案，否则我怎么交代？"

许海在众人眼里是一个恶魔，在其爷爷眼里却是一个好孩子，两者反差之大让侯大利暗自唏嘘。

侯大利没有理睬许崇德，来到许海房间，站在门口观察屋内情况。室内呈现出一种非常矛盾的状态，床上床下充满血腥，桌上没有灰尘，物品摆放得非常整齐，小杂物虽然多，却井然有序。垃圾全部收到垃圾桶里，桶里有塑料袋，和装尸块的垃圾袋一模一样。

杜峰指了指床边的椅子，道："许海的外套内衣一件不少，一台笔记本电脑不在了。内衣上放着许海的苹果手机，被我们暂扣了，拿回去检查最后联系人。"椅子上摆放着衣服，折叠得相当整齐，最下面是外套，最上面是内衣。

"我的小海啊！我怎么跟你爸妈交代啊！我等会就跳楼，要死一起死，死了倒是干净。我的小海啊！"段家秀一直躺在床上，脑中一片昏眩。昨天睡觉前，她还隔着门和小海说了几句话，然后睡觉，整晚睡得特别好，没有想到早上起来，孙子就出事了。她看了一眼孙子的房间，跌跌撞撞回到自己卧室，再也爬不起来。她头脑昏昏的，警察问一句，便答一句。当警察离开房间时，她觉得自己是在一场无边无际的噩梦之中。直到电话铃声响起，她才从自我麻痹中惊醒，看到来电显示出儿子的号码，顿时如遭高压电击，从卧室出来，来到孙子房间门口，坐在地上，恸哭不停。

侯大利听到身后传来惊天动地的哭声，扭过头看了一眼，再次强调："封住许海房间，不能让人进出，暂扣电脑、手机、笔记本、作业本等物品。"

他站在房屋中心，观察房屋结构，这是一套老式的三室一厅住房，构造有些异形，显得不太方正。客厅被改造成麻将室，有四张麻将桌。

两间卧室，一间由许海爷爷、奶奶使用，另一间就是许海的房间。

在观察房屋结构时，他打开设置在胸前的高清摄像机，录下看到的一切。

警犬训练中心带来了一只叫宾格的血迹搜索警犬。

血迹搜索犬以人体血迹特定气味为嗅搜目标，不需现场制定嗅源即可用于现场人体血迹气味搜索作业。该技术运用在遗留有血迹的命案等案件现场勘查和调查访问中，可以迅速确认是否遗留有人体血液，与DNA检验技术紧密结合。

侯大利在政法大学读书时，视警犬为工具，没有发自内心将警犬视为战友。在刑警老楼与大李和旺财有过密切接触之后，他彻底改变了观念，从此视警犬为战友。黑色血迹搜索犬能够感受到侯大利的善意，十分罕见地对着初次见面的人摇起尾巴。

带着血迹搜索犬的民警有些意外，道："看来你是爱狗之人，宾格聪明得很，能够分辨出好坏。"

侯大利道："以前在刑警老楼有大李和旺财，我们关系挺不错。"

民警顿时反应过来眼前的年轻人是谁，道："你是侯大利，久闻大名了。"

侯大利没有接这个话题，道："一般来说，寻找第一现场成为全案关键。本案有所不同，第一现场和抛尸现场都很明确，看能不能通过有可能存在的微量血迹，找到凶手抛尸后前往的地方。"

民警带着宾格从许海房间出发，开始寻找微量血迹。

血迹搜索犬宾格离开了许海房间不久就失去了方向，来到大象坡后，兴奋地大叫，径直前往榕树下，准确找到了悬挂头颅的大榕树，随即又发现了另外一个丢弃的尸袋。遗憾的是血迹搜索犬宾格没有能够找到犯罪嫌疑人离开后的踪迹。

第五章
碎尸案的新线索

3月29日，碎尸案案发后第一天，下午三点。

副局长宫建民、刑警支队政委洪金明、刑警支队常务副支队长陈阳、副支队长老谭、重案大队长滕鹏飞、重案一组组长侯大利等人来到刑警支队会议室，参加针对碎尸案的第一次案情分析。

会议由常务副支队长陈阳主持。

在江州，此类案情分析会有固定套路。

首先，最先到达现场的东城派出所民警汇报发现尸袋的过程。

民警汇报后，派出所副所长钱刚补充道："许海是我们派出所辖区的名人，臭名远扬。在遇害前，也就是从十二岁到十四岁其间，他猥亵、强奸了多名女生，比较严重的就有三起。我们曾经想把许海送到全省唯一的湖州工读学校。许海的爸爸许大光不同意，许崇德更是坚决不同意。许大光是原向阳大队的人，是当地一霸，许家又是大姓，吆喝一声，就能聚起上百人。家长拒绝送子女到工读学校，按照新规定，派出所不能强制，也就不了了之。许海走到今天这一步，和其家庭有很大关系。"

陈阳道："你刚才提到比较严重的有三起，是哪三起，具体一些？"

钱刚熟悉案情，没有翻阅笔记本，细细道来："许海劣迹斑斑，十二三岁时在商场拍女人屁股之类的事情就不提了，引起轩然大波的三起，第一起受害人是卓佳，家住财税家属院，她和许海是小学六年级同学。受害人被拖进拐角工具间，裤子被拉掉。据受害人母亲透露，受害人的处女膜遭到损伤；第二起受害人是杨杜丹丹，许海在春节前，潜入实验一小，将杨杜丹丹拖进小树林，强奸未遂；第三起，许海在阶梯教室强奸了一名高三女生。许海被杀时都还没有满十四岁。"

在座侦查员们多数都知道这些事情，听到钱刚复述，仍然暗骂许海"杂种""活该"之类，对其遭遇没有任何同情。

其次，勘查室小林汇报勘查抛尸现场大象坡的情况。

小林以前是老谭的助手，如今老谭升职成为副支队长，现场勘查工作这一块由小林负责。小林在汇报前还是下意识看了一眼老谭，然后学着侯大利不紧不慢的神态，道："尸块装在塑料袋里，共收集到十九袋。另外还有挂在榕树上的人头。"

他拿着投影仪遥控器，调出一幅示意图：南北方向主步行道旁边标示着十九个尸袋的位置。

小林解释道："从抛尸的地点来看，凶手沿着南北方向主步行道的南口上山，行走之时，朝步行道两边的草丛抛尸袋，总共抛了十九袋。十九个重量不等的尸袋大体分成五个相对集中的区域，这就意味着凶手每次提五袋或者四袋，总共抛了五次。侯组长在当时就做出这个判断，和最后找出的尸袋位置完全相符。南北主步行道来往行人比较多，现场已经被破坏，没有发现有价值的足迹。"

讲完尸袋分布情况，他又调出悬挂头颅的现场照片。

小林介绍道："头颅被挂在一条小道深处的榕树上，和抛尸袋不同的是小道深处比较偏僻，榕树下有石桌石凳，可供行人休息。绳子是普通塑料绳，一边套住头颅，另一边绑上石块。凶手拿起石块，扔到树枝上，用这种方式把头颅挂在树上。"

侯大利在小本本上写下一个疑问："凶手能找到这个地方来悬挂头颅，是无意中走进去的还是熟悉小道？"

写完之后，他打了好几个问号。

投影仪上显示路灯照片，多数路灯锈迹斑斑，不能使用，还有几盏路灯能够使用，已经不足以照亮整个步行路段。

小林道："山坡装有路灯，但年久失修，有一部分损坏，有一部分还能使用。从塑料袋分布情况来看，凶手应该是抛完尸袋后，才来到榕树下挂头颅。前往榕树下的小道有一盏路灯能用，说明凶手熟悉周边情况。"

侯大利脑中浮现了一段"黑影提着塑料袋上山，扔掉塑料袋后，又下山，再提塑料袋上山，最后将头颅挂在榕树上"的图像，图像中的人非常沉着，不慌不忙。他并不完全同意小林的意见，将不同意见记在本子上：如果前往榕树的小道没有路灯，凶手还是找到了那棵榕树，这说明凶手十分熟悉大象坡。如今，这条小道上有一盏路灯，凶手即使不熟悉道路，也有可能顺着这盏路灯摸到榕树下，存在不确定性。

小林随即又汇报许海房间也就是凶杀案现场的勘查情况："第一，许崇德家里门窗完好，窗台没有攀爬痕迹，门锁没有异常状况；第二，犯罪嫌疑人作案过程中戴着手套，房间有清扫过的痕迹，没有提取到有价值的指纹、掌纹和足迹。我们对现场塑料袋用502熏显处理，发现有手印痕迹，但是太模糊，没有价值；第三，有一张木凳摆在床边，木凳上被擦过，可以看出仍然有血痕，这应该是凶手用来休息的凳子；第四，在许海家的卫生间洗脸盆上，我们检测到受害人血迹。凶手肢解受害者后，曾到卫生间脸盆洗手。装尸块时用了两层大号塑料袋，一层装尸块，另一层密封，有效防止了血迹滴落，血迹搜索犬没有发现；第五，在屋里找到呕吐物。"

老谭补充道："小林说足迹没有价值，这不准确。凶手站在床边肢解了许海，我原本以为有可能在床边留下血脚印，遗憾的是没有找到。凶手非常细致，肢解尸体流出来的血被棉被吸收，往下滴落入三个塑料盆，所以地面上只有少量飞贱出的血迹，绝大多数血液都集中在床上和塑料盆里，没有血脚印。我之所以说小林说得不准确，是因为在床边找到了几个模糊的脚印。虽然这几个模糊脚印在法庭上没有价值，但是在脚印的前尖外侧和腰档内侧出现虚边，结合较长的步长，可以判断是正常身高的男性成年人。在整个现场，几个模糊足迹是由同一人留下。

502熏显提取到的手印痕迹也是由成年男性留下。由于手印模糊，无法根据指纹形态、纹线密度来推断年龄。我倾向于凶手是年轻人或者身体强壮的中年人，许海身高体壮，要肢解不是容易的事。从案发到抛尸只有三个多小时，显示凶手体力极强。"

陈阳道："一个体力很好的成年男性作案。"

老谭道："我是这样判断的。"

侯大利认同这个判断。

小林汇报结束，由法医李主任汇报尸检情况。

李主任神情凝重地道："我当法医这么多年，碎尸案也经过多起，但是，汤柳把所有尸块拼接到手术台上后，我还真被吓住了。第一，凶手干净利落地分开四肢、内脏和头颅，连肠子摆放都很有规律，并没有胡乱塞进袋里，而是一圈一圈盘得整整齐齐，这说明凶手懂得人体生理结构；第二，尸体的四肢和头部被刀刃切割，均在关节处下刀，骨架没有被硬剁开，直接拆散，放进袋里。从诸多刀口痕迹来分析，不是手术刀，而是十厘米左右的切骨刀之类，我做了刀具模型，可供参考。切下来的尸块有一部还有部分生理反应，也就是说最初切割之时，受害人处于垂死状态，凶手既冷静，又凶狠，下手毫不留情；第三，死者面部完整，内脏完整，唯独缺少生殖器。这意味着凶手惩罚许海与生殖器有关。还有另一个重要发现，让汤柳汇报。"

汤柳接过投影仪遥控器，调出画面：尸体拼接后的两条手臂基本完整，手臂上青紫色的纵横交错的伤痕在投影仪幕布上格外刺目；头顶和面部也有数条青紫痕迹。

"我在拼接尸体的时候，发现不少尸块有青紫痕迹，最初还以为是尸斑，后来发现不对，青紫痕迹主要出现在手臂的肉块上，后背、额头上也有。我把尸块大体拼接后发现，这些青紫痕迹是生前留下来的，并非尸斑。而且从伤痕的形状和方向判断，手臂上的伤痕是抵抗伤。凶手使用的是金属棍棒类的武器，棍棒直径有3～4厘米。到底是何种金属棍棒留下来的伤痕，还得做实验，最有可能的是与警用甩棍类似的武器。这是一个非常重要的发现，也就是说，凶手与许海曾经发生过搏斗，使用了金属棍棒。"

汤柳又道："许崇德明确告诉我，在许海遇害当天，他是在傍晚看到孙子，当时孙子没有受伤。段家秀说孙子是在麻将散场之后才回家的，回家就直接进屋，关了门。段家秀隔着门和孙子说了几句话，没有看见孙子脸上是否有伤。"

法医讲完，理化检验室主任吴炯汇报。

吴炯汇报得非常简单，道："三个结论，第一，许崇德和段家秀使用的水杯里有安眠药成分；二，许海没有服用安眠药；三，从许海的消化道里提取到蓖麻毒素成分，在饮料瓶、香烟和饼干里都发现了蓖麻毒素成分，凶手是一定要致许海于死地。许海喝了含有大量蓖麻毒素的饮料，发生剧烈呕吐，在呕吐物中也查出了蓖麻成分；四，中毒后，许海没死，就被分尸了。"

侯大利在笔记本上记下"蓖麻毒素"四个字，并用了五个着重号，又在"青紫痕迹"四个字后打了一个大问号。

滕鹏飞突然插话道："许海房间是否有搏斗痕迹？"

小林道："房间很整齐，物品没有损坏。搏斗应该不是发生在许海房间。"

滕鹏飞自言自语道："这有点奇怪。"

侯大利也有同感：抵抗伤、安眠药、蓖麻毒素和碎尸，混杂在一起，行动链反而变得模糊不明。

接着，重案一组各探组汇报调查走访的情况。

探长张国强报告道："我们探组主要调查走访抛尸现场，也就是大象坡附近居民以及喜欢爬山的市民。大象坡内部有网状步行系统，只有南北主通道的两个步行入口与外界相通，其他所有小道最终都连接到南北主通道。南入口位于学院小巷内，我们走访了附近居民，昨天晚上凌晨两点半接近三点左右，学院小巷有两家居民的狗叫得特别厉害。学院小巷主要是住家户，商户很少，路灯昏暗，外来行人不多。夜间有人经过时，这两家的狗通常都会叫。在狗叫的时候，居民们没有听到机动车声音。学院小巷是江州城最老的老街，不通汽车，可以骑摩托。居民家的小车统一停在大象坡停车场，大象坡是由市政公园管理处管理，象征性收居民的停车费。北入口在学院后街上，恰好在北入口处有天网的监控镜头，调出监控画面，没有发现夜间有异常。所以我们判断凶手先进入学院小巷，然后从南入口进入大象坡。这和小林主任的判断基本一致。"

他接过投影仪遥控器，调出尸袋分布图，道："从尸块分布位置也能印证我们的判断，尸袋总体靠近南入口，距离南入口最近的尸袋只有十七米，所有尸块都散布在南坡上。我们今天准备与小巷的每家人都见面，继续查线索。派出所提供的情况是重要参考，关键细节还是得靠我们侦查员大海里捞针。"

张国强口才极佳，汇报工作时条理清晰、逻辑严密。参会人员都同意其判断：凶手从南入口进入大象坡。

探长杜峰报告道："我们这一组主要是调查走访了当天在凶杀现场打麻将的人，在3月28日全天，共有四十七人在许崇德家打过麻将，这是最准确的数字。我们正在逐一排查，暂时没有发现线索。有一点可以确定，最后散场的八个人都没有服用安眠药。"

探长江克扬报告道："我们这一组拷贝了凶杀现场和抛尸现场附近的视频，正在开展视频侦查工作。说句实在话，视频量非常大，专业性很强，仅凭我们探组完成不了，需要视频大队支持。"

东城派出所、现场勘查室、法医室、理化检验室、重案一组各探组分别发言后，碎尸案的轮廓已经被勾勒出来。常务副支队长陈阳望向侯大利，道："大利，重案一组负责侦办碎尸案，你是什么想法？"

按照重案一组惯例，前面各职能组发言后，重案一组组长的发言就决定侦查方向。在场诸人瞪大双眼，竖起耳朵，望向这位两鬓染白的年轻侦查员。

侯大利伸出三根手指，道："三个事实，一，许家门窗完好，窗台上没有痕迹，凶手是从大门进入；二，许崇德、段家秀服用了平时并不服用的安眠药，许海服用蓖麻毒素；三，在许家打麻将的人很多，晚上十二点才收场，其他人并没有中毒。"

他收回手指，手撑在桌面上，道："许崇德家平时是家庭麻将室，人来人往，凶手投放安眠药和蓖麻毒素的时机就显得非常关键。晚上打麻将的人没有喝到安眠药，也没有人食入蓖麻毒素，说明犯罪嫌疑人是在麻将散场后才下手，针对性非常强。也就是说，打麻将的人具有重大嫌疑，要么直接动手，要么与凶手有联系。凶手最大的可能性就是在麻将散场后下药，等到三人的药效发作后，再动手杀人。当前有一项很重要的工作就是调查晚上打麻将的人，从社会关系和行动轨迹两个方面深挖细掘。

"另外还有一个非常矛盾的问题，滕大队提起过这个问题。许海手臂、后背和头上有很多伤痕，这些伤痕是在当天晚上形成的。如果许海在搏斗前就误服大量蓖麻毒素，凶手完全没有必要与其搏斗，静等其死亡就行了。如果许海搏斗后服用蓖麻毒素，也不太对劲，既然已经制服了许海，直接杀掉就行了，没有必要让许海服用蓖麻毒素，这是矛盾之处。"

众侦查员开会时坐得并不规矩，有的全身紧靠在椅子上，有的嘴里叼着烟，还有的双手抱头。他们选择比较舒服的姿势，陷入思考之中。

"许海作恶多端。凶手投毒、碎尸和抛尸，典型的泄愤行为，大概率和许海猥亵、强奸女生有关联。许海伤害这些女生时还是未成年人，不承担刑事责任，当时引起了很大争议，社会反响极差。卓佳、杨杜丹丹、汪欣桐三家人都有报复杀人的动机。"

侯大利说到这里，拖过来白板，用简洁笔法画出学院附近的街区图，在大象坡上画了十九个小圆圈，标明抛尸地点。他又在白板上画了四个大圈，指着其中一个最大的圈，道："这是许崇德的麻将馆。另外三个大圈就是卓佳、杨杜丹丹和汪欣桐的家庭住址。从四个圈可以看出，三名受害者的住家都和许海家相距不远，也距离大象坡不远。卓家距离大象坡最远，六七百米，最近的是杨杜丹丹的家，直线距离只有两百米。国强提到大象坡附近小巷居民没有听到机动车声音，最大可能是抛尸者使用了非机动车。"

说到这里，侯大利放下大号签字笔，语调坚定，道："我们从两个方向入手，第一是从凶杀现场和抛尸现场入手，重点调查打麻将的人；第二，从三位受害者的家人入手，因为他们具有强烈的动机，整个凶杀案也接近于报复杀人。"

侯大利提出的侦查方向很明确也很简洁，一点都不含糊，侦查员们纷纷提笔记录。

陈阳道："滕大队，你有什么意见？"

滕鹏飞用力揉了揉满脸的麻子，取过投影仪遥控器，道："大家的发言各有侧重点，综合大家所言，我来谈几点看法，第一，我认为凶手有强迫症。从许海房间来看，犯罪嫌疑人把许海的衣服叠得整整齐齐，四床被子的被角重合，显示强迫症倾向。从尸块来说，肠子摆放得整整齐齐，也显示强迫症倾向；在抛尸现场，你们看手绘图，凶手提着塑料袋上山，每次都是左边扔一袋，右边扔一袋，基本对称。五袋相对集中，形成四个明显有间隔的组团，结构对称，丝毫不乱，同样显示强迫症倾向。大家调查走访的时候，一定要注意寻找具有这方面行为特征的人。"

强迫症属于焦虑障碍的一种类型，是一种以强迫思维和强迫行为为主要临床表现的神经精神疾病，其特点为有意识的强迫和反强迫并存，一些毫无意义甚至违背自己意愿的想法或冲动反反复复侵入患者的日常生活。患者虽体验到这些想法或冲动是来源于自身，极力抵抗，但是始终无法控制，二者强烈的冲突使其感到巨大的焦虑和痛苦，影响学习工作、人际交往甚至生活起居。具体表现为强迫回忆和联想、强迫怀疑（最典型的是怀疑是否关门）、强迫意向、强迫性动作等。

滕鹏飞重新调出现场勘查照片，展示给大家。

"第二个感受，凶手有专业技能。许崇德家里最后一场麻将是晚上十二点收场，凌晨二点半到三点狗叫，狗叫的时间最有可能是抛尸时间，凶手花了两个多小时杀人碎尸和抛尸，速度不慢。居民们没有听到机动车的声音，说明凶手极有可能使用了自行车、人力三轮车。

"第三个感受，我的外婆在农村，其房前屋后都种有蓖麻。蓖麻曾经属于经济作物，含油量丰富，当年是飞机使用的高级润滑油，在20世纪90年代，山南省曾经鼓励村民利用自家田间地头，甚至是屋檐角落里种植蓖麻。甚至有些学校会将种植蓖麻的任务当作作业布置给小孩子。凶手显然熟悉这个情况，弄得到大量蓖麻种子。"

"第四个感受，凶手不管是凶杀现场还是抛尸现场，都从容不迫，不慌不忙。我总觉得凶手有一种豁出去的想法。"

在结束发言时，滕鹏飞道："总体来说，我同意侯大利的侦查方向。补充一点，除了麻将馆这个核心外，查找蓖麻毒素来源是非常重要的侦查方向。"

滕鹏飞提出要求后，侯大利开始布置工作，道："杜峰探组负责两项工作，第一，凶手用什么方式潜入许家和用什么方式下毒，这是此案的牛鼻子。调查许海遇害当天在麻将馆打麻将的人，特别是散场前打麻将的人具有重大嫌疑，需要人人见面，深挖细查；第二，调查近一段时间购买安眠药的情况和查找蓖麻毒素来源。老杜，有什么问题吗？"

杜峰道："没有。"

"国强探组负责两项工作，第一，调查走访学院小巷和大象坡附近居民，寻找蛛丝马迹；第二，调取许海、许崇德、段家秀、许海父母以及三家受害人在近期的通话记录。国强探长，有问题吗？"

张国强道："没有。"

"老克探组负责两项工作，第一，以凶杀现场向阳小区和抛尸现场大象坡为核心，调取能够调取到的所有监控视频。同时调取三家受害人住家附近的监控视频；第二，寻找与凶器相类似的刀具；第三，从案发地点、案发时间和凶手作案动机来看，三家受害人有嫌疑。特别是一直未找到死者的生殖器，更是将此案与他们联系在一起，要针对性地重点调查走访许海曾经侵犯过的三家受害人，此项工作由老克探组负责。老克探长，有问题吗？"

江克扬道："没有。"

侯大利布置了具体工作后，主持会议的陈阳又问滕鹏飞："你有没有什么意见或者补充？"

滕鹏飞直言不讳地道："我原则上同意侯大利的工作安排，再强调一点，寻找蓖麻毒素来源是一个重点，如今的安排是撒胡椒面，力量不够。要集中兵力，至少集中一个探组的力量，沿着蓖麻毒素这条线追查下去，彻查江州市面的蓖麻收购点、蓖麻油厂和中药店。只要找到近期大量购买蓖麻者，案子就基本告破。"

陈阳侧过身，望了副局长宫建民一眼，道："下面请宫局长讲话。"

宫建民作为副局长，熟悉了解全局情况，在听碎尸案汇报时一直皱着眉头，心里另有打算，道："许大光此人为了争夺砂厂，打过好几次群架，不能排除因为生意竞争导致的血案。侯大利把力量集中在三家人身上，没有安排调查许大光，有遗漏。案件存在各种可能性，如果作案者不在这三家人之中，浪费了黄金七十二小时，破案概率就要大大下降。"

唐河之役，樊勇重伤；二道拐黑骨案后，黄大森潜逃。在江州市局隐约出现了质疑侯大利的声音。陈阳作为常务副支队长，欣赏敢于拍板的年轻气盛的一组组长，又对其略微执拗的性格表示头疼。他担心这个小年轻火气旺盛，在案情分析会上硬撑分管副局长，便主动接过话："许大光不是简单人物，得罪的人很多，这条线索也非常重要。"

短短两年时间，侯大利经历了数起大案，性情变得更加沉稳。任何案子在侦破之前都有无数种可能性，副局长宫建民的建议正是指向另一种可能性。如果忽视许大光这条线，案子进展受阻后，后果会比较严重。另外，滕鹏飞的侦查思路虽然与自己不一致，也是一条常规的有道理的思路。

他扫了一眼笔记本，道："案侦工作刚刚开始，确实不能排除其他可能性。我在分工上做一下调整。第一，国强探组全力调查许大光这条线索；第二，杜峰探组负责调查走访学院小巷和大象坡附近居民，调查辖区的平板车、人力三轮车等适合运尸体的人力车辆，调查许海遇害当天在麻将馆打麻将的人，调查购买安眠药的情况和查找蓖麻毒素来源；第三，江克扬探组负责调取凶杀现场和抛尸现场的监控视频，调取通话记录的工作，调查卓、杨、汪三家受害人的家庭。"

滕鹏飞主要精力都放在纵火案上，可是作为重案大队长，也不能不管报复杀人案和碎尸案，听到侯大利的布置，明白侯大利仍然没有太重视蓖麻毒素这条线索，再次强调道："蓖麻毒素这条线很重要，得花大力气查。"

侯大利手下三个探组，要分一个探组去查许大光，另外两个探组八个侦查员需要查的事情太多，而且每件事情都重要。此刻他深感"手长衣袖短"的难处，略微考虑，退了一步，道："老杜，你分出两个侦查员专查蓖麻毒素。"

杜峰为人素来忠厚，韧性十足，敢打硬仗，知道此任务艰巨，没有在会上叫苦，接受了任务。

宫建民最后定下调子："我同意侯大利的工作安排。在侦办过程中，每天向陈支队汇报。要根据每天新情况，不断调整布置，既要坚持最初的判断，也要灵活机动。今天是3月29日，希望重案大队能尽快侦破这起碎尸案，给全市人民一个交代。"

分管副局长一锤定音，大家也就不再提出异议。

探长张国强觉得许大光的竞争对手用这种泄愤手段杀害许海的可能性不大，心里很有些纳闷儿，这时，他接到宫建民的电话："到我办公室，有任务交给你去办。"

张国强来到宫建民办公室，见到侯大利也在此。

宫建民道："你们两人都来了，有一个特殊任务要交给张国强。你们探组要在调查许海被杀案的同时，调查许大光涉黑案，更准确是两件事情一起调查。许大光团伙是家族式团伙，扫黑除恶专案组已经盯上这个团伙，只不过许大光手下及其骨干都是原向阳大队的人，很难打进他们内部。这一次借着许海遇害案的机会进入采砂厂，大大方方展开调查，这是打黑专案组没有的便利条件。此事要保密，所以我在会上没有明说。侯大利是重案一组组长，要掌握此事，在张国强率队调查许大光团伙时，尽量不要安排其他工作，为其提供便利条件。"

侯大利这才明白张国强探组的最主要任务。

从宫建民办公室出来后，侯大利召集重案一组三名探长开会，细化工作措施。

侯大利道："目前有三个侦查方向，一是宫局提出的许大光方向；二是滕大队提出的蓖麻毒素方向；三是我提出的许崇德麻将馆和三家受害人方向。三个方向要一起抓，大家谈一谈具体措施。"

张国强道："组长，我已经和许大光电话联系了，明天率队前往采砂厂。"

侯大利点了点头，没有多说。

"我们探组派两人追查蓖麻毒素的来源，我和大家简单碰了碰头，大家都觉得难度很高。我们只能调查收购站、江州油脂厂等企业以及各地中药房的蓖麻籽，而蓖麻籽在江州到处都有，我小时候住在农村，后山就有大片蓖麻，蓖麻籽带点蛇皮纹，非常别致，我们经常剥出来当玩具。由于蓖麻来源太广太分散，在没有线索的情况下，几乎是不可能追查到来源。"杜峰素来不叫苦，此刻谈的是实情。

侯大利道："滕大队的看法有道理，在破案之前，一切皆有可能，蓖麻毒素这条线不能放弃，还得追查。我们也不能乱追，除了面上铺开调查外，还得查找三个受害家庭获得蓖麻的可能性。在追查蓖麻毒素来源之时，其他线索也不能放下，一并追查。"

江克扬谈完对三个受害者的调查方案以后，碰头会这才结束。

碰头会结束，侯大利到金色火锅店吃火锅。

江克扬和杜峰住在一个小区，同车回家。

杜峰在战友面前吐槽道："我们三个探组苦乐不均，国强四个人去调查许大光这条线，最轻松。你就是两个任务，我们探组任务最重，还专门用两人查蓖麻这条线，剩下的事情我和高连就算有八条腿都忙不过来。"

江克扬道："我说句实在话吧，这一段时间我和侯大利接触最多，对他还算了解。侯大利这人挺倔强，拿定主意以后便很难改变，虽然分出去力量调查许大光方向和蓖麻方向，但是他内心深处认定的还是许崇德麻将馆和三个受害人家庭，他肯定会跟着我们这一组行动，摸三家受害人家庭的底细。以后最忙的是我们探组，我已经预料到了。"

3月29日，碎尸案案发后第一天，晚上六点，105专案组在金色火锅店要了一个大房间，请退休的朱林吃饭。

朱林、王华、易思华、周涛围坐在一起用扑克打双扣，输一级就在脸上贴一根纸做的胡子。朱林和易思华配合默契，眼眨眉毛动，消息瞬间传送，大获全胜。周涛和王华接连败阵，满脸都是胡须，犹如川戏中的大胡子。

晚7点，侯大利进屋，拱手道："师父，来晚了，抱歉，抱歉。"

"都是搞案子的人，跟我客气什么。"朱林说话间，纸胡子乱动。

新鲜毛肚、脑花、牛肉端上来的时候，侯大利猛然间想起斩成小块的尸块，恶心劲猛然涌了上来，美食顿时变成砒霜。他把牛肉拿到另一边，把素菜放在面前。

王华问道："出了碎尸案现场，吃不下？"

侯大利道："得缓两天。"

王华道："上帝要谁灭亡，就要先让他疯狂。许海年纪轻轻已经疯狂了，迟早要出事，被杀在意料之中，只是没有想到会这么惨烈，脑袋都被挂在树上。"

侯大利道："华哥知道这些细节？"

王华道："大象坡晨练的人多，消息压根藏不住，早就传开了。江州社区论坛还出现了悬挂头颅的照片，虽然很快就被删帖了，但还是有手快的网友转发到门户网站。到了门户网站，删除起来很麻烦。"

悬挂头颅的照片流出后，必然在社会上引起震动，会给办案机关带来很大的压力。侯大利道："这恐怕就是凶手想要达到的目的。"

朱林夹起一片腰花，送进嘴里，赞了一声"好嫩"，放下筷子，道："我没有到碎尸现场，凭直觉判断，仅供参考。杀人者，大概率是曾经被猥亵或者被强奸的受害者的家人。原因很简单，我们刑警面对的绝大多数案子都是普通人犯罪，遇上职业犯罪的机会极少，很多侦查员一辈子都遇不到。我在刑警支队工作二十多年，只遇到一起非常专业的犯罪。既然是普通人作案，那就从人性上思考动机。悬挂头颅是典型的报复行为，谁与许海有血海深仇，谁就是凶手。"

朱林退休后，身份转为局聘专家。他在担任刑警支队长时说话非常谨慎，说话留一分，如今非常洒脱，想到什么便直言不讳。

易思华道："作为女性，我绝对不能原谅性侵小女孩的流氓。许海未满十四岁，刑法不能制裁他，这对小女孩以及她的家人公平吗？绝对不公平，非常不公平。当某个未成年人变成恶魔的时候，法律保护恶魔，谁来保护另一部分更为弱小的未成年人？抛开警察身份，我个人觉得应该对许海进行化学阉割，若发生第一起案子后就化学阉割，也就没有现在的悲剧。"

周涛是未婚理工男，没有易思华那种情感体验，道："许海还没满十四岁，真要进行化学阉割，未免太残酷了。"

易思华提高声音，愤怒地道："有一个受害者是高三学生，正在冲击清北，前程远大。这下全毁了，会给小姑娘留下一辈子的阴影，影响她一生。就因为没有满十四岁，许海屁股一拍，啥事没有，这公平吗？我敢肯定地说，广大了解内情的市民都不希望抓到凶手，都希望凶手这一次能逃脱法律制裁。我也希望神探这一次马失前蹄，抓不到凶手。"

这其实也是侯大利内心的真实想法，作为重案一组组长，他只能深埋此想法，还得依照职责，全心全意抓住杀人凶手。

周涛见易思华发火，赶紧投降，道："易姐没有必要在这里激动，法律规定，我们只能执行。要解决具体问题只能按程序修改法律，比如，降低未成年免刑责的年龄，由十四岁降到十三岁，或者十二岁，那就一切OK。"

易思华撇了撇嘴巴，道："和你这种没有感情的理科男交流最没有意思，你以为我不懂这一点，我谈的不是法律，而是内心情绪，是人之常情。"

坚持锻炼后，王华肚子明显瘦了下去。进了火锅馆，深藏在肚子里的馋虫还是拼命爬出来，他到厨房查看菜品，亲自挑了几样最新鲜的，乐滋滋地回到桌上，笑道："朱支、组座，这盘三线肉很不错，尝一尝。"

"我今天晚上吃素。"侯大利果断推开三线肉，不让三线肉在眼前出现。

朱林夹起一块烫熟的三线肉，放在香油和蒜泥碟里裹了一下，放进嘴里，牙齿咬动，油脂在嘴里跳动，感叹道："太香了，不管发生了什么，都要好好享受美食，这才是人生。我从明天开始，打算和家人出去旅行一个月。以前工作时，关心家庭少，如今正式退了，社会责任少了，就要尽家庭责任。"

侯大利给师父倒上一杯酒，举杯道："碰杯，师父。"

朱林端起酒杯，与侯大利碰了一下，仰头喝下去，道："退休了，其他事情都能放下，只有杨帆案我放不下，旅行回来要继续追查。我的直觉是我们很接近凶手了，就差一层窗户纸。我现在退休了，少了一些制约，说话就直率些，如果杨永福没有死，那凶手就是杨永福。"

侯大利正在率领重案一组侦办碎尸案，暂时没有时间和精力追查杨帆案，师父退休后愿意沿着当前的线索追查，那自然是求之不得的事情。他倒满酒，再与师父碰杯，道："杜强在东南亚失踪后，冒用了其他人的身份。杨永福不死，极有可能会用其他人的身份。杨家有一个直系男性亲属进过看守所，即使杨永福改头换面，只要犯事，在DNA库中就有可能比对成功。"

"你这种方式是守株待兔，也是极好的方式，非常准确。但是就算比对成功，杨永福也只是更改姓名，与杨帆案没有牵连，我认为还得主动出击。我退休后，有大把时间，可以慢慢清理线索。老天对我不薄，到现在身体还不错。"朱林说得很潇洒，但放下酒杯之后，神情中依稀透出些落寞。

酒足饭饱，朱林、王华、易思华和周涛换了一个房间继续打双扣。侯大利无处可去，要了一杯茶，坐在一旁独自想心事。

易思华看到侯大利郁郁寡欢的模样，低声道："田甜牺牲后，组座几乎没有啥笑容。这个富二代真可怜。"

提及田甜，周涛不再耍嘴皮。

朱林道："这是没法子的事情，我从警二十多年，战友牺牲了十几个。"

易思华道："关键是牺牲得毫无征兆，我们都没有心理准备，更别说组座。"

王华出了五张连牌，道："警察天天要与犯罪分子战斗，所以多数牺牲都是偶然发生的。每个牺牲的警察在早上前往单位时，他本人和家人都没有想到这是永别。正因为毫无心理准备，亲人们面对牺牲时更加悲痛。我的人生逻辑就是生死看淡，不服就干。"

最后一句话，王华声音不知不觉放大了。

侯大利扭过头，道："生死看淡，不服就干，我喜欢这一句。"

晚上十一点，大家仍然在打双扣。

侯大利接到常务副支队长陈阳的电话。陈阳道："你赶紧上网，有一段视频在门户网站上流传，跟评的人很多。有评论说发生在江州，网监的人发现后，已经确定视频就是发生在江州，有评论说打人的人是许海，受害者是年轻女子。这有可能是一起我们没有掌握的案子。"

侯大利和朱林等人回到刑警老楼，在周涛办公室打开电脑，顺利找到陈阳所说的视频。

这是一个家庭摄像头拍摄的视频，拍摄时间显示是3月17日凌晨一点，通俗说法是3月16日晚上。

在黑白视频中，出现一个女人身影。女人身材苗条，在黑白视频中也能看出打扮时髦。她独自行走在人行道，周边没有行人。镜头里出现一个身高体壮的男人，步行缓慢，东张西望。两人交错之时，男子伸手抓住女人的胳膊。女人扬手，脱离男子掌握。女人手中有亮点，应该是香烟。随即，男子用拳头猛击女子，女子毫无还手之力，被打倒在地。男子又打了一拳，然后蹲下来，伸手抚摸女人胸部。男子摸了几把后，站起身，左右看了几眼，拖起女人来到附近花台。视频到这时，两人基本脱离监控镜头，只能看到一个模糊的背影在晃动。

视频像素不高，光线昏暗，画面模糊，看不清楚面容。但是，侯大利非常熟悉许海的身材和步态，毫不犹豫做出判断："打人者确实是许海。这事发生时间是重案一组到巴岳战训基地参训的那天晚上。具体来说，3月12日，许海强奸了汪欣桐，时隔四天，他又侵犯了这一个女子。周涛，视频比较模糊，能不能处理？"

周涛自信满满地道:"小事一桩。这个视频涉及曝光不足和运动模糊两个问题,找到原始视频就能修复。"

评论区里,有网友指出视频所在地是江州老城学院公园后门附近。有网友指认打人者是许海,列举了其诸多罪证,还晒出了挂在榕树上的头颅。另有网友说挨打的女人叫陈菲菲,还贴出了陈菲菲的照片。

侯大利、周涛、朱林、王华和易思华来到公园后门附近时,江克扬探组出现在公园后门,两三分钟后,杜峰探组、张国强探组也出现在公园后门。人多力量大,视频中出现的场景很快被找到。几分钟后,沿着视频方向找到监控镜头。视频所在的监控镜头安装在超市门口,恰好能覆盖许海打人的地方。

拿到原始视频后,周涛快速处理。处理后的视频清晰度明显增高,能看清楚许海和被害女子的五官,也能看清楚原镜头中因为曝光不足形成的阴影部分。女子躺在花台上,只露出一只脚,脚上没有裤子和鞋子。许海的身体在有规律地抽动,停止抽动后,还有拉上裤子的动作。

视频显示:女子不仅遭到殴打,还被强奸。而内网中,没有发现与此事有关的报警记录。

3月30日,许海遇害第二天,上午九点。

重案一组侦查员已经确认被殴打和强奸的女子名为陈菲菲,刚满十七岁,网友提供的线索与本人完全相符。其继父陈义明和母亲朱燕在老城菜市场经营菜摊。

侯大利、江克扬、伍强来到陈菲菲所在小区。陈家的家庭条件一般,住在一个老旧的开放式小区,与许海家所在的向阳小区颇为相似。

"我们先看自行车棚。"侯大利打了一个哈欠,没有急于上楼,在四面透风的小区溜达,同时观察着小区环境。

老小区没有车库,小车见缝插针地随处停放。左边角落有自行车棚,车棚角落停有一辆小型人力三轮车。凶手在抛尸时极有可能使用人力车,人力车中数三轮车最适合运载尸袋。侯大利蹲在人力三轮车前,观察三轮车底部。三轮车陈旧不堪,肉眼看不出是否有血迹。

江克扬往额头上抹了点风油精，问道："有血迹吗？"

侯大利站起身，道："塑料袋外面没有血迹，运输车辆即使沾有血迹，也应该不多，肉眼看不出来。杜峰探组在检查学院街所有三轮车，用鲁米诺查血迹，希望有所突破。"

在小区转了一圈，三人上楼，敲响了陈菲菲的家门。

陈义明听到敲门声，咬着香烟来到防盗门前，打开防盗门后，大声抱怨："谁啊，这么早，敲个锤子。"侯大利不动声色地观察眼前之人，揣测眼前男人杀害许海的可能性。

江克扬盯着陈义明看了一眼，扬了扬警官证，道："陈菲菲和你是什么关系？"

"是我女儿。"陈义明在昨天晚上就从一位朋友处看到公园后门的那段视频，许海如今被杀，警察找上门来很正常。

一个年轻女子出现在卧室门口，嘴唇红艳，耳朵上挂着耳机，脚上穿着细细的高跟鞋。她很冷漠地看了看客厅几人，道："他不是我爸。"

陈义明打了个哈欠，道："菲菲说话没大没小。警官，我是菲菲的继父。"

"让开。"年轻女子推了陈义明一把，道，"我是陈菲菲，我知道你们找我是什么事，到屋外说。"

陈义明道："菲菲，就在家里说嘛，我给两位警官泡茶。"

陈菲菲毫不客气地道："滚开。"

她气冲冲地走出房门，高跟鞋在地面发出"嗒嗒"的声音。侯大利、江克扬和伍强紧跟其后。陈义明在门口伸头缩脑，最终还是没有跟上去。

下了楼，陈菲菲面对警察时仍然桀骜不驯，道："到哪里谈，公安局？"

江克扬道："那天在公园后门发生的事情，你没报案？"

"谁他妈的放视频在网上，生儿子没屁眼。"陈菲菲骂了一句，眼睛往上瞟，又道，"报案有屁用。"

江克扬道："那上车吧，我们到刑警大楼，确实是到办案区。我们已经通知了你的母亲，等你母亲到达之后，我们才开始询问。"

陈菲菲尖叫道："不准让我妈知道，否则我什么都不说。"

江克扬耐心地道："根据《未成年人保护法》第56条规定，公安机关、人民检察院讯问未成年犯罪嫌疑人，询问未成年证人、被害人，应当通知监护人到场。应当是必须的意思，明白吗？如果你妈不来，就要通知你的继父。视频已经在江州流传，评论区还有你的照片，纸包不住火，你妈迟早会知道此事。"

陈菲菲在询问室等待时，侯大利和江克扬前往老城菜市场。原本江克扬安排另一组侦查员带朱燕到刑警新楼，侯大利坚持到菜市场，亲自探一探朱燕的虚实。

在前往老城菜市场的路途中，江克扬突然拍了额头，道："我总觉得陈义明眼熟，一直在想是在哪里见过，终于想起来了。陈义明曾经在流动赌场出现过，当时国强去抓黄仁毅，赌徒中就有陈义明。"

侯大利道："老克是神眼，那陈义明肯定就是赌徒了。"

江克扬打了一个电话，很快确认陈义明果然在流动赌场被抓过，而且不止一次，"钱所说陈家以前的家庭条件应该还行，只是后来陈义明沉迷赌博，这才败光了家产。陈菲菲深夜出现在公园后门，打扮里有风尘味，应该从事特殊行业"。

侯大利道："陈菲菲没有读书，确实有风尘味，陈义明又是继父，其家人在陈菲菲被强奸后报复杀人的动机不强。"

进入老城菜市场，侯大利和江克扬站在朱燕的菜摊前。

"两位警官，找我什么事？"朱燕是菜市场里最寻常的小商户，身材略胖，穿了一件厚绒衣，绒衣上沾了不少污渍，双手还有生过冻疮的伤痕。

从朱燕的神情来看，江克扬判断她不知道女儿被殴打和强奸之事，正在斟酌用词之时。朱燕主动道："是不是我们家那位又惹事了？这个惹祸精，肯定又去打牌。"

侯大利没有说话，观察菜摊情况。在菜摊左侧摆放着一辆人力三轮车，此辆车和小区自行车棚的那一辆款式基本相同。到目前为止，四家受害人中有两家人拥有三轮车。这种三轮车运输尸块最为方便，没有声响，载货量大，是最有可能的运输工具。

朱燕完全以为是丈夫的事情，暗骂丈夫是惹祸精，找熟人帮助守摊，然后跟随着警察来到刑警新楼。

在底楼办案区，朱燕看见女儿在房间里，感觉脑袋有点发蒙，道："菲菲，你怎么在这里？"

陈菲菲神情冷漠，不理睬母亲。

被害人是未成年少女，需要有女警察在场，法医汤柳因此过来参加询问。她给朱燕倒了一杯水，道："有些事情要和陈菲菲核实，她未满十八周岁，需要监护人陪同。"

朱燕道："菲菲在江州技术学院读过书，后来没读了，找了导游工作。她胆子小得很，不会做坏事。"

汤柳道："她是受害者。"

朱燕大吃一惊，声音发抖，道："菲菲出什么事情了？"

陈菲菲神情冷漠地道："我妈来了，你们想问什么，可以开始了。"

侯大利没有问话，在记录之时，认真观察陈菲菲和朱燕。

询问的正常程序结束之后，江克扬开始进入主题道："3月16日晚上，准确地说是3月17日凌晨一点，你是不是经过公园后门？"

陈菲菲脸上没有任何表情，道："视频都出来了，你们就不要绕弯子，我来说事情经过。那天晚上，我的一个朋友过生日，我们在酒吧街的金色酒吧喝酒，大家玩得高兴，很晚才回家。我记不清楚是几点，反正很晚。我坐出租车，本来要到公园前门，结果喝多了酒，稀里糊涂地在后门就下了。我想穿过公园回家，结果遇到那人。他不仅殴打我，还强奸了我。"

朱燕原本还以为女儿做了啥错事，没有料到女儿被殴打和强奸，犹自不相信，道："菲菲，你不要说谎哟。"

陈菲菲道："我没有说谎。"

朱燕道："我怎么不知道？"

陈菲菲想起几年前自己被陈义明一次次强奸，而母亲一无所知，哀怨之气涌了上来，道："你每天回家除了吃饭就是睡觉，啥子事情都不知道。"

朱燕拼死拼活做事就是为了这个家庭，听到女儿抱怨，想起女儿的遭遇，无比辛酸和委屈，蒙着眼，泪水一股股就往下流。

陈菲菲道："妈，强奸就强奸，和握手有什么区别。我都不在意，你哭什么哭。"

女儿越是这样说，当妈的哭得越是厉害。汤柳默默递了几张纸巾给朱燕。

江克扬再问道："为什么不报警？"

陈菲菲道："已经那样了，报警有屁用。"

江克扬道："谁强奸你，知道吗？说一说当时的具体情况。"

"后门很黑，当时我被吓傻了，不知道谁强奸我。昨晚在论坛上看到那天晚上的视频，后来在评论区才知道那个人叫许海。被小屁孩强奸，太没有面子了。那小屁孩力气很大，我当时感觉要被弄死了。"陈菲菲说这话时，双手不停搓动，右手还抚摩颈部。

侯大利很敏锐地注意到陈菲菲的手部语言，搓动和下意识抚摩颈部说明她感受到了压力。这也就意味着，她这一段叙述有可能存在假话，或者掩饰了某些内容。

江克扬道："你爸知道你在公园后门被许海殴打和强奸之事吗？"

陈菲菲摇头道："我妈是老实人，傻瓜蛋一个，不知道社会上的事情。我再申明，陈义明不是我爸，我爸早就死了。陈义明知不知道我的事，我也不清楚，在家里我不和他说话，除非骂人。"

朱燕睁着泪眼，吃惊地望着女儿。女儿进入青春期以后变得特别叛逆，对人总是一副爱理不理的模样，她以为这是正常状态，岂知在公安局里听到了女儿的真心话，几乎不敢相信自己的耳朵。

发生在公园后门的事情基本弄清楚后，江克扬转移了话题，道："3月28日晚上，以及3月29日凌晨，你在做什么？"

陈菲菲脑袋非常清醒，对这个问题很敏感，如刺猬一般地反问道："你们是什么意思？怀疑我杀了许海，许海是该杀，我还没有下手，就有人下手了，他活该！"

江克扬是资深刑警，经历了太多类似的询问。经过前面几句交锋后，基本把握了陈菲菲的情绪特点，开始主动掌握询问节奏。

经过一番拉扯，陈菲菲消除了对抗心理，道："3月28日那天晚上，我还在金色酒吧，平时我在那边唱歌。那天刚唱完，遇到有人来骚扰，我的朋友们和骚扰我的人打了一架，我就提前回来了，大约十一点吧。我妈在睡觉，呼噜声音响得不行，陈义明不知在哪里鬼混。"

询问结束，陈菲菲签字按指纹，离开办案区。

在底楼询问区，江克扬开始询问朱燕在3月28日晚和3月29日凌晨的行踪。

朱燕眼睛红红的，道："刚才菲菲讲的是真话，全家人就我靠这个菜摊过日子，我天不亮就忙，晚上八点收摊，收摊回家要煮饭，十点就上床。天天都是这样的，没有一天耽误。"

江克扬道："你老公什么时候睡觉？"

朱燕道："我这人不容易睡熟，特别容易惊醒。我们夫妻早就分床了。我也不晓得他什么时候睡觉，懒得管他。义明这人没有其他坏毛病，就是喜欢打牌，为了这事吃过不少苦头，进派出所不说，我也和他打过架。"

江克扬暂时没有纠缠这个问题，道："陈义明是什么情况，为什么不工作？"

朱燕神情暗淡下来，道："我和陈义明是二婚。他以前还是不错的，在菜市有个肉摊，生意做得挺好。我和他结婚以后，才开了这个菜摊，一个菜摊和一个肉摊，挣点碎银子，养家糊口没有问题。陈义明后来交了几个烂朋友，本来就是一个卖肉的，听几个烂朋友神吹，投资搞乡村旅游，五个人投入三百多万，两年时间亏得干干净净。后来他还学会了赌博，把原本还不错的家弄败了。我和他结婚后，一直没有孩子，他也没有怪我。我念着这情，没有想着和他离婚。"

听到"肉摊"两个字，侯大利和江克扬都竖起了耳朵，警惕起来。

当江克扬再次问起陈义明在3月28日晚至3月29日凌晨的去向时，朱燕用力摇头，道："我们夫妻分床好久了，我每天在菜市场忙十几个小时，太累，回家就睡觉。菲菲遇到这事，我这当妈的有责任。我只想着给家里赚钱，没有精力照顾菲菲。"

这是一个勤劳朴实的妇女，在侯大利眼中多少有些愚昧。他暗自纳闷：陈菲菲风尘气很重，当母亲的怎么就没有发现？

询问结束后，母女俩在底楼见面。朱燕扑上去抱着女儿，道："菲菲，都是妈妈不好。你小时候成绩挺好，如果想读书，妈砸锅卖铁都要送你去念。"

陈菲菲遭遇的事情远非母亲所能想象，读书更是遥远的往事，和她现在所想所要的根本不沾边。她稍稍用力抗拒母亲的拥抱，道："我们回家再说。"

走出刑警新楼，朱燕抹了眼泪，道："我还得回菜市场一趟，是钟阿姨在帮我守摊。我早点收摊，回家给你做好吃的。"

侯大利和江克扬并排站在办公室窗口，从窗口望向街道。朱燕和陈菲菲一前一后走出大门，在门口说了几句，陈菲菲坐出租车离开，朱燕走到稍远的一处公交站。

江克扬道："陈义明是继父，好赌成性，杀人的动机不强。"

侯大利回想着陈菲菲的身体语言，道："陈菲菲没有完全说真话，她和陈义明关系复杂，不像是正常的继父和女儿的关系。"

江克扬叹息一声，道："我也看出这点，陈义明看陈菲菲的眼神不对劲，色眯眯的。朱燕是个好女人，就是有点蠢。"

侯大利道："这种畸形关系往往会产生畸形的心态，这也是我们的重点目标。"

陈菲菲坐出租车独自回家，陈义明早就等在家了，急切地道："菲菲，他们问什么了？"

陈菲菲走进自己的小屋，把小包扔到床上，没有用正眼看继父，道："还能问什么，问我视频里的事情。"她推开越靠越近的陈义明，道："就这些事，你滚出去。"

陈义明退后一步，顺手拍了一下陈菲菲的屁股，嬉皮笑脸地道：

"我有一个好主意。许海的爸爸叫许大光，许大光这些年开采砂厂赚了大钱，真是大钱，他家有别墅，上下四层。我虽然没有去过，但打牌的朋友去过。许海是独子，如今被人砍死，许海就断了根。你如果怀了许海的小孩，肯定能从许大光那里弄笔大钱。给钱，就生，不给钱，孩子就不生下来，让许家绝后。"

陈菲菲骂了一句："神经病，我又没有怀孕。"

"警察把你带走的时候，我突然有了一个天才想法。许海和你做过爱，你有可能怀孕吧。不管是否怀孕，你赶紧弄大肚子。许大光若是知道许海有后代，肯定舍得花钱。你想办法怀上，我出面找许大光要钱。"陈义明见继女神情犹豫，没有断然拒绝，心知有戏，道，"过了这个村，就没这个店，当前最紧要的是怀上娃儿。上次给你说过的大生意，明天就要过来。你别让大老板戴避孕套，价格还要高些，两头都可以要钱。"

陈菲菲早就想离开这个肮脏的家庭，听到陈义明的烂主意，想了想，决定等怀孕后亲自找许大光，得了钱，一分都不给陈义明这个烂人。她将陈义明推出门，躺在床上，琢磨这个有些冒险的计划。

躺了一会儿，她想起了在菜市场操劳的母亲。

母亲朱燕是她在这个世界上唯一的牵挂，可是母亲太傻，每天和牛一样做事，却被那个臭男人玩得团团转，对发生在亲生女儿身上的噩梦一无所知。她拿起手机，给母亲打了电话。

朱燕接通电话，道："菲菲，回家了吗？妈妈早点收摊，给你带了牛肉，晚上我们吃辣椒炒牛肉，这是妈妈的拿手菜。牛肉贵点就贵点，我们一家三口好好吃顿晚饭。"

"没事，我挂了。今天我在外面吃饭，别管我。"陈菲菲听到"一家三口"就感觉要吐，觉得母亲实在蠢得不可理喻，挂断电话。

听到电话里传来的嘟嘟声音，朱燕发了一会儿呆，想着女儿被强奸和殴打，眼泪又往下流。

"朱大姐，你哭啥？"附近的摊贩问道。

朱燕擦眼泪，道："我没哭，沙子迷了眼睛。"

第六章
走访排查受害者家庭

3月30日，许海遇害第二天，下午两点。

市刑警支队在会议室召开了简短座谈会，欢送老支队长朱林光荣退休。办理退休手续后，朱林越发仙风道骨，眉毛比以前更长，往日杀气十足的剑眉变成清秀眉，眼神通透豁达。他穿了一身没有符号标志的警服，端着一个泡着枸杞的茶杯，活脱脱就是一个退休老头。

政委杨英主持会议，回顾了朱林三十年来的从警经历，讲到所有老警察最终都要离开他们的战场，情到深处，语带哽咽。朱林在会前一直告诫自己不要掉泪，杨英哽咽时，他的眼中也是泪花闪动。

会后，朱林来到侯大利办公室。他将茶杯放在一旁，接过徒弟递过来的茶杯，吹了一口根根竖立在杯中的毛峰，轻啜一口，感慨地道："每个刑警指挥员都会在从警生涯中留下遗憾，这不以人的意志为转移，和是否有能力、是否勤劳没有关系。战刚和我聊了很久，谈起铁屏山打拐之役，他一直深感遗憾，说是对不起田甜和唐有德。"

侯大利听到铁屏山三个字，心脏就如被针刺了一下。

朱林拍了拍侯大利肩膀，以示安慰，又道："战刚总结了铁屏山之役的三条不足，一是情报工作不够细致；二是我们与地方配合得不够；三是侦查员疲于办案，训练不足。我在临退休前利用105专案组这个平台解决了大部分遗憾，非常幸运。这一段时间我经常回忆参加工作以来的点点滴滴，梳理了不少我经办各类案件留下的经验教训。改天，我把这个回忆录交给你。"

"师父，我们抽时间钓鱼。钓鱼后，我到你家里取回忆录。"这是非常宝贵的经验和资料，以师父传授给徒弟的方式把一代刑警的心得留了下来。侯大利明白其中的珍贵性，用力藏起内心的伤痛。

朱林道："你如今是重案一组组长，这是坐在火上烤的位置，别想着陪我钓鱼了。我和老姜钓鱼，到时你过来吃饭就行了。退休后，我就专心研究杨帆案。以你的岗位，在没有明确线索下，很难抽出大量时间和精力来办杨帆案。我是市局聘任的刑侦专家，恰好适合在专案组办杨帆案。"

"师父紧盯此案，那是最好不过。"杨帆遇害之事是侯大利心中的一根刺，如今他作为重案一组组长，肩扛沉甸甸的责任，凶案一件接一件，确实抽不出太多精力去追踪线索很少的杨帆案，这是现实。由师父朱林紧盯此案是当前最佳选择。他和朱林关系深厚，也没有说谢谢之类的客气话。

朱林道："你入警已经三年了，考虑过回国龙集团吗？你父亲一直希望你能够继承家业。"

"我暂时没有回国龙集团的想法。"侯大利以前有过办完杨帆案就离开警队的想法，也是如此答复父母的。田甜牺牲后，他与警队之间的关系发生了明显变化，以前或多或少游离在集体之外，如今渐渐融入警队，警队生活成为人生的一部分，而不仅仅是完成追凶任务。

送走朱林，侯大利在办公室研究碎尸案卷宗，查找有可能被忽视的细节。

307室，江克扬在办公室与卓家女主人王芳取得联系。

去年秋季，许海在学校伤害卓佳后，大摇大摆走出公安局，卓家人对公安局很不满，除了骂娘以外，还质疑许海家里是否有背景，打电话向督察和媒体控告办案单位与黑社会勾结。因此，王芳接到江克扬电话后，态度冷淡，道："你们来过多少次了？还要来，来了有用吗？"

江克扬是从基层摸爬滚打起来的老刑警，受过太多委屈，听到王芳带刺的话并不生气，还有意套话，道："多来几趟，说明我们工作认真负责，希望你也能够配合。"

对方态度良好，王芳也不好再发牢骚，道："我们的想法很简单，让许海坐牢。"

许海是在昨天遇害的，消息部分扩散，王芳极有可能不知道碎尸案。江克扬没有在电话里细说此事，道："见面再说，等一会儿我就到财税家属院。"

王芳昨夜失眠，睡了一个大懒觉，知道有外人要来，赶紧换衣服，手脚利索地打扫房间。

江克扬和侯大利一起来到车库。他坐上越野车副驾驶座，指了指侯大利的白手套，道："每次看到白手套我都想笑，组座是全局唯一开车戴白手套的。"

"说明你还没有习惯，习惯后你就会忘记我戴着白手套。那次在金江寺，你一眼就认出逃犯，这个眼力挺厉害。"侯大利本人在十年前车祸受伤后便具有特殊记忆力，双眼几乎像是摄像机一般，能快速而敏锐地捕捉每一个细节。一旦闭上眼睛，关注的画面便会自动跃入脑中，细节清晰，结构明确，就像是摄像机的画面回放功能一样。这个能力在重建犯罪现场上有独特优势。他有些好奇江克扬如何做到在一大群人中间准确辨别出逃犯。

江克扬对自己的本事不以为意，道："卖油翁而已，在火车站派出所练出的笨功夫，跟着一个老民警学的。那位老民警有一套研究面部特征的方法，比如，一个人的脸可以分为方形、长方形、圆形、椭圆形等；从侧面看一个人的头部，包括方形、长方形等十来种。眉毛、头发、前额、眼睫毛、眼睛、鼻子、颧骨、耳朵、嘴唇、下巴和皮肤也可以分成很多类。我们没有掌握分类之时，脑中没有概念，会无视非常明显的脸部特征，不知道如何记忆。当我们掌握了分类、有了基本概念后，就能快速有效记忆。在金江寺出现的逃犯，头部侧面是下巴后削、前额隆起的三角形，鼻子是带尖的鹰钩鼻，嘴唇厚而外翻。这些特征太明显，想认不出都难。"

"听君一席话，胜读十年书，有空我向你学一学这套识人术。你可以和老葛合作，肯定能开发一套快速识别面貌的系统。"侯大利翘起大拇指，发自内心夸奖。

江克扬道："组长的擒拿技术让我开了眼。我在车站派出所也练过，只是没有练到家，我们这一行是真危险，稍不留意就会出大事。金江寺那一次，如果对方有机会开枪，后果不能想象。"

侯大利认真地道："我们以后实施抓捕时，在条件允许下，尽量在相对保险的情况下实施抓捕。只要不是罪大恶极的凶犯，这次没有条件抓捕，那就放在下次，不要硬碰硬。抓人是我们的职业，我们没有抓到人，那就继续抓。多抓几次，总能抓到。这应该被列为重案一组的抓捕原则，保护自己，是为了更好地战斗。"

田甜牺牲之后，侯大利痛定思痛，制定了两个与抓捕相关的原则：一是力争每次抓捕都要在武器和人数上形成绝对优势，这样就能减少队友的伤亡；二是在抓捕时机上要尽量做到趁其不备，减少强攻。

金江寺之战就是在逃犯跨过高门槛瞬间，利用其重心不稳之机，迅速将其扑倒。

江克扬对此深有同感，道："我们不要想着当英雄，就当普通侦查员，能办成事，又平平安安。"

侯大利道："只要同事们愿意学擒拿技术，随时可以互相练习。我们和一般单位同事不一样，会一起面对危险。练习格斗技术，为了自己，也为了战友，我绝对不会藏私。江州大酒店健身房设备最好，一组同事以后都可以免费使用，里面有一个教官是退役武警，格斗高手，大家愿意学，随时可以和他联系。"

聊了些杂事，话题又转回到碎尸案。

江克扬道："马儿、老伍和老袁拷贝了大量视频回来，不仅仅有案发当天的视频，还有案发前一个月的视频。原本想请视频大队帮助，结果视频大队主要人员全部扑在纵火案上，根本抽不出人手。105专案组能不能过来帮助看视频？"

"朱支退休了，没有常务副组长，战刚局长在直接负责105专案组，我请示他，把周涛和易思华弄过来协助看视频，王华留在105专案组处理日常事务。"侯大利随即使用蓝牙耳机，向105专案组组长刘战刚请示。

刘战刚很爽快地同意让周涛和易思华协助检查视频。

越野车在车流中缓慢行驶，不时遇到红灯。江克扬骂了两句"烂交通"后，道："说实话，办这个案子，我其实挺矛盾，许海就是一个天生的犯罪分子，这一次他不出事，最终肯定会犯下大案。我真心不想把凶手找出来，这是政治不正确的话，也只能在这里聊一聊。"

"我和田甜逛金色天街的时候，偶遇过许海，他站在扶梯下偷窥女人裙底，非常猥琐。田甜离开金色天街后一直在说应该降低绝对无刑事责任年龄，这和不少同事的观点一致。如果江州工读学校还保留，杨杜丹丹出事以后，强制送许海进工读学校，汪欣桐、陈菲菲就不会被强奸。许海也就不会被分尸。"聊天时，侯大利轻轻按了按喇叭，提醒一个骑摩托车的骑手靠边，不要挡在主道上。摩托车手脾气暴躁，回头望了一眼越野车，骂了一句："开豪车了不起啊！老子就是不让，你把老子吃了。"

江克扬望着嚣张的摩托车手，道："若是以前，亮出警察身份，对方肯定乖乖让路。现在，我亮出警察身份，对方肯定会不依不饶，还要蹬鼻子上脸。世道变了，我们也得变。"

侯大利不想和这种闲人啰唆，打开音响，吉他曲《雨滴》的旋律便在车内跳跃。摩托车骑手见对手没有反应，也觉无趣，加快速度，消失在滚滚车流之中。

说话间，越野车来到学院街。

卓佳所住小区是财税家属院，距离许海家约有四百米，距离大象坡最近的入口有五百米左右。小区体量不大，只有一个门进出小区。侯大利和江克扬亮出证件进入小区，先绕着小区转了一圈，观察情况。

财税家属院只有八幢楼，被一圈门面房包围，门面房皆卖给财税系统职工。多数职工将门面房租了出去，少数职工家庭自用。门面房在中庭都开有一道门，这就意味着拥有门面房的人家可以通过门面房随意进出小区，门卫无法控制这一部分人流。

侯大利和江克扬几乎同时发现了这个问题。侯大利取出小本子，记下观察到的情况。

江克扬敲开卓家房门，出示证件。中年女子王芳面对面与警察见面之时，态度比起在电话里有所缓和，道："请进，不用换鞋，用鞋套。"

侯大利在弯腰穿鞋套时，观察室内情况。这是一个生活尚可的家庭，电器还算新潮，至少不落伍。

一个老人到外面客厅接了水，回到卧室。

王芳看了警官证，有些惊讶地道："刑警支队的？你们不是江阳区刑警大队的？"

江克扬道："今天和你谈话，需要录音。"

王芳有些发蒙，道："刑警支队的，找我做啥？"

侯大利小心观察王芳的表情。从电话的内容以及现在的细微表情来看，王芳应该还不知道许海被杀。

江克扬道："你丈夫不在家？"

"他去拿货，一会儿就回来。"王芳目光在侯大利白色鬓角处短暂停留，道，"两位来找我们，肯定和许海有关，是不是许海又做了坏事？"

一名手提头盔的中年男子开门而入，没有顾得上招呼家中客人，大声道："芳，许海被人砍死了，砍成一堆烂肉，脑袋都被挂了起来。天道循环，报应不爽，今天我要大醉一场！"

王芳道："真的？"

中年男子道："我刚才拿货，听到这个消息，确实有这回事。"

王芳随即向两位刑警支队的警官求证此事，得到肯定回答后，突然间爆发出一阵狂笑，大声唱道："咱们老百姓啊，今儿个真高兴。"唱了几句，她又抓起手机，打通电话，道："爸，许海那个狗东西被人杀了，有人替我们报了仇。赶紧回来，我们烫火锅，今天你可以放开喝酒。"

王芳沉浸在快乐中，最初还挺兴奋，与孩子外公打电话时候，讲述起女儿受侵害之事，情绪不知不觉又低落下来。

卓佳的爷爷、奶奶听到这个消息都很高兴。卓佳奶奶从冰箱里拿出早上杀好的老鸭子，准备晚上做酸萝卜老鸭汤。这是全家人都喜欢的一道菜，自从卓佳受到侵害以后，家里人都不开心，吃饭总是不香。卓佳奶奶早上看到菜市场难得一见的老鸭子，买回来准备熬汤，没有料到等来一个大好消息。她挥舞菜刀，砍得菜板砰砰作响，还跟着儿媳妇唱："咱们老百姓啊，今儿个真高兴。"

侯大利和江克扬耐心地坐在沙发上，没有打扰卓家人发泄情绪。

卓越撕开香烟，发给沙发上坐着的两位侦查员，道："许海死了，你们跑来找我们，难道怀疑我们杀人？"

江克扬道："我们是例行调查，希望能够理解。"

王芳气愤地道："许海就是混账玩意儿，死了就死了，大快人心。你们公安别管这事，真要抓到那个行侠仗义的好汉，大家都会骂公安没长眼睛。"

卓越道："你不要在这里打胡乱说，警察有警察的职责。想问什么问题，我们配合。说得脱才走得脱，说不清，我们还有麻烦。"

侯大利和江克扬主要调查卓越和王芳在3月28日晚上到3月29日凌晨的行踪。如果卓越和王芳没有作案时间，自然排除。

"我喜欢看悬疑推理小说，懂得起你们的套路，你们要找不在场证明。我老婆每天要守咖啡店，店里有员工，晚上十二点准时打烊，店里员工可以证明，店里还有视频。我下班就到学校接女儿，回家给女儿做饭，然后辅导女儿做作业。整个晚上没有出门，我爸我妈可以证明。"卓越又很郑重地道，"我女儿曾经受过伤害，不希望再被打扰。我们已经很配合了，你们绝对不能去找我的女儿，她还是未成年人，伤疤刚刚好，不想再被揭开。"

江克扬道："我们有很多方法可以印证你们的说法，暂时可以不与你女儿接触。而且即使要与她见面，也得有监护人在场。"

侯大利没有发问，仔细听对方叙述，以自己的视角观察，寻找有可能存在的蛛丝马迹。

按照程序是否正式，侦查询问可分为正式询问和非正式询问。

正式询问是指侦查人员依照法定程序进行的、具有法律效力的询问。侦查人员在实施正式询问之前，应向被询问人出示侦查机关的证明文件，告知其享有的法定权利、承担的法定义务以及陈述的法律意义。正式询问的对象一般为证人和被害人。

非正式询问是指侦查人员为了了解案情与有关群众进行的一般性谈话，其结果不具备法律效力，可以不制做笔录。非正式询问的对象可以是被害人和有关群众，也可以是知情人或者嫌疑对象。

卓越和王芳不是碎尸案的证人和被害人，侯大利和江克扬来到卓家只是开展一般性谈话，以便了解案情。在这个过程中，如果发现了异常情况，非正式询问也可以向正式询问转化。

询问结束，侯大利和江克扬离开卓家。在小区门口，他们停下脚步，与门卫闲谈。几句话之后，江克扬就巧妙地将话题转到卓越身上。门卫接过江克扬递来的香烟，狠吸一口，道："卓越是个好男人，每天晚上都会开摩托接王芳，几乎不落空。"

江克扬道："卓家有没有门面？"

门卫领着王华来到左侧第四间门面，道："这就是卓家的门面，平时主要是卓越在经营。"

卓家门面在中间位置，门面附近没见监控镜头。

江克扬道："卓家有没有自行车或者三轮车？"

门卫道："有一辆三轮车，平时用来收货。"

江克扬平时言语不多，今天显示了自来熟的本事，与门卫聊得很起劲。在刑警中有一句俗话，有本事的刑警要"找得到人，敲得开门，说得起话，办得成事"。侯大利是学院派，喜欢研究刑事技术，在办案上有独到之处，但是论及调查走访的本事，还真不如在一线摸爬滚打多年的老侦查员。

侯大利在商店前面走了一圈，在几家开门的商店外放慢脚步，观察商店内部情况。商店结构相同，前面有一道面对公路的门，后面还有一道小门能够进入小区。也就是说，有门面的人家可以随时进出小区，门卫无法发现。

坐上越野车，侯大利问道："老克，你是什么看法？"

江克扬道："我觉得这家人作案的可能性不大。第一，从王芳的反应来看，她是刚刚才知道许海被杀，当然，这也可以理解为烟幕弹；第二，王芳开咖啡厅，卓越在家带孩子，并且准时接王芳下班，应该没有作案时间。"

侯大利细细回想和卓家诸人谈话的场景，道："首先排除王芳和卓佳奶奶，卓佳奶奶七十来岁，年老体弱，没有体力碎尸和抛尸。王芳在咖啡馆工作，晚上十一点打烊，这一点卓越和卓佳爷爷奶奶都可以作证，查一查小区视频，应该问题不大。目前就剩下两个男人，卓越和卓佳爷爷。"

王华道："卓家老爷子七十六岁，怕是没有这个精力了。"

"卓佳睡觉怕黑，所以卓佳奶奶陪着卓佳睡觉，两人在一间屋里，可以互相印证。卓家老爷子独自睡觉，始终无法印证。卓越在十二点的时候骑摩托载着王芳一起回家，门口有监控，还有门卫，所以不太可能作假。从晚上十点到十二点这个时间段，卓越有接近两个小时独处，有作案时间。但是，他没有抛尸时间，除非回家以后又出来。卓家有自营门面房，可以自由出入，不经过门卫眼睛，监控也看不到。我们可以这样设定，卓越从十二点回家后再次离开家，从门面房离开小区，骑三轮车来到许海家，这里完全可能的。"

侯大利又道："从案卷材料来看，卓佳下身受了伤，处女膜被破坏，当时卓越不承认是强奸未遂，态度很激烈。所以，他有杀害许海的动机。"

离开卓家，侯大利和江克扬来到东城小学，找到卓佳和许海当时的班主任肖小云。

肖小云三十刚出头，看罢证件，用眼神示意两位警察。

办公室还有四个老师，表面上在低头做事，实则所有注意力都在肖小云和来者这边。

江克扬看懂了肖小云的眼神，道："肖老师有课没有，如果没有课，找一个安静地方，我们向你了解一些事。"

肖小云点头道："下一节没课，我们在外面谈，免得影响其他老师。"

东城小学是江阳区排名靠前的小学，历史悠久，校园有许多大树。在操场角落有一处读书亭，上课时没有学生，正好适合谈话。

碎尸案昨天发生，消息已经传到学校，肖小云知道许海已经遇害，略微紧张，用手轻轻理了理头发，道："两位警官找我是问许海的事吧，许海曾经是我的学生，出事后就转学了，后面的事情我就完全不了解了。许海侵犯卓佳，这事对我的影响极为不好。如果不是家在这边，我会申请调学校。"

侯大利的目光从不远处的一号教学楼收回，道："许海在昨天晚上被杀了。"

肖小云神情复杂地道："我知道，听说了。"

侯大利道："我想了解许海猥亵卓佳前后的经过，越详细越好。"

"我从一年级就带这个班，对很多同学进校时的情景都记忆深刻。许海进校时是一个普通小孩，第一天还哭哭啼啼的。一年级、二年级，许海也还是正常小孩，成绩中等。到了三年级，他的个子猛地蹿了起来，一米七多了，到了五年级，就长到一米八的大个子。当时江州一中篮球队还特意带他测了骨龄，说是要长到一米九以上。如果没有在六年级发生那件事，他可能就进入江州一中篮球队了。"

许海猥亵卓佳后，班主任、年级组长和一位副校长都挨了处分，肖小云提起许海总会痛骂，可是当听到许海被杀之后，她还是感到难受，用手背擦了擦眼睛。

"许海成了今天这个样子，他的家庭要承担主要责任。小学三年级之前，许海成绩不错，各方面表现都很正常。三年级后，许海成绩开始下滑。我去家访，才发现许海家里条件非常糟糕，许海爸爸、妈妈在外面做生意，听说开了厂，应该挺有钱。许海爷爷奶奶的家居然是家庭麻将馆。我去家访的时候，外面客厅有四桌麻将，吵得不行。许海一个人在房间，房门紧锁，许海奶奶敲了半天门，许海才打开房门。开门时，他还骂骂咧咧，很生气的样子，看到我才闭嘴，解释说因为外面打麻将的声音太响才戴上耳机，所以没有听到敲门。"肖小云嘴巴很是利索，开口后，便停不下来，滔滔不绝地讲了下去。

"许海奶奶让许海去倒茶，我坐在许海电脑旁边，想看一看小学三年级的学生在看什么，便顺手拿起鼠标，点开浏览记录。点开链接后，我吓了一跳，这是一个黄色网站，画面上全是极端不雅的男男女女，弄得我和许海奶奶都很尴尬。许海回来，刚好看到我关页面，脸色瞬间就变了。我还是很讲究工作方法的，没有当面说这事。第二天上课，我把许海叫到办公室，准备和他谈一谈哪些网站小学生不能上。许海坚决不承认自己在看黄色网站，说这台电脑是他和爸爸共用的，是他爸爸看了不应该看的网站。我相信了许海，刚满十岁的孩子，应该不会上黄色网站。另一方面，我意识到许海玩电脑不是一天两天。我后来特意和许海爸爸进行电话沟通，当然，我给许海爸爸留了面子，没有谈到黄色网站的事情，只是以许海成绩下降为理由，建议不要把电脑放在孩子房间，大人要适度管控。"

"后来，你到过许海家吗？"许海房间的细节完全在侯大利脑海里。他清楚地记得被暂扣电脑留下的痕迹。这就意味着，肖小云给许海爸爸提出的建议是对牛弹琴，许海房间里依然有一台电脑，也就是说许海从三年级开始就可以无所顾忌地浏览黄色网站。

肖小云道："我们是大班，超过六十人，要想全部家访是不可能的。有两次许海和同学打架，我想请许海爸爸或者妈妈到学校来谈一谈，交换意见，结果许海爸妈都没有来，还是许海爷爷来的。既然家长不重视教育，我也不会花太多时间在他的孩子身上。许海的成绩越来越差，我很失望，基本放弃了他。我以为许海只是成绩不好而已，没有想到他品德败坏。每个小孩在最初阶段都是一张白纸，长成什么样子，家庭、学校和社会都有责任。许海虽然不算是留守儿童，但是和留守儿童差不了多少。他的父母忙着开厂，难得回来一次，五年多时间，一次都没有到过学校。许海住在爷爷奶奶家里，客厅就是麻将馆，这根本不是学习的环境。"

江克扬到校内的小卖部买了几瓶水，递了一瓶给肖小云，道："肖老师，喝口水，慢慢讲。"

肖小云喝了口水，道："我的话是不是多了？"

侯大利道："不多，很有道理。"

肖小云又道："出了那件丑事以后，卓家最初还以为会把许海抓起来，后来他们明白许海什么责任都不用负，跑到学校来闹，坚决要求不准许海继续回来读书。许海爸爸这才第一次出现，许海爸爸叫许大光，长得很高大，一脸横肉，满眼杀气，说实话，他站在我面前，我真是害怕，不敢惹他。许大光把《义务教育法》和《未成年人保护法》拍在桌上，说我们不让许海上学就是违法。许海妈妈也是厉害女人，在办公室公开宣布许海和卓佳是在耍朋友，是卓佳主动勾引许海。在教师办公室吵闹一阵后，许大光和他老婆又前往校长办公室。吵闹一阵后，许海爸妈愤然离开。不一会儿，学校大门就被上百人围住了。我们校长是文弱书生，哪里经得起这种阵仗。江阳区教育局出面以后，为了平息事件，同意许海继续读书。教育局考虑得很全面，把许海转学到最好的江阳实验小学。实验小学是江阳区最好的小学，大家为了进这所小学挤破了脑袋，没有过硬的关系根本无法转学到这所学校。许海由于猥亵女同学，反而转学到实验小学，老师议论这事，都觉得这是一个黑色幽默。后来听说他在实验小学又出了事，之所以出事，是因为没有从思想根源上解决问题。"

侯大利道："卓佳的家庭情况怎么样？"

肖小云道："卓佳妈妈王芳应该是帮着守一个咖啡店，卓佳爸爸卓越就在小区开了一家商店，家庭条件还可以。卓家从小多才多艺，在校外辅导班学过美术，所以那天留下画墙报。出事后，卓家准备找许大光赔钱，许大光的态度就是要钱没有，要命有一条。几个许家人还到了王芳所在的咖啡店。许家人都是大个子，虎背熊腰，凶神恶煞。王芳怕丢了工作，只得妥协，不再提民事赔偿的事情。卓越瘦瘦小小的，根本不是许大光的对手。"

离开小学，还未到下班时间，江克扬紧接着联系了另一个受害者家庭。在前往实验小学时，江克扬坐在副驾驶座翻阅卷宗，道："杨杜丹丹差点被强奸，杜耀本人和许海打过架，被派出所拘留，再被单位处分，有杀人动机。我怎么越翻材料越憋屈，如果凶手真是四个受害家庭中的一个，被我们送进监狱，我肯定会过意不去。"

在这个问题上，侯大利内心深处也时常交战。从警察职业道德以及法律的角度来说，抓住杀人凶手是应尽之责；另一方面，许海确实是恶迹斑斑的坏人，用死有余辜来形容非常贴切。田甜对许海深恶痛绝，多次说这是一个天生的坏胚子。他听到江克扬所言，田甜说这话时的表情浮现出来，仿佛就在眼前，似乎触手可得，却永远也触不到了。

侯大利和江克扬来到小学操场。操场右侧有一群少年在踢足球，呼喊声此起彼伏。操场左侧没有建筑物，是一座小缓坡，相对高度也就二十来米，植被茂盛，杂草丛生，生机勃勃。小缓坡处在球场区域，因为有一片茂密树林而成为相对隐蔽区。

侯大利钻入树丛，透过树木间隙能清楚看到远处的球场。他走出树林，道："不少校园内的恶性案件都发生在校园角落的绿化带。从专业角度来看，校园最好不留死角，这样可以减少很多隐患。特别是有些大校园，存在非常隐蔽的角落，成为恶性案件高发区。"

江克扬道："校园内的恶性案件总体很少，为了数十年一遇的案子把校园弄得光秃秃的，得不偿失。"

家属区位于校园内，没有修围墙。侯大利和江克扬沿着二单元上楼，敲响杜家大门。

杜耀听到门铃，出来开门，双手抱在胸前，略带敌视地看着两位警察。她查看证件之后，才让警察进入房间。

"你的手受伤了？"侯大利目光停在杜耀左手掌上。左手掌上缠有纱布，从侦查角度来看左手掌的伤口就有特殊意义，或者是被对方反抗所伤，或者是在捅刺对方时自伤，或者是在碎尸中受伤。

杜耀低头看了一眼左手，淡淡地道："不小心弄伤了。"

侯大利没有立刻深究这个问题，开始打量房屋陈设，寻找有无强迫症痕迹。

江克扬很有默契地接过话题，道："杨杜丹丹在家吗？"

杜耀身高有一米七八，退役多年，没有发胖，仍然保持着运动员体形。她"哼"了一声，道："事情过去这么久，既然无法处理那个杂种，那我们就当鸵鸟，假装这件事情没有发生过。我和老公可以自欺欺人，但是无法欺骗丹丹，那件事情对她来说是噩梦，永远的噩梦。她以前开朗活泼，如今没有了笑容，极不喜欢接触外人。你们打电话后，外公、外婆带丹丹出去了。"

江克扬解释道："我们的谈话比较敏感，我是提醒让你女儿回避。"

"既然你们知道我女儿受到伤害，怎么能一点措施都不采取，还让这个杂种到学院附中读初一，让他又有机会祸害其他小姑娘。你们为什么不送那个杂种到工读学校，这就是不作为，姑息养奸，后面的事情和你们有直接关系。"

自从许海走出公安局大门，杜耀从理智上知道公安不过是依法行事，可是从情感上觉得公安站在坏人一边，产生了强烈的抵触情绪。她向年龄稍长些的警察进行倾诉，把年轻的帅警察当成了跟班。杜耀有着运动员特有的直爽，说话时，毫不避讳地用手指向江克扬，这是稍稍具有冒犯性的手势，表达了她的愤怒之情。这个动作和以前暴揍许海的行为是一致的，显示出杜耀具有攻击性，而且对自己的身体能力有潜意识的自信。

说到这里，她意识到眼前的两名公安不是派出所民警，应该有其他事情，道："抱歉，我情绪有些激动。你们找我是什么事情？"

江克扬收起笑容，挺直腰，道："许海29日凌晨遇害，我们来了解情况。我们谈话要录音，可以吗？"

"要录就录，身正不怕影子斜。"说完这句，杜耀又道，"我没有听得太清楚，许海是什么情况？"

江克扬道："许海被杀了。你不知道吗？"

杜耀双手交叉，来回搓动，道："许海被杀了，我不知道。最近心情不好，身体不舒服，我请了公休假，一直在家里。许海被杀了，你们两人到我家里来做什么？"说了这句话，她的情绪爆发，道："许海被杀了，你们跑到我们家来做什么，难道怀疑我们杀了人？想起那个杂种，我还真想杀他，可是我还有女儿，下不了决心。这人有种，敢想敢做，我敬他是条汉子。"

杜耀的反应和卓越很接近。

侯大利站在杜耀身侧，仔细观察其表情和身体语言。杜耀最初说话时，双手不停来回搓动，这说明她比较紧张。后来双手不再搓动，身体却又不停摆动，这也说明她内心有所不安。

爆发之后，杜耀脸上露出笑容，道："不管怎么说，许海被杀是件大好事。你们想问什么，直接点，我不会隐瞒。"

侯大利示意江克扬后，问道："那我就开门见山了，你曾经打过许海？"

杜耀微微转动身体，面对年轻警察，道："这个杂种活该被打。他没满十四岁，个子超过一米八，肌肉也不错。我练皮划艇出身，有一把力气，否则还打不过他。丹丹长期坚持锻炼，身体不弱，敢反抗，否则肯定被祸害了。"

侯大利道："3月28日晚上十点后，你在哪里？有谁能够证明？"

杜耀道："晚上十点，我带小孩睡觉。找人证明我睡觉？你们想得出来。"

侯大利继续打量房间摆设，道："那天晚上，你老公杨智在哪里？"

杜耀道："杨智在阳州做生意，平时不在家。"

侯大利道："小孩的外公和外婆平时在家？"

杜耀道："这是老房子，两室一厅带一厨一卫。我爸我妈住的另一套房子，是老同事的房子，平时没人住。丹丹出事后，他们才搬过来，多一些照应。出事那一天，我在煮早餐，丹丹一个人在操场跑步，校园内部本来很安全的，谁知地狱空荡荡，魔鬼在人间。丹丹回来后，披头散发，上衣和裤子都被撕掉，我吓坏了。报警前，我提着菜刀到外面找那个杂种，若是当时能找到，肯定会砍了他。"

侯大利道："杨智什么时候回家？是开车回家还是坐大巴回来？"

"孩子出事以后，杨智放下生意，回江州陪女儿。事情过去后，他才回阳州。昨天晚上，杨智在阳州陪朋友喝酒，这事都可以调查，做不了假。他以前是羽毛球运动员，不是超人，在阳州喝完酒再开车跑到江州杀人，这是不可能的事情。农村杀头猪都得好好准备，何况杀人。"

杜耀在叙述这一段时，眼睛眨动得比刚才快一些，身体再次有轻微摆动。

侯大利从杜耀的身体语言中，读出了其中蕴含的某种焦虑。不能肯定是说谎，但是这一段叙述中应该有某种不确定因素。他想起了王芳得知许海遇害后的反应，道："杜老师，你知道了许海遇害的消息，不给老公说吗？"

"看我高兴得忘了这事。"杜耀感到鼻子有些痒，摸了摸鼻子，拿起手机，道，"我进卧室给老公和孩子的外公、外婆打电话，让他们也高兴。"

杜耀进卧室后，很快从卧室传来了兴高采烈的声音："老公，告诉你一个好消息，许海被杀了，有两个公安在家里，他们说的，肯定是真的。"随后又传来杜耀给父母打电话的声音。

电话声音很大，二人站在客厅听得很清楚。

打完电话，杜耀从卧室出来，喜笑颜开。

侯大利道："其他几个被许海伤害的家庭听到这个消息，也会高兴的。"

杜耀道："丹丹胆子大，还击了许海，受到的伤害最轻，加上经常外出参加体育比赛，心理还算健康。有两个女孩身心都严重受伤，搞不好一辈子都毁了。许海是杂种，如果长大成人，不知会害多少人。你们能不能高抬贵手，走一走过场，这事别太较真了。"

这是很熟悉的说法，侯大利道："你们几家人见过面？"

杜耀道："我们三家人因为都受到过伤害，互相认识，谈不上深交，认识而已。"

聊了一会儿，对立的气氛渐渐消失了。侯大利道："杜老师的手是怎么受伤的，我能不能看一看伤口？"

杜耀道："摔了一跤，手撑在地上，地上恰好有折断的竹子，很尖，虎口被刺破了。"

侯大利道："家里会有竹子？"

杜耀道："是折断的竹筷子，人倒霉，喝凉水都塞牙。"

侯大利道："你是哪里包扎的？"

杜耀道："受伤的时候是晚上十点多，就在家里自己包扎的。"

侯大利道："你家里有纱布？"

"我以前是搞运动的，运动员受伤是常事，家里大多备有基本药品，习惯自己处理伤口。"杜耀带着侯大利和江克扬来到卧室，拉开了柜子里的一个抽屉，里面有不少治疗跌打损伤的膏药、贴剂，另外还有胶布、酒精等医疗用品。

侯大利道："没有纱布？"

"我退役了，纱布平时用得不多，昨天用光了。"杜耀看了一眼追查细节的年轻警察，口气强硬起来，道，"事实就是这样，你爱信不信。你还怀疑什么，痛痛快快全部讲出来，免得疑神疑鬼。"

侯大利道："我们调查清楚，对你们有好处。谢谢杜老师能够理解并配合我们的工作。"

杜耀道："我很配合啊，还想调查什么就直说。"

侯大利道："我想看一看伤口。"

"这个要求有点过分啊。好好好，要看就看吧。"杜耀取下纱布，摊开手掌。

手掌虎口位置有一条伤口。伤口有两三厘米长，边缘不太整齐。

侯大利望着伤口，道："伤得挺严重，穿透了？"

杜耀收回手掌，重新缠上纱布，道："摔得挺严重，当时把我痛惨了。"

侯大利和江克扬离开杜家后，在越野车外抽了支烟。侯大利神情严肃，目光如刀，道："杜耀手掌的伤口挺严重，应该被刺穿了，这么严重不找医生处理，有问题。从通信记录上看，杨智3月28日晚上十点半在江州。她多次说谎，身体语言和表情藏着某种焦虑，肯定有问题，我们得重点调查。我和你直接到省城，与杨智见面。你让马儿到高速路口去调查杨智的小车近期回阳州的情况，事不宜迟，同时进行。"

安排妥当后，越野车直奔阳州。

下了高速路，进入阳州城区，来到"杨智羽毛球俱乐部"门前，江克扬这才和杨智联系。在羽毛球俱乐部门口，停有一辆车牌号为山ACCCCC的小车，正是重案一组掌握的车牌号。

羽毛球俱乐部生意不错，有三组队员正在训练。杨智接到电话时，侯大利和江克扬已经踏入场馆大门。

江克扬亮出警官证，自我介绍道："我们是江州刑警，我叫江克扬，这位是侯大利，我们刚刚和杜耀见过面。"

"找我有什么事情？"杨智神情戒备。

江克扬道："别紧张，就是核实几个问题。"

场馆里有不少教练和学生，杨智道："到办公室谈吧。"

三人来到办公室，还没有开始谈话，江克扬便接到了马小兵的电话，"我们调出高速路口的监控，杨智的车是在3月28日晚上九点五十七分到达江州高速路收费站的，我们正在查找其离开时间。"

这就意味着杨智3月28日晚上在江州，这与杜耀所言对不上，只要说谎，必有问题。杨智和杜耀的嫌疑慢慢增大。侯大利神情严肃，面无笑容，审视杨智，道："我们在侦办许海案，今天询问要录像和笔录，这是很重要的证据，希望你能配合我们的工作，如实回答。"他用这句话作为开场白，主要目的是给杨智压力，让其紧张。

杨智避开侯大利逼人的目光，道："我什么事情都不知道。"

侯大利道："3月28日晚到29日凌晨，你在什么地方，做什么事情？"

杨智道："我能不能拒绝回答？"

侯大利态度强硬，道："如果拒绝回答，我们将传唤你到江州市刑警队。"

江克扬微笑着解释道："我们是例行工作，杜老师刚才配合得很好。说到底，你们说得越清楚，对你们就越有好处，否则，黄泥巴掉在裤裆里，不是屎也变成了屎。"

在与杨智见面前，侯大利和江克扬在高速路上商量了预案，这句话就是利用隐含前提的询问方法，隐含前提的询问方式是一种舍去前提的表达方式，这种隐含前提的妙处在于被隐含的前提是被肯定的前提。

侯大利道："3月28日下午六点开始，你在什么地方，与谁在一起，做过什么事？"

杨智道："3月28日，我在六点半左右下班，然后和朋友在一起喝酒，喝到八点半左右，我就回家了。"

侯大利咄咄逼人地道："你的小车山ACCCCC，没有到派出所报失吧？"

杨智道："小车没有丢失。"

侯大利道："你刚才说3月28日晚上的经历，是不是可以理解为你一直在阳州。但是在高速路口查到挂有山ACCCCC车牌的车从阳州到江州，有交费信息，还有监控可查。另外，你的手机号晚上十点二十七分在江州与人通话，你能不能解释这事？我再次郑重提醒你，要如实回答我们的问话，否则后果自负。"

杨智道："我六点半在阳州喝酒，然后在八点半左右开车回江州。小车和手机在江州通话，有问题吗？"

侯大利道："那请你说一说详细的过程。"

就在杨智向两位警官叙述自己在3月28日晚上到3月29日凌晨的经历之时，杜耀听到了敲门声。她走到门口，道："谁啊？"

外面没有回答，仍然在敲门。杜耀凑到猫眼前看了一眼，外面是一个不认识的年轻女子，不疑有诈，便开了门。

门刚开，一群人涌了进来。

一个中年女人举着一根粗大的擀面杖，朝杜耀扑过来："杜耀，你这个贱人，给我儿赔命。"

另一群人开始打砸房间。

杜耀是运动员出身，身手灵活，闪过擀面杖，抓住中年女子的手，用力拉扯。中年女子扑倒在地，一时半会爬不起来。

几个男子朝杜耀扑了过来。杜耀虽然是运动员出身，可是双拳难敌四手，对方又多是年轻力壮的男子，很快就被打倒在地。中年女子提起擀面杖，朝杜耀身上一阵乱打。杜耀双手护头，急切间看到放在屋角的皮划艇桨。

这是用作纪念的旧桨，平时放在角落里，当作装饰品。杜耀看到旧桨，大吼了一声，朝踩在自己身上的男子裆部拍了一掌，然后不顾棍棒打击，扑过抓住旧桨。拿到旧桨之后，杜耀信心大增，挥动曾经带来荣耀的旧桨，打得男人们人仰马翻。

两个学校保安衣服凌乱，站在门口直跳脚，却不敢拉架。邻居们听到打闹声，透过大门猫眼查看动静，见到外面全是面相凶狠的人，不敢开门，躲在家里打110报警。

一名许家壮汉提着椅子冲过来，准备用椅子卡住对方武器，刚刚冲进，小腿就被重重打中，只听得"咔嚓"一声响，旧桨敲在腿骨上，腿骨被当场打断。

杜耀满脸是血，头发披散，挥动着旧桨，道："谁他妈过来，我抽死他。"

屋内人被杜耀震慑住，一时不敢靠近，站在杜耀身前，恶狠狠盯着眼前的疯女人。来者全是许海家的亲戚，多数男性身高都超过一米八，膀大腰圆，着实彪悍。一个汉子大喊道："这个老婆娘下手狠，老三的小腿断了，用板凳，围过去。"

几条大汉拿起客厅的板凳，用板凳腿对着杜耀，一步一步逼过去。杜耀挥动旧桨，打得板凳"砰砰"作响。老桨从中折断，几条汉子一拥而上，抓住杜耀。杜耀发了狠，将断桨朝其中一人脑袋插去。

杜耀身体被拉倒，断桨偏离了方向，插在汉子的肩膀上，失去威力。众多汉子拳打脚踢，朝杜耀身上招呼。中年女人提起擀面杖，对着杜耀一阵乱打。杜耀失去了反抗能力，尽量缩成一团，护住要害部位。

屋外传来刺耳的警报声音。

陆续有老师出现在楼道，堵住许家人。两辆警车到达，下来六个警察。随即，120救护车赶到。

这是一场两败俱伤的打斗。许家人住进医院三人，一人裆部受到重创，睾丸挫伤；一人小腿骨骨折；一人鼻子骨折。

杜耀浑身是伤，鼻骨骨折，手臂、面部、后背大面积青紫。由于保护得当，除了鼻骨骨折和皮外伤以外，没有骨折，也没有内伤。

许海家人被带到派出所以后，恶人先告状，自称是到杜耀家去了解情况，谁知杜耀一言不合就打人。

他们的理由看起来还是挺充分：我们有十几个人，杜耀只有一个人，如果我们真要先动手，会有三个人被打伤住院？我们绝对没有先动手，杜耀打人以后，我们这才还手。

许海母亲刘清秀在派出所内哭诉：我儿子刚满十四岁，死得好惨。死了这么多天，还没有抓到凶手，有没有天理啊，我都四十多岁了，儿子死了，以后怎么活啊。杜耀就是杀人犯，曾经打过我儿子。我儿子还是小孩子，被人杀了，公安居然不管。我们到她家是了解情况，我儿死了，公安破不了案，我们自己了解情况。她这么凶，我一个人去，肯定会被打死。

杜耀在病床上面对警方给出另一种说法："我听到敲门声，刚开门，这群人冲进来就打。这是我家，他们擅闯民宅，而且七八个男人围着我打。我是正当防卫，如果不还手，我还不得被打死。"

杜耀爸爸炸了毛："你们派出所怎么和稀泥，这是严重的刑事犯罪，不是治安案件，学校保安和周边邻居都可以作证。你们居然认为是互殴，互殴个锤子。我女儿是正当防卫。这他妈的还有没有天理。我骂人怎么样了，我已经给督察打了电话，让他们来听一听你们的屁话。我什么态度，我就是这个态度，十几个人闯到我女儿家，殴打我女儿，我女儿不还手要被打死的。对方伤重又怎么样，我女儿是正当防卫。"

侯大利在阳州得知此事，立刻开车返回阳州，一路飞奔，一个小时就来到江州东城派出所。

参加闹事的人都是许家亲戚，大多住在江阳区城中村，分散在两个小区。这两个小区是诸多公共服务部门的"禁区"，能绕则绕，能避就避。有一次，一个刚转业到城管部门的新城管没有摸清水深水浅，跑到向阳小区追游摊，结果进了小区就被数十人围住。增援的城管在门口被堵住，进不去，干着急。最后结果是此城管被痛殴一顿，然后被剥得赤条条丢出来。此事后，该退伍军人心灰意冷，辞职，离开了江州。

侯大利在调查二道拐黑骨案时，不知道二道拐腊肉是江州挺有名的食品，意识到自己以前不接地气，虽然生活在江州，却不熟悉江州的市井生活，这对工作极其不利。田甜牺牲后，他经常独自行走在江州街头，没有明确目的，就是熟悉江州市井，熟悉普通人的城市生活。

此刻面对许海亲戚时，传说和卷宗中的材料就成为立体真实的形象，侯大利问道："你们为什么要去找杜耀？"

许海亲戚眨巴眼睛，道："我们就是找杜耀了解情况，她打过我侄儿，我们就是去问这件事情和她有没有关系。"

侯大利道："别跟我要花腔，老实说，你们为什么认定就是杜耀？你们又不是疯子，肯定有原因。"

许海亲戚平时在家门口或者人多势众时是蛮横的，此刻面对见过无数凶杀案的重案刑警，顿时就没了气势，道："许海被杀的前一天，3月27日，杜耀从小区门口走过。二伯就在门口，认识这个打过许海的坏女人，还朝她吐口水。杜耀见二伯吐口水，走过来骂二伯，说要杀了许海，让许家绝后。若不是二伯脾气好，两人就要打起来。"

正是由于这次口角，许海家人都认为杜耀就是杀害许海的凶手。

杜耀本人没有向侯大利和江克扬谈起过此事。

侯大利离开派出所不久，许大光赶到派出所。他五大三粗，留着光头，肤皮略黑，神情阴鸷，对办案民警道："我儿就是被那个傻婆娘害的，你们不抓杀人犯，为什么把我们受害者抓了起来。"

副所长钱刚知道许家人底细，道："杀人案是刑警支队在侦破，派出所没有管辖权。"

许大光态度蛮横："杜耀是皮外伤，我家兄弟被打断了腿骨，还有一个鼻梁断了。打断了腿骨和鼻梁不知道这算是轻伤还是重伤？你们立案没有？"

钱刚内心很厌烦许家人，又知道这家人是牛皮糖，麻烦得很，尽量客观地道:"你们双方都不同意调解,我们正在按程序处理,先治病,该判刑的判刑,该拘留的拘留,一个都跑不了。"

许大光发狠道:"许家几代人都住在东城,如今政府把我们的土地全部征了。我们许家总共有一百来户的土地被征,这是对江州政府最大的贡献。如果这件事情处理不好,如果抓不到杀我儿子的凶手,那我们许家人就去上访。"

"你们先治伤,我们会严格依法办事,治伤,鉴定,再处理。"钱刚知道这种地头蛇人多势众,加上许海又被杀掉,非常难缠,继续打着太极。

"我们这边有律师,律师讲了我家兄弟最起码是轻伤,这构成犯罪了。不判那个婆娘几年,我们绝不罢休。"

许大光发了一顿火,走出派出所大门,到街边开车。一个中年女收费员过来收停车费,出示了一张小票。许大光用手打掉那张小票,骂道:"你收个锤子。"

中年女收费员本是典型江州泼辣人,一张嘴巴素来厉害,可是,她见到许大光的凶相,没有多说,退到一边,让许大光开车离开。小车进入街道后,中年女收费员才开始骂娘,骂了几句,又自言自语地道:"这是啥子人哟,凶神恶煞的。"

许大光回到家里,把老婆刘清秀叫过来,抬腿踢了两脚,道:"把老二、老四叫过来,商量事情。"

许老二和许老四来到房间,许大光劈头盖脸骂了一顿后,道:"你们要去打架没有问题,但不是这个打法。你们脑壳有屎,跑到别人家里去打,有理都搞成无理了。"

许老二道:"小海出事了,这口恶气我吞不下。"

许大光道:"谁是凶手,现在还说不清楚。咬人的狗不叫,叫的狗不咬人,那个婆娘跑到家门口挑事,就是那种会叫的狗。"

许老四裆部被拍了一掌,如今小便还疼,骂道:"老三被打断了腿,这件事情不算完,我们许家人从来没有吃过这么大的亏。"

许大光阴沉着脸,恶狠狠抽着烟,道:"法不责众,放点风声,说是我们要到省里去告状。打个横幅，就说要杀人偿命、为民做主之类的。"

3月30日，夜，侯大利接到通知，来到市信访办。

信访办杨主任通报了许家人有可能到省里上访的情况，市公安局副局长宫建民讲了许海案的侦办情况以及许海家人闯入学校殴打杜耀之事，江阳区副区长谈了许大光家族的详细情况。

这种事情处理起来非常难，涉及方方面面，谈到晚上十一点总算有了几点工作方案。

侯大利作为基层指挥员在这种级别的会议上没有发言权，一直默默沉思，思路很快就转到了许海案上。

"侯警官，许海案进展得怎么样？公安局对命案有黄金七十二小时的说法，现在黄金七十二小时也要过了，到底能不能侦破？"会议即将结束的时候，信访办杨主任点了侯大利名字。

宫建民担心侯大利把话说得太满，主动道："案侦工作正在开展中。"

杨主任道："想办法增加点力量，破了案，才能最终解决这次群访。侯警官有没有信心？"

"我们正在全力以赴进一步侦办中。"这是警情通报中常用的结束语，侯大利不想在此谈案件细节，用了一句官话。

杨主任道："拿下的可能性有多大？"

侯大利言简意赅地道："命案必破是我们的原则，也是我们的郑重承诺。"

散会后，宫建民和侯大利一起走出办公楼。宫建民道："许家是地头蛇，人多势众，破掉许海案，我们占据主动；破不了案，我们会承受很大的压力。"

侯大利在直接领导面前就没有说官话，道："这个案子的复杂程度比不上二道拐黑骨案，犯罪嫌疑人留下的线索还是比较多，我有信心破案。"

宫建民在上车前向侯大利伸出手。侯大利没有想到宫建民要跟自己握手，愣了愣，这才伸手过去。宫建民用力握了握侯大利的手，道："多事之秋，大家共同努力，破了许海案，我请参战同志们吃饭，私人请客。"

会议在晚上十点结束，侯大利不想太早回江州大酒店，更不想回高森别墅，开车在大街上漫无目的地闲逛。隔着车窗，窗外的热闹只有颜色，没有声音。没有声音，颜色就失去了灵魂。他最后将车停在学院街，在车上抽了一支烟后下车，独自行走在夜色中。

春节后的江州气温在零摄氏度左右，街上行人比其他季节少了七成，但仍然有不少夜猫子在街边喝酒。

侯大利走到向阳小区，在向阳小区门口站了一会儿，再进入小区中庭，来到许崇德麻将馆所在的单元楼。左侧四楼是麻将馆，以前麻将声声，灯光明亮。如今许海遇害，房间没有灯光，黑黢黢的，透着死气。

"不管是四个受害人中的哪一个家庭，还是许大光的竞争对手，要想混进许海家投放安眠药和蓖麻毒素都很难，他是怎么做到的？"侯大利仰头，望向黑色窗户。这是一个开放小区，进入小区和许海家相对容易，但要神不知鬼不觉地下毒则非常难，碎尸更是难上加难。

第七章
利用DNA检验锁定嫌疑人

3月31日，碎尸案案发后第三天，上午。

侯大利召集三个探组开会，分析各自收集到的线索，然后布置当天工作。

布置完具体工作任务后，侯大利道："杀人案最好的侦破时间是案发后的七十二小时，时间拖得越久，线索越难收集，证据也必然散失。我们必须抓紧时间。大家耐心点、细心点，哪个探组有所突破，我请喝大酒。"

碎尸案线索很多，却迟迟没有关键突破性的线索，侦查员们都心急，接受了任务后，各自奔赴自己的战场。

探长江克扬到307室组织全组开会后，准备和侯大利一起前往受害者汪欣桐的家。

侯大利正要出发，被常务副支队长陈阳叫到办公室。

"昨天你们到了杜耀家？惹麻烦了，刚刚许家有上百人在市委门口打横幅，要求严惩杀人凶手，市委值班室打电话过来询问具体情况。说实话，和你们有没有关系？"陈阳昨天为了纵火案熬到凌晨三点，眼圈发黑，刚上班就接到许家人上访的通知，又听说刑警支队有人去了杜耀家，骂了几句脏话，赶紧把重案一组组长侯大利叫了过来。

侯大利道："我昨天和老克走访了受害者卓佳的家和受害者杨杜丹丹的家，杜耀就是杨杜丹丹的妈妈。许家人是我和老克离开杜家以后才到杜家闹事的，许家上访和我们调查走访没有任何关系。"

"和你们无关就好，我最担心事情和你们有关。"

"昨晚信访办杨主任还召集开了会，提前做了预案。我的职责就是破案，不管其他事。"

"杜耀的嫌疑大不大？"

"杜耀和杨智有嫌疑，其他三家也有嫌疑。"

"你这等于没说。许家就是滚刀肉，不是一个滚刀肉，而是一群滚刀肉。关局要求黄金七十二小时破案，尽快化解社会矛盾。今天晚上七点半召开案情分析会，我希望能听到好消息。"

谈话结束，侯大利与江克扬前往汪欣桐家。

学院家属区是老旧小区，里面住的全是学院教师。小区的设施设备稍显陈旧，却有新小区没有的书卷气。小区内有报刊亭，两个戴眼镜的老头一丝不苟地在读报纸。角落里有一张乒乓台，一群人围在台前，观看一个头发花白的老者写毛笔字。

侯大利和江克扬没有打扰自娱自乐的退休教师们，径直上楼，敲响汪家崭新的防盗门。除了汪家安装了防盗门，其他老师家大都还是木门，顶多在木门外面加装一道铁栅栏门。

一名气质儒雅的中年男子打开房门。中年男子看罢来者警官证，道："我是汪建国，请到我的卧室谈吧。"

来到卧室，江克扬开门见山地道："谈话过程要录音。"

汪建国道："这是规定程序？"

江克扬解释道："为了更好地破案。"

汪建国神情甚为平和，道："破什么案？许海真被杀了，论坛里讲的事情是真的？"

江克扬点了点头，道："许海在3月29日凌晨遇害。"

汪建国语带嘲讽："死了一个人渣，我们几个受害者家属就成为怀疑对象。我说句闲话，你们打击许海这个流氓不积极，抓人倒是挺积极。"

江克扬道："我们是依法办事，希望你能理解。家里常住的有几人？"

汪建国道："我和妻子张勤在广东做生意，女儿是城市留守儿童，由爷爷奶奶带大。家里出了这种事，我们没有心情在外面做生意，暂时回到江州。家里有我们夫妻、女儿和她爷爷，还有女儿表姐张小舒。"

侯大利道："张小舒一直留在这边？"

汪建国眼光转向眼前这个很特别的年轻人，道："你认识小舒？"

侯大利道："张小舒是张小天的堂妹，我认识。"

汪建国舒了口气，道："那你真是认识。张小舒的妈妈是我姨姐。我女儿和小舒从小在一起，她过来陪女儿，给她弹琴，陪她说话。"

当侦查员提及3月28日晚以及3月29日凌晨的行踪时，汪建国声音非常平静，道："平常晚上都在陪女儿，那天晚上我们临时有事，张小舒的姐姐张小天从省城找来山南政法心理学费教授，临时借用了学院的心理实验室，由费教授调理欣桐情绪。我、张勤、小舒在外屋等候，费教授接近十二点才结束治疗。实验室陈老师一直等我们离开才锁门。"

汪建国说得很具体，查起来很容易，肯定是实话。侯大利道："我是山南政法毕业的，到江州的是哪一位心理学教授，我应该认识。"

汪建国道："是费老的女儿费韵。费教授年龄虽然不大，学识一流，我女儿近期恢复得还不错，以后准备每周到山南政法去接受治疗。"

半小时后，询问结束，侯大利和江克扬走回客厅。客厅沙发上坐着一个明眸皓齿的少女，正是张小舒。她惊讶地道："侯警官，你怎么在这里？"

侯大利道："有些公事。麻烦你到卧室几分钟，有事想要问你。"

客厅门响起钥匙开门声，汪远铭提着菜篮子走进屋，见到屋里有两个陌生人，便用目光示意儿子。汪建国朝里屋看了一眼，低声对父亲说了几句。汪远铭"哦"了一声，提起菜篮子就要进厨房。张小舒赶紧接过菜篮子："爷爷，我来提。我给你泡了普洱熟茶。我算着你回来的时间，才泡的。"

孙女出事，妻子去世，汪远铭失去了往日笑容，只有面对乖巧的张小舒才有些许微笑，道："谢谢小舒。"

家里吃饭的人多，菜篮子挺沉，张小舒双手提起菜篮子，身体微倾，放进厨房。

汪远铭跟着张小舒来到厨房，道："欣桐愿意开口和你说话，这是巨大进步。如果能想办法让欣桐走出家门，到户外玩耍或者体育锻炼，那就更理想了。"

张小舒从篮子里取出肉和菜，道："那得慢慢来，肯定能成功。爷爷，今天买了不少啊。"

汪远铭道："欣桐喜欢吃炖猪手，今天买了两个。小舒要想办法劝欣桐吃肉。她正在长身体，只吃素菜怎么行，蛋白质不够。"

张小舒提起两根猪手，道："猪手没斩开？"

汪远铭道："啊，让老板烧了皮，忘记砍开了。"

张小舒收拾完菜篮子，这才进入卧室。

汪建国跟到卧室门口，叮嘱道："小舒，没事，实话实说就行了。"

来到屋内，得知许海被杀了，张小舒眼睛瞪得大大的，用力握紧拳头，道："终于证实了这个消息。如果婆婆在天之灵能听到这个消息就好了。"一滴泪珠从她眼角滑落，沿着白皙的脸颊落在了衣服上，迅速被衣服吸收。

侯大利道："婆婆是怎么走的？"

张小舒抬手擦了擦眼睛。这是一双弹吉他的手，修长，白皙，灵巧，像雨后新出的笋芽尖。指甲形状柔和而带有珠泽。侯大利目光在张小舒手指间停留一两秒钟，迅速滑开。张小舒道："婆婆年龄大，身体本来就不太好，欣桐出事后，心脏更是时好时坏。后来婆婆心肌梗塞，坐在沙发上就去世了。侯警官，我很想知道，为什么这种苦难会落在这么好的人家，这不公平。"

侯大利道："这就是人生。人生其实是很艰难的，祸福在旦夕之间。"

张小舒双手合十，眉眼低垂，嘴里念念有词。

等到张小舒抬起头，侯大利问道："3月28日晚以及3月29日凌晨，你在做什么？"

张小舒道："我们陪欣桐到江州学院看心理医生，我姐联系的。费教授平时很忙，费了很多功夫才抽出时间过来一趟。"

侯大利问道："你在市一院实习，平时都住在这里吗？"

"我一直住在姑姑家。每天晚上给欣桐弹吉他曲，她才能睡得踏实。"张小舒望了一眼侯大利两鬓间的白发，道，"侯警官，你要抓杀害许海的凶手吗？"

侯大利道："职责所在。"

张小舒道："在我的眼里，杀死许海的人是罗宾汉，是为民除害。"

侯大利道："法治社会，不允许私人报仇。通俗一点说，冤冤相报何时了，允许报私仇，社会要乱套。"

张小舒委婉地道："能不能抬高枪口一寸？"

侯大利知道这个典故，没有直接回答，道："汪欣桐心理状态不好，你平时要注意多帮助她舒缓情绪。"

从卧室走出来后，侯大利道："汪教授，我们要和你谈几句。"

张小舒有点发急，走到侯大利身边，低声道："爷爷年龄大了，奶奶去世后他的情绪很不好，没有必要和爷爷谈吧。我们说的都是实话，没人半夜跑出去杀人。"

"这是警察职责，我们配合。"汪远铭撑着沙发，站起身。

进了里屋，江克扬胖脸上露出一丝微笑，道："汪老师有八十了吧。"

汪远铭道："明年满八十三了。"

江克扬道："身体不错啊。"

汪远铭道："人得服老，一年不如一年，这是自然规律，没有办法违抗。"

江克扬道："看您老的身体状态，活到百岁没有问题。"

汪远铭淡然地道："老伴都走了，我一个人活那么久，没有意思。这位同志就别绕圈子了，想问什么就直接问。"

江克扬道："3月28日晚以及3月29日凌晨，您一直在家？"

汪远铭道："建国、张勤和小舒带着孙女到学院看医生，我一人在家，十点准时上床休息。"

江克扬道："汪教授的睡眠好吗？"

汪远铭道："睡眠还行，毕竟人老了，很容易惊醒。他们在晚上走路都很轻，免得打扰我。3月28日那天晚上，他们回来得挺晚。我在那天身体不舒服，睡得迷迷糊糊。"

侯大利在做记录，明白江克扬问这个问题的深层次意思：汪远铭独自在家，有作案时间，如果平时习惯关闭房门睡觉，且睡觉警醒，其他人还真有可能不会轻易打扰他。

侯大利仔细观察汪远铭，想要从其神情中发现蛛丝马迹。汪远铭头发几乎全白，脸上有几块明显的老年斑，脖子上皮肤松弛，说话比年轻人缓慢，说话时眼光直视前方，声音平稳。

十几分钟后，侯大利、江克扬和汪远铭走出卧室。另一间卧室门口站着身形瘦小的汪欣桐。她见到陌生人出现在家里明显受到了惊吓，如小麻雀见到野猫一样，迅速缩回到屋里，紧闭房门。卧室房门就是少女的堡垒，用来抵御外来伤害，屋外的父母、爷爷和表姐就是守卫堡垒的武士。

张小舒在门口道："欣桐，我是小舒姐。"

"堡垒"大门打开一条小缝，张小舒侧身而入，房门迅速关紧。

张勤回家后，也进屋接受询问。面对警察，她泪眼婆娑地谈起女儿的遭遇，呼吁全社会都要关注未成年人犯罪这个大问题，抨击如今的法律法规有明显漏洞，没能有效保护遵规守纪的未成年人，反而有效保护了未成年人中的一小撮犯罪分子。

回到客厅，侯大利听到卧室内传来的吉他曲。《阿尔罕布拉空的回忆》的旋律如泣如诉，从卧室内飘出，在空中优雅地徘徊。

坐上越野车，江克扬道："许海遇害当天，汪建国一家人陪护汪欣桐在学院接受费韵教授的心理治疗，有名有姓，有时间有地点，多人参加，很容易查证。唯一没有到心理室的汪远铭年满八十二，年龄太大，基本没有作案的可能性。汪家的杀人动机最强，却有充分的不在场证据，暂时可以剔除汪家。"

侯大利道："现在还有时间，我们到江州学院心理研究室。"

两人来到江州学院心理研究室，找到3月28日的值班老师，经过调查证实在3月28日晚，费韵教授使用心理研究室，对汪欣桐进行了心理治疗。心理研究室使用时间是晚上九点至十二点，陪同的人有汪建国、张勤和张小舒。

碎尸案案发后第三天，3月31日上午十一点四十分，江克扬家里有事，抓紧时间回了家。

侯大利回到刑警新楼，经过306室时，听到胡志刚和蒋超正在热火朝天地争论，便走了进去。

胡志刚和蒋超面对面而坐，烟气缭绕，唾沫横飞，讨论起案子如斗鸡一样互不相让。

侯大利走到胡志刚身后，伸手拍了拍他的肩膀，道："有没有新发现？"

胡志刚的肩膀明显缩了缩，道："我和老蒋刚从大象坡回来。再次确定狗叫声是在晚上两点半到三点，共有四家人的狗发出叫声，比平时叫得厉害。狗的嗅觉比人的灵敏得多，说不定嗅到了空气中的血腥味道。到了四点钟，这些狗又叫了一次，只是比上一次要弱一些。从狗叫声来推断，凶手凌晨两点半到三点左右上山，到凌晨四点下山，花了一个小时左右抛尸。"

蒋超腿上用了点劲，椅子往后滑了一米多，道："凶手从许海家出来后，使用了某种交通工具来到学院小巷的大象坡南入口。学院小巷是背街，夜晚非常安静，没有人听到马达轰响，交通工具极有可能是人力的，自行车、三轮车、手推车都有可能。老杜去排查三轮车、手推车，我们就和派出所的同志围绕学院街调查，已经登记了127辆。老城遍地商铺，三轮车真是多，人手完全不够。"

侯大利道："骑自行车意味着凶手的家距离许海的家以及距离大象坡都不远。"

蒋超面带倦容，打了一串哈欠，丢了一支烟给侯大利，道："可以这样推断，凶手就是附近居民。"

"每一条线索都得核实，如果不核实，这头又没有突破，那我们就被动了。"侯大利拿出火机，啪地打燃火，伸到蒋超面前。

蒋超点燃香烟，深吸一口，拿出厚厚一本卷宗。卷宗全是三轮车和手推车照片，照片下标明是哪一家的三轮车。其中有七辆三轮车使用鲁米诺试剂后有荧光反应。由于鲁米诺特性，如果现场受到漂白粉、高锰酸钾等强氧化剂处理，也会对鲁米诺试剂产生荧光反应，且产生的荧光反应和血迹产生的荧光反应难以分别。所以，七辆三轮车全部被送到了六大队，由六大队技术人员进一步鉴别。

仅仅是三轮车和手推车一项就有如此大的工作量，侯大利望着眼前的两名刑警，发自内心地道："工作量很大，你们辛苦了。"

胡志刚道："钱所长是刑警出身，很了解我们的工作方法，让社区民警和辅警协助我们，江阳刑侦大队也给面子，非常配合。没有派出所和刑侦大队帮助，光靠我们两人跑断腿都做不了这事。碎尸案破掉后，我们一定得请钱所和江阳刑侦的丁大队吃顿饭。"

从警时间越长，侯大利越感到个人力量渺小，不管什么级别的神探，办案单位基础工作不扎实，也难以破案。他初当刑警时，多次撑过刑警支队，对支队侦查员多多少少有些轻视。担任重案一组组长以来，他才发现能进入重案一组的侦查员确实优秀，工作尽职尽责，一天半之内，胡志刚和蒋超两个侦查员在派出所和刑侦大队配合下，调查走访了大象坡附近居民和学院街三轮车的情况，这个工作量实在大得惊人。

翻看了卷宗，侯大利道："刚才听你们争论得非常激烈，在争什么？"

胡志刚道："老蒋和我抬杠，我认为案件是一人完成，现场勘查的模糊脚印很清楚显示出凶手是一个人。"

蒋超道："谁敢肯定地说是一个人，凶手作案后清扫过现场，有可能将另一个人的线索抹掉。碎尸和抛尸都是体力活，若是有两三人更容易完成。"

现场勘查结果确实无法给出是一人还是多人作案，但现场只发现了很少痕迹，更接近一人作案。但是，这个结论只是推测，现有证据确实无法给出更准确的答案。

聊了一会儿案情，侯大利回到办公室，打开电脑，重新查看对凶杀现场的勘查记录。他心里很明确一点，不管外围调查有什么进展，不管是一人还是多人，最终还得回到凶杀现场，凶手用什么方式潜入并下毒是一个必须破解的环节。

午饭时间，刑警们纷纷走出办公室，到楼下食堂吃饭。侯大利没有起身，继续盯着黑白影像。

"组长，吃饭去。"胡志刚走过办公室门口，见开着门，便招呼了一声。

"你们先去，我等会儿。"侯大利专心看视频，没有起身。

吃过午饭，胡志刚和蒋超这一对搭档在底楼健身房外面的露台抽烟。两人抽了烟，又在楼外转了大半圈，这才回到办公室。侯大利办公室仍然开着门，胡志刚走了进去，见侯大利仍然面对电脑，一动不动，问道："没吃饭？"

侯大利将烟头按进烟灰缸，道："我原本准备吃饭，谁知发现了一个有趣的地方，你过来看一看。"

"稍等，我马上过来。"胡志刚回到办公室，从铁皮柜里拿了一盒方便面，来到侯大利办公室。

"午餐过了，没啥东西了，吃方便面。"胡志刚放了一盒方便面在侯大利桌子上，还有一个从餐厅带出来的香梨。

"你们注意看杜耀手掌伤口的形状。"侯大利调出高清视频后，拿起香梨，几口啃掉。

视频中，杜耀解开绷带，让侯大利和江克扬看了一眼伤口，然后又缠上绷带。虎口处的伤痕和刺伤有些相似。杜耀自述是摔跤后划伤的。

"你觉得这个伤口是怎么形成的？"侯大利随身所佩戴的高清摄像机是最新产品，分辨率比原来的那一台要高得多。在电脑屏幕中，杜耀虎口伤痕非常清晰，和在现场查看时一样清楚。

胡志刚凑在电脑屏幕前看了一会儿，道："虎口几乎被穿透，伤痕的整体形状以及伤口最深的三处有点像是牙齿印。"

侯大利道："在现场时，杜耀动作快，我们没能看清楚虎口伤痕的形状。我刚才反复研究了视频，多半是牙齿印。杜耀说的是摔伤，从伤痕来看是咬伤，她为什么说谎？说谎肯定是为了掩饰，她要掩饰什么？"

两人正凑在一起讨论，蒋超走了进来，高兴地道："我刚才浏览视频，居然有一处意想不到的发现。"

碎尸案拷贝出来的视频主要由周涛和易思华负责。由于视频量太大，全靠周涛和易思华也不现实，两个探组都复制有视频，侦查员们只要有时间就打开视频瞧一瞧。在争论前，蒋超正在调阅卓家外围的视频。吃过午饭，他继续看视频，无心插柳柳成荫，有了意外发现。

胡志刚道："组长这边刚有新发现，你也来看看。"

侯大利、胡志刚和蒋超再看了一遍杜耀的伤口视频后，这才来到306室。蒋超重放了一段视频，道："卓越自述一直在家里陪女儿，但是，在十一点五十五分钟前，大门口有出租车经过，与出租车相对而行有一辆摩托车，摩托车被车灯照亮，这个骑手应该是卓越。"

反复回放这一小段视频，能辨认出摩托车的车牌最后两个号码，与卓越摩托车的号码相同，摩托车颜色和车型也与卓越摩托车相似。

侯大利道："下午，抽时间查一查卓越的摩托车，如果这辆摩托车真是卓越所骑，他就在说谎。卓家可以通过门面房自由进出小区，保安无法证实卓越行踪。这样一来，卓越的犯罪嫌疑就大大增加。"

侯大利回到办公室，泡了方便面后，与主要负责看视频的周涛通话，告诉他蒋超的新发现。周涛负责看视频，没有发现这处异常，颇为不好意思，道："我和易思华集中精力在看向阳小区周边的视频，还没有来得及看其他的，应该不算失误。"

侯大利道："你做得已经很好了，别给自己加责任。晚上七点召开案情分析会，你下午抽时间调阅财税家属院的视频，重点查卓越动向。"

周涛和易思华都属于专业技术型人才，办案能力稍有欠缺，做专业工作却得心应手。接受任务后，两人暂时放下其他视频，专门查找卓越行踪。

3月31日，碎尸案案发后第三天，晚上七点，在刑警支队会议室召开案情分析会，侯大利主持会议，副局长宫建民、常务副支队长陈阳参会。根据上一次案情分析会的工作安排，各组需要汇报工作进展。

第一，许海身体中检测出蓖麻毒素，追查来源情况。

探长杜峰汇报查找蓖麻毒素来源："从昨天到今天，我和高连加班加点跑，调查了全市三家使用蓖麻籽的油脂厂。这三家单位都有严格的管理制度，在使用蓖麻籽时，有仓库管理员和部门负责人确认品名和数量，详细登记。经过我们调查，三家单位没有出现蓖麻毒素丢失的情况。全市收购站有两家，他们负责收购，近期没有对外零售。我们正在调查城区中药房，中药房太多，最少还要一天才能全部跑完。"

第二，查找安眠药的情况。

侦查员高连道："由于蓖麻毒素管理严格，所以查找蓖麻毒素时没有划定任何范围。安眠药不一样，购买者多，我们没有精力全部调查，暂时只针对四家受害者进行调查。除了陈义明家以外，其他三家人都在近期购买过安眠药。汪家是汪远铭购买了安眠药。卓家是王芳购买了安眠药，杜耀家是其父亲杜家贵购买了安眠药。经过调查，杜家贵以前就有失眠史，王芳和汪远铭都是这一个月才开始购买安眠药。"

第三，汇报调取通话记录的情况。

侦查员马小兵道："我们调取了许海、许大光、许大光老婆、许崇德、段家秀及四位受害人家人总共二十五人的通话记录。从调取的电话记录来看，凡是老年人的通话都特别简单，只有寥寥数条。中年人的多是打给家人。发现了两处特殊的地方，杜耀的丈夫杨智在许海遇害前两天都在江州，但是根据杜耀的说法，杨智一直在外地，没有回江州。"

第四，汇报视频调查的情况。

调取视频是由江克扬探组完成，但是他们探组事情太多，没有整段时间和精力来分析研读视频，视频就交由周涛和易思华负责。

周涛脸青面黑，这是视频侦查员常有的神情。他打了一长串哈欠，道："组长确定了三个重点，一是从抛尸地点大象坡往外查，凡是在抛尸时间接近大象坡的人和车，都是重点；二是向阳小区外围和监控视频，老克探组全部提取，量非常大；三是追查许海行踪，从遇害时间往前追溯，勾勒出他在遇害前的行踪；四是四家受害人行踪。目前拷贝的视频量太大，我和易思华看得满眼金花了，还差得远。我先汇报最有价值的两处发现，第一处，学院小巷和学院街交叉处有一个监控镜头位置非常关键，是一家购物中心商店安装的。监控镜头对准了南侧上山的学院小巷，进入学院小巷的人必然会被录下来。这个监控点在许海遇害前被人黏了一块面，是在下午五点左右。在黏面团以前，监控镜头能够看到上山的人，黏了面团后，上山道路就完全失去了监控。从这一点可以看出，抛尸者熟悉当地环境，经过精心策划。第二处，在距离学院小巷和学院街交叉口约二十米的地方有一个监控，能看到经过学院街的人。在许海遇害当天晚上，我们在晚上十一点零二十七分发现了卓越。"

周涛原本没有注意到卓越，经侯大利提醒后，这才集中精力在视频中查找卓越。从中午一点到晚上六点，终于捕捉到了卓越的身影。

这一段视频出现在投影仪上：卓越独自一人沿着街边行走，步行颇急，还拿出手机看了时间。

侯大利解释了发现这一段视频的意义，道："我们询问过卓越，卓越坚称在3月28日晚上一直在家。从这一段视频来看，卓越在说谎。"

周涛又调出了一幅地图，道："从步行的方向上看，卓越应该是回财税家属院。我再放一段，是许海遇害当天晚上的行踪，对勾勒许海行踪有价值。许海曾经到过金色天街，从金色天街回来后，回到小区，我们再没有追查到他的行踪。"

他调出一段视频：在金色天街扶梯处，许海站在第一层扶梯旁，看到有年轻女子出现在扶梯上，便紧盯年轻女子，毫无顾忌。

虽然镜头不太清晰，可是仍然准确记录当时的场景。在镜头中，许海完全不似未满十四岁的少年，如小混混一般靠在扶梯上。其间有保安走过来，还和他说了几句话。保安走过后，许海对着保安竖起中指。

在场侦查员都知道许海是什么样的人，看到这一段视频，都开始龇牙。马小兵小声对身边的伍强道："许海是不是有毛病，内分泌出了问题，否则他这种白痴行为不好解释。"

伍强道："我们最好不要给这种人找理由，他做多了坏事，所以遭报应。"

周涛又调出另一段视频，道："许海在金色天街闲逛了两个小时，离开后，又在好几个监控镜头中发现他，在晚上十一点零九分出现在最接近其所住向阳小区的监控，脸上没有伤痕。通过视频确定了一点，许海受伤和遇害是在晚上十一点零九分以后。目前未读的视频量还很大，很多关键点还没有来得及彻底查清楚，会议结束后要继续读视频。我有个请求，能不能让视频大队支援几个人，我和易思华的工作量太大。"

陈阳苦笑道："现在只能克服，纵火案和报复杀人案在先，视频大队工作量巨大，每天只能睡三四个小时，一直都在盯着电脑，分析海量视频。"

周涛耸了耸肩，道："那就只能拼了，希望能有关键性突破。"

陈阳表扬道："105专案组作为配侦单位，表现非常出色，希望加班加点，把未读完的视频读完。"

宫建民插话道："我发现周涛很有些视频侦查的天赋，你本身是学计算机的，这对实施视频侦查有好处，干脆，调你到视频侦查大队，他们那边极度缺人。"

周涛有些犹豫，看向侯大利。侯大利同样觉得周涛在视频侦查方面确实有很强的领悟能力，便点了点头。周涛看见侯大利点头，道："好嘛，反正在公安局，到哪个部门都差不多。"

宫建民是老侦查员，目光如炬，周涛的小动作完全落入眼中，暗道："侯大利这小子还真有点领导天赋，论年龄，周涛比他还要长，结果他成了周涛的主心骨。"

侯大利补充了两句："视频量太大，仅凭周涛和易思华难免会有遗漏，每位侦查员都要抽时间看视频。今天上午蒋超发现了卓越的一段可疑视频，与周涛发现的视频结合起来，非常有价值，卓越的嫌疑大大增加。"

第五，汇报调查走访四家受害人的情况。

江克扬简明扼要地汇报了到卓、杜、汪、陈四家调查走访的情况。

除了走访以外，袁来安和马小兵还追查了与凶器相关的刀具，没有收获。

第六，汇报许大光相关情况。

张国强汇报道："许大光在长江边经营采砂厂，多次和竞争对手打群架，还多次殴打周边村民，从我这次调查情况来看，许大光有涉黑嫌疑，这事我会单独提交一个报告。针对这起碎尸案，我们和大河派出所联系，调查走访了许大光，对曾经和许大光有矛盾的采砂厂老板和当地村民进行了排查，从目前排查到的情况来看，暂时没有发现与碎尸案相关的线索。"

各组汇报结束，重案一组组长侯大利发言。碎尸案由重案一组侦办，侯大利的发言就显得格外重要，参会侦查员都集中精力于此。

侯大利放下笔，清了清嗓子，道："黄金七十二小时很快就要过去，第一阶段侦查工作基本结束。有一个问题盘旋在我脑中，始终没有得到解决。许海尸体上有明显的抵抗伤，抵抗伤和蓖麻毒素之间有矛盾。下一步要重点弄清楚这些矛盾。第一，视频侦查，以向阳小区为中心，找到所有监控镜头，拷贝时间延长到3月29日前一个月；第二，对通话记录的调取，要以到许崇德麻将馆打麻将的人以及四位受害人家属为核心，调取相关人员一个月之内的通话记录；第三，除了麻将馆这个核心之外，还要以卓佳、杨杜丹丹、汪欣桐、陈菲菲的家人为重点，下大力气查清楚他们的行踪。凶手如果在四家人之中，在接近麻将馆、离开麻将馆、再到大象坡的过程中，必然会留下痕迹，或有视频，或有目击证人，或有通话记录，或有其他我们暂时不了解的物证；第四，继续追查蓖麻毒素的来源。"

侯大利的侦查思路总体上是围绕许崇德麻将馆展开，这也是绝大多数侦查员的思路。

会议结束前，宫建民做了简短讲话，简要通报了二组纵火案和三组恶性杀人案的侦办情况，鼓励一组尽快拿下这起恶性碎尸案。

会议结束后，侯大利来到刑警老楼，准备在晚上陪着周涛和易思华看视频。

307室四位侦查员没有马上回家，聚在马小兵家里，准备喝点小酒，消除连续作战带来的疲劳。两杯小酒下肚，话匣子打开，他们开始谈论碎尸案。

"下次我们聚会，也把侯大利叫上，他终究是我们的战友，上了一线要一起拼命，不能太生分。"

伍强在金江寺和侯大利一起抓捕过逃犯，有了这次经历，迅速拉近了他和侯大利的关系，对其观感彻底改变。

马小兵也有同感，道："侯大利这人不错，值得交朋友。前几天我陪以前所里的同事去了警魂园，看到好几大排战友躺在里面，很震撼。我赞成下一次聚餐，把他叫到一起。"

袁来安道："老克，这一次我认为侯大利的判断是正确的，杀死许海的犯罪嫌疑人肯定就在那四家受害者中，凶手冲着许海去的，不会是许大光的仇人，若是许大光的仇人，何必费这么多精神，多加点安眠药，把老的小的一起弄死。"

江克扬给自己倒了一杯小酒，道："我们办过案子不少，其中很多案子稀奇古怪，不能用常理来说。至于国强调查的这条线索，是宫局亲自交代的，我感觉并不单纯。国强不说，我们不要问。"

小火锅香气浓烈，四个汉子端起酒杯，互相碰杯。

刑警老楼对面的常来餐厅，侯大利、周涛和易思华要了三菜一汤，没有点酒。吃过晚饭，三人都没有回家，住在老楼，各看各的视频。

周涛是单身汉，老楼有宿舍，对面有餐馆，生活设施一应俱全，比起出租房要舒服多了。他准备等到租房合同到期后，就搬到老楼常住。他今晚的主要目标是在海量视频中寻找卓越的行踪。

易思华是江州本地人，能不回家就不回家，回家就面临母亲喋喋不休的催婚大法，弄得她烦不胜烦。不管是什么职业，只要是女人，都得面临相似的人生问题。易思华相貌平平，具有典型的理科院校女生气质，婚姻状况是高不成低不就，就这么单着。她今晚没有明确目标，围绕着"前往和离开"许崇德麻将馆的路线，逐点细看。

侯大利的状况更特别，即将与田甜领结婚证，谁知毫无准备的牺牲突然降临，他的人生再次被命运强力改变，如今不愿回家。他在今晚主要细看与四家受害人接触时的高清视频。

时间在滴滴答答的声音中消逝，三人在苦寻蛛丝马迹，却没有从"大海"中捡到了那一片树叶。夜里十二点，侯大利关掉投影仪，准备到四楼睡觉。他患上了晚睡综合征，总是拖着时间不睡觉，正在犹豫是否上床睡觉时，房门被拳头擂得山响，传来周涛的喊声："组长，开门，我抓住那小子了。"

易思华刚刚睡下，被敲门声震醒，站在门口，道："真的找到了，是不是凶手？"

周涛笑得很欢畅，道："是不是凶手暂时不清楚，可是很有意思。"

三楼，办公室电脑显示游戏画面，发出欢快的音乐声。周涛嘿嘿笑道："锁定了卓越，我放松放松，玩玩游戏。大学几年，好多时间都花在游戏上面，女朋友都没有交。"

说话间，他关掉游戏页面，手脚麻利地调出视频，道："我沿着财税家属院往回寻找，卓越经过三岔口、十字路口，然后就消失不见了。我花了很多工夫，刚才终于在一家洗浴中心门口的监控点找到他。监控点距离洗浴中心有些远，不算太清楚，身影模糊，若非一直跟踪卓越，就很容易错过。卓越在十点十分进入洗浴中心，然后十一点出来，后来那一段就是晚上十一点十七分，他独自走到街上。他的行踪锁定了，3月28日晚上步行出家门，目的是这家洗浴中心。"

"妈的，弄了半天，这家伙去洗浴了，浑蛋。"侯大利骂了句粗话。

4月1日，碎尸案案发后第四天，上午。

侯大利起得很早，在健身房锻炼到大汗淋漓，再到淋浴间洗澡，换上新衣，重新抖擞精神。吃过早饭，他和江克杨前往洗浴中心。

105专案组王华是治安支队副大队长，熟悉娱乐场所，侯大利也叫上了他一起前往卓越曾经去过的洗浴中心。三人进入洗浴中心时，只有一个小姑娘在前厅。小姑娘是新人，没有认出王华，打着哈欠道："我们十一点才营业，不好意思。"

　　来到这类场所，王华自信满满，挺胸抬头，眼神犀利，背着双手，道："给张老三打电话，说我过来查个事。"

　　小姑娘见来者目光不善，还以为遇到了社会人，有些害怕，道："我才来几天，没有老板电话。"

　　"华哥，这么早就过来了。"清脆的女声响起，一个风姿绰约的女子走了过来。

　　王华笑道："林红，有事找你。泡杯茶，边喝边聊。"

　　"那到我的茶室，我弄了点好茶，若不是华哥要来，都舍不得拿来喝。"来到茶室，林红坐在茶台前，动作娴熟地泡茶，一会儿工夫，三杯茶放在侯大利、江克扬和王华面前。

　　侯大利望着林红洁白修长的手指，有些走神，想起了遇害后被扔到污水井里的杜文丽，杜文丽生前面容姣好，不逊于眼前女子，谁知被王永强盯上，杜文丽没有享受完自己的青春便香消玉殒。他没来由地对这个在社会上打拼的女子产生怜悯之心，客客气气地道："谢谢。"

　　两鬓霜白的年轻男子目光深邃，神情中有非常特别的气质，阅人无数的林红也不禁多看了几眼。

　　闲聊几句，王华拿出卓越照片，道："认识这人吗？他在3月28日晚来过吗？"

　　林红看了一眼照片，道："他啊，经常来我们这里，是附近一个小老板，多数时间是陪客人过来，偶尔也单独过来。你们稍坐，我问一问前天晚上他来过没有。"

　　王华道："谁接待卓越的要带过来，我们要做笔录，不是一般事。"

　　林红道："华哥，不是吧，不要吓我。"

　　王华道："没事，和你们无关。"

　　被带来的女子睡眼蒙眬，素颜坐在桌前。茶室阳光充足，她的皮肤苍白没有光泽，毛孔粗大，眼角有淡淡皱纹。她看了照片，道："这是卓哥，我前天晚上接待他，做了一个钟，离开的时候大约是十一点吧。他常来，我们熟悉。"

王华道："大保健吧。"

女子神态自若地道："嗯，大保健。"

做完询问笔录，女子脸色不再那么灰白，稍稍有了点血色。

监控视频上记录了卓越进出洗浴中心的时间，与技师说法相吻合，至此卓越十二点前的行踪基本确定。

"卓越没有犯罪记录，不是惯犯，在杀人前肯定没有心思做大保健。杀人、碎尸和抛尸可不是闹着玩的，卓越的嫌疑很小了。"上了越野车，江克扬做出判断。

"也许做大保健就是为了平复紧张心情，是最后疯狂的一部分。"侯大利没有彻底消除对卓越的怀疑，道，"杀人碎尸是在晚上十二点后，我们还得再找王芳，再问一遍。周涛继续调查卓越在晚上十二点后是否在街道上出现过，如果出现过，那他仍然有嫌疑。"

刑事案件的办案过程非常烦琐，有一个环节没有走到，或者程序稍有不对，到了检察院和法院就会出问题。侯大利和江克扬第一次见王芳采用了非正式询问，第二次见王芳便要做正式的询问笔录。

来到卓家，王芳和卓越都在家。

王芳对两位警察再次登门有些不解，耐着性子讲述许海遇害晚上和丈夫在一起的具体细节。

王芳讲完后，侯大利问道："为了查清楚事实真相，有些细节我必须问。"

王芳道："问吧，我再说一遍，我们虽然恨许海，但是还真没有到杀人碎尸的地步。卓越胆小，杀鸡都不行，更别说碎尸了。"

侯大利道："3月28日晚上到3月29日凌晨，你和卓越在一起有性生活吗？"

王芳脸色微红，犹豫了一会儿，道："都是过来人，我也就直说了。那天晚上，我想让卓越交公粮，就是做爱，他一点都不行。我生了闷气，一直没有理他。"

侯大利道："吵架后，卓越离开房间没有？"

王芳道："卓越被我踢了几脚，在沙发上睡觉。"

侯大利和江克扬来得突然，没有给卓越和王芳单独见面的机会。卓越随后谈到在床上吵架的细节，与王芳说法一致。

卓家的三轮车昨天被送到勘查室，没有查出有血迹。到此，卓越的嫌疑开始降低。谁知，卓越的嫌疑刚刚下降，易思华的发现却又迅速增加了他的嫌疑。

易思华昨夜住在刑警老楼，睡得很晚，即将准备睡觉的时候，随手又翻了几段视频，无意中在金色天街17号监控探头拷贝的视频里发现了一起"交通事故"，说是事故不太准确，应该是差一点酿成交通事故。

视频中：许海在街上行走，路过路口时，一辆摩托车径直朝他冲了过去。如果不是路边一个女子发声提醒，许海肯定会被撞上。

发现这个视频时，已经是凌晨两点。易思华来到走道上，见侯大利的房间已经熄灯，没有再打扰他。到了凌晨四点，易思华睡在床上，脑中充满了各种型号的监控画面，画面中所有人都是黑白色，没有声音，如一幕幕没有情节的无声电影。天边出现鱼肚白时，她才迷迷糊糊睡着，等到醒来时，侯大利和王华已经外出。

"加班熬夜、生物钟紊乱，再这样下去，我绝对要神经衰弱。"易思华用冷水洗了脸，站在镜前叹气。原本平平常常的脸上增添了倦容，再加上没有经过任何修饰的素颜，镜中人比起实际年龄老了好几岁。她用力搓了搓脸，感叹道："电影里的警花都美若天仙，我好歹也是警花，不求美如天仙，给我中人之姿也行啊。"

收拾完毕，易思华调出卓越家附近的监控视频，反复比较后，确定骑摩托车者就是卓越。

侯大利等人刚刚离开财税家属院便接到易思华电话，赶紧回到刑警老楼，在易思华的引导下，查看摩托车冲撞许海的画面。

"这就是卓越，画面中能看到最后两位车牌号，这和卓越的摩托车牌照尾号一样。视频中摩托车左边有一处擦痕，这与卓越的摩托车的痕迹一样。"侯大利脑中印有摩托车的细节，没有去查看卷宗，直接指出视频中摩托和卓家摩托的相似之处。

易思华道："神探就是神探，我是反复比对才能确定骑车人就是卓越，组长是一语道破。"

江克扬道："四家受害人都有杀人动机，目前只有卓越采取行动，还是应该把他列为重点目标。我把卓越做大保健的事情告诉钱刚，由派出所处理。派出所询问笔录的时候，让马小兵参加询问，看能不能问出点新东西。"

"这个方案可行。老克亲自找钱刚，讲明我们需要调查的重点，请其协助，然后让马儿参加询问。碎尸案线索不少，就是缺少一锤定音的线索。下午省公安厅有一个工作组要来江州，听取纵火案、杀人案和碎尸案的侦办进展，一个星期出现三起恶性案件，到现在一个都还没有破掉，我们头疼，市局领导们头更疼。"

说到这里，侯大利突然想起一个问题，拿起鼠标稍稍滑动，调出卓越照片，道："卓越敢于骑车冲撞许海，说明有杀人动机甚至是行为。他也就有可能持械与许海打斗，这也许是许海身上抵抗伤的来由。只是，卓越身材偏瘦，和身强力壮的许海打架，就算拿了钢管之类的，也不一定能占到便宜。我们设想一下当时的情景，如果许海和卓越打斗，许海被打得满头伤，卓越多半会受伤，血液或许会沾到许海衣服上。"

江克扬有些惊讶地道："你这个推论来得非常突然，过于跳跃了。"

侯大利道："有没有这种可能性？"

江克扬道："也许有。"

侯大利道："只要是也许，那我们就去查，死马当成活马医。"

法医汤柳从城西回来，刚刚喝了一口茶水，侯大利和江克扬便找了过来。

汤柳道："许海的衣服裤子被脱下来，叠得整整齐齐，没有血迹。"

侯大利道："死者手臂有很多抵抗伤。额头有伤，头顶有伤，说明搏斗激烈，许海衣服上极有可能沾了对方的血迹。"

"我特意检查了受害者的指甲，没有找到其他人的皮肤和肌肉组织。"汤柳平时挺喜欢笑，笑起来眉眼弯弯，很有些感染力和亲和力，今天她情绪不高，笑容勉强。

侯大利道："我们再去查一次，这样心里踏实。"

侯大利、江克扬、法医汤柳和勘查室小林主任一起来到物证室，调出许海碎尸案物证。侯大利戴上手套，从物证筐里取出许海的衣服。

许海年轻，火气旺盛，在3月已经穿得很单薄，上衣是一件外套加一件长袖T恤，裤子是牛仔裤。外套和T恤胸前有几块油污，外套袖子撕裂，牛仔裤裤脚和膝盖处有磨损，撕裂和磨损皆是新痕迹。但是，外套、T恤和牛仔裤都没有血迹。

小林道："我查过衣服，确实没有血迹。"

侯大利道："许海年轻力壮，被人拿棍子打得挺惨。从棍子形成的痕迹来看，棍子不粗，接近钢管。许海面对钢管袭击，难道丝毫没有还手之力？"

江克扬道："袭击者有可能在暗处，突然冲出来打人，打完就跑。"

"如果只打两三棍，打完就跑还是可行的，打了十几棍，一定会有正面较量。如果许海用拳头还击对方，打在对方嘴鼻上，出现飞溅血滴，最有可能落在手臂处。我们大胆猜测，小心求证。哇，有收获了。"侯大利拿起放大镜，再次细查上衣袖口，在长袖T恤袖口内侧发现了米粒大小的血迹。T恤颜色与血液凝固后的颜色极为接近，米粒大小的血迹非常容易被忽视。

汤柳神情顿时紧张，道："许海手臂上有多条伤痕，在被碎尸前有可能渗出血，在衣服形成点状血迹。"

侯大利兴奋地道："让张晨来提取DNA，如果这个血滴不是许海的，那我们就撞上大运了。"

汤柳态度比平时消极，道："对方留下血迹的可能性不大。反正是病急乱投医，查吧。"

DNA室主任张晨接到电话，来到物证室，接手此事。

汤柳闷闷不乐地回了法医室。

侯大利道："汤柳情绪不太对啊，以前挺喜欢笑的，工作积极主动，今天一点笑容都没有。"

小林道："家家有本难念的经，汤柳家庭出了点小问题。她和男朋友准备结婚，男方家长不喜欢汤柳的职业，准备把她调到阳州一家司法鉴定机构，工作单位都联系好了。"

侯大利眉毛挑了挑，道："看不起女法医，这种家庭心胸狭隘，不要也罢。汤柳从省厅回江州就是为了家庭，现在怎么又要调回阳州？"

小林摇头道："具体情况不知道，应该是男方解决了问题吧。"

DNA比对结果还未出来，侯大利便要参加案情汇报会。省公安厅工作组由刘真副总队长带队，带有法医、痕检等相关人员，另外还有老朴等经验丰富的侦查员。会议开始前，老朴拉着侯大利来到隔壁房间。老朴拿起专用折扇，扇几下，又"哗"地合拢："神探，卡壳了？"

侯大利道："案子线索很多，犯罪嫌疑人就在眼前，暂时没有取得关键性进展。"

老朴道："省厅成立了命案积案专案组，已经在湖州成功侦破了第一起命案积案，随时欢迎你过来。专案组还建有技术组，葛向东是技术组成员，你过来，老战友可以会师。"

侯大利道："师父朱林退休后，开始追踪杨帆案。在杨帆案没有水落石出前，我不会离开江州。"

老朴用扇子敲了下侯大利头顶，道："你真是倔得可以。这个话题暂时放下，谈谈碎尸案？"

两人正在讨论碎尸案，汇报会开始了。

第一个汇报案情的是重案二组组长苗伟。苗伟成功地抢到纵火案，没有料到啃到了一个硬骨头，迟迟未能破案。他拿过投影仪摇控器，调出卷宗，向工作组汇报。

火灾现场的三具尸体惨不忍睹，烧成木炭状，为了查明死因，必须解剖。尽管是看解剖视频的画面，浓重的气味还是透过幕布扑面而来。在场之人都是一线侦查员，见惯了各式各样的尸体，但看到那一具小小的炭化尸体时，还是不忍直视。

两具成人尸体内部都没有附着烟灰炭末，说明在起火时，两名成人已经死亡，而儿童的气管内壁有烟灰炭末，喉头水肿，黏膜充血，结合儿童头骨上的伤痕，说明儿童受重伤后没有死亡，是死于大火之中。

苗伟在讲述法医结论时，侯大利有些走神，思绪又回到碎尸案。刚才重查物证时，他反复查看了牛仔裤裤脚和膝盖处的磨痕。磨痕很新，大概率是在死亡当天与人搏斗时留下的。这些新磨痕说明许海与对手进行了身体上的纠缠，还被对方压制。有如此武力之人，四位受害人家庭中唯有曾经是高水平运动员的杜耀或者杨智。

随刘真一起到来的主任法医杨浩开始询问尸检细节。

侯大利望着幕布中的尸检照片，继续走神，想起了杜耀虎口的伤痕。在高清视频中可以看得很清楚：杜耀的虎口几乎被穿透，伤口最深的三处极像牙齿印。

一个疑问升起："许海身上的抵抗伤和蓖麻毒素明显有矛盾，蓖麻毒素是许海在房间服用，服用后肯定会在极短时间发作。房间整齐，没有搏斗的痕迹，这意味着双方较量是在室外。有一种可能性，那就是凶手在室外制服了许海，带许海进屋，强行喂服蓖麻毒素。但是，凶手还得提前用安眠药控制许崇德和段家秀。这种操作难度太高，而且毫无必要。"

侯大利正在脑海中推演抵抗伤和蓖麻毒素的关系时，二组苗伟汇报结束，由三组李阳向工作组汇报报复杀人案的侦办进程。

很快就轮到侯大利汇报碎尸案。侯大利熟悉案件，汇报得极有条理，详略得当。在汇报结束时，提出了自己对抵抗伤和蓖麻毒素关系的疑惑。

来自省厅的微胖法医杨浩道："我打岔一下，你刚才讲到正在由DNA室做受害者衣袖上的米粒状血迹，结果出来没有？"

侯大利道："DNA室正在抓紧做，三点左右出结果。"

微胖法医杨浩是山南省公安厅物证鉴定管理处法医病理损伤检验科主任法医师，在业内大名鼎鼎，追问道："既然你怀疑许海或许咬穿了凶手的虎口，那对口腔做检测没有？我看了尸检报告，是汤柳做的吧，你来说一说？"

汤柳曾经在省公安厅挂职，正是在杨浩领导下工作。杨浩平时对人和气，在工作上则非常严格，容不得一点沙子。汤柳听到其点名，不禁忐忑，回答道："受害人被碎尸，头颅还算完整，拼接完成后，消化道各段都充血和水肿，口腔也是这个状况。"

杨浩直截了当地道："汤柳是把注意力集中到蓖麻毒素上，既然侯大利怀疑许海在死亡前咬过人，而且咬得特别狠，那就解冻尸体，我们等到会议结束后去查看受害人的口腔。"

正在这时，张晨电话打了过来："从衣袖上发现的血块是人血，提取到的DNA与许海没有比对成功。还在省厅DNA库里进行比对，暂时没有结果。"

得知此消息后，侯大利的一颗心飞出会议室，希望能够立刻提取到杨智和杜耀夫妻的DNA。杜耀前次被拘留，其DNA进入了省厅DNA库，那么米粒状血块很有可能就是杨智所留。他脑海中出现了许海裤脚、膝盖和额头上的伤痕以及杜耀虎口上的伤痕，经过在脑海中不停调整许海的身体位置，最终出现了一幅画面：许海半跪在地面，与杨智纠缠在一起，裤腿和膝盖在地上用力摩擦，出现损伤。同时，许海咬住杜耀虎口，致使杜耀受伤。

这幅画面全凭直觉，没有证据支撑，只是把几个核心要点聚合在一起时，脑海中直接浮现出这个画面。

老朴见侯大利突然间眼神飘忽，道："侯大利，你又想到了什么？"

侯大利赶紧收回思绪，道："我觉得殴打许海的是杨智和杜耀夫妻，两人都在场。"

老朴道："那还得等DNA比对结果。"

下午五点，案情汇报会结束。侯大利、江克扬、老朴、杨浩、李主任、汤柳等人前往殡仪馆。许海头颅已经摆在手术台上，杨浩手持光源，对准口腔。

观察一阵，杨浩用镊子从许海口腔中夹出一小块人体组织，道："侯大利被称为神探，果然有点本事，许海这家伙确实咬了人。我从牙齿缝里取出了一块肉。这块肉不属于口腔组织，卡在牙缝之间，被神奇地保留了下来。小汤，你没有发现牙齿缝隙中的异物，是你的失误，严重失误。"

汤柳盯着镊子上的肌肉组织，神情沮丧地道："开颅后，未见骨折，我当时注意力主要在蓖麻毒素中毒上。"

法医室李主任打起圆场道："这个案子非常奇特，抵抗伤、蓖麻毒素、碎尸，线索在互相干扰。"

侯大利很惊讶地道："杨主任，你怎么会想到检测死者口腔？"

杨浩道："我刚才看了你提供的视频，虎口有咬痕，而且咬得挺重，还缝了针。缝针后，我们能看到杜耀虎口有一块皮肤组织不见了。我就猜想或许会在口腔内留下皮肤或者肌肉。找到这个肉条，也就意味着许海和凶手打架后随即遇害，否则，肌肉组织不会留在牙缝中。这一次能够找到人体组织，纯属运气，是大运气，虎口的皮肤组织很薄，而我们找到的是肉条，意味着杜耀身上还有其他咬伤。你们说说，这是不是大运气。"

侯大利紧接着道："那就有两种可能性，第一种，凶手在制服许海的过程中，被许海咬伤，但是，他仍然控制了许海，利用许海的钥匙进入家中，再给其灌入蓖麻毒素。"

老朴不以为然，摇动扇子，道："既然控制住，那何必灌入蓖麻毒素，直接杀掉就行了，这是脱裤子放屁——多此一举。"

侯大利道："另一种可能，在外面打架的是杜耀和杨智。打完架后，许海急忙回家，谁知屋内还潜入了另一个凶手，许崇德和段家秀夫妻喝了安眠药，许海则喝了带有蓖麻毒素的饮料。"

杨浩道："我支持第二种可能，这很好地回答了抵抗伤和蓖麻毒素的关系。"

老朴道："一团乱麻，暂时理不清楚，等到DNA结果出来，或许就豁然开朗。大利，你们要记住一个观点，绝大多数犯罪嫌疑人都是业余的，我们要站在他们的角度思考问题，不要刻意想得太复杂。他们所用方法要符合犯罪嫌疑人的身份，不能超出常理。捅破那一张纸，我们往往会道一句，原来这么简单，我想复杂了。"

老侦查员的经验之谈极为平淡又格外宝贵，侯大利拿出小笔记本迅速记下。

会议结束后，省厅工作组没有停留，马不停蹄地前往湖州。

临行前，老朴道："今年有些邪门，各地春节都平安，到了三月，重大恶性案件不断，江州三起，湖州三起，秦阳两起，江州是第一站，我们接下来还得跑湖州和秦阳，希望能早日听到你破案的消息。"

侯大利真诚地道："朴老师，你有什么建议？"

老朴沉吟道："蓖麻毒素存在于蓖麻籽中，蓖麻籽广泛分布在农村，城里不一定接触得到，你要特别注意有农村生活经历的人。"

送走老朴后，侯大利在本子上记下此条。他回到办公室，经过307室，见到江克扬和马小兵都在里面，走进屋，道："卓越到派出所说了什么？"马小兵道："他最初不承认做了大保健，后来在证据面前被迫承认。我没有表露重案一组的身份，详细询问了他在3月28日当天的行程，没有发现破绽。"

侯大利只关注碎尸案，至于派出所因为大保健如何处理卓越，不在其考虑之列。

DNA室张晨主任拿到从口腔中提取到的肉块，加班加点工作，从肉块中提取出DNA。晚上七点，传来一个好消息：从口腔中提取到的肉块的DNA和杜耀的DNA比对成功。

这是重大突破，杜耀被传唤到刑警支队。

江克扬探组随即前往省城阳州，将杨智带回江州。

到了晚上十二点，好消息再次传来：从许海衣袖的米粒状血块提取的DNA和杨智的DNA比对成功。

案情取得重大突破，侯大利和江克扬探组一行人这才离开刑警新楼，来到金色火锅馆。

江克扬进门就对等在大厅的李晖道："嫂子，这么晚了才过来，打扰你们了。"

李晖微笑道："大利打过电话，我就把菜备上了，厨师和服务员都下班，我来陪大家。不管多晚，金色火锅馆的大门都为公安民警敞开。"

李晖陪着侯大利和江克扬、老伍、马小兵和袁来安诸人来到雅间后，拿出一个小型反窃听电子狗，在屋里扫了一遍，道："这个房间没有窃听器，你们安心说话。但是，机密的话还是别在这里说，隔墙有耳。"

侯大利道："嫂子，不用这么小心，不该说的话，我们都不会说。"

李晖神情暗淡地道："秦力和高平顺弄的这出戏，把金色装修害惨了，我们没脸继续见客户，只能关门。开了金色火锅馆后，我是一朝被蛇咬，十年怕井绳，总是担心还有监控器。"

侯大利道："为什么不改名字，彻底与装修公司隔离掉。"

李晖道："我在这里说实话，一码归一码，秦力做了很多错事，可是他对我们这群老姐们是真好，没有他投资出的金色装修公司，我们这群老姐们儿的生活质量会下降很多。秦力投钱后，除了刚开始时，后来基本没有管装修公司的具体业务，让我们学了很多市场经验。没有这些经验，我们也开不起餐馆。市局对我们有照顾，但生活还得靠自己。如今餐馆是合伙制，合伙人全部是警嫂。我先生以前最喜欢唱'金色盾牌热血铸就'，开新餐馆时，我就决定还是得用金色作为餐馆的名字。"

马小兵特意向侯大利介绍道："我刚参加工作的时候，就跟着陈哥在反扒队，后来陈哥调进刑警中队，我也跟着调了过去。"

提起往事，李晖颇为唏嘘，道："我还记得马儿刚参加工作时的样子，个子小小的，脸色黄黄的，就和高中生差不多。看见老陈就喊师父，嘴巴甜，人也勤快。"

说到这里，她眼里有些晶莹泪花，诸人想起陆续逝去和受伤的战友，都有些沉默。李晖很快调整情绪，笑道："今天这顿饭我来请，以后你们正常买单。大家别反对，我有理由。前天，我把老陈搬到了警魂园，警魂园里一大半都是老陈熟悉的上级和战友，这么多人住在一起，老陈在那边的日子不会难过。"

李晖动了真感情，侯大利也就不坚持了，道："好，嫂子今天请客，那我们就放开点菜。"

李晖竖起大拇指，道："爽快，这才是刑警队的人。你们不用点，我给你们安排。"

在等菜的时候，侯大利拨通周涛电话。周涛和易思华果然还在刑警老楼，接到电话，两人也来到金色火锅馆。大家聚齐后，话题很快就转到碎尸案上。

易思华最初提出吃火锅不能谈碎尸案，抗议无效后，也就乐呵呵地加入了讨论。她听到侯大利谈起"抵抗伤、安眠药和碎尸"之间存在矛盾时，未经思考，脱口而出，道："我是从女人的角度来看问题，杜耀和杨智夫妻殴打了许海，卓越骑摩托车撞击许海，既然他们都要为女儿讨公道，其他家长肯定也有这种想法。如果解决不了抵抗伤、安眠药和碎尸的矛盾，那就很简单，是另一个家长在进行复仇，只不过是刚好碰在一起。"

这个思路正是侯大利提出的第二种可能。

侯大利没有急于再提第二种可能，而是尽量客观地道："从逻辑上来说，易思华的看法没有任何问题。真相到底如何，现在我们不能也不用给出答案，吃过火锅，我和老克商量讯问方案，希望杨智和杜耀能给出答案。如果他们是凶手，那么审讯就是一场硬仗。如果他们不是碎尸案凶手，那么讯问就相对容易，杨智和杜耀急于证明自己没有杀人，肯定是能说尽说。我们需要做的工作就是用证据来核实。不管是哪一种情况，工作量都不会小。"

侯大利如今是重案一组组长，破案的重担压在他的肩上，从本心来说，更希望杜耀和杨智就是凶手。但是，他也不能否定存在其他可能性，就如当初的吴煜案，没有到水落石出之时，难以得出最终结论。

第八章
线索链逐一断裂

4月2日，碎尸案案发后第五天，上午九点。

侯大利和江克扬在讯问区面对杜耀。

杜耀眼圈发黑，明显没有睡好，紧闭嘴巴，挺着腰。

侯大利看了一眼杜耀的左手虎口，道："杜老师，虎口的咬伤好了没有？"

杜耀道："什么意思？"

"许海咬了你几口，应该不止一口吧，胳膊还有伤？你能不能把两只手的衣服往后拉一拉，应该还有伤口。"侯大利说话的时候，细心观察杜耀的反应，当发现杜耀想要辩解时，又开口封住她的口，道，"你是运动员，运动员敢做敢当，没有必要藏着掖着。"

杜耀右手微微往后缩了缩，道："这激将法太肤浅了吧。"

在讯问过程中，最难对付的是一言不发或者完全装傻充愣的，杜耀这种针锋相对的做法恰恰最让侦查员们喜欢。侯大利说完开场白后，这才开始正式进入讯问程序，主要是按照笔录的格式，逐项搞清楚被讯问对象的基本情况，也通过这个必要过程，让被讯问人适应环境，认清形势，感受压力。

基本程序走完，侯大利道："我们上次交谈过一次，我记得很清楚，你说3月28日杨智在阳州与人喝酒。喝酒后，他在哪里？"

杜耀咬了咬嘴唇，心思急转，猜到警察肯定调取了监控视频，不禁在心里暗骂杨智这个惹祸精。

侯大利一直在用语言压迫杜耀："喝酒，杨智是在江州还是阳州？如今四处都有摄像头，电话记录也非常清楚，你想好了再回答。"

事情到了这个地步，杜耀意识到绝对躲不过去，叹息一声，道："冲动是魔鬼，这句话没有错。首先申明，我和杨智绝对没有杀人，只是与许海打过架。"

江克扬精神大振，赶紧记录。

侯大利用纸杯给杜耀倒了杯凉水，道："讲仔细一些，原原本本地讲，不要掩饰，不要隐藏，讲得越真实，对你越有利。只要讲了一点假话，其他话的可信度都会大大降低。"

"谢谢。"杜耀润了润嘴唇，道，"3月28日，杨智在阳州和朋友们吃饭。"

侯大利道："请你说准确一些，是在哪个餐馆，与哪些人在一起吃饭。"

杜耀讲了吃饭的餐馆和共同吃饭者的姓名后，道："吃饭后，杨智听说丹丹情绪不好，就开车回阳州。开的是我家里的那辆车，车牌是山ACCCCC，在晚上十点半左右回到家里。他到家时，丹丹已经睡着了。大约晚上十一点的时候，朋友王刚给他打电话，说是在金色天街外面的酒吧街又看到许海。杨智急匆匆下楼，拿了甩棍。我追出去，他已经下楼。丹丹在睡觉，我又不敢追远，外公外婆接到电话过来照看丹丹，我才跟着追过去。我给杨智打电话，他不接。我就先来到金色天街找人。金色天街商场已经关门，外面还有不少小店，我在金色天街转了一大圈，就朝向阳小区追去。"

侯大利内心情感站在杜耀这一边，理智又让他必须抓到杀害许海的凶手。在侦破过程中，两种相反的情绪时常纠缠，此刻面对杨杜丹丹的母亲杜耀，同情心再次上升。

杜耀舔了舔嘴唇，侯大利又给她续上一杯水。

杜耀道："我在接近向阳小区的街道看到有人在打架，是杨智和许海在搏斗。杨智用甩棍，这是他的防身武器，杀伤力不大，纯粹防身用。许海不知从哪里抓了一根长棍子，挥动起来很吓人。后来我又去打架的地方看过，那根长棍子是绿化部门用来撑树的，碗口那么粗，两米长。一寸长一寸强，杨智为了避开长棍，围着树躲闪。"

侯大利道："你记得清楚街道的准确位置吗？"

杜耀道："就在向阳五金店旁边，转过弯就是向阳小区，最多一百米。我见老公占了下风，就沿着街道阴影悄悄摸了过去，从背后抱住许海。我老公趁机抢走木棍，用甩棍狠抽许海。许海是天生力量好，我和老公一起用力，才按住他。许海趁我不留意，在我的手臂上狠命咬了一口。"

拉开衣服，杜耀手臂上赫然有一个撕裂的伤口，与普通的咬伤并不一样。

杜耀苦笑道："许海当时就和野兽一样，无论杨智如何揍他，他都不松口。我踢了许海的下身，他才松口，随即又咬在虎口上，直接把我的虎口咬穿。我被咬得鲜血直流，打了许海几下，这才脱身。许海很蛮，去掐我老公下身。我老公就放开了许海。我们只是想要教训许海，又不是想要杀他，真要杀人，许海早就死了。许海爬起来后朝向阳小区逃跑，打架的地方距离向阳小区很近，我们怕小区的人追出来，就赶紧溜走了。"

侯大利道："你们什么时间回到家的？"

"回到家，晚上十二点二十左右。"

"你们从哪条路线溜走的？"

"从向阳小区门口经过，朝前跑二三十米，有一条小道，比较隐蔽，从这条小道穿出去不远，就是实验小学的后门。"

"你在哪里治的伤？"

"我们在家里简单包扎了伤口，原本准备等到第二天再到诊所处理。早上还没有起床，好几个熟人打电话过来，说是许海在昨晚被杀了，而且是被碎尸。我和杨智在昨天打过许海，担心警方会误认为是我们杀人，所以，我们决定不说实话。这就是最真实的原因。"

杜耀讲完所有经过，长长舒了一口气，道："许海被杀是一件大好事，如果因为此事把我和丈夫搭进去，那就太不划算了。两位警官，我对天发誓，刚才说的全是真话。"

侯大利深入研究过许海碎尸案，凭直觉认为杜耀的讲述大概率是真实的，这样就能很好地解释抵抗伤和蓖麻毒素的不融感。

当然，杜耀是否说了真话，还要与杨智的讯问笔录对证，还得找其他可以印证的证据。

随后，马小兵和伍强在办案区讯问了杨智。杨智同样没有能够扛得住讯问，向两名侦查员供述了发生在3月28日晚上的事情。

结束讯问，侯大利召集杜峰探组、江克扬探组以及105专案组开会，汇总情况，分头调查核实在讯问中杨智和杜耀讲过的细节。

江克扬探组负责核实杨智、杜耀、王刚等人在当天晚上的通信记录，寻找许海用过的木棍，查找向阳五金店周边的目击证人，采集地面上的血迹。

杜峰探组前往阳州，找到在3月28日晚上与杨智吃饭的人，核实杨智所言。

105专案组的任务是从已经拷贝的视频中，查找杨智、杜耀和许海的行动轨迹。

破案的过程相当于数学解题的过程，要利用现有的证据（条件），演算出最终答案。解题的过程就是组合案卷的过程，任何细节都要在卷宗中呈现，否则到了开庭时就有可能遇到麻烦。侦查员水平越高，组卷的水平就越高，反之同理。

下午六点要召开有宫建民等领导参加的第二次案情分析会，各组都想赶在开会前完成收集证据的工作。

江克扬探组来到向阳五金店附近，没有找到"许海使用的木棍"。街道两边有一排新栽的行道树，园林部门为了稳固行道树，每棵树用三根木棍撑着。在向阳五金店门口的行道树少了一根用作支撑的木棍。

经过走访，江克扬探组在距离五金店约四十米的地方找到了一个目击者，此人开了一家小火锅馆，往常在十一点收摊，结果那天有两个客人踩着啤酒箱吃火锅，到了十二点还在喝酒。老板坐在门口等两个酒鬼彻底喝倒。

老板谈起那天的事仍然兴致勃勃，道："我看见有人打架。两个人都是大汉，最初一个人拿棍子追赶许海。我当然认识许海，我是向阳村的，但我不姓许。后来，许海就掰了一根撑树的棍子，反过来追打另一个人。另一个人灵活得如一只猴子，围着树跑。我反正没事，抽着烟，坐在门口看热闹。这时候，一个女人突然冲出来，从后面抱住许海。双拳难敌四手，许海手里的棍子被打掉，然后又被抽了一顿。后来，我听到女人惨叫了几声，应该是被许海打痛了。然后许海爬起来，朝向阳小区跑去，那一男一女在后面追。三人跑过街口，我就见不到人了。我原本想要追过去看热闹，里面的客人又喊着结账，所以没有看成好戏。"

给杨智打电话通报许海行踪的朋友叫王刚，王刚承认给杨智打过电话，还调出通话记录。通话时间在十一点零三分。从火锅店老板的描述和王刚的通话记录来看，杜耀和杨智没有说谎。

杜峰探组来到阳州，找到和杨智吃饭的几人以及店老板，都能证实杨智在3月28日曾在阳州吃晚饭，吃过晚饭后才离开阳州。

在视频组这边，周涛和易思华根据杨智和杜耀描述的路线，从四个关键节点的监控镜头中都发现了有杨智和杜耀的画面，包括杨智、杜耀和许海朝向阳小区奔跑的镜头都能抓到。但是，这个镜头以后，在沿线的监控镜头没有发现杨智和杜耀的身影。

杨智和杜耀的离开路线：跑过向阳小区约二十七米，有一个老巷，从老巷穿出去不远确实就是实验小学的后门。后门虚掩，长期没有关闭。这条小道路灯稀缺，更别提监控探头。

调查到此，能证明杨智和杜耀的讯问笔录大体真实，重大缺陷是找不到支撑其从隐蔽老巷回到家中的证据。也就意味着，这对夫妻也有可能追赶到许海家中，然后实施犯罪，其犯罪嫌疑无法完全解除。

4月2日，碎尸案案发后第五天，下午六点，重案一组召开案情分析会。副局长宫建民、常务副支队长陈阳、政委洪金明、副支队长老谭参加会议。

春节后，江州接连三起恶性案件，迟迟未破。省公安厅派工作组过来听取案件汇报，实质就是督战，再不破案，实在无法向全市人民和市委市政府交代。可是心急吃不了热豆腐，侦破工作有自己的规律，拼命不一定有效果。

宫建民用余光扫了扫侯大利，心道："滕麻子督战纵火案，搞得嘴巴起了火泡，李阳带着三组一直在长盛苦战，希望小神探再次表现神勇，早日破了碎尸案，只要能破一个案子，市局的压力都会小许多。"他心里藏着事，脸皮就绷得紧，弄得参会的侦查员们都坐得规规矩矩。

会议由常务副支队长陈阳主持。

首先，各组通报工作情况。

张国强发言非常简洁，道："在水上派出所的配合下，我们调查了许大光的两个竞争对手，第一个竞争对手谢老板刚刚获得采砂许可证，购买了运输船，生意好，没有作案动机；第二个竞争对手曾经和许大光打过群架，如今他卖掉了采砂厂，在江边搞长江鲜鱼馆，客人坐在船上吃鱼，生意不错。"

宫建民插话道："这条线很重要，还得继续深挖。"

江克扬通报了两件事情，一件事情是卓越在3月28日晚上嫖娼，以及卓越曾经用摩托车撞过许海；另一件事是杨智和杜耀夫妻在3月28日晚上在向阳五金店门口殴打许海。

视频组周涛汇报图侦工作进展。

周涛是典型的电脑狂人形象，头发凌乱，双眼血丝密布，汇报前用双手往上按压太阳穴，道："那天和组长交流后，我很受启发，犯罪嫌疑人能够准确堵住最关键的监控镜头，说明他以前曾经查看过地形，而且还不止一次。作案当天，犯罪嫌疑人注意隐蔽，但是在犯罪预备期间，心理压力轻，保密意识没有这样强，往往会暴露行踪。我选择了学院街、学院小巷以及向阳小区的十二个控制范围大的监控镜头来往前推，查看是否有可疑人员反复出现在镜头里。"

周涛握着投影仪遥控器，调出地图，地图上标示着十二个监控镜头的位置，又特意在学院小巷的一个监控镜头上画了一个大圈，道："学院小巷里面没有监控，在小巷和学院街道交叉口有一个特殊的监控镜头，凡是进入小巷，必然要从这个小巷经过。这个小巷在3月28日前一直使用正常，直到被面筋堵住镜头。我们从28日往前推，不管是哪个方向来到学院小巷这处监控镜头，肯定会被十二个监控镜头中的某个镜头捕捉。我和易思华一直在统计进入十二个监控镜头中的四家受害者，已经要看疯了，不管睁眼还是闭眼，满脑子都是不会说话的傻瓜似的人脸。"

侯大利道："统计结果怎么样？"

周涛道："我们是以3月15日为起点对四位受害者的家人经过十二个监控镜头的次数做了统计，具体来说就是卓越夫妻、杨智夫妻、汪建国夫妻和陈义明夫妻的人脸，统计数据是汪建国出现在监控镜头次数最多，共有47次，其中经过特殊镜头17次，张勤出现了27次，其中经过特殊镜头2次；其次是陈义明，共有18次，其中经过特殊镜头4次，朱燕出现了23次，其中经过特殊镜头7次；卓越共有7次，其中经过特殊镜头2次，王芳出现了8次，没有经过特殊镜头；杨智共有29次，其中经过特殊镜头6次，杜耀有8次，其中经过特殊镜头2次。从统计数据来看，女的少，男的多，汪建国出现得最多，而且经过特殊镜头的次数远远多于其他人。"

侯大利拿出一幅学院街地形图，挂在白板上，在上面标出四家受害人的家庭住址、工作地点，再标出个监控点的画面，随后又加上菜市场和大型超市。他大脑中存在一幅栩栩如生的三维地图，整个学院街的街区和楼房都存在脑海中，他几乎是从脑海中提取图像，下笔如飞，几乎没有停顿，转眼间就在地图上把所有重要地点标注了出来。

江克扬等侦查员都知道侯大利记忆力出众，可是看到他随手就标出十几个地址，还是被其记忆力震住。

侯大利道："我们工作再细致一些，杜耀经过监控镜头8次，结合其家庭住址和工作地点，看一看有几次是必须经过的？"

周涛道："这个没有统计，但是要统计出来也不麻烦，晚上加班，能够做出来。"

"不管是否区分出来，统计数据还是很有意义，杨智在阳州工作，仍然多次出现在监控镜头中，所以，杨智多半侦查过地形。他的目的是打人还是杀人，则是另一回事。"侯大利目光转移到汪建国的家，道，"汪建国在女儿出事前，一直在南方做生意。汪欣桐受到侵害后，他回到阳州，这一段时间没有工作。他和张勤数十次出现在十二个监控镜头前，次数太多，不正常，汪建国或许是条大鱼，以前被我们忽视了。现在杨智、卓越身上的嫌疑明显减弱，应该把注意力集中到汪建国身上。"

杜峰探组用了很大精力排查许崇德麻将馆中打麻将的街坊邻居。

杜峰道："从三月开始，到许海家打麻将的人共有五十八人，其中，男性二十二人，女性三十六人，六十岁以上的四十一人，六十岁以下的十七人。这些人大多数是向阳小区的人，还有一些是老街坊邻居。许崇德和段家秀认识每一个来打麻将的人，很肯定地说四家受害人的爸爸、妈妈、爷爷、奶奶没有来过他们家。我们调取了五十八人这一个月的电话记录，没有人与四家受害人有电话联系。"

三个探组和105专案组汇报结束，案件仍然陷在重重迷雾中。

侯大利双眉紧锁，道："我仍然坚持进入许崇德麻将馆的方式和下毒的方式才是本案的关键点，视频、通信以及排查都是为此服务。杜峰探组做了大量工作，奠定了良好基础，下一步要继续深挖这五十八人，排查他们的社会关系，寻找他们与四位受害者之间的联系。从现场来看，犯罪嫌疑人应该非常熟悉许崇德麻将馆的情况，必然有内应，否则办不到。打麻将的人数多，不太好弄，我们就从四位受害者家人入手，为受害者家庭建立档案，从小学、初中、高中、大学直至工作的基本情况、家庭住址等，都要包括。有了这个档案，就容易找出来与打麻将者有关系的人。"

这是一项十分繁杂的工作，杜峰探组只有四人，尽管有派出所和社会协助，完成这项工作也需要耗费大量精力。杜峰深知全组人手不足，却没有在领导面前叫苦，准备晚上约全组吃一顿火锅，鼓足士气。对于江州侦查员来说，没有一顿火锅解决不了的问题，一顿解决不了，再来一顿，必然能够解决。

侯大利声音继续在会议室响起。

"许海被杨智和杜耀追赶逃回家时，从时间上来看，许崇德麻将馆应该刚散场不久，出来打麻将的人是否有人无意中见到过杨智和杜耀，要加大力度调查。

"四位受害者的家人到目前为止仍然都有嫌疑，对他们的调查不能放松，还是由江克扬探组负责。

"我有一个疑惑，深夜时分，一辆推车或者三轮车或者自行车出现在街道，从向阳小区到大象坡，应该会留下踪迹，杨智和杜耀夫妻从向阳小区回到实验小学，选择了一条没有监控器的捷径，凶手是不是也找到了一条类似的捷径。周涛和易思华要着重查找这条线，先研究学院片区的所有道路，找出类似捷径，再有针对性地开展视频侦查。"

周涛和易思华对视一眼，面露苦笑。如今他们拷贝了海量信息，要从海量信息中捞出有用的信息太难，这次寻找深夜中的三轮车、手推车和自行车又是一项艰巨任务。

会议最后，由副局长宫建民讲话。

宫建民不仅是副局长，还是刑警支队长。经过与关鹏局长沟通，他即将卸任支队长职务，把刑警支队这副重担交给陈阳。在案侦工作上，陈阳在支队不算最出色的，属于中等偏上的水准，其优点在于大局观强、资历老，与各组组长和探长们关系都不错，由他与政委洪金明搭档，有利于支队团结。

宫建民打开话筒后，没有马上发言，而是依次看过诸位侦查员，才道："省厅工作组到江州来了一趟，一方面是指导我们工作，另一方面是督战。我不希望省厅工作组因为这三起案件再来一次。纵火案、报复杀人案和碎尸案中，纵火案的线索最少，难度最大，报复杀人案难在抓捕，碎尸案线索多，相对容易一些，如今已经过了黄金七十二小时，我们暂时没有发现的线索会慢慢消失，大家抓紧，争取尽快取得关键性突破。"

分管副局长讲得甚是平和，侯大利听到"线索多"，感受到了压力，浓密的眉毛再次皱了皱。

4月3日，碎尸案案发后第六天，上午十一点，杜峰来到侯大利办公室。

侯大利道："你昨晚熬夜了？一对熊猫眼。"

杜峰打了个哈欠，道："大哥莫说二哥，我们两个都差不多。我们探组分了工，每人负责十来个麻友，能在系统里查到的信息就在系统里查，不能查的，今天早上就跑居委会、派出所、学校和档案馆。"

侯大利由衷地道："这个工作量可不是一般大，大家辛苦了。"

杜峰递了一份表格给侯大利，道："工作量再大，也得硬着头皮上。功夫不负有心人，现在有了初步成果，据我们调查，与汪建国有关系有的共有四人，两男两女。其中，三人曾是街坊邻居关系，一男，二女，两个女的都是六十来岁，一个男的七十三岁；还有一个叫蒋帆的男子与汪建国是同学关系，蒋帆是汪建国的小学和初中同学。蒋帆做小生意，偶尔跑过来打小麻将，最近来得比较多。"

表格上，蒋帆的名字上有一个着重号。侯大利目光在着重号停留几秒后，问道："你在怀疑汪建国？"

杜峰道："从动机上来说，汪欣桐和陈菲菲是真被强奸，其他的是猥亵或者强奸未遂。陈菲菲辍学后混社会，被强奸的后果比起汪欣桐被强奸的后果要弱一些。汪欣桐奶奶也因此事心肌梗塞去世，汪建国有很强的杀人动机。在视频中，汪建国出现在视频中的次数最多，也多次出现在特殊监控点，符合犯罪侦察的特点。汪建国学历高，又在广州当老板，按理说能力最强，不应该坐视女儿被强奸而没有任何行动。所以，我们要深挖汪建国，尽管他有不在场的证明。"

侯大利放下图表后，道："英雄所见略同。立刻调取蒋帆的通信记录，再摸一摸此人的底细，查看他是否在近期与汪建国有交集。"

杜峰看了看表，道："已经派人去调取蒋帆的通信记录，十二点前能回来。"

重案一组是市公安局尖刀，这是通常的说法。侯大利在105专案组时多次硬撑支队，对这把尖刀不免有几分轻视。到重案一组担任组长后，他在实际工作中深刻地领悟到重案一组确实是由精英组成，从探长到侦查员在工作时都能发挥主观能动性，既能很好地执行任务，又能够主动出击。这让侯大利对重案一组的认同感大大增强。

接近十二点的时候，杜峰带着通信记录到侯大利办公室，道："蒋帆的人际关系比较简单，十天时间，蒋帆一共给十四个人打过电话，没有和汪建国通过话。"

侯大利看完通信记录，道："如果汪建国是凶手，肯定要精心准备，不会让我们轻易抓到破绽。既然追到这一步，我们就不能犹豫，坚持下去，追查到底。你们再到电信局，查这十四个电话号码的具体情况，把十四人的基本情况搞明白。"

作为探长，最怕在办案遇到困难时上级犹豫不决，不敢拍板，弄得侦查员们无所适从。侯大利虽然年轻，但敢于拍板，敢于坚持，这让杜峰深有好感。

下午两点半，侯大利拿到了与蒋帆通过话的十四名通话人的姓名、家庭住址。随即，侯大利、杜峰等人再次来到居委会。

居委会主任四十来岁，甚是精明能干，拿到十四人名单看了一遍，道："我认识八个。"

侯大利道："这八人和蒋帆是什么关系。"

居委会主任拿起铅笔，在名字上画圈，道："这是蒋帆的爸爸、妈妈、哥哥、嫂嫂，这是超市小贾，应该是送货电话，这是许崇德的号码，估计是联系打麻将的，这是蒋帆老婆的，这是他儿子的。"她说到这里，在一个名字后面停下笔来，道，"梁艳也是我们居委会的，这些年一直在广州工作，今年回来过，现在已经回广州去了。"

梁艳和蒋帆在本月有七次通话，通话地点都在江州。侯大利闻言如鲨鱼闻到血腥味道，精神大振，道："你确定，梁艳没有在江州？"

居委会主任道："确定。我家距离梁家不远，昨天还遇到梁艳妈妈，和她聊了几句。梁艳妈妈说梁艳刚回来，屁股没有坐热又到广州了。"

侯大利又道："梁艳和蒋帆是什么关系？"

居委会主任道："街坊老邻居。对了，他们应该是同学，比我们高一届。"

侯大利想了想蒋帆、梁艳和汪建国的年龄，道："汪建国也是他们的同学？"

居委会主任道："汪建国也是。当年汪建国成绩是我们学校最好的，考了重点大学。他爸妈都是江州学院老师，在街坊邻居中口碑很好，是模范家庭。谁都没有想到会出许海这一档子烂事。我其实也是看着许海长大的，许海小时候就特别淘气，比一般小孩子都要高大，从小逗猫惹狗，欺负同学。许崇德、许大光都护短，有理无理闹三分。他走到这一步，也确实不出大家意料。"

梁艳在广州，手机在江州，这与常理不符。技侦支队定位了梁艳的手机，其手机位于江州学院家属院。看到这个定位，杜峰想起侯大利在工作会上所言，说道："侯大利确实有些神奇，咬着许崇德麻将馆的线索用力挖，终于挖到一处大破绽。"

电信局、居委会和技侦支队来回折腾一圈，下午时间麻溜地滑了过去。杜峰探组侦查员一起到路边苍蝇馆子吃了晚餐。晚上七点左右，几人站在楼下，确认蒋帆家开着灯，杜峰道："现在要人性化办案，蒋帆家有老有小，打电话约他下来。"

胡志刚道："他会不会逃跑？"

杜峰道："如果蒋帆真是凶手同伙，肯定经过精心策划，有足够心理准备和防备措施，不会轻易跑路。如果蒋帆不是同伙，他没有必要跑。"

四人上楼，两人在五楼，两人在三楼。胡志刚曾经与蒋帆见过面，便由其在三楼门口打电话。他咳嗽两声，尽量让声音缓和，道："我是曾经见过你的刑警支队老胡，就在你家的三楼，有事情要和你谈。你家上有老下有小，我们进门影响不好。"

蒋帆接电话时正在客厅看电视，妻子坐在身旁数落儿子，要儿子抓紧学习，最后半学期努力冲刺，争取考上江州一中。刺耳的电话打破了宁静的生活，蒋帆心里猛地一沉，双腿沉重无比。他拿着手机来到阳台，道："找我什么事？"

马小兵道："你找借口出来，免得我们进屋。有事情要和你谈，本来我们可以传唤你的。希望你能够配合。"

这一句话软中带硬，蒋帆听懂了其中的威胁意味。他深吸了一口，压住了惊慌，把汪建国反复叮嘱的话在脑中回想一遍，道："我马上就过来，稍等。"

打完电话，蒋帆挤出些笑脸，道："妈的，都不让人清静的。有个客户到江州，约我喝茶。"

蒋帆老婆道："谁啊？"

蒋帆道："阳州探哥，他才吃了饭，想要约我喝茶。"

蒋帆老婆道："只准喝茶，其他地方不准去。"

蒋帆不知道此次出去是否能够回来，心情格外沉重，面对妻子的啰唆，笑得比哭还难看，道："只喝茶，不会做其他事。"

拿起手机，又取了一包烟，蒋帆眼光在屋里转了一圈，依依不舍地离开房门。走到房门，他眼泪都在眼圈里转动，道："儿子，要好好学习，争取考上市一中。"

"天天都在说这事，能不能让人轻松几分钟。"

蒋帆儿子根本不知道父亲极度复杂的心情，发起脾气，气冲冲进里屋，卧室门发出一声巨响。

蒋帆母亲走到门口，对孙子道："你爸就是为你好。你看了一个小时电视，回去背几个英语单词。"

走出房门后，蒋帆回头看了一眼家门。温馨的家似乎乘坐一条船，远远离开，而自己站在岸边，距离那条大船越来越远。在楼梯与胡姓公安真正面对面时，蒋帆反而不那么紧张了，道："到哪里去？"

胡志刚道："刑警支队。"

进入底楼询问区，蒋帆彻底平静下来，一言不发。

一个两鬓有白发的年轻人和三十来岁的瘦脸警察坐在蒋帆面前。年轻人拿出烟，递给蒋帆，又拿出火机，啪地点燃，道："我是侯大利，刑警支队重案一组组长。提醒你一句，今天在询问区的谈话都有录音录像，要做笔录。"

蒋帆明显紧张，机械地点了点头。

例行程序走完，侯大利紧盯着蒋帆，道："你经常到许海家打麻将？"

"是啊，许叔家开了一家家庭麻将馆，打得小，纯属娱乐。元旦后，我手头没啥事，三天两头就打牌。"蒋帆牢牢记住汪建国的叮嘱："警方有可能会找到你，找到你的时候，你就尽量实话实说，九分半真话，半分假话。"

侯大利又道："许海遇害那天，你去打过麻将吗？"

蒋帆道："下午去打过，吃晚饭前就走了。"

侯大利道："你认识汪建国吗？"

蒋帆道："认识，我们是初中同学，小学也是同学。今年欣桐出事，他从南方回来，我还请他吃了一顿饭。"

侯大利道："你们既然认识，为什么不打电话？"

这是一句经过设计的问话，蒋帆如果承认打了电话，那么他和汪建国要通过梁艳的电话来联系便有问题。

蒋帆如果不承认与汪建国通了电话，那么他也在说谎，因为他应该通过梁艳的电话与汪建国取得过联系。

蒋帆道："我和汪建国常打电话。汪建国临时回江州，借用了梁艳的手机。"

精心设置的圈套被大实话轻易打破，大实话有可能是未经设计的大实话，也有可能是经过设计的大实话。侯大利没有轻易下结论，继续发问："你和梁艳是什么关系？"

"我和梁艳是同学关系，我和梁艳都曾在汪建国的公司工作。"蒋帆说到这里，恐慌之心渐去，不禁大为佩服汪建国，脑中浮现出汪建国当日找到自己的情景。

汪欣桐出事后，汪建国找到蒋帆，将其约到一处僻静餐馆。

汪建国大学毕业后就去了南方，事业发展极为顺利，有了自己的工厂。蒋帆失业后南下，投奔了汪建国。

两年前，蒋帆儿子读了初中，开始调皮捣蛋，不服妈妈管教。蒋帆选择回到江州照看儿子。蒋帆在江州的生意实际上也是汪建国在支持，否则拿不到如此便宜的货源和技术服务。

汪建国神情沉郁，道："你按我说的做。你是不是偶尔在许海家的麻将馆打牌？"

蒋帆道："许崇德麻将馆经营好多年了，都是街坊邻居去玩。"

汪建国道："欣桐被许海侵犯了，精神上受到很大打击，有自闭倾向。我们在外面打拼，为自己，更是为了给孩子一个更好的条件。每次看到欣桐以泪洗面的样子，我都气得要爆炸。"

蒋帆想起许海面无表情的模样，道："许海从小就是家中的霸王，家教很差。我到他家打麻将，很少遇到他。偶尔遇到，他也不打招呼，进门出门都把门摔得咣当响。"

汪建国道："你不要问我做什么，一个字都不要问。你这一段时间经常去许家打牌，上午、下午和晚上轮流去打，把见到的情况讲给我听。我买了一个针点式秘拍摄像头，你戴在胸前，到了麻将馆就打开，我想要看到许崇德家的所有细节。"

蒋帆紧张起来，道："你想要做什么？"

"你知道得越少越好，别问。"随后，汪建国告诉了他将使用梁艳的手机号码，并特别叮嘱如果警察问到电话的事，一定要实话实说。

许海被杀的消息传出来后，蒋帆顿时明白汪建国所言"一个字都不要问"的意思，被吓得魂飞魄散，几天都缓不过劲。今天来到刑警支队，蒋帆把自己知道的大部分告诉了警方，所讲绝大多数都是真话，甚至可以说没有一句假话。他讲了必须讲的事，终于轻松下来。

经过前期调查，汪建国具有作案嫌疑，蒋帆潜伏在麻将室，多半就是为其打探情报。但是，推理最终还得有证据支撑，没有直接证据，压根锁不死汪建国和蒋帆。

侯大利没有放弃，用了模糊语言，继续向蒋帆施以压力，道："我坦白地告诉你，我们锁定了犯罪嫌疑人，许海被杀之事迟早要揭穿。案件破了后，你想一想自己，把事情的后果想清楚了。你的儿子要参加中考，老爷子年龄也不小，家中顶梁柱绝对不能断，如果断了，这家人怎么办？"

侯大利所言全是没有任何实质性内容的实情，是一种心理战。蒋帆就和千千万万苦逼的中年人一样，是家中的大树，若是大树倒下，全家确实会乱了航向，甚至于淹没在大海中。蒋帆内心的沮丧一点点涌现出来，想起汪建国"如果被警方问话要咬牙坚持"的叮嘱，没有屈服，假装没事。

侯大利声音严厉起来，道："蒋帆，有些事情天知地知我知，如果我们没有证据，也不会来找你。你一定要清楚，别怪我们事先没有提醒你，把知道的讲清楚，才能争取主动。"

蒋帆想起家中的老父母和孩子，内心激烈交战，一个声音道："许海和汪家的仇怨确实与我无关，我何必要牵涉其中，说出知道的事，此事就与我无关。"另一个声音："当年失业，如果不是汪建国提携，我家的日子肯定过不下去，把汪建国交代出去，很不仗义。更何况，我确实完全不知道汪建国做了什么事，汪建国做的事情与我无关。警察明显就是想诈我，想从我这里打开突破口，我不能做冤大头。"

经过激烈交战，蒋帆终究决定与警方对抗。

侯大利和杜峰对视一眼，明白今天的询问只能到此为止。

侯大利缓和了神情，又发了一支烟给蒋帆，道："今天请你过来是了解情况，在这里给你提一个要求，如果想起什么事，随时与我们联系。"

蒋帆逐字逐句读过询问笔录，才在上面签字，又在两处有修改的地方按上指纹。他走出刑警支队的大楼时，只觉得双腿发软，短短一个小时的交谈，耗尽了他全部精力。他如离开水的鱼一样大口大口呼吸，只觉得自由的空气如此香甜。一阵风吹来，他打了一个寒战，后背发冷。他摸了摸手背，才发现内衣已经完全被打湿了。

办公室，侯大利和杜峰在分析刚才的询问。

侯大利道："凶手不是神仙，必须了解许家的情况，蒋帆就是埋在麻将馆的棋子。汪建国的嫌疑越来越大。"

杜峰道："现在到了刺刀见血的时候了，得上技侦手段。凶手从哪里搞来的蓖麻毒素？这个始终不得要领。汪建国在广州开工厂，他是否可以从广州搞回蓖麻毒素？"

侯大利道："你安排两个人立刻跑一趟广州，查一查汪建国在广州的公司是否和蓖麻毒素有关，他在那边有没有搞到蓖麻毒素的渠道？"

晚八点，蒋超和胡志刚连夜飞广州。

侯大利曾经与老朴到过粤省，结交了当地刑警。他打去电话后，对方答应得很爽快。

4月3日，晚十点，江克扬和马小兵来到办公室。

江克扬道："我和马儿一直在许崇德麻将馆附近调查走访，一家一家走，一家一家问。上午没有收获，下午四点，我们有意外发现。在学院街七十一号有一个小商店，平时进货会用一台三轮车，三轮车破破烂烂的，长期没有锁，放在门口。"

学院街地形已经牢牢地镶嵌到侯大利脑海中，听到七十一号，便知道在什么位置。他拉过来白板，画出学院街的主要街道，标示出七十一号的位置，又标示出汪建国家、许崇德麻将馆和大象坡的位置，七十一号恰好在汪建国家和许海家之间。

马小兵竖起大拇指，道："组长真是活地图，我查过地图才确定这个位置。商店老板说这个三轮车平时很少清洗，脏得很。3月29日早上，他发现三轮车被水冲得很干净，还开玩笑说有人学雷锋做好事不留名，主动帮他清洗三轮车。我现在怀疑凶手用这台三轮车运送尸袋，冲洗干净后，再将三轮车骑回到这里。"

侯大利道："骑三轮车到大象坡，沿途应该会被监控拍到，周涛那边进展如何？"

"我和周涛联系过了。深夜出现的三轮车是当前周涛的重点监控对象，到目前为止，没有发现深夜骑三轮车的监控。其实也不是完全没有三轮车出现，在学院大道，凌晨两点二十七分，有一个监控镜头曾经拍摄到一个模糊的身影，一闪而过。监控镜头被树叶遮住，能看到一个身影，从速度来看，应该是骑了车的。"

江克扬整整一天都在追踪线索，忙了一天，已经疲惫不堪。他狠吸了一口烟，道："我和马儿找了两辆自行车，沿着向阳小区到大象坡，骑了很多条路线。我们找到了一条平时没有注意到的路线，从向阳小区出发，先经过学院右街，约二十来米后，左拐进小巷子，走一百米，出来穿过一个开放式小区，从后门出来，横穿公路，再走一百米左右，就来到学院街和学院小巷交叉口的被面团堵过的监控镜头。从现在看来，犯罪嫌疑人精心策划过路线，全程躲避监控，其方式与杨智和杜耀使用过的方式一模一样，他们仍然要纳入我们的侦查视线。"

根据江克扬描述，侯大利在白板上画出一条行进线路，道："除了杨智和杜耀以外，汪建国也值得怀疑。他在监控镜头中出现得最多，之所以会如此频繁出现在监控镜头中，极有可能是在规划线路。但是不管动机有多强烈，也不管疑点有多少，许海被害当天，汪建国没有作案时间，这一点最让人头疼。"

4月4日，碎尸案案发后第七天，上午。

陈菲菲很早就到江州人民医院挂号，准备通过血检hcg来确定是否早孕。

陈义明提出的"天才计划"是通过怀孕来从许大光手里获取钱财，即使没有怀上许海的孩子，也可以通过怀上其他人的孩子来冒充许海的孩子。陈菲菲极端痛恨毁掉自己的继父陈义明，但是，她从十二岁起被陈义明强奸，还在十四岁时打掉过一个孩子，让她不知不觉中受到这个豺狼的影响。她接受了这个"天才计划"，准备自己实施，拿到一笔钱之后就远走高飞，再也不在江州出现，开始新的人生。

之所以要来医院检查，是她感觉乏力，偶尔还恶心。一般人的早孕反应是在一月到三月之间。从3月16日晚被强奸算起，已经有二十一天，个体有差异，若是怀孕，极有可能有早孕反应。在十四岁意外怀孕时，她也是刚满一个月就有反应，这一次和上一次的反应一模一样。

拿到结果，陈菲菲坐在大厅里发了一会儿呆，然后从坤包里取出一张纸条，上面有许大光采砂厂的电话号码。

陈菲菲道："喂，我找许总？"

"你是谁啊？"电话里传来一个恶声恶气的女声，正是许大光的老婆刘清秀。

陈菲菲犹豫了一下，道："我找他谈业务。"

女声陡然升高，道："你他妈的是哪里来的骚货，还谈生意，你懂个锤子的生意。再来找许大光，小心老子撕烂你。"

陈菲菲也不是善茬，心中恼怒，话语却变得格外温柔，道："你是许总的老婆吧，许总早就不喜欢你了，他说你浑身都是肥肉，对你早就没有了感觉，根本不想和你做爱。这是他亲口给我说的。我年轻啊，比你漂亮，我就想和许总睡觉。你这个死婆娘，啃老子一口。"

对面的女人已经暴跳如雷，对着话筒狂骂脏话。

许大光回来后，刘清秀扑上来就要抓丈夫的脸，道："你还在外面养烂货，烂货居然把电话打到厂里来了。你是不是又带烂货到别墅了。那是我的房子，其他女人不准去。"

儿子被杀后，许大光窝了一肚子火，见老婆发疯，便将其推到一边，道："龟儿子，住手，啥子事，给老子说清楚。"

刘清秀指着座机电话道："有个娼妇刚才打电话，听声音也就十七八岁，找你谈生意，谈个鬼生意。许大光，你要有点良心，我从十几岁就跟着你，勒紧裤腰带赚下家产，你在外面玩玩就行了，别他妈的带回家里。真要带回家里，一包老鼠药，我们同归于尽。"

"少鬼扯。你就是没有脑壳，如果真是我的外房，会打这个座机电话？她脑壳和你一样有病吧，不晓得打我的手机。"许大光走到座机电话，调出电话记录，回了过去，"喂，你找我，我是许大光。"

丈夫这几句话很有效，刘清秀明白自己应该是想岔了。

陈菲菲刚刚走到医院门口，接到了许大光的电话，道："你是许大光？我是被许海强奸的那个。你看见到公园后门的视频没有，那就是我。"

许大鹏最先看到视频，然后转给许大光。许大光看到视频之时，儿子已经惨死，他只记得儿子死得惨，至于儿子做过什么就选择性忘记了。听说女子自称是公园后门被强奸的那位，脸皮顿时拉了下来，冷冷地道："你想要做什么？"

陈菲菲道："我在江州人民医院，刚刚做了早孕检查，我怀孕了。"

许大光算了算视频中的时间，不动声色地道："你怀孕了，和我有什么关系？"

陈菲菲用非常坚定的语气道："和你没有关系，和许海有关系，这是许海留的种。你们家如果想要这个孩子，给40万，我为你们生这个孩子，先给20万，生了以后可以做亲子鉴定，如果是许家的种，那就再给后面的20万。你不同意，我就做人流。"说完这一段话，她挂断电话，等着许大光回电话。

三四分钟后，许大光的电话回了过来，道："我同意，只要是许海的儿子，你就是我孙子的妈妈，给个几十万是小事。但是我不能确定是不是许海的儿子，不能白给。"

陈菲菲毫不退让，道："那就赌一把，赌赢了，许海就有后代。赌输了，也就是20万的事。"

许大光道："先给10万，如果是许海的儿女，再给你一套房。"

陈菲菲道："先给20万，如果我生的是许海的儿子或是女儿，也不要一套房，再给30万。50万，买一个孙子孙女。"

许大光痛快地道："成交。"

陈菲菲道："我的继父叫陈义明，是一个大赌鬼、大杂种。你只能跟我交易，不能和他谈。我一句话，钱没有到我的手上，我就去人流。"

许大光道："这不是一笔小数，我们下午见面。我亲自带你去医院，重新检查，确认一下。"

谈妥后，陈菲菲长长地松了一口气。在街上漫无目的地闲逛了一会儿，经过母亲所在的菜市场时，她很想进去看一看，但是脚步不听指挥，让其朝着反方向走去。穿过金色天街附近的酒吧街时，她听到有人在招呼她。

肖霄坐在酒吧门口抽烟，朝着陈菲菲扬手。她用很潇洒的姿势弹了一支烟出来，扔给陈菲菲。陈菲菲把烟叼在嘴上，点燃，刚吸了一口，恶心劲又涌了上来。她摁灭香烟，道："嘴巴不舒服，不抽了。你怎么在这？"

"我在酒吧驻唱，昨天玩得晚了，就在这边住。你可以过来唱歌，收入不错。"肖霄从吴煜案中顺利脱身，没有受到任何处罚。李友青被捕，即将到手的几百万被收缴，煮熟的鸭子飞走，她又回到一无所有的状态，干脆从江州技术学院退学，到金色天街一家酒吧驻唱。

陈菲菲和肖霄都是江州技术学院歌舞团的成员，在学院时没有深交，算是点头之交。陈菲菲坐在肖霄身边，道："你没事了吧？"

肖霄吐了一个烟圈，道："我本来就没有啥事。那些臭男人打死打活，关我们屁事。"

肖霄的事在学院里有各种小道消息，不管小道消息是真是假，陈菲菲都对肖霄佩服得紧。她即将火中取栗，就想多向肖霄学些经验。两个漂亮的年轻女子坐在酒吧门口，望着熙熙攘攘的行人，谈着年轻女孩子喜欢的不着边际的话题。

一辆宝马停在酒吧门口，下车之人是帅气的小伙子。肖霄见到此人，眼前一亮，丢掉香烟，迎向前去，道："吴老板，你这么早就来了。"

肖霄年龄不大，接触的男人不少，很懂男人的心思，虽然长期混迹于江湖，却打扮得很清纯，与帅气小伙子打招呼时，还略带一丝娇羞。

小伙子"嗯"了一声，道："我好几天没来，这几天生意怎么样？"

肖霄比了一个胜利的手势道："爆满。老板的人脉宽，过来的都是高端客户。这是我的同学陈菲菲，她的歌也唱得很好。"

小伙子打量了陈菲菲一眼，道："找时间，让她过来唱两首。"

小伙子走进酒吧后，肖霄用充满羡慕的口吻道："这是酒吧老板吴新生，他女朋友是矿业集团的老板朱琪。朱琪以前和我们差不多，如今成了大老板。朱琪的经历特别励志，是我的榜样。我们长得这么漂亮，若是不能发财，那就真是辜负了爹妈给的好皮囊。你别涂这么艳的口红，我们年龄小，皮肤好，打扮清纯点，那些臭男人才喜欢。"

陈菲菲跟随肖霄到酒吧玩了一个多小时，这才回家。刚刚打开门，陈义明心急火燎地走过来，道："你怎么不接电话？"

"为什么要接电话。"陈菲菲翻了一个白眼，不想与陈义明多说。她在和肖霄玩耍之时，陈义明打来数次电话，她有意不接。

"上次给你讲的大生意，老板今天到江州，晚上安排到宾馆。"陈义明伸出五根手指，不停晃动。

陈菲菲已经与许大光谈妥，即将有20万到账，自然不会再接受陈义明的安排，干脆利索地道："不去。"

陈义明昨天输得精光，身上一分钱都没有，本来指望今天晚上搞点钱，见陈菲菲变卦，苦口婆心地道："你要怀上娃，才能找许大光要钱。这个老板很爽快，我告诉他你是学生妹，他不说二话就出到了五千。"

"要去你去，反正我不去。"陈菲菲提起坤包，转身进屋。

陈义明上前抓住小坤包带子，道："给你脸了，老子今天要弄你。"

陈菲菲用力拖动坤包，骂道："你滚开。"

两人纠缠着进了里屋。陈义明欲火在纠缠中不断上升，将陈菲菲按倒在床上，轻车熟路地开始扒她的裤子。突然间，陈义明停止动作，低头看着顶在脖子上的水果刀，赔着笑脸，道："菲菲，你把刀拿开，我就是给你开个玩笑。你不去就不去，把刀拿开。"

陈义明慢慢上床，趁着陈菲菲提裤子的时候，俯身抓起地上的小坤包，飞快跑出里屋。

"浑蛋，把包还给我，"陈菲菲提好裤子，追到客厅时，已经不见陈义明的影子。"这个烂人，我刚才真该杀了他。"

陈义明打牌输得精光，连吃碗面的钱都没有了，抢坤包的目的是为了拿点钱，谁知打开陈菲菲的坤包，除了四十多块钱外，居然还发现了一张体检单。"妈的，难怪不肯陪客人，还真是怀上了，老子发财了。"

他输红了眼，有了发财机会，如饿狼一般，不管不顾地给许大光打电话。

陈义明的手机、许大光的手机，皆在技侦部门监控之下，两人通话后，信息立刻就反馈到了重案一组。

碎尸案案发后第七天，各种信息纷杂：卓越有骑摩托车冲撞许海的行为，在3月28日晚去做了大保健，除此之外，再无其他证据与碎尸案有关；杨智和杜耀夫妻在3月28日夜十二点前殴打过许海，此时麻将刚刚散场，杨、杜贸然闯入许崇德麻将馆的可能性不大；汪建国在碎尸案前反复出现在向阳小区和大象坡沿线，却有不在凶杀现场的证据。侦查工作转了一圈后，又回到原点，再次陷入停顿状态。

侯大利把杜峰和江克扬叫到办公室，小范围讨论碎尸案。

江克扬对陈义明印象深刻，道："陈义明是赌鬼，与陈菲菲关系错乱。他最初不知道陈菲菲被强奸，碎尸案发生后，有好事者公布了公园后门的视频，他才知道，从时间顺序来看，其作案的可能性不大。"

杜峰道："我认为第一次案情分析会定下的侦查方向没有错，以许崇德麻将馆为核心，不管凶手是谁，必然要进入麻将馆才能杀人。陈义明在3月28日晚上行踪无法确定，也有嫌疑。"

侯大利拿起烟盒，弹出烟，发给江克扬和杜峰，道："陈菲菲回答问题时，神情明显不安，有所隐瞒和掩饰，和当初杜耀的神情很接近。许海在东城老区很有名，陈菲菲极有可能认识他。我们以前有个误区，把目光全部集中到了受害者的父亲身上。卓佳、杨杜丹丹和汪欣桐私下复仇的可能性不大，但是陈菲菲不同，她即将满十八岁，又与社会上人有染，完全有可能报复。3月28日晚，陈菲菲确实在金色酒吧唱歌，随后又打架，有一个酒吧保安还被酒瓶砸破了头，派出所有记录。陈菲菲本人行凶的可能性不大。但是她是否指使他人，或者陈义明做这件事，那还得细查。"

三人正在商量，杜峰接到罗志刚电话。

罗志刚道："粤省同行很给力，我们找到了梁艳。询问视频我已经发到一组的邮箱。梁艳承认得很痛快，她的手机确实在汪建国手里，一点都没有隐瞒。"

三人在办公室下载视频，打开，中年妇女梁艳坐在询问室里，面对镜头，表情冷淡，很沉稳。

开场白结束后，罗志刚问："你认识蒋帆吗？"

梁艳："你问的是哪一个蒋帆？我至少认识三个蒋帆。"

罗志刚道："江州的蒋帆。"

梁艳道："认识啊，我们从小学到初中都是同学，还是同班的。"

罗志刚道："最近和蒋帆通过电话没有？"

梁艳道："最近是指多久？这一个月应该没有通过电话。"

罗志刚道："你有几个手机，或者你有几张卡？"

梁艳道："平常有两个手机、两张卡。老手机是江州卡，新手机用的广州卡。"

罗志刚道："两个手机都在身边？"

梁艳道："我用的是新手机，老手机交给汪建国用。"

罗志刚道："你和汪建国是什么关系？"

梁艳道："我和汪建国是高中同班同学，这几年我都在汪建国的企业里工作。欣桐出事，我跟着回来看望。企业不能离开人，建国要守女儿，所以我就提前回广州，处理企业业务。"

罗志刚道："为什么把老手机交给汪建国？"

梁艳道："汪建国没有江州手机，就借用了我的江州手机，这样便宜一些。"

罗志刚道："汪建国是老板，还在意这点钱？"

梁艳道："正是因为能够精打细算，汪建国才成为老板。办一个企业花钱的地方很多，没有学会精打细算，早就亏死了。"

看完视频，杜峰用力抓了抓头皮，道："原本以为口腔中找到肉块，案子就破了，结果杜耀和杨智极有可能没进入许崇德麻将馆。原本以为可以通过蒋帆揪出凶手，结果他们能够自圆其说。"

这时，又有一条线索反馈回来。

高连给探长杜峰打通电话，道："我和派出所的同志又重新筛查了一遍3月28日晚上在许崇德麻将馆散场时的十五人，询问他们在散场离开向阳小区时是否看到一男一女两个高个子。以前我跟他们见面时没有提及这个问题。今天上午重新走访，有一个老大爷说看到一男一女两个大个子，匆匆朝实验小学走。老大爷当时尿急，又有前列腺炎，就躲在黑暗角落方便，看到有人过来，还朝里面闪了闪，所以印象特别深。"

杨智和杜耀在向阳五金店前门殴打了许海，再到许崇德麻将馆投放安眠药和蓖麻毒素，显然难度极大，如今杨智和杜耀所言得到了证实，杨智和杜耀这条线暂时无法深入。

自从参加工作以来，侯大利一直在侦办大案要案，碎尸案如同迷宫，一条又一条道路被发现，又被堵死。他有些发愁，道："找不到突破口，焦人啊，应该是某个地方没有被看透。等一会儿，杜峰去查三轮车，还是那句老话，雁过留影，人过留痕，取走并清洗三轮车，极有可能有人发现。我和老克再走一趟汪建国家，调查梁艳的手机。梁艳能自圆其说，可是我总觉得有些异常。在广州开企业的老板，为了节约话费，使用下属的手机，就算精打细算，也不会到这个程度。手机就好像人体器官的延伸，能不用别人的手机尽量不会用。如果梁艳不回广州，我们根本不会注意到汪建国使用梁艳手机与蒋帆通话这个细节，说不定，这就是聪明反被聪明误。"

江克扬道："如果他们有问题，肯定所有口供都串好了。"

侯大利道："我们就去找细节上的漏洞，事涉三人，哪怕事先串通，也有可能会出现破绽。"

江克扬又道："汪建国肯定没有时间作案，查得非常清楚。有学院管理员的证明，有费韵教授的证明，有张小天联系费韵的说明，还有张小舒的证明。"

侯大利道："我最初存在一个误区，总觉得应该是四家人中某一位亲自动手。汪建国是老板，有钱人，是否会故意制造了一个不在场的证明，然后由其他人实施犯罪。同样，陈菲菲本人有不在场证明，她关系复杂，完全可以利用其他人下手。刚才我在刹那间想起肖霄，她人小鬼大，手段高超，把李友青、施文强两个大男人玩弄于股掌。肖霄和陈菲菲相差一两岁，都在江州技术学院读书，我们不能小视这个陈菲菲。"

这次讨论有一个重要突破，犯罪嫌疑人不一定就是四家人中的父母，有可能是四家人雇佣的人员。这个范围就太大了，所以仍然得以许崇德麻将馆为中心，沿着中心向外辐射，寻找凶手遗漏的线索。

侯大利站起身，道："线索是一团乱麻，我们最终肯定能找到线头子。走吧，我们不能气馁，继续行动。"

越野车来到汪建国所住的江州学院家属院。家属院里也是红旗飘扬，还有"庆祝江州学院建校五十周年"的大红横幅。这种宣传方式土是土一些，却也能营造出一种热烈向上的氛围。

刚进家属院院门时，迎面走过来一群老年人，老年人的衣服正面印有"江州学院老年合唱团"几个大字，统一戴着灰色旅行帽，最前面是年轻人，举着"江州学院老年合唱团"的旗帜。

走到了汪建国家所在的楼门洞，江克扬拨通了汪建国的电话，道明来意。十几秒钟后，汪建国急匆匆地从小道赶到楼门洞，道："如果事情不急，你们稍等一会儿。今天，学院教职工乐团在排练，欣桐很久都没有出门了，听一听乐团演奏，对她病情有好处。我若不在场，欣桐会不安的。等到排练结束，我马上过来。"

侯大利道："乐团排练，我们可以当观众吗？"

汪建国道："没有问题，欢迎。请你们朝后坐，不要靠近我们。"

在家属院北侧门可以进入学院老校区，老校区角落有一座音乐厅。此音乐厅原来属于音乐学院，音乐学院搬到新校区后，老音乐厅交由工会管理，成为学院一些乐团的训练地。乐团在台上，由于是排练，灯光没有全开，只是照亮舞台。

观众席上零散地坐着一些观众，有二三十人，在左侧中间位置坐着汪欣桐和汪远铭，汪建国回到观众席后，坐在汪欣桐另一侧。

侯大利和江克扬坐在观众席后排，能清楚地看到祖孙三代的背影。父亲和爷爷分坐两旁，保护着弱小的汪欣桐。虽然在室内，汪欣桐还是戴了一项能遮住侧脸的毛线帽子。

台上，灯光亮起，音乐从场内几个音响中传出。

张小舒站在乐队中央靠前位置，耳朵追着旋律。由于是排练，她没有化妆，仍然穿寻常衣服。

从十四岁起，舞台位置就属于小公主汪欣桐。出事后，张小舒鼓励汪欣桐继续站在舞台中央，汪欣桐无法克服内心恐惧，短时间难以返回舞台。张小舒退而求其次，暂时顶替了汪欣桐的位置，条件是汪欣桐能够在小提琴方面指导自己。汪欣桐同意了表姐的要求，开始在家里指导张小舒拉小提琴。

张小舒精于吉他，小提琴稍弱。稍弱是相对吉他而言，她在山南大学音乐团也常常演奏小提琴，让汪欣桐指导实则是让其通过做具体事来走出内心阴影。

灯光聚于张小舒身上时，乐队其他声音瞬间停止，只剩下如泣如诉的纯净琴声。最初，琴声优雅，有民谣味道，随即曲调变得激昂，钢琴伴奏以同一音型连续。张小舒沉浸在音乐中，陷入忘我状态。

其他乐器响起，进入第一主题。

小提琴的旋律深沉，婉转凄美，汪欣桐泪如雨下。

很长一段时间，侯大利内心有一层又一层的防护，其他人很难触碰到其内心。在小提琴声音中，他的内心堡垒被撕开一个口子，露出最脆弱的一面。他仿佛看到了在台上翩翩起舞的杨帆，又想起与田甜在大学校园里牵手漫步的场景。往日情景如此真实，这一刻，他的眼泪不受控制，夺眶而出。

江克扬从小受到音乐熏陶很少，很难进入音乐的情景之中。在侯大利陷入不可名状的忧伤之时，他哈欠连天，不时看表。

演出持续了一个多小时，侯大利沉浸在旋律构织的意境之中。其间，音乐老师林风还有一段演唱，水平亦很高。演出结束，演员们轻松下来，收拾乐器，有说有笑。张小舒背着小提琴来到观众席，来到汪建国等人身边。

汪建国竖起大拇指，道："非常棒，完美。"

张小舒道："在进入第二主题时，我感觉有些不顺。"

汪建国道："不是大问题，你和欣桐回家讨论，肯定能拿得下来。"

汪建国站在原地没有动，汪欣桐挽着爷爷，和张小舒一起沿着左堂厢离开。走到左侧大门时，张小舒无意中看见了坐在后排的两个人，其中一个还在打瞌睡，另一个正是神探侯大利。她原本想要给侯大利打招呼，见对方神情严肃，就没有出声招呼。

等到汪远铭、汪欣桐和张小舒离开音乐厅，工作人员开始清理场地，汪建国这才来到侯大利面前，道："不好意思，侯警官，演出时间有些长。我女儿病情还在恢复中，能不能找另外的地方，我跟你们到公安局也行。"

侯大利道："走吧，就在家属院找一个相对安静的地方，我们就问几个问题。"

三人走出音乐厅，准备寻找一处安静的地方。学院正在搞院庆，家属院比平时的人更多，三人找到了一处室外的石椅和石凳，坐了下来。

江克扬道："你和蒋帆是什么关系？"

汪建国道："从小就认识，他是我的同学，曾经在广州和我一起工作。"

江克扬道："你和梁艳是什么关系？"

汪建国道："我、蒋帆和梁艳都是同学，我们三个都在广州一起工作。"

江克扬道："近期，你与蒋帆和梁艳有没有接触？"

汪建国道："有。蒋帆为了照顾小孩，几年前就从广州回来了。欣桐出事以后，我先回来，梁艳跟着也回来。"

江克扬道："你与蒋帆通话是哪一部手机？"

汪建国道："我回到江州后就使用梁艳在江州的手机，做企业不容易，能节约一分算一分。我在江州只和有限的几个朋友通话，用不着注册江州手机。"

这些事实与梁艳所言高度一致，可以互相印证，从情理中也说得通。侯大利负责做笔录，暗中观察汪建国的细微表情。汪建国是典型的文化人，说话不疾不徐，逻辑性强，眼睛平和，手放在双腿上，没有任何不自然。

从身体语言和微表情来看，汪建国内心非常平静。

侯大利的目光偏离了汪建国，看向身后报栏。在学院里有很多类似的报栏，可以贴四张报纸，供师生阅读，很多重要的通知、公示也会贴在报栏。江州学院正在搞院庆，在报栏里贴有大红色的"江州学院英雄榜"，介绍学院五十年时间做出重要贡献的教师。

询问结束后，汪建国很有礼貌地与两位警官握手告别。

坐上越野车，江克扬道："一无所获。蒋帆、梁艳和汪建国三人所说完全能够印证，毫无破绽，这条线索查死了。"

侯大利用力揉太阳穴，道："我总觉得我们忽略了什么事，一时又想不透。"

在侦办二道拐黑骨案时，侯大利觉得它扑朔迷离，等到水落石出以后，才发现关键点其实就是一层窗户纸，捅破了，真相大白；捅不破，则陷入迷雾之中。大象坡这起碎尸案，侯大利觉得看似简单但比以前的案件都更要让人迷惑。

第九章
又一起投毒案

4月4日，碎尸案案发后第七天，下午。

陈菲菲没有化妆，从箱底找了一件素色旧衣，来到江州人民医院。许大光接到电话后，与妻子刘清秀一起来到三楼妇产科。

刘清秀和许大光看过公园后门的视频，对被强奸的女子印象很深，总觉得这是一个深夜还在外面浪荡的社会女人。谁知眼前女子衣着朴素，未施粉黛，和视频中的女子完全不一样。

刘清秀压根忘记了是自己儿子强奸和殴打了眼前女子，见面之后咄咄逼人地道："你怎么三更半夜还在外面逛？"

陈菲菲低垂着头，道："家庭环境不好，我只能自己出来做事，平时在酒吧唱歌。那天恰逢朋友过生日，就多玩了一会儿。"

刘清秀紧盯着眼前的柔弱女子，道："凭什么证明你肚子里是许海的？"

陈菲菲道："肯定是他的。"

刘清秀道："那可不一定。你胃口不小啊，张口就是50万，你以为五十万是大风吹来的？"

陈菲菲少女时代遭遇不幸，练就了强悍的性格，也不愿意过分装清纯可怜，道："我敢负责任地说，孩子是许海的。你们不信，那交易作废，我随时人流。先给20万，出生以后验DNA，是许海的，再给30万。我把娃儿交给你们，从此大路朝天，各走半边。"

刘清秀"啧啧"两声，道："果然不是省油的灯。我们打听过你的情况，别他妈的演戏。"

"我们是来谈生意，不是讲感情的，谈得成就谈，谈不成就不谈。"陈菲菲知道这一对夫妻肯定会出钱，对这一点很有把握，因此毫不退步。

许大光对这个泼辣的小女子挺有好感，道："大家都是明白人，不要互相试探了。先去查是不是怀孕，再说下一步的事。"

一个小时后，孕检结果出来，陈菲菲确实已经怀孕。

刘清秀极不相信眼前这个小狐狸精，打电话给相熟的医生，询问3月16日做爱，4月4日能不能查出早孕。医生结出的结果很肯定，有的人早孕反应早、反应大，有的人早孕反应晚、反应小，一句话，因人而异。夫妻商量后，决定赌一把，让陈菲菲生下小孩。

三人分手后不久，陈菲菲给许大光打去电话，又约见面。

见面后，陈菲菲直截了当地道："许叔，我信任你，想给你说一件事情。"

许大光面无表情看着这个年轻女孩，道："什么事，不相信刘阿姨？"

"刘阿姨对我有偏见。我想请许叔帮我做一件事情，做了这件事情，我就能安安心心怀孕。"陈菲菲仍然未施粉黛，脸色略显苍白，说话时低着头。

"说吧，要看什么事？"

"陈义明是不是给你打过电话？许叔是怎么答复他的？"

"我让他滚。"

"陈义明不是我爸，我爸早死了。他是个大赌鬼，如今输得精光，总是想着拿我当摇钱树。如果知道我有了20万，肯定会来抢钱。"

"你想怎样？"

"打断他一条腿，让陈义明这一年不能来烦我。"

"我为什么要帮你？"

"因为我是你孙子的妈。"

许大光留短须，长有一双豹眼，盯着陈菲菲看了一会儿，道："你还是狠角色。给我讲清楚，为什么这么恨你的继父，非要断他一条腿？"

陈菲菲咬牙切齿地道："我十二岁不到，他就强奸了我。"

许大光骂了一句人渣，道："你要遵守诺言，好好把孩子生出来，否则也别怪我心狠手辣。"

许大光、陈菲菲这两次见面，都没有逃脱侦查员的眼睛。马小兵到医院取过材料后，发给了江克扬。

江克扬来到侯大利办公室，道："陈菲菲怀孕，而且据现在的情况，估计还想生下来。"

七天时间，侯大利时常皱眉，形成浅浅的川字纹，道："这是一条支线，与碎尸案没有太大关系，最大可能性就是陈义明和陈菲菲想向许家要钱，然后为许海生下小孩。"

投影仪上正在播放侯大利与三家受害人见面的视频。

这是一个难度极高的猜谜游戏，猜不到时，处处皆障碍，猜到后，发现一切如此简单。

侯大利和江克扬并排而坐，一起看了一会儿投影仪。侯大利又给周涛打电话，道："我们忽视了一个细节，那就是清洗三轮车的人。"

周涛和易思华从105专案组被抽调过来负责研读视频。视频的量越来越大，目前已经是学院片区一个月以来能拷贝到的所有视频，周涛没有回家，天天住在刑警老楼。他接到电话后，道："老大，我要疯了，刚才易思华还说我成了对眼。其实我没有对眼，易思华倒真有些对眼的趋势。易思华还没有谈恋爱，真成了对眼，以后怎么嫁得出去。"

侯大利道："视频大队任务也重，被纵火案缠住了。等到碎尸案办完，你肯定能成为全省有名的图侦高手。晚上有空没有，请你和易思华吃大餐。"

周涛道："大餐就免了，没时间。我给易思华说一说，我们要查找清洗三轮车的视频。"

放下电话后，侯大利道："老克，我们再去一次凶杀现场，不管凶手是谁，总得进入凶杀现场。我们再去重建现场，叫上小林和汤柳。朱支曾经无数次说过，找不到突破口，那就再去现场。"

一行四人依法按程序再探凶杀现场。

走进向阳小区，立刻有小区居民围了过来，你一句我一句询问碎尸案侦办情况，其间不免有讽刺之语，大意是说"公安是吃干饭的"等等。虽然许海恶迹斑斑，可是不能破案还是让诸人脸面无光。江克扬年龄最大，留在后面应付居民，其他三人迅速上楼，进入现场。

时隔七天，房间仍然血腥味十足，时间在此停滞，房间陈设仍然保持在3月29日早上的格局。

侯大利在房间门口站定，迅速梳理目前得到的信息。碎尸案案发七天，他全力以赴地紧盯着此案，所有信息烂熟于胸，再次来到现场，一条又一条纷杂的信息如大雨之后的蘑菇，隐藏在树林和草丛中，然后被识别和采摘。

第一条信息来自杜耀和杨智。两人于3月28日晚在向阳五金店与许海打斗之后，回到家中的时间是十二点二十分。从向阳小区沿着他们的路线回家，快速行走，约需要十分钟。那么，测算下来，许海回家应该在十二点左右。这也和许崇德和段家秀的说法一致。这就意味着凶手在十二点之前就来到许海家，投放了安眠药和蓖麻毒素。

"凶手需要在某个时间点潜伏进来，然后在房间里等待时机，否则无法精准投药。"侯大利自言自语地道。

江克扬道："我和杜峰讨论过这个问题，杜峰依次和当天打麻将的人谈过话，绝大多数人都否认有陌生人进入现场，小部分记不清楚是否有陌生人进入现场。我们分析有一种可能性，凶手熟悉麻将馆的情况，躲在外面，在十二点散场的时候，悄悄进入，伺机投药。"

"有一个问题，许海也是十二点左右回到麻将馆的，凶手如果是在十二点散场时进入，非常接近许海回家的时间。任何一个犯罪计划都不能如此精确，过于精确的计划只要有一项条件不符合就要泡汤。所以我觉得应该是事先潜入。"

侯大利在房间转了一圈，道："事先潜入的最大问题是在何处躲藏，我最初的设想是打麻将的人在散场后躲入房间，然后伺机下手，后来发现当天晚上来许家打麻将的人都没有作案动机，而且互相可以印证离开的时间，这个想法便作罢。这个问题我反复推敲了很久，又反复看各种询问笔录和视频，东城小学肖老师的一番谈话给了我灵感，肖老师曾经提到过，许海很讨厌外人进入他的房间，包括爷爷奶奶都经常是站在门口和许海说话，我产生了一个想法，凶手是否知道这个情况，然后潜入许海房间，找机会放了安眠药和蓖麻毒素。"

许海房间的门在左边，站在门口，看不见右侧的情况。右侧有床，若是躺在床边或者床下，只要不进屋，绝对看不见。窗帘也在右侧，不进屋的情况下，躲在窗帘后面也很保险。

把床下和窗帘做比较，最保险的方式是躲在床下，许海的床是老式床，床下空间大，躲一个人没有问题。

小林提着痕迹检测箱，用足迹灯对准床下，搜索是否有人躲藏的痕迹。他用足迹灯照了一会儿，抬起头，道："凶手心思非常缜密，床下连灰尘都很少，应该被清扫过。"

侯大利又问汤柳，道："肢解一个人需要多长时间？"

汤柳道："这得看是不是熟手。从尸块来看，凶手非常了解人体结构，我在拼接尸体的时候，想到过庖丁解牛的成语。凶手智商高、体力强，杨智和杜耀最符合这两条。"

侯大利回到客厅，目光依次扫过现场，道："凶杀现场门、窗、锁皆完好，麻将馆在晚上十二点散场，许海在散场之后几分钟时间回家，直接进屋，与爷爷奶奶都没有见面。凶手要成功实施投入安眠药和蓖麻毒素，只能是提前进屋，躲进许海房间。杨智和杜耀显然不符合此点。我现在最怀疑的还是汪建国，他杀人的动机最强，在镜头出现的次数最多，与麻将馆打麻将的人有密切交流。以前我们有一个思维误区，总认为是他们亲自动手，他们完全可以雇凶杀人。只要解决如何进入许海房间的问题，投毒杀人就没有难度。"

说到这里，他又纠正自己，道："若是雇凶杀人，凶手只要杀人便可完成任务，用不着碎尸和抛尸。"

这一次复勘现场还是很有成果的，几个侦查员形成共识：凶手进入许家最有可能的方式是提前潜入。

根据现在掌握的线索，十二点前，杨智和杜耀在殴打许海、汪建国陪着汪欣桐在治疗、卓越做完大保健以后去接王芳，几人都没有潜入时间。当前，唯独陈义明还有潜入时间。而陈义明杀人的动机明显不足。

离开现场的时候，汤柳轻言细语道："这可能是我最后一次在江州以法医身份出现场了。"

侯大利惊讶地道："你这么快就要调走？"

汤柳道："不仅调走，还要改行，准备到阳州司法鉴定中心工作，还算是同行，只不过换到了另外的部门。"

家家有本难念的经，侯大利也没有多问。回到刑警新楼时，车内气氛有些沉闷。在车库停好车后，汤柳乘坐另一部电梯直接到法医室。

侯大利、江克扬和小林坐另一部电梯。

江克扬道："看汤柳神情似乎对调动不太满意？"

小林道："汤柳以前谈过一个男朋友，是大学同学，在阳州工作。曾经有一段时间，两人分手。近期应该恢复了关系，还到了谈婚论嫁的地步。男方家长嫌弃汤柳是法医，要给汤柳换工作。汤柳最初不同意，估计还是为了婚姻做出妥协。"

"江州高水平法医本来就少，汤柳走了，更是缺兵少将。"侯大利恨不得私下给法医发高工资，以留住法医，只是这样做不符合规定，没法操作。

回到办公室时接近下班时间，侯大利始终无法突破碎尸案，独自在办公室时，心烦意乱，恨不得大吼大叫以发泄心中的不满。这时，他接到师父朱林约他晚上吃饭的电话。侯大利也想找人聊一聊，痛快答应。

进入朱家，酸菜鱼的香味就扑鼻而来，香味非常传统，刹那间，香味将侯大利带回到世安厂家属院。

老姜局长和刘战刚副局长在客厅里摆开战场，象棋在木质棋盘上打得啪啪作响。老姜局长是退休的副局长，刘战刚副局长是退居二线的副局长，都曾经分管过刑侦，是刑侦这条线上的老领导。此刻他们卸去了职务，在朱林家里，和邻家大叔一样敲打棋盘，互不相让。

老姜局长对站在一旁的侯大利道："看棋不语真君子，别说话啊。"

厨房里朱林道："大利，过来端菜。"

厨房里，成红梅正在忙碌，道："你这懒人，大利是客人，怎么让客人来端菜。"

朱林站在老婆身边继续剥蒜，戴着两个袖笼子，道："大利到师父这边来，还能当客人？"

大盆酸菜鱼已经放在厨房案板上，最上面放了些青花椒和碎海椒。烧得滚烫的油泼在大盆里，发出"嗞嗞"响声，青花椒、碎海椒和酸菜在热油的催化下，产生了让人迷醉的混合香味。

刘战刚举起棋子，重重地敲在棋盘上，道："双将，战斗结束。"

老姜局长眯着眼看棋盘，看了半天，知道无解，嘴里却不认输，道："就怪成红梅的酸菜鱼这么香，让我分了神。这局不算，吃了饭再来。"

朱林开了一瓶酒，倒进一两大小的酒杯里，道："我老婆发话了，退休以后每顿只能喝一两酒。"

成红梅端着炒青菜放在餐桌上，道："酒这东西有两面性，少喝舒筋活血，多喝伤肝杀脑，不想肝硬化，不想老年痴呆，每顿只能喝一两，一天最多喝一顿。"

老姜局长望着朱林，道："这是老婆专政，不服也得服。"

几人说笑一番，开始喝酒，几杯酒下肚，话题就转到老业务上，你一言我一语谈起这几十年来遇到的疑案怪案。成红梅没有喝酒，匆匆吃了一碗饭，道："我要去跳广场舞，你们慢慢聊。给你们提个意见啊，以后吃饭的时候，不要谈血淋淋的事情，弄得人没胃口。"

老姜局长哈哈笑道："这是我们干了几十年的事情，不谈这些，我们也谈不了其他事，当佐料吧。"

成红梅离开后，老姜局长对刘战刚道："战刚如今还挂着105专案组组长的职务，这事我得给你讲。我是专案组顾问，朱林是局聘专家，我们两人决定联手做一件有意义的事。"

刘战刚放下筷子，道："你们想要去查杨帆案？"

老姜局长竖起大拇指，道："猜得很准。我和朱林反复分析，杨永福的嫌疑最大。杨国雄跳楼自杀后，我带队出的现场。自杀肯定是自杀，尸检、现场勘查以及遗书都能确定是自杀。那封遗书写得还挺激愤，说是企业破产是被小人迫害，还交代儿子杨永福不能再做企业。杨国雄是当年江州发迹最早的老板，生产的江州摩托供不应求，要开后门才能买到，甚至江州摩托成为江州人结婚时的标配。商场如战场，杨国雄生意失败，摩托车败给了国龙和晨光，煤矿又遇到瓦斯爆炸，修路再遇到公路桥垮塌，所有倒霉事都集中到一起，最终导致杨国雄负债累累，跳楼就是唯一出路。杨永福后来没有毕业就离开江州，转学到了秦阳，主要原因还是杨国雄欠了一屁股债，杨国雄跳楼了，债主自然就追杨国雄老婆和儿子。"

侯大利道："这封遗书还在吗？"

老姜局长摇头道："这是自杀案，我们没有立案，遗书也就找不到了。杨国雄当年太有名，所以我对这事印象很深。"

侯大利取出钱包，拿出一张电脑打印的小卡片，卡片上是一个男人的头像，"这是老葛根据杨永福高中照片画出的其在二十五岁的样子"。

老姜局长接过照片看了看，道："和杨国雄有七分相似。今天吃了饭，我和老朱准备去秦阳五中，秦阳五中是一个比较偏僻的中学，在镇里。"

刘战刚道："姜局，你在江州坐镇指挥就行了，何必亲自出动。"

老姜局长瞪着眼，道："战刚就是嫌我老，我才七十三岁，吃得下饭，拉得出屎，引体向上还能拉十个，一般年轻人都没有我的体力好。这条线索很虚，没有任何证据支撑，全凭我们分析，所以就由我和老朱慢慢清理线索，反正现在我们最不缺的就是时间。发现线索后，再由侦查员们出动。大家都是过来人，这种没影的信息，很难启动正式的侦查工作。警力有限，得用在刀刃上。"

侯大利脑子里一直装着碎尸案，在和老领导聊天时，碎尸案的信息都会不时出现在头脑里，当老姜局长说到"吃得下饭，拉得出屎，引体向上还能拉十个，一般人都没有我的体力好"这句话时，他脑中突然灵光一闪，"轰"地响了一个炸雷，禁不住猛拍了一下脑袋。

朱林最熟悉侯大利，看见他这个动作，道："碎尸案有思路了？"

在座诸人都曾经是刑侦方面领导，个个身经百战，侯大利也就没隐瞒，道："碎尸案走进死胡同，是由于我把目光集中于四家受害人中的中年男性，其实除了受害者的爸爸以外，各家还有外公和爷爷。外公和爷爷多在七十岁以上，最小的七十三岁，最大的八十二岁。刚才姜局说'吃得下饭，拉得出屎，引体向上还能拉十个'提醒了我，老年人拉扯着孙女长大，往往感情更深，愤而杀人，不是不可能。我完全是被第一次案情分析会得出的结论迷惑了，当时得出凶手是体力甚好的男人，我就下意识把老年人排除了，绕了一个大弯路。"

老姜局长点了点头，道："一般人提起退休老头，都认为是年老体弱，其实我的体力真不弱，只要不生病，做点坏事完全没有问题。"

无意中获得一条新思路，侯大利吃饭就不太走心，开始心不在焉。朱林深知徒弟性格，挥了挥手，道："你回办公室吧，在这里也是坐卧不安，我们都是老刑侦，你道个屁歉，走吧。等碎尸案破掉后，再好好请我们吃一顿。"

侯大利给诸位老领导团团抱了拳，出门，开车回刑警新楼。

天气渐渐热了起来，夜市比冬天更加热闹，城管在夜间也不出门，任由大街被大小摊位占领。越野车在人流中缓慢移动，吉他曲在车内空间缓缓流淌。

陈义明看到宽大的越野车在身边经过，骂了一句："老子都没有钱，凭什么这些龟儿子有钱。"他骂骂咧咧地朝大象坡方向走去，盘算着能拿到多少钱。

来到学院小巷附近，陈义明见小巷昏暗，没敢贸然进入，退回到江州学院，给许大光打去电话，道："我在江州学院后门，我不到大象坡，免得被黑打。"

许大光在电话里毫不客气地道："你胆子太小了吧，想发财，又不敢走夜路，胆大骑龙骑虎，胆小骑抱鸡母。"

陈义明在电话里赔着笑，道："许总是大老板，当然骑龙骑虎，我只能骑抱鸡母。"

确定了位置后，许大光便不再理睬这事，对许大鹏道："事情交给你去办，不要留手尾，断条腿，让他这几个月走不动路。"

许大鹏笑道："我认识这个烂人，高利贷缠身，穷得叮当响，这是病急乱投医，居然敲诈到我们头上。老大，今天不急于敲他的腿，他刚刚和你打过电话，若是公安追查，会惹到你这边来。"

许大光不以为意地道："陈义明有高利贷，打他的时候就说欠债还钱。这种小事就是派出所办，查不到也就算了。"

许大光是无所谓的态度，许大鹏则要细心得多，弄了一块泡沫板，用小刀画出"欠债还钱"几个字，带上油漆和刷子，就让两个手下开着挂假牌照的长安车前往江州学院。这种长安车在江州随处可见，最为普通，打人以后，扔掉牌照，根本无法追查。陈义明本来就是屁股上有一堆屎，想打他的人多，挨打肯定就是白挨。

陈义明再打电话，电话出现嘟嘟的声音。

他叼着香烟，站在江州学院后门，有独自行走的女学生经过时，还有意吐烟圈，朝女学生喷过去。

一个女学生用手扇开喷过来的烟圈，骂了一句："臭流氓。"

陈义明嬉皮笑脸地道："我是臭流氓，难道你试过？只有试过，才知道我真的是臭流氓。"作为一名经验丰富的厚脸皮中年赌徒，调戏未经历过社会险恶的女学生还是能够胜任，女学生和陈义明对骂几句后败下阵来，恼羞成怒地回了学院。

不一会儿，女学生带着三个男同学出现在院门。三个男同学都是人高马大，在女学生的指点下，朝着陈义明围了过来。

好汉不吃眼前亏，陈义明没有逞能，拔腿就跑。尽管男同学年轻气盛，还是没有追上逃跑的中年人。停止追击后，他们骄傲地与女同学会合，找地方撸串喝啤酒。陈义明缺乏锻炼，跑了几百米，一颗心都差点跳出来。他正在公路边如猪一样喘气，一辆面包车停在身前。两个如狼似虎的壮汉跳下车，一人直接把陈义明按倒在地，道："你还跑，赶紧还钱！"另一人就拿起泡沫板，在陈义明身上刷油漆。

陈义明见到两人动作，大叫倒霉，道："你们是曾老大的人吧，我明天就能还钱。真的能还钱，绝不骗人。"

刷油漆的汉子迅速干完活儿，骂道："信你个鬼，还敢骗曾老大，活得不耐烦了。"取出一根短棍，对准陈义明的小腿骨砸去。只听得"咔嚓"一声，陈义明发出一阵鬼哭狼嚎般的惨叫。刷油漆的汉子是狠人，一不做二不休，对准陈义明的另一只腿砸去。

砸完人以后，两人跳上长安车，消失在黑夜之中。

4月4日，碎尸案案发第七天，夜。

东城区，金色天街附近的罗马公园小区，许大光开车直接进入地下车库，停好车后，坐电梯直上五楼。

罗马小区是老城区的花园洋房，只比金山别墅区和高森别墅区稍逊，是江州市鼎鼎有名的二奶三奶聚居区。

这是别有风味的小家，家中养了一只"金丝雀"。"金丝雀"来自大城市，说话办事都是娇滴滴的，有着许大光挺喜欢的新潮劲。许大光是土生土长的江州人，以前在向阳大队时是农村户口，后来才转成城市户口，在其少年时代就是一个纯粹的农村娃。他和其他农村娃不一样，讨厌农村的"土味"，更不以"土味"自豪，而是真正喜欢城市里的一切，包括生活方式，包括女人。

韩小涵是来自阳州的年轻女子，与许大光成为恋人有一年多时间。这个年轻女子皮肤如绸缎一段光滑，抱在怀里似乎随时都有可能从怀里滑出来。

更让许大光着迷的是这个女子会撒娇，每次在电话里听到嗲声嗲气，他浑身的硬骨头就会变软。许大光迷恋这个女人，他第一次为外面的女人买房子，并且养了起来。

"憨憨，我回来了。"许大光弯腰换鞋，对着客厅道。

韩小涵从里屋跑出来，叫了一声"亲爱的"，跳起来，双手搂住许大光的脖子，双腿夹在许大光的腰上，亲了亲他的脸颊，道："大光，想我没有？"

许大光道："当然想了。"

韩小涵道："哪里想？"

许大光胯部向上靠了靠，道："你还真是个憨憨，男人嘛，想女人的时候当然是用下面想。"

韩小涵嘟着嘴，道："你真是个大流氓，不过我喜欢。我刚洗完澡，在床上等你，你赶紧洗了过来，这可是杀威炮。"

每次许大光来到罗马小区，二人见面都会亲热一番，韩小涵戏称为"杀威炮"，离开时，两人还会亲热，这一炮就是"马后炮"。韩小涵从许大光身上下来之时，朝卧室走去，一边走，一边就潇洒地扔掉自己的衣服。

许大光望着小妖精的背影，咽了咽口水，脑袋里莫名想起了老婆的模样。平心而论，刘清秀还是不错的，家里家外都是一把好手。可是和眼前的小娇精憨憨相比，刘清秀就是黄脸婆了。

他来到卫生间，打开浴头，准备冲洗下面。韩小涵推开卫生间门，伸头往里瞅了一眼，道："我就知道你会偷懒，只洗下面一点。你从采砂厂回来，有河边的鱼腥味，好好洗一洗。我在床上等你哟。"

许大光这才站进从天而降的热水中，彻底清洗身体。昨夜他在外陪重要客户玩了一个通宵，早上起来累得腰酸背痛，热水包裹身体后，疲倦感一点点袭来。他从卫生间出来，打开冰箱冷藏室，从里面拿出一排带有外文商标的罐装饮料。这是从国外带回来的男性功能饮料，在做爱前饮用，能让男人状态神勇。

罐装饮料价格不菲，口感一般，功效不错。

许大光站在冰箱前，扯开拉环，拉环发出一声轻响。在这一刹那间，他有点恍惚，眼前似乎出现了儿子两三岁时的身影，儿子两岁到三岁时是最讨人喜欢的阶段，黏着父母，总是拿着最喜欢的坦克玩具，嘴里发出"呜呜"的声音。儿子死后，他没有过于悲伤，只是时不时会想起儿子幼时的模样。今天，他多次想起儿子小时候的模样。

"大光，还在做什么？磨磨蹭蹭的。"

"我来了。"

许大光甩了甩头，似乎这样就能将刹那间的恍惚赶走。

长年在采砂厂工作，他养成了大口喝水的习惯，二分之一的饮料被他直接倒进了喉咙。

饮料罐掉在地上，发出砰的一声响。

疼痛感如手榴弹一般在许大光头脑中爆炸，大脑轰轰作响。许大光猛烈地咳嗽起来，呼吸困难，大颗的汗水从毛孔中钻了出来。

韩小涵在床上等了一会儿，不见许大光过来，招呼几声也没有回响，便佯装生气。等了一会儿，还不见许大光过来，她便下床，穿了一件露胸的性感睡衣，来到客厅。客厅里有一股难闻的味道。

韩小涵来到转角冰箱处，发现许大光倒在地上，呼吸困难，地上有许多呕吐物。她吓得傻住，随即发出惊天动地的尖叫。

刑警支队常务副支队长陈阳、副支队长老谭、重案一组组长侯大利、法医李主任、法医汤柳、勘查室主任小林等人接到电话，从城市各个角落奔向罗马小区。

两年多的刑警生涯，见识了太多血案，侯大利已经非常老练，进入案发现场，闻了闻空中的味道，低头看了看已经没有呼吸的许大光，道："死者是许海的爸爸许大光。地面有呕吐物，极有可能是蓖麻毒素中毒。这个案子和碎尸案可以串并案侦查。"

老谭如今是副支队长，进入现场以后仍然戴上了口罩、头套、手套和脚套，与小林蹲在一起检查现场。

陈阳脸色平静地站在客厅中央，道："碎尸案加上这起投毒案，凶手比我们预想的要狡猾，案情比预想的要复杂。告诉大家一个好消息，我刚才接到滕麻子的电话，纵火案破了。滕麻子从纵火案中解脱出来，还可以抽调二组部分同志，把力量加到碎尸案和投毒案。"

此消息对于常务副支队长陈阳来说是减轻压力的好消息，三起恶性案件，终于有一个告破。这个消息对于侯大利来说就有些复杂，一方面，他没有任何理由拒绝滕鹏飞大队长过来领导案侦工作；另一方面，他仍然在内心深处希望由自己领导重案一组侦破此案。

小林做完地面勘查后，打开冰箱。

冰箱里没有一般家庭常见的未加工食品，主要是饮料、酒水、牛奶和水果。在冷藏室里有两瓶清酒，摆放得整齐。冷藏室侧门还剩下四罐男性功能饮料。

侯大利站在冰箱前，头脑中出现了一幅画面：一个面容模糊的人在屋里转圈，思考投毒方案。他观察了客厅和卧室的水杯、饮料等物品的陈设情况，没有找到精确导向许大光的方法。他打开冰箱，拿起饮料罐，看罢英文商标，这才将蓖麻毒素注射到男性功能饮料之中。

他浑身打了一个激灵，如果凶手精确投毒于男性功能饮料，那就有两种可能性，一种是他认识这种饮料，另一种是他能读懂商标。

如果是第一种情况：卓越的妻子王芳在咖啡厅上班，他有可能接触过这种饮料；杨智作为俱乐部老总，经常带队出国，也有可能认识这种饮料；汪建国在广州办企业，不排除喝过这种饮料；陈义明则是个赌徒，或许知道这种男性饮料。

如果是第二种情况：只能是汪建国或者汪远铭可以读懂商标。

小林道："我用放大镜检查了喝过的那罐饮料，饮料罐上的标签被动过，蓖麻毒素应该是被注射进入饮料的。在许海房间，饼干和香烟里都有蓖麻毒素。冰箱里的所有东西都要带回去，彻底检查。"

侯大利道："我估计清酒里面也有毒素，凶手只是针对许大光，不愿意伤及其他人。"

汤柳检查尸体体表后，来到侯大利身旁，道："尸表没有外伤，从尸表情况以及韩小涵讲述的情况来看，应该是蓖麻毒素中毒。蓖麻毒素发作没有这么迅速，凶手是高手，可能有其他成分混合在里面，但是很难检测。"

现场勘查还在继续，殡仪馆的车来到底楼，工人将尸体拉往设在殡仪馆内的解剖室。楼外，窗口伸出不少脑袋，朝中庭张望。

尽管现场情况还没有汇集，但侯大利心中已经有数：碎尸案的凶手不仅在许海的饮料瓶中投放了蓖麻毒素，同时还在许大光家中投放了蓖麻毒素。

　　他再次升起一个巨大疑问：凶手是如何进屋的？凶手的蓖麻毒素来自何处？

　　罗马小区是花园洋房，物管规范，监控镜头众多，外人进入小区很容易留下痕迹。侯大利将江克扬叫到身边，道："投毒时间有可能在3月28日前后，凶手肯定会有前期侦察的过程。赶紧拷贝所有能拷贝的视频，凶手是人不是神，不管如何狡猾，都会留下痕迹。你直接和周涛联系，让他和易思华提前介入。"

　　碎尸案未破又生新案，重案一组面临更大压力，江克扬对脸皮绷紧的侯大利道："有了新案其实是好事，线索会更多，否则我们很难走出碎尸案的怪圈。"

　　侯大利道："晚上要辛苦，我们得连夜询问韩小涵和陈菲菲。你问韩小涵，张国强问陈菲菲。如果问出新情况，还得继续深入，你们要有思想准备。"

　　江克扬道："熬夜对我们是家常便饭，只要能有战果，一切OK。"

　　重案大队大队长滕鹏飞从长盛县赶到了现场。

　　由于纵火案告破，陈阳神情中的焦灼感几乎是一扫而空，把侯大利和滕鹏飞叫到身边，道："这一段时间都缺兵少将，手长衣袖短，大家都辛苦了。许大光被毒死，这对我们来说是坏事更是好事。增加了一起凶杀案，引得社会不安，这是坏事。好事在于串并案后，线索更多，或许某一条不起眼的线索就能最终解决问题。许家父子遇害，许家是大家族，挺爱到政府大楼前喊冤，滕大队要把主要精力放在碎尸案和投毒案上。案发七八天了，我们不能再无进展，必须有所突破。"

　　常务副支队长看的是支队全局，对于他来说，只要破案，谁来破案都一样。对于侯大利来说则不一样，自己负责的案子不仅没有及时破案，还横生枝节，又出意外，本就脸面无光，听到陈阳要求滕麻子把主要精力放在碎尸案和投毒案上，脸上犹如被抽了一鞭，火辣辣的，异常憋屈，窝囊得紧。

滕鹏飞揉了揉脸皮，道："我是在案发之日接触过碎尸案，后来主要精力放在纵火案上，不了解侦办情况，现在没有想法，先看一看，听一听，明天开会我再谈。"

陈阳道："今天晚上不紧接着开案情分析会？"

滕鹏飞抬起手腕看了看时间，道："理化检验需要时间才能出结果，侦查员还得做笔录，弄完这些时间都很晚了。我同意侯大利的意见，此案和碎尸案是同一人所为，甚至投毒时间都接近。投毒很可能是八天前的事，深夜调查走访没有意义，也没有必要开案情分析会。大家晚上好好睡一觉，恢复体力，有了精神，脑袋才清醒。"

陈明采纳了滕鹏飞的意见，决定明天上午九点召开案情分析会。

这七天时间，侯大利随时随地都在琢磨碎尸案，所有线索都在头脑中，当前最大问题就是大量线索纠缠在一起，构成一个谜团。他隐隐觉得谜团透着光亮出来，顺着透出的些许光亮，一定能将谜团解开。

不等现场勘查结束，他回到刑警老楼底楼办案区，听江克扬和伍强询问韩小涵。

韩小涵坐在椅子上，双手紧抱，一副可怜兮兮的样子。她已经从最初的震惊中恢复过来，此刻最担心自己被当成凶手，所以有问必答，十分配合。

江克扬道："冰箱里的饮料，你喝过没有？"

韩小涵道："我要减肥，从来不喝饮料，而且，冰箱里的饮料是男性饮料，国外进口的，我不会碰的。"

江克扬道："饮料是进口的，你怎么知道是男性饮料，商标和介绍全是英文。你看得懂英文商标吗？"

韩小涵道："我看不懂英文，但许大光给我提过几句，叫我别碰。"

问到这里，江克扬和侯大利对视一眼。

侯大利完全能够了解江克扬问话的思路：在碎尸案中，凶手向许海饮料瓶中投放了蓖麻毒素，向许崇德和段家秀投放了适量的安眠药，说明凶手没有滥杀。在许大光家中投毒案中，凶手应该是相同思路，将蓖麻毒素放置在男性饮料中，以防止其他人误服。

江克扬问道："你是常住江州，还是住在其他地方？"

韩小涵道："我以前主要住在阳州，有时候过来和许大光见面，才住到罗马小区。今年住的时间最长，元旦来，过完春节才离开。"

江克扬道："这一次是什么时间过来的？"

韩小涵道："前天来的，4月2日上午到的江州。"

江克扬道："谁能进入罗马小区2-5-5号房间？"

韩小涵道："许大光和我，只有我们两人才能进入。"

江克扬道："房子不小，没有请阿姨？"

韩小涵道："有一个家政阿姨钟明莉，负责打扫卫生和煮饭。她是江州城里人，有住房，不住在这里。她有家里钥匙，每天都过来打扫卫生。如果我和大光在家，她还要负责煮饭。"

江克扬道："谈一谈钟明莉的具体情况？"

韩小涵道："大光是本地人，家住东城，所以我到西城的家政公司找的钟明莉。这是家政公司名片，还有钟明莉的身份证复印件。钟大姐是去年秋天过来的，平时打扫卫生。我过来的时候，她就要买菜煮饭。许大光儿子被杀后，许大光就想要让我怀孕。他承诺只要怀孕就给我一百万现金，还给我在阳州买一套房子。"

江克扬道："你怀孕了吗？"

韩小涵道："以前我都做了避孕措施的，最近才没有避孕，也不知道怀上没有。我和许大光感情很好，不信你们可以问钟大姐。"

韩小涵从相貌、气质到衣着都是典型的都市丽人模样，许大光则是土生土长向阳大队的土著，如果不是金钱的力量，都市韩小姐绝对不会与土著许大光有任何纠葛。侯大利刚刚侦办了吴煜案和二道拐黑骨案，对金钱对人性的侵蚀有具体而深刻的体会，眼前的韩小涵又是一起活生生的例子。他对韩小涵没有太多恶感，甚至还有一丝丝怜悯。

询问结束，侯大利和江克扬短暂地交流了几句。江克扬道："韩小涵很聪明，急于脱身，说的都是实话。明天我们去调视频，再去询问保安，应该就能查证。"

侯大利道："韩小涵没有毒死许大光的动机，而且毒品是蓖麻毒素，和许海案有关。"

与此同时，张国强和严峰在办案区询问陈菲菲。

陈菲菲最初还以为警方是调查陈义明被打断双腿之事，做好了"打死都不说"的准备，谁知警方反复询问许大光和罗马小区的事，她最初颇为疑惑，当得知许大光死亡后，愣了愣神，想起极有可能泡汤的50万元，哇地哭了起来，边哭边骂道："我怎么这么命苦。谁他妈的要杀许大光，能不能晚几天再杀，啊，能不能晚几天再杀？"

江克扬刚刚询问过韩小涵，了解前因后果。所以，询问钟明莉的任务继续交由江克扬和伍强。侯大利则继续旁听。

钟明莉，女，53岁，曾经是市丝厂女工，如今是顾家家政公司的金牌家政人员。

家政人员钟明莉是在半夜被带到刑警新楼。来到办案区时，她还在对民警道："我明天要工作，起来得很早，现在这么晚了，还带我到这边做什么？"

江克扬道："明天你不用去做饭了，韩小涵知道。"

钟明莉一脸疑问，道："她家出什么事了？"

江克扬道："你带许大光家钥匙没有，给我看一看。"

钟明莉的钥匙串很简单，一把家里的普通钥匙，另一把是制作精美的防盗门钥匙。

江克扬道："这一段时间，有没有外人来到韩小涵的家里？"

钟明莉猜到可能出了什么事，紧张起来，道："没有，韩小涵不是本地人，没有什么朋友。许大光的朋友也不会来罗马小区。除了我以外，我从来没有看见过其他客人。"

江克扬道："你是怎么到许大光家做事的？"

钟明莉道："我的家政培训证挂在公司。韩小涵到公司来挑人，挑中了我，我就到他们家工作了。他们家人口简单，工资也高，是一家好老板。"

江克扬道："你以前是否认识许大光和韩小涵？"

钟明莉道："我不认识。"

江克扬道："你是否知道他们的关系？"

钟明莉道："当然知道，罗马小区有很多这种关系。我们做家政的平时闲一点的时候，偶尔会在院子里聚在一起聊天。"

江克扬道："你们聚在一起，会不会谈起自己的老板？"

钟明莉道："做家政的都是中年妇女，都喜欢聊天，聊天自然就会讲到家长里短。"

江克扬又问："在家政人员中，有没有人认识许大光？"

钟明莉道："当然有。有一个叫张红的大姐就是东城的，认识许大光，讲了许大光很多故事，我才知道许大光是向阳大队出来的大老板。不管别人怎么评价，许大光对我还是不错的。警察同志，是许大光还是韩小涵出了什么事？这两人都是好人，不会出事吧？"

江克扬道："张红的手机号码和家庭住址？"

钟明莉说了手机号码后，道："我不知道张红具体住在哪里，应该是住东城老师范校那一段。"

询问即将结束之时，一直埋头记录的侯大利放下笔，道："钟明莉，在这一段时间，你的钥匙是不是一直在身边，是否有其他人能接触到钥匙，你别急着回答，好好想一想。"

钟明莉忍不住再问："许大光到底怎么了？"

许大光是向阳大队的名人，市局的《案情通告》肯定会在明天一早出来。若是明天不出，谣言必然会传遍江州。与其让谣言四起，不如警方主动发布，这已经在江州市公安局形成共识。侯大利紧盯钟明莉，用眼神威逼对方，增加其压力，道："许大光死在家里了。你要把知道的事情好好想清楚，原原本本地告诉我们。"

钟明莉顿时惊慌起来，道："这事和我没有关系，我每天做完事就离开。"

江克扬道："你回忆一下，钥匙是否有其他人用过？这很重要，你要想清楚。不要急着回答，想清楚。"

钟明莉明显紧张起来，想了一会儿，道："我的钥匙平时都放在皮包里，没有人用过我的钥匙。在3月中旬吧，我遇到过一件事，现在想起来有些奇怪。我提着菜篮子在市场逛，走了一圈，只买了两样菜。有一个男的说是捡到我的钱包，要还给我。我接过钱包，打开检查，什么都没有掉。还没有来得及谢谢那个男的，那个男的就转身走了。"

江克扬道："那个男的多大年龄？"

钟明莉道："是个中年人。"

"等会让你辨认一下照片。"江克扬又道，"3月中旬，具体是哪一天？"

钟明莉想了想，道："具体是哪一天，我记不清楚了，大体上就在中旬。那天韩小涵从阳州回来，所以我到菜市场去选土鸡，给她炖土鸡汤。"

两三分钟后，伍强拿了十张照片过来，里面有汪远铭、汪建国、卓越、陈义明、杨智、蒋帆以及另外四人的照片。钟明莉面对并排摆开的照片，道："时间隔得太久，又只是见了一面，我有可能记不起来了。"翻看了一会儿照片，她拿出汪建国的照片，道："是他。当时我觉得这个人斯斯文文的，一看就是有教养有文化的人。他还我钱包，我还真以为是我不小心弄丢的。"

这是一个重大收获，许大光杀人案中凶手能持钥匙进门的原因或许查到了：汪建国通过钟明莉的渠道，复制了许大光在罗马小区住房的钥匙，潜入其住房，将蓖麻毒素注射进了饮料罐。

询问完两人，时间不知不觉滑到了夜里十二点。侯大利、江克扬和伍强到重案一组小会议室抽烟，喝茶，讨论案子。

侯大利没有因为找到"盗取钥匙"的汪建国而兴奋，冷静分析道："汪建国在3月28日晚有明确不在现场的证据。钟明莉所言在法庭上也做不了证据，汪建国捡到钱包，然后还给钟明莉，这是做好人好事，除此不能证明其他。"

江克扬道："汪建国取了钱包，肯定是想要复制钥匙，全市配钥匙的都有登记，很快就能查出来。明天就抽出人力调查此事，只要汪建国配了钥匙，那就跑不掉。"

伍强打了一个大哈欠，道："从目前掌握的线索来看，案子就是汪建国做的，就是不知道他用了什么障眼法，能有如此明确的不在场证明。我觉是有另一种可能，是两人犯罪，汪建国在前面策划了整个行动。真在行动的时候，他找到明确的不在场证据，另由他人杀人。"

侯大利道："我们以前讨论过雇凶杀人，可是雇凶杀人的重点在杀，而不是泄愤。"

伍强道："不一定是雇凶杀人，汪建国总有关系很密切的亲戚吧，杀手也有可能是汪家的直系亲属。"

这正是侯大利脑中渐渐成型的思路，被伍强打着哈欠随口说了出来。侯大利举了举大拇指，道："老伍的思路很好，或许就捅开了那层窗户纸，直系亲属中最有可能的就是汪远铭。"

江克扬摇头道："汪远铭年龄太大，恐怕干不了这种体力活。在第一次现场分析会上，谭支队判断凶手是体力很好的中年男人，我还是同意这个判断。"

侯大利道："这个案子之所以迟迟未破，或许是我们都存在误解，认为杀人者是体力很好的中年男人，实际上我们要去掉中年两个字，杀人者是体力很好的男人，老年人的体力也有可能很好。一切皆有可能，我们不能自我设限。大家散吧，明天又是一场硬仗，今晚要好好睡一觉。"

分手之后，侯大利毫无睡意，没有回江州大酒店，直接来到刑警老楼。他站在老楼门口，抬头，果然在三楼还有灯光。

周涛这个夜猫子，不到凌晨两三点不会睡觉。他见到侯大利，叫苦连天道："视频量太大，我就是三天三夜不睡都无法将所有牵涉汪远铭的视频找出来。"

侯大利道："你和易思华上次统计十二个监控点时，比今天任务更重吧，我相信你能够完成。"

周涛拿出一个硬盘，笑道："你这人一点都不幽默，我已经把视频中所有与汪远铭的找出来，剪辑成一个盘，方便使用。"

侯大利摸了摸脸颊，道："我很古板吗？"

"古板倒不至于，就是太严肃了。连续看了十几个小时的视频，我真不行了，得赶紧睡一会儿。"周涛打了个哈欠，道，"组长，我为了碎尸案甘愿当牛做马，这种精神是不是值得你表扬和奖励。"

侯大利道："你想要什么奖励？"

周涛道："那次和你一起到江州大酒店，底楼有一个弹钢琴的姑娘，弹得很好听，她是长期来弹琴吗？"

侯大利道："我知道你说的是谁，别人都叫她朱朱，是杜文丽的朋友。"

周涛道："杜文丽是谁，感觉挺熟悉。"

侯大利道："师范后围墙遇害的那位，朱朱弹琴，杜文丽偶尔去唱歌。你想认识，我可以让顾英给你们介绍。"

周涛道："随口一说，也不用太正式，到时再说吧。"

来到三楼资料室，侯大利泡了一杯清茶，暂时没有打开与汪远铭有关的视频集，而是拿出一张白纸，写下思路。

第一条，卓越在3月28日晚去做过大保健，晚十二点还在家，基本没有潜入许崇德麻将馆的可能性；

第二条，杨智和杜耀在3月28日十二点前在向阳五金店前殴打了许海，有从麻将馆出来的人证实这一对夫妻离开向阳小区的时间；

第三条，陈义明作为继父，又是一个烂赌徒，借机从许大光处要钱是可能的，但是碎尸的概率小；

第四条，汪建国有强烈动机，还有诸多线索指向他，但是，他在3月28日有明确不在凶杀现场的证据。

至此，案件陷入困境。

侯大利一度猜测四家受害人雇凶杀人，但是雇凶杀人最大的问题在于凶手杀人即可，而不必碎尸和抛尸。碎尸、抛尸、悬挂在榕树上的头颅和丢失的生殖器都显示凶手不仅杀人，更是要泄愤。当老姜局长和朱林自告奋勇追查杨帆案时，侯大利只觉得厚厚的思维蔽障被捅开一条大缝：四家人除了受害者的爸爸以外，还有外公、爷爷，这些人也有可能作案。

长期跟踪此案的侦查员逐渐也意识到这一点，包括伍强、江克扬等人都提出类似的观点，只是没有能够深入下去。

侯大利在白纸上列出了四家受害家庭中的老年人。

卓家：卓佳的外公、外婆不在本地，案发时没有到江州，作案的可能性极小。卓佳的爷爷七十六岁，在3月28日晚，他与孙女、妻子住在一个房间，能够互相印证，没有作案时间。

杨家：杨杜丹丹的外公有气管炎，身体不佳，走路都要喘气，住在实验小学另一套房子，作案可能性不大。杨智的父母在外地，案发前后不在江州。

陈家：陈义明的父母皆去世，朱燕的父母在农村，案发前后两人都在城外。

汪家：汪欣桐平时和爷爷奶奶生活在一起，在3月28日当天，汪远铭独自一人在家，有作案嫌疑时间。只不过汪远铭年满八十二岁，这个年龄是否能完成碎尸和抛尸这种体力活，仍是一个问题。

在头脑中将所有线索都清理一遍后，侯大利这才开始查看所有与汪远铭有关的视频。经过剪辑的视频只有半个小时，大部分是汪远铭买菜回家以及与家人一起外出时被录下的镜头。汪远铭的线路固定，就是"菜市场—家—大象坡公园"三点一线，他出现在学院街和学院小巷交叉路口的监控镜头很多，有在碎尸案前，也有在碎尸案后。

侯大利在白纸上写下：汪远铭熟悉大象坡。

侯大利取来自己高清摄像头所录的视频，调至汪家。以前他的注意力聚集在汪建国身上，寻找其破绽，忽略了对其他人的观察。这一次调整了重心，将注意力集中到汪远铭身上。看第二遍时，他注意到一个异常点：汪远铭单手提着菜篮回家，放在客厅，随后由张小舒提菜篮进厨房。汪远铭提菜篮非常轻松，而张小舒是双手提起菜篮，身体朝左倾，显得菜篮很重。

侯大利在白纸上记下"汪远铭力量大"，并加上两个着重符号。

在此条上方，还有另外一条记录加上了着重符号：凶手在床边放了一个板凳，应该是碎尸时休息所用。

记下这三条后，侯大利如猎人见到了隐匿很深的猎物，有些兴奋。他稍稍休息，做了几段小时候课间眼保健操的动作，又调出第二次前往汪家时所录的视频。

这一次视频是在报刊栏前录制的。镜头里，汪建国不慌不忙地回答问题，没有破绽。侯大利目光无意间越过汪建国，看向报栏。

江州学院在搞院庆，在报栏里贴有大红色的"江州学院英雄榜"，介绍五十年间为学院做出重要贡献的教师。其中一张英雄榜上的照片分明就是汪远铭。而在当天面对面时，除了汪建国以外的信息经过眼睛后并没有引起反应，今天调整思路后，他第一眼就看见了报纸上的汪远铭头像。

视频很清晰，由于角度不同，很难看清楚具体内容。侯大利干脆下楼，开车直奔江州学院家属院。夜十一点，家属院内安静祥和，偶尔出现的行人都脚步轻缓。侯大利不知不觉中放慢了脚步，让自己与整个环境相协调。

报栏依然有"江州学院英雄榜"，汪远铭排在英雄榜的第三位，处于第一排的位置上。正因为排名高，位于侯大利胸口的摄像头才能拍到他的头像。

借着路灯，侯大利站在报栏处细读汪远铭的英雄事迹。刚读了一分钟，他就意识到自己当初错过了多么重要的线索。

"汪远铭来到秦阳农村以后，不在意最年轻右派的特殊身份，积极投入生产队工作，多次被公社评为劳动积极分子。他获得了公社上下的信任，担任生猪饲养和宰杀工作，成为远近闻名的现代庖丁。"

这一段话，明明白白地告诉了人们汪远铭有屠宰经验。侯大利一直将"社会关系和行为轨迹"视为办案的基础，由于汪远铭年满八十二岁，没有纳入侦查视线，如此重要的线索居然就在眼前滑过，丝毫没有引起他的注意。

"汪远铭不仅成为庖丁，还成为远近闻名的赤脚医生，甚至还是当地有名的接生婆，凡是遇到难产妇女，社员在没有办法的时候，都会来找汪远铭。"

这一段话，变相指明汪远铭懂得医学知识，利用安眠药就顺理成章，懂得使用蓖麻毒素也很正常。

"汪远铭回到学院后，拿起放下多年的书本，重新走上讲堂。他是山南大学数学专业毕业生，原本回到讲台上讲授数学，接到筹建理化实验室的任务后，没有讲条件，毫不犹豫地接受了新任务。经过近四十年奋斗，我院理化实验室成为全省最先进的实验室。"

这一段话，说明汪远铭有很强的组织领导能力以及动手能力。

"退休以后，汪远铭被返聘回学院，直到七十岁才正式离开工作岗位。退休以后，仍然发挥余热，参加了学校老年合唱团和老年长跑队，年过八十，仍然活跃在学校舞台上。"短短的一则英雄事迹，在侯大利眼中，似乎专门为了解答自己的疑惑。

在碎尸案发生之初，之所以没有把七十岁以上老年人纳入侦查视线，是碎尸、抛尸和悬挂头颅需要体力。整个现场只有一种模糊脚印，虽然模糊脚印没法告诉我们凶手是谁，却透露出凶手现场只有一个男性。在抛尸现场，尸块分布极有规则，显示抛尸大概率也是一个人完成。正因为有这个判断，所以侯大利这才集中精力在中年男人身上。

如今转变思路，把老年男人也纳入侦查视线，顿时拨云见日，豁然开朗，各种被忽略的与汪远铭有关的线索纷纷涌现。

以前的阻碍是汪建国具有绝对可靠的不在场证据，汪远铭年满八十二岁，案件在此就无法推进。如果汪远铭是凶手，那么一切迎刃而解。汪建国策划，汪远铭实施，父子俩配合，天衣无缝。

侯大利打开手机相机，拍下荣誉榜上的资料。

找到凶手的尾巴，距离抓到凶手还有很长的路要走，如果证据无法闭合，事情也很麻烦，甚至有可能眼睁睁看着凶手逍遥法外。思考良久，侯大利准备离开，从楼房外小道走上小公路时，迎面遇到三个人。

学院正在大规模搞院庆，为了增加喜庆的气氛，大规模安装了led灯，光线由暖光变成了冷光，省电的同时也提高了亮度。侯大利和汪建国迎面相视，不约而同停下脚步。

汪建国右手放在胸前，迅速摆了摆。侯大利看懂了这个手势，明白汪建国不想让女儿再想起以前的事来，便没有主动招呼。

汪建国停下脚步，如老熟人一般，道："哟，好久不见了。"

侯大利道："晚上还要锻炼啊，我得向你学习，肚子都长肥肉了。"

汪建国回头对张小舒道："你们先回家，我聊几句再上去。"

汪欣桐一直没有与侯大利见过面，自然不认识眼前的人是谁。张小舒见过侯大利，只是微微点头，便和汪欣桐一起上楼。

汪欣桐和张小舒在楼门洞消失以后，汪建国道："侯警官，有事吗？"

侯大利道："办了事，再随便逛逛。"

汪建国明白侯大利肯定不会在晚上发神经，来到学院家属区散步，多半还是为许海之死而来，道："带女儿跑了步，出了汗，如果没事，我先回家了，再见。"

汪建国上楼后，喝了一杯温水，又在卫生间冲淋。出来之后，张小舒坐在客厅，电视打开，声音调得极低。

"妹妹已经睡了。刚才，侯警官来做什么？"

"我没有问。"

"他深夜跑到家属院来查什么，简直莫名其妙。"

"欣桐的状态比以前好，我们要坚持陪她锻炼，还要多听音乐。"汪建国知道侯大利为何事而来，没有多谈。

"欣桐状态好多了，费教授给的方案是正确的。药物治疗也得坚持，按剂量服用就没有大问题。两害相权取其轻，服药的副作用比病情发展的危害要小。"

"我相信医学，听费教授的。"

张小舒犹豫了一会儿，道："姑父，我下载了一个招考启事，你帮我看一看。"

汪建国看了一眼启事，惊讶地道："你要考江州的法医？"

这是山南省公安厅的招干启事，用人单位是江州市公安局，职位名称是法医职位，职位类别是警务技术，职位描述是从事法医相关工作，专业要求是法医学、临床医学，及其他近似专业。

汪建国道："你的专业倒是符合招考条件，我不能理解你为什么要考法医，这对女孩子来说不是一个好职业。"

张小舒道："我考法医是受侯大利影响，我姐给我讲过侯大利的事，他爸爸是侯国龙，他本来可以过好生活，为了追查杀害女朋友的凶手，回江州当了刑警。我妈的事情到现在都是个谜，我妈性格开朗，与我爸感情也好，怎么突然间就抛夫弃女离家出走了呢？我和我爸这些年反复分析当年的情景，总觉得事情蹊跷，我妈多半是遇害了。我想进入警队，亲自追查我妈出事的真相。"

当年的事还深深印在汪建国脑海中，后来离开江州到广州经商也与此事有关。他沉默了一会儿，道："你姑知道这事吗？"

张小舒道："我想先给姑父说，再给我姑说。法医也是公务员，工作稳定。对于学临床医学的人来说，转行法医没有技术问题。"

汪建国道："你已经长大了，自己的路还得自己走，我尊重你的决定。"

第十章
扑朔迷离的证据网

4月5日，碎尸案案发后第八天，许大光案案发后第一天，上午。

侯大利昨夜几乎一夜未睡，从江州学院家属院回来后，便抓紧时间研究与汪远铭有关的所有材料和视频，整理了一份针对性调查方案。天将放亮时，他才抓紧时间睡了一会儿。来到刑警新楼会议室，和几个一组侦查员凑在一起抽烟。

重案大队大队长滕鹏飞走进会场，接过侯大利递过来的烟，道："眼睛充血，眼圈发黑，神探昨晚熬夜了？"

侯大利深深地吸了一口，道："睡得晚些。"

滕鹏飞道："找到突破点没有？"

侯大利道："线索很多，需要在今天继续深挖。"

聊了几句后，投毒案第一次案情分析会正式开始。

最先到达的民警、现场勘查人员小林、法医汤柳、理化室吴炯、调查走访的侦查员陆续发言后，由重案一组组长侯大利发言。

侯大利放下笔，抬起头，清了清嗓子，道："从投毒的手法和现场勘查的情况来看，许大光案和许海案就是一人做的。前一段时间我们把注意力集中到汪建国身上，由于他有确凿的不在场证据，案件迟迟无法推进。当时我们考虑到分尸和抛尸是体力活，四个受害者的外公、爷爷年龄都比较大，且没有任何线索指向他们，所以没有将他们纳入重点侦查范围。经过前期调查，四位受害者的父母几乎不具备作案条件，相继被排除。我们走了弯路，这才把目光延伸到四个受害人家庭中的老年人。若是老年人犯案，卓家、杨家和陈家的外公、爷爷等人，要么是不在江州，要么是家人能够互相证明。3月28日晚，汪建国、张勤、张小舒陪同汪欣桐前往江州学院心理研究室做心理治疗，唯独汪远铭独自一人在家，有作案条件。"

正式开会后，滕鹏飞脸上笑容消失，神情严肃，道："汪远铭八十二岁了，能完成碎尸和抛尸这种体力活？"

"我发现了一份汪远铭的资料，里面的材料值得研究。"侯大利调出报栏上的江州学院英雄榜，逐条解说。

不少侦查员对于将汪远铭列为重点侦查对象还颇有疑虑，觉得八十二岁的老年人无法完成如此繁重的任务，听完侯大利对英雄榜的细致解说，多数侦查员都觉得汪远铭还真有能力实施碎尸和抛尸。

滕鹏飞指着投影幕布上列出的与汪远铭有关的线索，道："推理是推理，证据链是证据链，针对汪远铭的材料连组卷都困难，几乎没有能作为证据的材料。"

组卷的过程就是侦破的过程，优秀的侦查员必然是组卷高手。侯大利明白其中道理，道："还是那句老话，雁过留影，人过留痕，肯定存在某些我们没有找到的证据，我们围绕汪远铭，掘地三尺，挖出证据。"

滕鹏飞道："如今连像样的证据都没有，只是一些疑点和推理。如果侦查方向错误，投入大量警力，不仅是无用功，还会导致真凶逃脱。侯大利，你能承担责任吗？"

侯大利深研案件数天，每一条线索每一个细节都烂熟于胸，道："此案不符合流窜作案和激情杀人的特征，就是纯粹的报复杀人案。如果侦查方向错误，我承担责任。"

常务副支队长陈阳道："现在不是谈责任的时候，我们要的是结果，你谈谈具体方案。"

侯大利道:"方向不变,彻底调查汪远铭,第一,调查其通话记录,调查其购买安眠药的记录,调查其购买塑料垃圾袋记录,调查其有无购买14厘米左右单刃刀的行为;第二,视频侦查,凡是汪远铭出现过的镜头,要逐帧辨别,查找其破绽,特别是罗马小区附近要重点查找;第三,重新调查许崇德麻将馆的人,让他们回忆是否有一个老年人曾经进入过麻将馆;第四,重新调查蒋帆,看他与汪远铭之间的联系;第五,要调查罗马小区许大光家的家政服务员,是否与汪远铭、汪建国、蒋帆和梁艳有关联;第六,要调查汪远铭是否有购买蓖麻毒素的渠道。"

论及对碎尸案和许大光案的了解程度,侯大利在刑警支队当属第一,在其坚持之下,重案一组工作重心转向了八十二岁的江州学院退休教授汪远铭。

会议结束不久,滕鹏飞接到了分管副局长宫建民的电话,来到其办公室。办公室烟雾缭绕,烟灰缸上摁灭了四个烟头。滕鹏飞看了烟灰缸一眼,笑道:"宫局,陈支队刚走,你们两人凑在一起抽烟,而且连抽两根,是不是在讨论碎尸案和投毒案?"

宫建民道:"你倒是长了一双贼眼。"

滕鹏飞道:"这太简单了,办公室烟雾多,缸里还有四个烟头,两个集中摁在正中央,两个集中摁在左侧。说明刚才有人在你对面,接连抽了两支烟,摁在中央的应该是宫局,另一个是陈支。"

宫建民道:"滕麻子果然有两把刷子,分析得严丝合缝。侯大利坚持认为是八十二岁的老人杀人、碎尸、抛尸,又进入另一个小区投毒,听起来很有些不可思议。但是,我认为要相信一线指挥员,发挥他们的主观能动性。另一方面,我想问一问你作为重案大队长对此事的看法,如果办案方向有偏差,还得纠正。"

滕鹏飞没有立刻回答分管副局长的问话,用力揉了揉满脸麻子,道:"我最近在指挥纵火案,基本上没有过问碎尸案和投毒案。虽然今天刚刚开过案情分析会,我还是不能判断办案方向是否有偏差。"

宫建民道:"报复杀人案陷入胶着,摸起来的三条线索全部断掉。

李明急得团团转，嘴唇都起了泡。我听了两次会，情况不好，这样下去恐怕破不了案。我准备到刑总做一次汇报，让专家组来会诊。这其实是挺丢脸的事情，比起破不了案，我们宁愿丢脸。碎尸案和投毒案的线索多，有破案的条件，你把主要精力放在这里，力争在省厅专家组到来之时，破掉碎尸案和投毒案，多多少少挽回些脸面。另外还有一件事，我的事情是真多，继续兼任刑警支队支队长会影响工作，我准备把摊子交到陈阳手里，在这个节骨眼上，你要顶上去。"

滕鹏飞道："侯大利这人是案痴，把案子交到他手上，我还是放心的。"

宫建民道："你是重案大队长，三个组都得管，不能当甩手掌柜，这是你的职责。你是老刑警，给侯大利把一把方向，避免他犯错，这是对年轻干部的真正保护。"

会后，各组侦查员分头行动，收集与汪远铭有关系的点点滴滴。

张国强和严峰负责调查刀具和塑料垃圾袋。

许大光遇害后，扫黑除恶专案组只得紧急收网，组织力量以迅雷不及掩耳之势抓捕了十来名涉黑分子。这些涉黑人员间大多沾亲带故，是以家族为核心的黑社会组织，涉及故意伤害、限制人身自由、非法持有枪支、强奸、行贿等罪行。张国强探组从扫黑除恶专案组撤回，继续参加侦查碎尸案。

两人直接来到江州学院家属小区最近的一家连锁超市。这家连锁超市主要面对教职工和学生，品种丰富，价格公道，汪远铭平时在家里负责采购，绝大多数时间都是在此超市购买。

张国强和严峰进入超市，按照事先计划，首先拷贝了超市的监控视频。此超市监控视频保留三个月，没有损坏，只要汪远铭在三个月内购买了十多厘米的刀具，都能查到。

拷贝视频后，张国强和严峰来到超市刀具专柜。张国强记熟了根据伤口形状画出的刀具图，发现一种厨用刀具套餐中的单刃刀与刀具图从尺寸到形状都基本一致。

张国强找来厨具专柜服务员，问道："你们这种厨用套餐进了多少货，到现在为止卖了几套，赶紧找来。"

厨具专柜服务员知道来者是警察，赶紧去找进货的单据以及销售记录。趁此空当，张国强和严峰来到厨具专柜旁边的家居用品，很轻易找到了与抛尸所用塑料袋一致的塑料袋。这种塑料袋在江州各大商场有售，在此超市也有不足为奇。

服务员拿来销售记录，在3月3日和3月30日，分别销售出去一套厨用餐具。

张国强和严峰回到刑警新楼办公室，调出3月3日和3月30日的监控。监控视频非常清晰，能辨认出购买者的五官以及所购何物。江克扬查看3月30日的监控，一个小时以后，一个熟悉的人影出现在画面中。汪远铭拉着购物车，来到收银处，等到上一个客户离开以后，他弯腰拿出购物车物品，厨房刀具套餐赫然出现在柜台上。

307室，侯大利看罢视频，道："为什么汪远铭在3月30日来买刀具？"

张国强考虑过这个问题，道："3月29日，他丢弃了作案用的刀。3月30日，是想补上丢弃的刀，这是欲盖弥彰。"

侯大利道："这个证据很重要，但是，仍然不是关键证据。如果没有其他证据配合，到了法庭上，用处不大。"

胡志刚和蒋超负责继续调查三轮车。

胡志刚和蒋超再次来到学院街七十一号，开始寻找暴露在外的水龙头。在3月29日早上，学院街七十一号商户的三轮车被人清洗过，三轮车主人不知道是谁清洗的。

胡志刚和蒋超找到三轮车主人，再次询问三轮车被清洗之事。三轮车主人是久做生意的老油条，唉声叹气地道："江警官，你们什么时候还我三轮车？对你们来说，三轮车不值钱，对我来说，三轮车天天都要用，重新买一台，又得好几百块。"

胡志刚道："破了案就会还你。左邻右舍都有三轮车，你每周才用一次，借一借就行了。谁洗的车，你真不知道？"

三轮车主人唉声叹气地道："我真不知道。我这三轮车用了两年，好多地方都脱漆了，平时懒得打理。30日上午，我准备去拉点货，这才发现三轮车被洗得干干净净，陈年污渍全被洗掉了。有两处螺钉掉了，还被人重新安装了螺帽。"

清洗三轮车还可以说是消除痕迹，安装螺帽这事就显露出特别的性格，与肠子都要盘得整齐有异曲同工之处。江克扬赶紧记下这一条关键处，道："上次你怎么不说螺帽的事情？"

三轮车主人道："你又没有问螺帽的事。"

胡志刚道："你是属青蛙的吧，敲一下，跳一步，还有什么，干脆点。"

三轮车主人笑嘻嘻地道："这种三轮车体积大，搬到楼上很麻烦，只能在地面洗。我们都是在前面一百米左右的室外水龙头那里清洗。那是物管公司打扫清洁用的水龙头，平时把笼头去掉，要用的时候带个笼头或钳子就行了。我估计那人要清洗三轮车，多半就会寻找类似的水龙头，时间还不会短。我建议你们去找一找凌晨打扫的环卫工人，他们看见的机率很大。"

前一次与三轮车主人见面之后，江克扬探组沿着门面做调查，一无所获。胡志刚有些生气地道："上一次找你，你为什么不说这些事情？"

三轮车主人道："我当时也没有想起这事。再说，当时我也不认识你，看见陌生警察谁都会防两手，如今一回生二回熟，我不紧张，慢慢回想，这就想起了可能在前面物管水龙头进行清洗。"

环卫工人分为三个体系，一是区环卫所有直接管理的环卫工人，二是街道环卫站管理的环卫工人，三是清洁公司管理的环卫工人。胡志刚认识街道环卫站的站长，便径直去找熟人。江站长很热情，嘴里说着"老胡来了，真是稀客"，又拿好烟，泡好茶。

胡志刚讲了来意后，江站长立刻安排环卫班组长叫来不值班的工人到单位。

十几分钟后，陆续有环卫工人进来。环卫工人每天都是轮岗，在休息时间被叫到单位，满肚子不高兴。江站长心里有数，道："胡警官是来查案子，你们好好听，好好想。"

胡志刚拿出了三轮车的照片，道："你们在三月三十日早上，是否见到有人清洗三轮车？"

环卫工人低声议论一会儿，有的摇头，有的说没看见。胡志刚正在失望的时候，一个中年妇女道："我看见一个老头在洗三轮车，但不是在早上，是在下午。"

胡志刚大喜道："哪一天下午？"

环卫工人和组长凑在一起逗了一会儿耳朵，道："我是做下午班，大概是29号。"

胡志刚拿出汪远铭照片，道："洗车的是不是他？"

环卫工人道："洗车人年龄肯定有点大，从身材和动作看得出来。至于五官，看得不是太清楚，你让我看这种登记照，我不敢肯定。"

胡志刚、蒋超和环卫工人来到清洗三轮车的地方，找到清洗三轮车的水龙头。果然如三轮车主人所言，这是一个物管用的水龙头。上面的笼头被卸掉，加一个笼头或用钳子就可以使用。比较遗憾的是水龙头在墙角，恰好在监控死角。

杜峰和高连负责调查蓖麻毒素来源。

杜峰以前调查过辖区内所有的蓖麻收购点和加工企业，一无所获。由于蓖麻在山南农村广泛分布，凶手极有可能在农村搞到蓖麻，来源太多，无法查找。聚焦于汪远铭后，调查就相对简单了。汪远铭是在江州老城长大，其父母在解放前是老城医生，而陈正淑则是外地人，娘家在岭西省南州市。汪远铭若是要从蓖麻籽中提取到蓖麻毒素，最有可能就是到他曾经下放过的秦阳村里。杜峰和高连来到秦阳下辖县，找到当地刑警大队，再前往目标镇派出所。

所长听说来意，道："蓖麻是油料作物，可以做工业润滑油，我们这里有种植传统。"

杜峰道："蓖麻籽收获季是七到十月，若是今年三月过来弄蓖麻籽，最容易在哪里找到？"

所长道："当然是秦阳油脂厂，那里常年都在收购蓖麻籽，收购价也不贵，在十元左右吧，具体得问厂里面。"

杜峰回想汪远铭下放其间的经历，猜测其应该在当地有些名望，试探着道："你认识汪远铭吗？"

所长道："汪远铭是谁？我不认识。"

杜峰道："一个下放在这里的知识分子，曾经当过兽医、杀猪匠、乡村医生和接生婆。"

所长道："我是外面来的，以前的事情不清楚，我们有一个老公安是本地人，他说不定清楚。"

老公安临近退休，脸皮黑黑的，满脸皱纹，比起一般退休人员要显老，听到"汪远铭"三个字，道："我知道他，我们以前都叫他汪大学。这人不仅有知识，动手能力也强，农村里的事什么都会做，那真是人才，比起现在的大学生要强得多。"

杜峰道："他最近回来没有？"

"汪远铭以前是住在二队集体房子里，有一个大院子，以前二队就在大院里开会。我给二队大院子打个电话，就知道他最近是否回来。"老公安打完电话，回头望了望杜峰和高连，道，"汪远铭回来过，住在老二队大院子，住了一个晚上，第二天离开的。"

经调查：汪远铭曾经于3月26日晚回到秦阳这边生产队，要了一包蓖麻籽。

侯大利接到电话时正在和周向阳聊案子。挂断电话后，他长舒一口气，道："有一个关键发现，汪远铭在3月26日弄到了蓖麻籽，我们越来越接近真相了。"

他拿起笔，在小笔记本写下今天的成果。

周向阳看着这个笔记本，道："你记笔记的方法和黄卫如出一辙。"

侯大利道："我正是向黄大队学的方法，很有用。碎尸案和投毒案的凶手非常聪明，我们逐渐逼近真相，但是还要想办法撬开一个或许是同谋者家伙的嘴巴。"

周向阳挑了挑眉毛，道："或许是同谋者？"

侯大利详细讲解案子经过，将卷宗复印本递给周向阳。

周向阳接过卷宗，道："什么时候开动？"

侯大利道："各组都在行动，我们尽量把线索收集得多一些，但是最迟明天上午就要询问蒋帆。"

周向阳与侯大利数度合作，攻无不克，战绩极佳。他数次在不同场合向关鹏和宫建民建议：现在审讯人才急缺，侯大利是难得的审讯好手，多磨几个大案，肯定会是全省都数得上号的名审。

常务副支队长陈阳打电话安排其参加碎尸案的审讯工作。周向阳听说是与侯大利合作，乐呵呵地答应了，随即过来调卷宗。

侯大利和周向阳谈完以后，江克扬探组已经将那位叫张红的家政人员带到新楼办案区。

按照江州市公安局询问规定，询问被调查对象或者证人，可以到被调查对象或者证人所在单位或者住处进行，但是必须出示公安机关证明文件。在必要的时候，可以通知被调查对象或者证人到公安机关的办案场所接受询问。张红是比较关键的调查对象，所以侯大利要求尽量将张红带至办案区。

在进入办案区之前，侯大利道："还是你来主问，我先观察对方，重点要询问张红是否和汪建国、汪远铭有瓜葛，还要查是否和梁艳、蒋帆有关系。"

张红是第一次进入公安局接受询问，很是紧张。江克扬和她闲谈几句，尽量安抚其情绪，等到其稍稍平静后，这才开始正式询问。

……

"我住在师范后街41号。"

……

"我认识钟明莉，我们在一个家政公司，她可是金牌家政人员，比我的工资多得多。说实在话，我们干的活儿都差不多，谁也不比谁差，钟明莉就是挂了个牌子，比我们每个月多几百。"

……

"我当然认识许大光，以前我家就住在向阳小区旁边。许大光是向阳大队的，办了采砂厂，向阳大队很多人都在采砂厂上班。"

……

"钟明莉给我说过许大光在罗马小区养小三。我也不是有意多嘴，就是和别人聊天的时候说了这事。我真没有特意说，就是和别人摆龙门阵的时候，无意中说了这事。我们这些婆儿客聚在一起不说这些说那能说什么，国家大事又不懂，只能说家长里短。"

……

"我不认识汪建国，也不认识汪远铭和蒋帆。梁艳是老街坊，我认识啊，关系还不错。我不晓得梁艳是否知道许大光的事情。梁艳如今是有钱人了，每次从广州回来，都有很多人到她屋里玩。大家聚在一起肯定要谈闲话，梁艳知道许大光的事情也不稀奇。"

……

询问结束，张红离开。

侯大利和江克扬一起走出办案区，在底楼院子里抽烟。

侯大利道："线索非常清楚了。梁艳极有可能知道许大光在罗马小区养了小三，也就有可能知道钟明莉。汪建国应该跟踪了钟明莉，在菜市场偷了钱包，拿到钥匙。短时间肯定不能配好钥匙，应该利用钥匙的模板，然后配制了钥匙。难怪监控视频中汪建国出现的频率最高，他在进行作案前的侦查。汪建国没有参加碎尸案，但是有可能参加了投毒案。"

至此，越来越多的线索指向汪建国、汪远铭、蒋帆和梁艳，碎尸案和许大光案应该就是由这四人策划，动手之人极有可能是最不可能成为凶手的汪远铭。

江克扬提出了另一种思路，道："蒋帆与汪家关系密切，也有可能是汪建国策划，然后蒋帆下手。"

侯大利道："如果蒋帆下手，杀人就可以了，没有必要泄愤，碎尸、抛尸、切生殖器、挂头颅、投毒许大光，这绝对是有深仇大恨的人才做得出来。所以我排除蒋帆，只能是汪远铭。"

侯大利来到滕鹏飞办公室，汇报案件进展。

滕鹏飞拖过来一个白板，道："线索太多，说起来太乱，你一条一条记下来。"

侯大利拿起签字笔，依着先后顺序写下与汪建国和汪远铭有关的九条线索。

1. 汪建国在监控里出现了47次，汪远铭出现了27次；

2. 汪建国与经常到许崇德麻将馆打麻将的蒋帆有电话联系，他没有使用本人电话，而是使用了梁艳在江州的电话；

3. 汪建国在菜市场"捡"到了钟明莉的钱包，钱包里有许大光在罗马小区住房的钥匙；

4. 有环卫工人看到有老年人在29日下午清洗三轮车；

5. 汪远铭在3月26日到秦阳弄到了蓖麻籽。

6. 汪远铭在3月30日购买了一套餐刀，其中一把刀具与碎尸案的刀具模型极为相似；

7. 汪远铭在农村当过杀猪匠和乡村医生，在学院里管过实验室，退休后参加了长跑队和合唱团，有足够体力。其买菜时的菜篮非常重，张小舒双手提菜篮都吃力；

8. 汪远铭和汪建国都具有杀人的动机；

9. 结论：汪建国、梁艳、蒋帆共同策划了碎尸案和投毒案，由汪远铭实施。

滕鹏飞站在白板前，双手抱在胸前，微微抬起下巴，道："这些线索倒是指向了汪远铭和汪建国，但是证据仍然不够完善，没有致命一击，还无法达到锁定凶手的程度。很多证据都有多种解释，比如刀具，汪远铭是在凶杀案第二天才购买的刀具，那这把刀具肯定不是杀人时的凶器。"

侯大利道："汪远铭确实有强迫症。他碎尸时所用的凶器应该就是家里常用的刀具，丢弃以后，新买的刀具还是要和以前的刀具一致。更关键是蓖麻籽，这个证据很致命。"

滕鹏飞道："蓖麻籽能够提取蓖麻毒素，但是，蓖麻籽不是蓖麻毒素，如果能找到提炼的证据，那才是最有效的证据。"

迟迟无法破案，正是由于凶杀现场和抛尸现场都非常干净，找不到与凶手有关的直接证据，如今从外围入手，开始向核心逼近。侯大利道："我和周向阳准备再次询问蒋帆，正在制订询问方案。高连和胡志刚准备再到广州，询问梁艳。其他力量，全部集中在汪远铭身上。"

滕鹏飞没有反对。

高连和胡志刚简单收拾行李，再赴广州。

侯大利和周向阳开始询问蒋帆。虽然是进行询问，两人却是按照讯问的方式突袭蒋帆。

蒋帆来到刑警新楼办案区，一直没有开口说话，脑里反复想着汪建国的话："警察还有可能找你，你只需要记住一点，除了视频以外，什么事都可以直说。不管警察如何问你，不管他们有什么圈套，你就实话实说，他们拿你一点办法都没有。记住，千万别被他们吓住。你没有犯任何事情。"

例行程序走完，周向阳声音突然一改最初的温柔，声音冷了起来，道："蒋帆，你要清楚地认识到当前的形势，这不是一般的案子，这是恶性杀人案，你想帮别人背，你背得起吗？"

蒋帆很想说"你们又没有立案，凭什么这样问我"，反驳的话到嘴边，想起汪建国的反复叮嘱，特别是有了前次应对警察的经验，有意装傻，道："我不明白警官在说什么。"

周向阳"啪"地拍了桌子，道："我来给你普法，如果与他人合谋杀人的，属于共同犯罪，也应以故意杀人罪来定罪量刑。根据《中华人民共和国刑法》的规定，应处死刑、无期徒刑或者十年以上有期徒刑；情节较轻的，处三年以上十年以下有期徒刑。这些法条说起来很抽象，我给你举个例子吧，盗窃团伙的望风者，没有直接实施盗窃行为，还是应该认定为从犯，也要判刑。你的行为就是盗窃团伙的望风者，只不过性质要严重得多。"

蒋帆脑里又响起了汪建国的话："他们肯定会吓唬你，把事情说得很严重。如果警察开始吓唬你，就说明他们没有什么好招数，还是老办法，实话实说再加上装傻记不清。"他从小就认识汪建国，数十年的时间证明汪建国比自己聪明，听汪建国的话没有错，动摇的内心随即坚定起来，道："我真不明白警官在说什么，周警官能不能明说？"

周向阳研究过蒋帆的经历，知道其没有应对警察的经验，原本以为会相对容易降服对方，今天交锋后才发现对方并没有轻易乱阵脚。

几轮交锋后，周向阳抛出比较重要的武器，道："今年3月19日，汪建国给你打了十万块钱，这个款你都敢吞下去，说一说，这是什么款？"

蒋帆道："我和汪建国是毛根朋友，我妈身体不好，要做手术，汪建国打款给我很正常。乞丐和皇帝都有三朋四友，何况我们这些小老百姓。"

又经过几轮心理较量，蒋帆心里越来越踏实。汪建国确实聪明，将警察有可能问的问题全部提了出来，一切尽在掌握之中。

走出刑警新楼时，蒋帆面带笑容，抬头挺胸，步履平稳。

放蒋帆离开，侯大利和周向阳没有坐电梯，步行上楼。

周向阳道："蒋帆对我们所有提到的问题都有准备，毫无破绽。"

侯大利道："应该是汪建国准备得很充分，越是如此，我更坚信蒋帆必定和汪家有合作，他的作用就是潜伏在许崇德麻将馆，向汪家提供情报。蒋帆望风，汪建国全盘操控，实施者不是汪建国和蒋帆，所以他们两人才如此镇静。我估计蒋帆很快就要和汪建国联系，甚至已经在打电话，有恃无恐。"

周向阳道："技侦支队已经准备好，希望他们在电话里能够漏点料出来。"

果然如侯大利所料，蒋帆在街上步行一段后，打通了汪建国电话，然后径直到江州学院家属小区。汪建国坐在家属小区的石凳上，摆了一套能够随身携带的茶具。蒋帆喝了一口茶，竖起了大拇指，道："建国料事如神，我真是服了。你提到的问题，警察都问过一遍。警察找我，就是想要找到突破口。"

"汪建国有滋有味地喝了一口江州毛尖，道："警察盯上我了。在许海被杀那天，我带着欣桐到学院治疗，明明白白，清清楚楚，他们就是不相信。我现在最担心的是警察破不了案，始终像苍蝇一样盯着我，再从你和其他人那里弄些材料，强行认定我是凶手，那我就倒了八辈子血霉了。为了预防这种情况，所以我们还要提前应对。警察对你只是怀疑，没有任何证据，事实上你什么也没有做。不管风吹浪打，你都要似闲庭信步，发生过的事情就实话实说，没有发生过的事情就说不知道。"

蒋帆忍不住问道："建国，有件事想问你，我实在忍不住了。许海那个杂种到底是不是你杀的？"

汪建国又倒了一杯茶，道："你不该问这个问题，问得越多，以后越不知道如何应对警察的提问。我给你说一句实话，那天我确实是到江州学院心理室，绝对没有杀人。"

蒋帆充满疑惑地道："到底谁杀的？"

汪建国撇了撇嘴，道："天知道。"

蒋帆越听越糊涂，伸手不停抓脑壳。

张小舒满脸忧色地来到院中，四处张望后，朝汪建国走了过来，道："姑父，我有事给你说。"

汪建国道："有啥事？这是蒋叔，我的老同学。"

张小舒道："爷爷后背老是疼，还觉得木椅子冷。我觉得不太对劲，最好到医院检查。"

汪建国顿时紧张起来，道："怎么回事？"

张小舒道："爷爷身体总是莫名其妙不舒服，问过我两次。我没有发现其他问题，建议做一次全面检查。"

张小舒正在市人民医院实习，汪建国相信其眼光，脸色凝重地道："我去说服我爸，争取做一个检查。"

张勤留下来照顾逐渐恢复的女儿，张小舒、汪建国陪着汪远铭到市一院做体检。体检结果出来后，医生单独把汪建国叫到一边，拿着片子在灯光下反复瞧，道："你这个有麻烦，在胰腺位置有阴影，我怀疑是肿瘤。他平时有什么感觉？"汪建国道："后背不时疼痛，还觉得冷。"

汪建国出来后，想要尽量挤出笑容，脸上肌肉却僵硬得紧。汪远铭道："是什么问题？"汪建国故作轻松地道："还得复查一次，照一个加强CT。"汪远铭"哦"了一声，道："生老病死，这就是人生。"

在医院重新做检查后，三人回家。在车上，汪远铭感觉到儿子和张小舒的情绪低落，道："大家闷起做什么，说话啊。做加强CT，我肯定有毛病了，到底有什么病，直接给我说。"

汪建国闷闷地道："没事。"

汪远铭道："你是我儿子，谁能比我更了解你，你脸上这表情，明明白白告诉我，我出大问题了。建国啊，我都八十有二了，老天待我不薄，有什么就直说，我想得通。"

张小舒闻言鼻子一酸，眼泪就差点落下来，她伸手挽住汪远铭的胳膊，道："爷爷，真没事。"

汪远铭看了张小舒一眼，道："小舒，你挺坚强的一个人，眼泪都要落出来了。哭什么哭，天要下雨，娘要嫁人，生老病死都是没办法的事。我看得开，顶了天就是早些和奶奶见面。"

张小舒的眼泪再也不受控制，一串串往下掉。

回到家，汪建国、张勤、张小舒在老爷子休息之时坐在客厅商量。汪建国道："小舒，胰腺癌有希望治好吗？"张小舒道："胰腺癌发现往往就是晚期，而且爷爷这个有转移。胰腺位置很隐蔽，治疗很难。"张勤道："难道就没有一点希望？"张小舒道："爷爷年龄太大，不能做手术，以现有的技术可以选择用伽马刀，但是，癌细胞已经转移到肝脏，希望不大。"

在一年时间里有可能失去双亲，汪建国难以接受这样的事情："能不能做最后的努力，如果不做努力就放弃，我的心过意不去。"

张小舒道："伽马刀对身体也有伤害，手术后会很难受。"

张勤道："建国，爸是豁达的人，我觉得应该告诉他真相，由爸和我们一起做选择。爸这一辈子屡受磨难，吃了很多苦，他从来都没有怕过，我相信爸能够做出选择，我觉得在这个时候最应该做的就是顺他的心意。欣桐和爷爷感情极深，我们还要防止欣桐因为得知爷爷的病情导致情绪恶化。"

4月5日，碎尸案案发后第八天，许大光案案发后第一天，下午。

从省刑侦总队传来的图像修复件放在侯大利桌上。这幅画面是监控镜头在夜间透过树叶所照下。由于夜间光线昏暗，又有树叶阻挡，再加上树下三轮车行驶速度快，监控视频中只有一闪而逝的画面。技术大队对画面进行了恢复，没有成功，这才求助于省刑侦总队。

发回来的图像经过修复，能看清楚三轮车前端形状，包括几处破裂处都能看得清楚。骑车人被树叶遮挡住大部分身躯，看不清楚相貌和身材，依稀能看出骑车人穿着一件深色的夹克，能清楚看到凶手戴一顶旅行帽。旅行帽是浅灰色，没有标志。

侯大利总觉得旅行帽似曾相识，脑海中交替出现各种画面，突然间有一段画面出现，停住，变成一段影像：在江州学院家属小院里，一群老年人有说有笑地聚在一起，身穿统一服装，服装上印有江州老年合唱团的字样，戴着一顶灰色旅行帽。

骑行三轮车的人头顶上的灰色旅行帽正和江州老年合唱团团员所戴旅行帽一样，汪远铭是江州学院老年合唱团的团员，自然也有这样的旅行帽。

"人过留影，风过留痕"，这确实是至理名言，在当今时代，在城区作案要想一点痕迹都不留下，难上加难。

侯大利调出自己佩戴的高清摄像机拍摄的视频，很快就找到偶遇江州老年合唱团的那一段，合唱团员们统一佩戴旅行帽，个个兴致盎然。当天是陪同汪欣桐看演出，汪远铭并没有出现在合唱团中。这又是一条指向汪远铭的线索，但是，这条线索和以前的线索一样，都是间接证据，可以有多种解释，无法锁死汪远铭。

在等待江克扬和张国强之时，侯大利再次浏览了周涛整理制作的汪远铭视频集。侯大利看过一遍视频集，没有特别发现。

从视频中可以看出，汪远铭退休生活简单而有规律，多数时间都在前往超市、菜市的路上以及提着菜篮子回家的路上。他离开家前往超市、菜市的时间非常精准，有一个必经之路的监控视频在每天上午九点十五分左右都会出现汪远铭的身影，时间误差都在五分钟之内，也就是最早是在九点十分出现，最晚也就是九点二十分。在回家的路上同样如此，出现在此视频中的时间同样非常准确。在3月26日那天，汪远铭没有出现。

在等待三位探长之时，侯大利打通了张小天的电话。几分钟后，一份邮件到达侯大利邮箱。

十几分钟后，江克扬和张国强进入办公室，两人进门皆不约而同地问："杜峰找到蓖麻毒素来源吗？"

侯大利指了指视频，道："谈蓖麻毒素之前，大家先看一看省刑总发过来的修复照片。"

三人看罢江州学院老年合唱团的视频，这些老年合唱团团员所戴帽子和监控视频录下的帽子高度相似。

侯大利道："这种旅行帽很多，价格不贵，戴的人很多，但是意义还是很重大，我们抓住了汪远铭的狐狸尾巴。更重要的是杜峰的秦阳之行很有收获，汪远铭在3月26日去过秦阳，在当年下乡的地方拿走了一些村民放在家中的蓖麻籽。"

张国强道："汪远铭是从蓖麻籽中提取蓖麻毒素，是他自己提取的？"

侯大利道："大家别忘了汪远铭的履历，他重新回到江州学院后，曾经有一段时间管理过学院的实验室，也就是说，汪远铭有能力提取蓖麻毒素，而且他曾经是实验室负责人，使用一下实验室应该没有太大问题。下一步我们需要做两件事情，一是依法搜查汪远铭的家，特别是要拿到汪远铭的帽子，还要把汪远铭的衣服全部暂扣。如果是汪远铭杀人碎尸，无论手法如何，始终是一个大工程，衣服上沾点血在所难免，只要其衣服上发现血迹，那案子就破了。"

碎尸案发九天，其间还有投毒案，重案一组忙得昏天黑地，却一直没能取得关键性突破，所有人心里都憋着一口气，如今终于看到曙光，个个摩拳擦掌。

重案一组达成共识后，侯大利再给滕鹏飞打电话。不一会工夫，常务副支队长陈阳和重案大队大队长滕鹏飞来到了重案一组小会议室，听取汇报。

江克扬制作了《呈请搜查报告书》，依程序报批，很快就拿到《搜查证》。

两辆车前往江州学院家属院，一辆是江克扬探组的配车，另一辆是侯大利的越野车。为了开展工作，重案一组配车都是使用地方牌照，这样办案时不引人注目。侯大利和江克扬坐一辆车，老伍、马小兵和袁来安坐另一辆车。

在车上，江克扬道："我怎么没有一点即将破案的兴奋劲。若是抛开警察身份，用最浅显的语言来讲，汪家是好人，许家是坏人，如今为了一个作恶多端的人去抓一个德高望重的老人，我怎么觉得我们变成许家的爪牙。"

侯大利道："情感上的矛盾肯定存在。但是，情感是一回事，法律是另一回事，我们维护的不仅仅是个人权利，更是社会秩序。没有大家都遵守的社会秩序，每个人的生活最终会受影响。"

江克扬道："我懂这些道理，就是发点小感慨。汪欣桐这个精神状态，如果看到我们搜查他们的家，或许会受到影响。这一点我们得处理好。"

侯大利竖了竖大拇指，道："老克心细如发，我要向你学习。"

五名侦查员进入江州学院家属小区，来到汪家楼下，一名侦查员到楼下，两名侦查员到了汪家上一层。侯大利和江克扬来到防盗门前。侯大利给汪建国打了电话，直言道："我是重案大队侯大利，就在门口，请你出来单独说几句话。"

汪建国拿着手机走到门口，随手虚掩防盗门，轻声道："侯警官，什么事？"

侯大利亮了亮《搜查证》，道："我们要依法对你家进行搜查，这是《搜查证》，希望你能配合。我知道汪欣桐正在治疗，我们搜查有可能会对她产生影响，能不能想办法让她出去一会儿，等我们搜查完以后，再让她回来。"

警方还是到家里搜查了，汪建国深吸一口气，道："你们请到客厅来坐，我进里屋和张小舒商量。"

侯大利和江克扬走进房间，坐在沙发上。张勤很快从卧室出来，为两位警官泡上茶，道："稍等一会儿，小舒准备带欣桐到音乐厅练琴。"

张小舒听到警察要到家里搜查之时，惊得下巴都要掉在地上，低声对汪建国道："姑父，他们为什么到家里来搜查，有毛病吧。"汪建国道："我不知道他们是什么原因，但他们有《搜查证》，我们要无理由配合，能让我们把欣桐带走，已经很人性化了。"

背起琴箱，挽着汪欣桐，张小舒走出卧室，看到在客厅里喝茶的侯大利，皱了皱眉。她没有和侯大利打招呼，与汪欣桐一起走出家门。汪欣桐完全不认识侯大利和江克扬，不知道两人身份，只是出于不想见陌生人，低头快走。

张小舒走到楼下，又见到两个精壮的年轻男子，从气质上来看就是侯大利的同事。从这个架势来看，侯大利是将姑父当成了重点嫌疑对象。她暗自生气，腹诽道："还是神探，居然跑到姑父家里找凶手，脑子里完全是一包糨糊。"走了几步，她回头看，两个年轻男子已经不见踪影，想必上楼去了。

汪家客厅，汪远铭神情自若地用水壶给新进来的警官续水，道："水烫，慢点喝。"他头发花白，面目慈祥，举止儒雅，没有丝毫投毒案和碎尸案凶手的影子。

女儿被强奸，母亲心肌梗塞过世，父亲又得了胰腺癌，警察入屋搜查，汪建国悲从中来，走到窗边，仰头望天。

张勤走到丈夫身边，安慰道："身正不怕影子歪，我们没有杀人，无论他们怎么查，都和我们无关。"

侯大利、江克扬、老伍等人站在客厅中央开始戴手套，准备搜查。

侯大利和江克扬先到厨房，找到那把新买的单刃刀，找遍厨房，都没有发现与新买单刃刀相似的旧刀具。

进入汪远铭寝室时，侯大利的第一目标是旅行帽，结果搜遍整个房间，都没有见到那顶老年合唱团的旅行帽。

搜查衣柜时，在衣柜底部发现了一本小笔记本，笔记本比巴掌稍大，适合放在口袋或者手包里，上面记录生活杂事。侯大利翻看数页，发出疑问道："这是汪建国的笔记本，记了不少在广州的杂事，有工作上的，也有生活上的，为什么会出现在汪远铭的衣柜里？"

江克扬看了几眼，道："中间似乎被撕掉了一些。"

侯大利翻到笔记本没有字迹的页面，道："撕掉了二十几页，不是撕掉，是用剪刀或者刮胡刀切掉的，切得非常整齐，看不到毛边。回去查一查有没有隐形压痕字迹，肉眼看不出来。"

在汪远铭卧室提取物证完毕，侯大利、江克扬、老伍等人又来到汪建国房间，在房间里发现了一盒儿童用的超轻黏土。

侯大利拿着超轻黏土，对江克扬道："如果取到钥匙，是否可用这种超轻黏土制作模具，再制作钥匙？"江克扬道："应该可以。国强在查全市配钥匙的店家，今天应该能有结果。"侯大利脑中灵光闪现，道："汪建国在广州开有企业，还有车间，让罗志刚和蒋超去看一看车间能否配钥匙，是否在近期配过钥匙。"

随即，侦查员搜查了汪欣桐的房间以及客厅。

搜查完毕，侦查员们当着汪建国、汪远铭和张勤的面清点扣押物品，包括小笔记本、超轻黏土、新买的刀具等。

汪建国看到小笔记本时，脸色刹那间变得苍白。

汪远铭神情泰然，道："你们扣押这些物品有什么用？"

在场侦查员都没有说话，继续清点。清点物证、书证结束后，侦查员们又制作询问笔录，证实物证、书证的来源情况。

离开汪家后，在江州学院保卫处的配合下，侦查员们来到实验大楼，询问实验室管理人员。

侯大利道："你认识汪远铭吗？"

管理员道："怎么不认识，他是我们实验大楼的创建人，老前辈。"

侯大利道："近期，汪远铭到实验室来过吗？"

"这几天没来，前些天来过两次，说是做一做实验。"管理员翻看了登记表，道，"汪教授是在3月27日和3月30日进过第三化学实验室。"

侯大利道："汪远铭做什么实验？"

管理员道："汪教授是到普通的第三化学实验室，第三化学实验室是供大一年级学生使用的基础实验室，没有有毒化学品，又是老教授要用，我们也没有去多管。每个实验室都有摄像设备，能存半年。"

得知有视频，汪远铭又到过实验室，侯大利心里更加踏实了。

马小兵和伍强去调取第三化学实验室的视频，侯大利、江克扬和袁来安进入第三化学实验室。在第三化学实验室走一圈，侯大利意外地在实验室一排木柜子最顶格看到了一顶旅行帽。他问管理员，道："这是谁的帽子？"

管理员道："普通的化学实验一般不带帽子，如果是高规格的化学实验，才需要穿戴防静电服、防化学液体、防尘的防化服。汪教授戴过这种帽子，当时帽子放在一旁，我特意给他留着，若不是汪教授的帽子，我早就扔了。"

戴好手套，侯大利取过木柜上的旅行帽，道："这就是合唱团的那顶帽子。"

他转动帽子到耳朵部位之时，看到了一点污渍。这处污渍呈暗褐色，极有可能是血迹，有可能是带血的手指触到耳朵附近的帽子，留下了这么一小点。这是一个极其重要的发现，侯大利在管理员和保卫处干部面前没有多说，取过物证袋，将帽子装了进去。

管理员带着侯大利等人来到一个实验台前，道："当时汪教授就在这里做的实验。"

实验室每天都有人做实验，隔了这么久，这个实验台不会留下什么痕迹。侯大利看着实验台上的试管，详细询问了这个台子的主要作用以后，和诸位侦查员离开。

走出实验室，江克扬道："如果作案时戴着帽子，最好销毁，汪远铭办事很细心，为什么留着这个破绽？"

侯大利道："我们是成体系研究犯罪以及侦破手法，而凶手多半是第一次作案，百密必有一疏。帽子靠近耳朵的地方有少量褐色痕迹，回去后，立刻把帽子送到技术大队，如果是许海的血迹，那这就是铁证了。"

回到刑警新楼，侯大利、江克扬将帽子和衣物送到技术大队。

侯大利特意交代小林，道："这本笔记本是从嫌疑人家里搜出来的，被犯罪嫌疑人切掉了二十来页，看看能不能找到压痕？旅行帽靠耳朵的地方有可能出现血迹，如果能提取到DNA，那案子基本告破。衣服虽然被洗过，但是仍然有可能查出血迹，拜托你了。"

"太客气，这本来就是我们的职责。"小林一直参加碎尸案，对案情了如指掌，知道此案没有过硬证据，就算过了检察院那一关，真要上法庭，证据也很薄弱。他接受任务后，没有急于动手，而是召集勘查部门开会，讨论工作方案。

侯大利和江克扬等人围坐在电脑前，查看拷贝的第三实验室视频。

在3月30日晚七点的视频中出现了汪远铭的镜头。进入实验室的时候，汪远铭头戴旅行帽，提着一个盒子。大约一个小时后，他随手脱下旅行帽，放到柜子前的桌子上。两个小时后，汪远铭打扫了实验台，匆匆而去。离开时，他没有取帽子。

3月31日上午八点，管理员进入实验室，发现了帽子，随手放在柜子最高一格。上午九点，学生陆续进入实验室，随身所带物品全部放在柜子上，顶格上摆上了两个小包，压住了帽子。上午十一点，汪远铭在实验室转了一圈，然后离开。

看完视频，侯大利道："如今事情非常清楚了，汪远铭在3月27日和3月30日从蓖麻籽里提取了蓖麻毒素，在3月30日把旅行帽遗忘在了第三实验室。"

江克扬十分感慨地道："我们都没有想到，投毒、碎尸、抛尸、悬挂头颅的凶手居然是年过八旬的老人。"

4月5日傍晚七点二十分，技术室传来好消息：旅行帽上的暗褐色污渍是血迹，提取到的DNA和许海的DNA比对成功。

小笔记本存在隐形压痕，通过静电成像显现法，有极小部分被显示出来，上面是关于许崇德麻将馆的记录：晚上六点XX二十八秒，许X德外出，买了一X……"

由于天网工程逐渐铺开，监控视频成为保护人民群众生命财产安全的屏障。侦查员们遇到刑案第一反应是找监控，读取视频成为基本功。侯大利看到小笔记本的记录，立刻意识到小本子显示出来的部分是在记录监控视频，否则不会精确地记录到秒。

4月5日上午晚上九点，从广州传来消息：梁艳坚决不承认配了钥匙，车间也没有工人承认配了钥匙；梁艳不承认知道许大光的事。

晚上十点，汪欣桐入睡。汪远铭来到客厅，对愁容满面的儿子道："建国，陪爸爸散步。"两人无言下楼，汪远铭道："我们到学院走一走。"

进入江州学院大门，汪远铭摸了摸笔直的行道树，道："江州学院在80年代初还是一所专科学校，全校只有一千多人，我们这一批住牛棚和下放农村的老师回来后，才开始大规模建设。这条路是我们修的，这些树当年是我们亲手种下的，种树的时候，我们还感叹等到行道树成林，我们就老了。时光荏苒，转眼三十年的时间，当年一起从农村回来的老师走了不少，这些行道树都长成了参天巨树。"

汪建国道："我们在读附中的时候，这些树都还碗口那么粗。那时学院风气很保守，不提倡学生谈恋爱。我和张勤外出读大学后，回到学院也不敢手牵手，只是偷偷在树上刻了字，说是要永远在一起。"

两人沿着行道树走到了室外足球场。汪远铭道："修这个球场时，没有大型机械，年轻学生们就拖石碾子压地面。时间过得好快，现在的社会和以前的社会有天壤之别，无论走到哪个工地都能看到挖掘机、推土机和压路机。本来你大学毕业后，也可以和张勤一起来学院工作，做一名大学教师。你这人总想要下海，在海里折腾了二十多年，滋味如何？"

汪建国道："当时就是那个氛围，下海的人多了去。"

两人下了石梯走到操场上，在操场上漫步。微风袭来，汪远铭缩了缩脖子，道："我有半辈子在江州学院里度过，对学院有感情。目前学院正在升大学，希望很大，我估计看不到这一天了。不用安慰我，生老病死，这不以人的意志为转移。我这辈子没有恨过人，包括以前整我的人，我都不恨，那是时代造成的，每个人都是时代中的一朵浪花。现在，我唯一恨过的人便是许海和他的家人。那件事情对欣桐的影响是终身的，想起在阶梯教室里看到的画面，我就心如刀割，怒火中烧。我们与人为善，并不意味着我们懦弱。豺狼来了，我们会毫不犹豫端起猎枪。欣桐以前最大的问题是只注重学习，没有注意锻炼意志品质，成了温室里的花朵，遇到风吹雨打就难以承受。这是一个教训，你们要吸取。"

"爸，你为什么要拿我的笔记本？我想要听实话。"

"你从广州回来后，没有勃然大怒，甚至显得懦弱，我就预感到会出事。你天天出去观察许海，还拿小本子记录，我都知道。"

"我没有发现爸爸跟着我，真的没发现。"

"江州三月天，大家都乱穿衣，你是按照初夏来穿，我是依着初冬来穿。戴一顶帽子和口罩，稍稍有点雨就打伞，再加上我熟悉老城每个角落，所以躲过了你。"

"3月28日那天，我发现笔记本和U盘不见了，心急如焚。"

"你还年轻，前途远大，不能做傻事，要做傻事就让爸爸来做。"

"我是锁在抽屉里，爸你怎么打得开？"

"爸这一辈子没有什么成就，就是会不少小玩意儿，玩物丧志的典型啊。开锁对我来说是小事。"

"你怎么没有毁掉小笔记本？"

"你在上面记录了很多你和张勤在广州的生活细节，还有你对生活的感悟，我觉得很珍贵，舍不得毁掉。但是我用刮胡刀割掉了你回江州的那一部分，为了不留痕迹，还多割了好多页，应该不会留下痕迹。"

"爸，这是失策，警方刑事科技发展很快，能有不少增加字迹的办法，我知道的就是静电法、化学药剂的喷显法，能提取我们眼睛看不到的痕迹。"

"这倒是一个小失误。建国，我其实是很无谓的心态，这把年龄了，看得很开了，无所畏惧吧。"

······

"我们爷俩好久都没有深入地谈谈心了，上一次还是你准备下海时，我们也在这个操场上散步。"

"还有一次，我考上大学，我们一家三口也在操场上散过步。"

胰腺癌是癌中之王，癌细胞已经向肝脏转移，汪建国想起离世的母亲，看着患上癌症的父亲，在黑暗中泪如雨下。

在操场走着，汪远铭想起一件往事，那时全家人刚刚从农村回学院，他带着少年汪建国在土操场跑步，儿子跑得汗流浃背，不服输，拼命追赶自己。

这个画面如此清晰，仿佛发生在昨天。

他知道自己将不久于人世，对人世充满留恋，想陪着儿子，想看着孙女成家立业。他对于追至家门口的警察毫不在意，已经是胰腺癌晚期，生命已经走到终点，一切都无所谓了。

"你别哭丧着脸。你的人生才走了一半，打起精神来。"汪远铭张开怀抱，朝向天空，道，"儿子，你还记得我们以前一起背过的《海燕》吗？来，我们背一遍。"

"一堆堆乌云，像青色的火焰，在无底的大海上燃烧。大海抓住闪电的箭光，把它们熄灭在自己的深渊里。这些闪电的影子活像一条条火蛇，在大海里蜿蜒游动，一晃就消失了——暴风雨！暴风雨就要来啦！这是勇敢的海燕，在怒吼的大海上，在闪电中间，高傲地飞翔；这是胜利的预言家在叫喊——让暴风雨来得更猛烈些吧！"

《海燕》的片段如刻在汪远铭头脑中一般，每当到了最困难的时刻，他总会在无人处高声背诵，用来支撑自己，让自己不至于倒下。

汪建国对《海燕》片段已经有些陌生感了，在父亲的带动下，往日记忆如大河一般涌来。他站在父亲身旁，高声朗诵，泪流满面。

第十一章
令人沉默的真相

4月6日，碎尸案案发后第九天，许大光案案发后第二天，上午。

经过艰苦工作，碎尸案和投毒案到了收网时刻，汪建国、汪远铭、蒋帆、梁艳等人陆续进入刑警新楼讯问区。

此次审讯工作由侯大利和周向阳负责，周向阳主审，侯大利作为副审并记录。

主审人员是整个审讯过程中的主体和引导者。主审人员必须根据案件的需要，尽可能地事先具体策划审讯方案。副审是审讯过程中的协助人员，不仅是记录，在需要的时候，要主动参与审讯，适当时机弥补主审出现的疏漏，纠正偏差，缓和紧张气氛，或震慑犯罪嫌疑人。

经过研究，审讯的第一个犯罪嫌疑人是蒋帆。

侯大利和周向阳再审蒋帆。这一次，由侯大利主审，周向阳配审。

前一次询问蒋帆之时，重案一组实际上没有过硬证据，不管询问方案如何细致，手里没有硬货，没有撬开蒋帆的嘴巴。这一次不是询问而是讯问蒋帆，事态已经升级。

询问的对象主要是证人，涉及自身利益不大，自愿作证，不能采取强制措施。讯问的对象大多是犯罪嫌疑人或者与案件有关的人，由于涉及切身利益，有意逃避或不愿意的成分，不采取强制措施无法正常开展司法活动。这是询问和讯问的最大区别。

蒋帆被关进看守所后，心态剧烈变化，眼光不敢直视侯大利和周向阳，一直低垂着头。当他看到汪建国和汪远铭进入看守所的视频镜头后，嘴唇开始哆嗦起来，脸色苍白。

侯大利见蒋帆心态已经开始崩溃，便不再绕弯子，念了一句汪建国对于许崇德麻将馆的记录后，用"暗示法"进行诱导，用"震慑法"增加压力。

蒋帆承受不了压力，不再顽抗，彻底交代："我和汪建国从小就是朋友，他成绩好，考上了大学，我成绩不好，高中毕业就工作了。汪欣桐出事后，汪建国就找到我，让我继续到许崇德麻将馆打麻将。"

侯大利道："为什么是继续去打麻将，汪建国知道你在许崇德麻将馆打麻将？"

蒋帆道："欣桐出事后，我就给汪建国说我经常在许崇德麻将馆打麻将，认识那个小兔崽子。有一天，他找到我，给了我一套高清摄像设备，让我帮助拍下许崇德麻将馆的详情，越详细越好。我只是戴上了高清摄像头，其他事情都没有做。而且，汪建国明说了不让我问为什么，也不让我打听其他事情。汪建国这些年一直在帮助我，我又是见着汪欣桐长大的，所以就愿意帮他。其他事情真的不知道，我发誓，真不知道，汪建国不准我打听。"

交代后，蒋帆明显轻松下来，身体不再发抖。

开局顺利，侯大利和周向阳略为休息后，审讯汪建国。

汪建国坐在铁栅栏后面，神情自如，不愤怒，也不微笑。

讯问前面都有例行程序，有一些必须问的问题。汪建国回答这些问题时吐字清晰，声音不高不低。

周向阳观察他的表情，道："你出自书香门弟，明人不用指点，响鼓不用重槌，希望你能配合我们的工作，如实回答我们的问题。汪建国，你做得到吗？"

汪建国道："知无不言，言无不尽。"

周向阳道："那我就不绕圈子，开门见山，希望你真的能够做到言无不尽。我们就从你的笔记本谈起。笔记本是你的吧？前面记录的是在广州的生活。看一看，再确定。"

汪建国道："这是我的笔记本。"

周向阳道："这个笔记本用刀子切去几页，谁切的？"

汪建国道："笔记本丢失有一段时间了，我每天都要在上面标注时间，最后的时间就是丢失的时间。"

周向阳道："虽然笔记本被切开，我们通过隐秘压痕还是提取到一段文字，你先看一看这一句文字，是不是你写的？"

汪建国看罢，苦笑道："这是我写的。"

周向阳道："你怎么知道许崇德麻将馆的情况？"

汪建国道："我同学蒋帆经常到麻将馆打麻将，熟悉麻将馆的情况，我向他了解情况。"

周向阳道："你为什么要了解许崇德家的情况？"

汪建国道："许海祸害了我家姑娘，我要揍他，要揍他，总得掌握基本情况。"

周向阳道："你就是想要揍他，用得着如此处心积虑？"

汪建国道："当然，我就是想要揍他。他长得又高又壮，我不一定揍得过，所以要计划，以便暗中偷袭，或许还要找蒋帆帮忙。我们暗中偷袭，又是两人打一人，总能出口恶气。"

周向阳话锋一转，道："我要补充问一个问题，你是通过什么方式从蒋帆那里获得麻将馆信息的？你刚才说过知无不言、言无不尽？"

汪建国没有回答这个问题。

周向阳道："我提醒一下，我们提取的文字有精确的时间，时、分、秒都有，这是对着视频才能记录下来的。这是怎么回事？你不回答，其他人会回答。汪建国，你是一个仗义的人，否则也不会帮助蒋帆和梁艳，这一次，你把他们都拖下水，这是共同犯罪，你可以查一查法条。"

汪建国稍稍低了低头。他最担心的就是让蒋帆和梁艳陷入旋涡，如果这样太对不起朋友。但是，仅凭自己，连调查许海行踪都会有极大困难，让蒋帆和梁艳帮助是迫不得已。他判断蒋帆肯定已经交代，经过短暂算计，道："这事和蒋帆无关，和梁艳更无关。我让蒋帆将针点式高清摄像机戴到身上，录下许崇德麻将馆的情况。至于为什么要录，我有什么想法，蒋帆根本不知道。"

……

"梁艳在广州购买的针点式高清摄像机，我是老板，让她购买的。梁艳不知道用途，只是听从我的指示。"

……

"3月25日上午，我从蒋帆那里要回了摄像机，把摄像机的内容转到U盘后，就将摄像机装进袋子里，丢进垃圾池。"

……

这是第一段交锋，汪建国承认了让蒋帆录下许崇德麻将馆的细节。

……

汪建国道："在3月28日晚十二点，我、张勤、欣桐和小舒从学院心理研究室回来后，我才发现锁在抽屉里的小笔记本和U盘失踪了。之后，我一直没有找到这个笔记本和U盘。U盘在什么地方，我真不知道。"

……

汪建国道："我根本不认识谁是钟明莉。菜市场捡钱包，这事我还记得，当时我正在菜市场买菜，见到一个大姐掉了钱包，赶紧捡起来，还给她，难道拾金不昧有问题吗？我之所以到这么远的地方买菜，主要是那边有土黄鳝，其他地方没有。我从小就好这一口，跑点路也值得。"

……

汪建国道："我卧室有超轻黏土，我拿来捏着玩，难道不允许成年人有一颗童心吗？"

……

汪建国道："我是想搜集情况揍许海，这事和我爸没有关系。后来因为许海被杀，我的计划没有来得及实施，根本没有揍人。"

……

汪建国道："3月26日，我爸回了一趟秦阳，这事我知道。我不知道蓖麻籽，绝对不知道。"

……

汪建国道："我不知道许大光住哪里。我为什么要知道？"

……

重案一组认定汪建国和汪远铭是共同犯罪，汪建国前期准备，汪远铭最后实施。汪远铭基本上被锁死，而汪建国则坚决不承认配制了许大光的钥匙，更不承认与父亲汪远铭合谋。

两场讯问结束后，时间到了中午。事实基本清楚，碎尸案前期策划出自汪建国，由汪远铭实施。由于汪远铭已经满八十二，大家没有想到他能完成碎尸和抛尸这种体力活，且没有任何线索指向他，这让侦查工作一度停顿。

案子即将水落石出，侯大利却高兴不起来，汪家原本是幸福美满的家庭，如今汪欣桐被强奸，汪远铭和汪建国有可能是共同犯罪，还不知是否牵涉张勤，一个幸福的家庭就要破碎。

下午，进入最后攻坚阶段，分管副局长宫建民、常务副支队长陈阳、重案大队大队长滕鹏飞都来到监控室。

周向阳主审，侯大利副审并记录。

汪远铭被带到审讯室。由于牵涉两条人命，尽管八十二岁，仍然被固定在椅子上。周向阳和侯大利的耳机中传来宫建民的声音，道："汪远铭年长，又得了癌症，审讯时间短一些，不要拖得太长，免得出意外。"

汪远铭头发几乎全白，梳理得整整齐齐，对自己的境遇毫不在意，面带微笑，回答问话时彬彬有礼。

例行问话结束后，汪远铭道："年轻警官叫侯大利吧，我知道你的事情，为了给女友报仇当了警察，这是张小舒和我说的。许海和许大光都是我杀的，侯大利来问，我来答。"

侯大利和周向阳迅速调整了位置，侯大利主审，周向阳副审并记录。在商量审讯方案时，两人有打攻坚战的预案，谁知汪远铭认罪态度好，便临时决定直接问要害问题。

……

"我是下午晚饭时间进入许崇德家的。许崇德住在向阳小区，离学院不远，我很熟悉。我进入时，许崇德家里只有一桌麻将，许崇德不在家，许崇德老婆在煮饭。我在打麻将的那些人背后站了几秒，就直接进入许海房间。进入房间后，我把一瓶注射了蓖麻毒素的饮料放在许海的房间里，又在香烟和饼干中都注射了蓖麻毒素。我再进入许崇德的房间，把安眠药粉末放进水杯里。放了药后，我再回到许海房间，从许海床上拿了被子，直接躺在许海床下休息。许海的床是老式床，床下挺宽，我睡起来一点不费力。"

……

"汪建国的U盘和笔记本都是我偷偷拿的，汪建国不知道是我拿的。后来U盘被我扔了，包在袋子里，扔进了垃圾桶。笔记本里有汪建国在广州的生活，我舍不得扔。我研究了U盘里的视频，发现许崇德和他老婆在睡觉前，都要拿杯子到外面的净水器里接水喝，然后才睡觉，所以我就在杯子里面放了安眠药。安眠药是我买的，我是真失眠。"

……

"如果许崇德和他老婆提前喝水，那就喝呗。在家里打麻将的都是邻居，见到老夫妻睡觉了，自然会离开。我后来在净水器里又放了安眠药，那是给你们布下迷魂阵，让你们猜不透。我大摇大摆进屋，没有躲躲藏藏，打麻将的人估计不会留意我。即使有人认识我，也无所谓，只要能报仇，什么都无所谓。"

……

"计划执行得比预想的还要成功，我在床下躺到十二点过，许崇德和他老婆比往常提前了二十来分钟出来喝水，许崇德应该很快就睡着了，他老婆还和许海说了几句话。许海进屋后，根本不管饮料是从哪里来的，拧开就喝。喝完就迅速中毒，失去行动能力。蓖麻毒素原本反应速度没有这么快，我添加了催化剂，让其快速发挥作用。催化剂是我自己配的，说了你们也不懂。"

……

"我把许海弄到床上后，他已经不行了。我从家里取了一把剔骨刀，特意磨锋利了，就在床上肢解了许海。在肢解许海前，我拿了许家的四床被子铺在许海身下，还弄了三个盆放在床下。我以前在农村杀过猪，是远近有名的杀猪匠，手艺还不错。"

……

"肢解后，我只留了生殖器，其他都装进袋里。来许海家的时候，我顺便骑了一辆三轮车，这辆三轮车是老车，平时扔在街边。对了，我当年在农村还是小有名气的锁匠，远近都找我开锁。我这人没有什么大成就，就是喜欢摆弄些小玩意儿，而且学得蛮快。后来回到学院，当时的院长曾经和我一起下乡，知道我这个特点，才让我组建实验室。"

……

"在学院街和学院小巷有一个监控视频，只要进入学院小巷必然会被录下来。我就用面粉做了面团，这是在农村黏知了的常用方法。面团黏住了监控镜头，我骑车进入就不会被录下来。小巷有狗叫，我就把生殖器扔进院里，让狗吃了。"

……

"我年龄毕竟大了，忙了一晚上，心力交瘁，抛尸后，就将三轮车扔在街上，直接回家睡觉。上午九点起床，起床后买菜，看到三轮车还在街上。午觉后，我出去清洗了三轮车，送到原处。这毕竟是别人家的三轮车，我得物归原处。清洗时，顺便修理了三轮车。剔骨刀就是从家里拿出来的，碎尸后，我顺手扔进学院小巷的那口老水井里。老水井早就停用，上面封了铁栅栏，扔把刀还是容易的，拆除了铁栅栏，也能打捞。"

……

"我满了八十以后，怕吹风，所以一直都戴帽，那一段时间合唱团正在为院庆做准备，我就常戴那顶旅行帽。我真不知道旅行帽是否沾上血迹，也许当时头发滑了一些下来，我顺手弄了弄头发，帽子沾了血迹吧。"

……

"我是在第三实验室用蓖麻籽提取蓖麻毒素，还加了催化剂，由于掌握不了剂量，前后做了两次。对于我来说，这是小事一桩，没有难度。我的旅行帽应该就掉在实验室，后来没有找到。"

……

"许海家的电脑是我拿的，我是要查有没有与我孙女有关的照片、视频。电脑装在包里，随手扔在街上，我真不知道被谁捡去了。"

……

"建国笔记本中压根没有提到许大光，他千真万确就是想揍许海。我跟踪许大光，找到罗马小区。到许大光家里投毒也很简单，3月31日下午，我直接去到罗马小区，进到许大光房间，然后将蓖麻毒素注射到冰箱里的一个功能饮料里。我看得懂英文，知道这是男人喝的饮料，所以才将蓖麻毒素注射在里面。我随身还带了两瓶清酒，酒中也有蓖麻毒素，放进了冰箱。冤有头债有主，我不是杀手，不会乱杀人。许海是未成年人，能做恶事，与他爸爸有极大关系，养不教，父之过，我要惩罚他们两人。我们三家受害人曾经联系过，许海第一次犯事时，若不是他爸鼓动一批人到市委市政府和教育局去闹事，许海就会被送到工读学校，也就没有以后的事情，我孙女就不会出事，许大光不是无辜的，是幕后真凶。"

……

讯问到此，案件的主要细节已经清楚了，当前还有一个最为关键的环节，要核实汪远铭和汪建国在碎尸案和投毒案里的关系。

侯大利提到这个问题后，汪远铭首次沉默，这也是唯一让他紧张的问题。想了一阵，汪远铭缓缓开口，道："孙女遭难，老伴又心肌梗塞，我很难过。后来，我发现儿子经常往外跑，神神秘秘。知子莫如父，汪建国从小好强，绝对不会忍下这口恶气，我猜到他要报复，就一直在暗中观察他，撬开了他的抽屉，偷看了他的笔记和U盘中的视频。当那本笔记本日渐完善后，我先下手为强。我儿子原本计划搞清楚许海行踪后，再暗中偷袭，揍他一顿。我老婆被气死了，我又这么一把年龄了，根本打不过许海，只能用毒药下狠手。在3月28日晚上拿走笔记本和U盘，儿子、儿媳、小舒带着孙女去学院治病时，我潜入了许崇德家里。我儿子原计划是掌握许海行踪，然后想办法打他一顿。我是一不做二不休，独自弄了蓖麻毒素，然后杀人碎尸。我儿是想要报复，但是没有想要杀人，只是想要教训许海。杀人是我一个人的计划，就算被抓，我一命还一命，也没有什么大不了的。我行将就木，无所谓了，这些恶事就由我来做，让儿子清清白白的。我这也算是发挥余热。"

……

"你不相信我能打开防盗门锁，这个好办，在我家里有一个工具箱，里面有两段前头带钩的铁丝，那就是我开防盗门的工具，你们取过来，我可以现场开锁。罗马小区都是使用本地生产的江州牌防盗门，这种门很多，锁芯结构也简单，没有什么难度。老年合唱团有一个乐器、工具和服装室，是学院的房子，用的就是这种江州牌防盗门，我就在这个门上练习，不会留下太明显痕迹。"

……

警方从汪远铭家里拿来两根前端经过打制的铁丝，又弄来一扇江州牌防盗门，汪远铭拿着两根自制工具，二十秒不到就打开了防盗门。

下午四点，侯大利和周向阳走出审讯室。连续数小时的审讯，两人皆身心疲惫，来到小会议室，关上门，毫无模样地靠在了沙发上。案件侦破，但侯大利没有丝毫喜悦，反而对汪远铭充满同情。

周向阳把脚放在桌子上，吐了一串烟圈，道："汪远铭和汪建国是共同犯罪吗？"

侯大利道："我觉得汪远铭说的是真话，他想让儿子清清白白，便提前拿走了汪建国的小笔记本，以自己的方式实施了报复行为。"

周向阳道："可惜那二十几页纸，没有找到，找到后，可以看到汪建国的计划。可是，从压痕来看，最后一页应该还在记录许崇德家的细节，不像是有计划。而且你们行动够快，让他们措手不及，否则完全可以在小笔记本上写出符合他们说法的记录。"

侯大利道："我们围绕证据组卷，后面的事情就由不得我们了。"

"你有好些天没有回来了。"宁凌房间开着门，听到脚步声，便走了出来。

"前些天一个案子破不了，陷在里面。"碎尸案发生以来，侯大利便没有回过江州大酒店，要么是住在刑警老楼，要么是住在刑警新楼。今天案子终于破掉，他却无法高兴，准备回饭店休整。

宁凌道："是许海那个案子吗？大家都觉得许海是活该，你这个神探能不能偶尔失手，别次次都破案。"

侯大利自嘲道："我内心也是这个想法，可是实力不允许。"

听到侯大利开了一个玩笑，宁凌忽然间就开心起来，道："你头发太长了，到楼下去剪个头发，然后痛快洗个澡，彻底从案子里走出来。"

侯大利是一线侦查员，天天泡在案子里，确实顾不得形象，头发乱成一团，很有粗犷之气，他揉了揉头发，道："楼下有剪头发的？"

宁凌道："以前没有。你干妈有时过来，又不想到外面做头发。我就让顾姐弄了一间美发室，平时也对外营业。由于要为干妈服务，设施设备高档，意外地引来很多回头客。江州有钱人还是挺多的。你没有吃饭吧，等会理了头发，就安排几个合口的小菜，我陪你吃。"

侯大利道："以前在底楼弹钢琴的小女孩，我记得叫朱朱吧。我有一个叫周涛的同事对她挺有好感，什么时候创造机会，请朱朱一起过来吃顿饭。"

宁凌抿嘴一笑，道："距离晚饭时间尚早，我让顾姐给朱朱打电话，晚餐就一起吃吧。等会我带你到楼下理发。你这副凶神恶煞的模样，会吓着小姑娘的。"

宁凌陪着侯大利来到三楼，进了美发室。宁凌进门后，立刻有小姑娘过来招呼，非常热情，神情恭敬。迎候的小姑娘刚来不久，还没有见过侯大利，不知道眼前之人是国龙集团太子，只是和宁凌一起来，才给出热情笑脸。

侯大利洗头后，一号理发师就过来为其服务。

宁凌则坐在稍远的地方，陪着侯大利。美发室的老板是一个富态的中年女子，用盘子端过来两杯咖啡，与宁凌并排而坐。

"宁总，这是你男朋友吗，好帅气，很有男人味。"中年妇女由衷地赞了一句。

宁凌端起咖啡，小小地喝了一口，道："他是侯大利。"

"哪个侯大利？"中年妇女随即反应过来，道，"哇，他是侯大利啊，和宁总很般配啊，郎才女貌，天作之合啊。"

宁凌笑而不语，眼光一直留在侯大利身上。

理头，洗澡，换上干净的休闲服，侯大利焕然一新，英气逼人。他正要下楼吃饭，接到朱林电话，便约朱林到江州大酒店三楼雅筑吃饭。

朱朱换下演出服，来到饭店，在进电梯时遇到了周涛。周涛依旧是一副睡梦未醒的模样，头发乱糟糟的，与朱朱并排上电梯。他想搭讪，又找不到话说。

两人走进雅间不久，朱林和老姜局长也现在大门口。

六人围坐在一起，一道道特级厨师的特色菜便端了上来，菜品不算多，每一道都很地道，符合在座之人的口味。若是只有侯大利，宁凌肯定要点一些品相更好的菜，今天有其他客人，便点了更符合江州人口味的大菜。

朱林道："碎尸案花了九天时间，投毒案花了两天，勉强过关吧。"

侯大利给师父倒了一小杯酒，道："案子不复杂，主要是老爷子头脑过人，随手设了一个局，让我们钻了进去，费了挺大工夫才爬出来。"

老姜局长道："老汪教授年龄不小，血性十足。如今他得了胰腺癌，又满了八十二岁，多半会取保候审。这是最好的结局。为了这个结局，我们干一杯。"

吃过晚饭，宁凌单独拉朱朱出来说话，道："你对坐在身边的周涛有什么印象？他是刑警支队的民警，本科毕业，对你有意思，侯大利特意让我约你出来吃个饭，认识一下。"

朱朱已经猜到了来意，道："他看起来不太整洁，有点邋遢。侯大利好帅，比他起来就更邋遢了。"

宁凌道："刑警队办了一个大案子，你刚才应该听说了。侯大利才回来的时候，头发乱得如鸡窝，满脸胡茬子。刚刚理了发，洗了澡，看起来才帅。周涛若是打理一下，也应该不错。警察工作稳定，以后你就不怕被人欺负。出了社会，找对象的标准和大学不一样。"

朱朱道："我没有心理准备。"

宁凌又道："既然说都说开了，我就说得直接些，周涛和侯大利关系好，有了这层关系，你要做点生意，那是小菜一碟。我们女人单枪匹马闯社会，太难了，这是一个好机会。婚姻大事，最终还得看你自己，我只是提点小建议，供你参考。"

朱朱想起了惨死的好友杜文丽，点了点头，道："我们可以先交往，试一试。"

宁凌笑道："若是不满意，随时可以分手。"

在另一个茶室，侯大利、朱林和老姜局长坐在一起。

朱林道："我和老姜局长前一段时间去了秦阳五中，找到了当年杨永福的班主任。他这人不错，查到杨永福所读大学的名字，是阳州电子科技学院。这是一所民办院校，目前规模很大。你有没有时间和我们去一趟，我和老姜局长毕竟退休了，有时候办事不那么方便。"

侯大利道："我还是105专案组副组长，既然发现了线索，我们跟进是理所当然。"

老姜局长道："王华明天也跟我们一起去，有两个正式民警，搞调查也符合规定。我和朱林的责任是清理线索，清理出来后，还得由你们去办。更关键的是，四个人凑在一起出差，晚上可以打双扣，还可以抽出一个人陪我们两个老同志喝点小酒。"

4月7日，侯大利找到滕鹏飞，谈了杨帆案的最新进展，请求前往调查。江州在3月接连发生了三起恶性刑事案件，一时之间，山雨欲来风满楼，人心惶惶，鏖战一个月，除了报复杀人案外，另外两件案子均已告破，滕鹏飞终于松了口气，同意侯大利追查杨帆的线索，碎尸案和投毒案的后续工作则由江克扬探长负责完成。

从刑警新楼出来，侯大利开车到老楼，与老姜局长、朱林和王华一起，前往阳州。王华经过这一段时间锻炼，肚子明显瘦了下去。王华很有段子手的水准，车行一路，欢歌笑语，倒不寂寞。

车至阳州电子科技学院，一行人找到档案管理处。档案管理处照例是学校最冷的部门之一，在学院里地位不高，胜在轻松，不少员工都是院领导的家属。接待人员看了警官证以及《调取证据通知书》，道："几年前的档案，不太好找，我不敢保证能找到。"

"学院档案处管理规范，应该找到得。"侯大利见对方手指发黄，从口袋里摸了一包烟，直接塞给对方。

接待人员见是一包好烟，道："哟，还是包好烟，有点客气，具体来说，你们要查的那个人是哪一年入学，在哪个系？"

侯大利道："我们要查的人叫杨永福，2004年9月到贵院，具体哪一个系还真不知道。读了一年多，便离开学校。"

接待人员道："这种情况一般都会退回原籍所在地的教育局，你们应该到那里去找，我们这边多半没有。"

朱林道："我们到江州教育局档案馆去查过，没有。"

接待人员拉长声音道："我们档案管理严格，多半没有。"

老姜局长看着接待人员油腻的脸想要发火，道："这位小同志，希望你能配合。你这边是铁渡分局管吧，是不是需要我给分局小赵局长打电话？"

接待人员看着老姜局长花白头发，道："哪个小赵局长？"

老姜局长硬梆梆地道："赵勇。"

赵勇是老姜局长曾经的下级，后来升官调到省城，目前是铁渡分局局长。接待人员见对方抬出实权派，抓起香烟，拿起钥匙，进了档案室。过了半个多小时，接待人员抓着一个薄薄的档案袋走了过来，道："居然还在这里。"

档案袋上写着杨永福的名字、入学时间以及"电机系"几个字。侯大利慢慢打开档案袋，抽出薄薄的几页纸，档案中有杨永福的照片。照片中人也就十七八岁的模样，单眼皮，鼻子朝天，是个典型的朝天鼻，下巴尖尖的，略显阴沉，特别是一双眼睛，隔着泛黄的照片都透着冷气。

档案有两页是手写体，是杨永福的转系申请。

杨永福是杨国雄的儿子，曾经的江州富二代。几个侦查员追查一个多月，这才第一次看到杨永福的字迹。这个字迹将收录进档案，不管以后杨永福变成了什么身份，只要不是长期训练，其字迹就会透露出真实的信息。

随后，侯大利等人找到当时杨永福的老师，询问杨永福当年退学的详情。

杨永福的辅导员约莫五十岁，戴着眼镜，看到几个公安来找杨永福，取下眼镜，用眼镜布用力擦，道："我就知道杨永福会出事，他的性格太偏激了。杨永福退学是因为打架，准确说也不是打架，是他殴打了对方。准确来说也不叫殴打，是有一个姓张的小伙子，我记不清名字了。张小伙家里挺有钱，要追求我们班上一个女生，被拒绝后仍然在纠缠，说是不达目的誓不罢休。班上这个女生和杨永福关系不错，但是两人没有恋爱关系。杨永福有一天晚上拦住张小伙，用啤酒瓶砸了对方的头。如果仅仅砸了头也还好，杨永福又用破掉的啤酒瓶捅了张小伙的肚子。杨永福下手太狠，把张小伙的皮带都捅断了，也全靠皮带救了小伙子，否则绝对出大事。杨永福捅人后，径直离开学院。后来，我再也没有听到消息了。"

辅导员是有心人，保存着全班同学的合照，每个同学后面都有名字，部分同学名字后面还增添了手机或者家庭电话号码。

离开阳州电子科技学院，老姜局长总结道："这人给我的印象不好，目光阴冷，鼻子朝天，相貌粗鄙又凶狠。"

侯大利头牢牢记住了杨永福阴冷面容。

阴冷面容如妖怪一般从侯大利头脑中飞出，踩上一朵黑云，朝着江州方向飞去。黑云是快速后退的时间长河，等到妖怪从黑云跳到世安桥上，时间恰好回到2001年10月18日。妖怪化身一个少年，带着阴险的笑容，朝骑着自行车的杨帆招手。

（第五部　完）

激发个人成长

　　多年以来，千千万万有经验的读者，都会定期查看熊猫君家的最新书目，挑选满足自己成长需求的新书。

　　读客图书以"激发个人成长"为使命，在以下三个方面为您精选优质图书：

1. 精神成长

熊猫君家精彩绝伦的小说文库和人文类图书，帮助你成为永远充满梦想、勇气和爱的人！

2. 知识结构成长

熊猫君家的历史类、社科类图书，帮助你了解从宇宙诞生、文明演变直至今日世界之形成的方方面面。

3. 工作技能成长

熊猫君家的经管类、家教类图书，指引你更好地工作、更有效率地生活，减少人生中的烦恼。

每一本读客图书都轻松好读，精彩绝伦，充满无穷阅读乐趣！

认准读客熊猫

读客所有图书，在书脊、腰封、封底和前后勒口都有 **"读客熊猫"** 标志。

两步帮你快速找到读客图书

1. 找读客熊猫

2. 找黑白格子

马上扫二维码，关注 **"熊猫君"**

和千万读者一起成长吧！

《清明上河图密码》

1-6册大全集

冶文彪　著

隐藏在千古名画中的阴谋与杀局